U0446010

Unicorn
独角兽书系

作者简介

潘海天

潘海天，福建人，科幻作家，毕业于清华大学建筑系。自1994年开始写作以来，曾五次获得中国科幻银河奖。潘海天九州作品包括《铁浮图》《白雀神龟》《死者夜谈》《地火环城》等。

画师简介

ESC，插画家/漫画家，GGAC全球游戏美术概念大赛专家团荣誉专家，作品《沉醉东风》入选首届全国动漫美术作品展。作品有"古代名剑拟人系列"《杀鱼集》《菜刀集》；古诗词系列《江城子》《沉醉东风》等；参与编写《涂鸦王国13周年画集》。

九州

铁浮图

九州系列长篇巨作

潘海天 著

——珍藏版——

IRON PAGODA HORSEMEN

重庆出版集团 重庆出版社

图书在版编目(CIP)数据

九州·铁浮图:珍藏版 / 潘海天著. —重庆:重庆出版社, 2023.5
ISBN 978-7-229-17195-7

Ⅰ.①九… Ⅱ.①潘… Ⅲ.①幻想小说—中国—当代 Ⅳ.①I247.5

中国版本图书馆CIP数据核字(2022)第197188号

九州·铁浮图 珍藏版
JIUZHOU·TIE FU TU ZHENCANG BAN
潘海天 著

责任编辑:魏 雯 许 宁
装帧设计:谢颖设计工作室
封面插图:ESC
责任校对:刘小燕

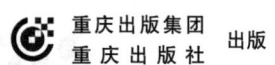

重庆出版集团
重庆出版社 出版

重庆市南岸区南滨路162号1幢 邮政编码:400061 http://www.cqph.com
重庆出版社艺术设计有限公司 制版
重庆豪森印务有限公司 印刷
重庆出版集团图书发行有限公司 发行
E-MAIL:fxchu@cqph.com 邮购电话:023-61520646
全国新华书店经销

开本:890mm×1230mm 1/32 印张:11.75 字数:290千
2023年5月第1版 2023年5月第1次印刷
ISBN 978-7-229-17195-7
定价:86.00元

如有印装质量问题,请向本集团图书发行有限公司调换:023-61520678

版权所有 侵权必究

目录

- 〇〇一　引子
- 〇〇四　第一章　此道登天
- 〇二七　第二章　厌火之洗
- 〇六二　第三章　龙之息
- 一一一　第四章　暗夜之主
- 一四二　第五章　雷池
- 一八七　第六章　天香
- 二二〇　第七章　狭路逢
- 二七四　第八章　天上草原
- 三一六　第九章　我身无形
- 三六二　尾声

引子

夏日的宁州是一片间杂着无数黛黑和深灰的青绿色大陆，而天空一片淡蓝，仿佛一顶巨大的圆形帷帐，它向四周伸展，低低地压在青白相间的千沟万壑上。

宁州也许是九州上最古老的一片大陆，它因为漫长的岁月侵蚀而碎裂不堪，到处可见高山深谷、沟峪纵横，深黑厚重的古老森林覆盖其上，只有一些最高的山峰从森林的枷锁中挣脱出来，连成一串闪闪发光的珍珠。

淡青和淡紫色的云烟从浩渺的大陆上升起时，如同无数飘渺的灵魂在天空中歌舞跳跃。每年的某些时候，总有点点的翩翩人影在云天之中闪现，舞动，然后又复归寂寞。这是一片渴求自由和飞翔的土地，但并不是每一个人都飞得起来。

羽人将宁州划为八方，分由八镇统领，他们的王高踞在舆图山下的青都里，守护高耸入云的神木，这八镇再加上宁州的四海，合十二之数，暗与天上的星辰相对应。

厌火城是其中最重要的一个城镇。这个巍峨庞大的城市位于宁州的柔软腹部,仿佛永远笼罩在汹涌的海潮带来的灰暗雾气里。它是这片孤傲派大陆对外联络的枢纽,也许正因为如此,厌火城不像其他的羽族城市那么干净、明丽、单纯,它是一个半黑半白的巨人,一个半善半恶的混血儿。阳光再灿烂绚丽,也照不亮厌火下城里那上万条纠缠不清的小巷、歧道、螺蛳路和死胡同,它们共同组成了一只被猫弄乱的线团。

我们的故事和这座城市有莫大的关系,但它的开始是在城外的戈壁里。厌火城的西面拥有大片这样的戈壁,只有白展展的石头和被雨水冲刷出来的沟壑,没有树木,也没有水。

在戈壁里,有一个人孤零零地躺在沙丘的向阳面上一动不动。在他的四周,伸展出去的是死寂的荒野,空旷荒芜,没有一丝生命的气息。他是个死人。

沙漠里没有什么东西会动,没有鸟也没有野兽,除了那些浮光掠影般来去的热气,只有星辰在天空滑过。白天,天空中那个发光的圆球一次次地掠过他的上空,眉骨和鼻子弯曲的阴影就从他平坦的脸上滑过;而夜晚,星光流淌,沙漠呈现出一片深蓝色的波澜起伏的场景,他就在海面上低空滑翔。

无论是面对这时光的潮汐,还是变幻莫测的气象。这个死人都不为所动,他衣着普通,脖子上可见一条断了的黑色细索,上面曾经挂着的坠子已经不见了,他雍容大度地躺着,微微而笑,显露出一副无拘无束、对死亡也毫不在乎的模样,他的嘴角朝上翘着,那是一种对未来尚有希望的笑。

在他身旁,除了两丛干枯的骆驼草之外,就什么也没有了。微微泛红的沙砾,自西向东,铺向远方。这些密密麻麻,无穷无尽,令人发疯的沙砾之后,尸体之东五百尺外的沙丘阴影里,横卧着一条尸体铺就的峡谷。那里面尸横遍野,躺卧着两百具人和马的尸体。

在腐烂的肉体之间，拥塞着断裂的刀以及碎裂的金属甲片。那些僵硬的马腿挣扎着伸向天空。

我们无法知道，杀他的人从他手中抢走了什么，他为什么要微笑，是什么让他充满了期待。

想知道发生了什么，我们就必须倒过来从头开始叙述整个故事。

第一章　此道登天

一之甲

三天之前，正是厌火城一年当中最热的时候，从青都到瀚州的商道也只在这最炎热的季节里方可通行。这著名的唯一通道经过厌火城，向西延伸，弯弯曲曲地盘绕在宁西破碎的沟壑间，如台阶般层层上升，自海平面一直升到高绝入云的灭云关山口，气候在路途中从酷热变为极寒，路途更是险绝，就像一条绝细的蜘蛛丝盘绕在崇山峻岭之中，人们称其为"登天道"。

据说从厌火出发的商旅，十成中有四成的人会因迷路或冻僵、饥渴、匪盗抛尸于这条蛛丝上，而在活着回来的六成人当中，又有三成的人或因牲口掉落悬崖损失货物，或被关检盘剥太过而蚀了老本——任何时候都是如此，赚到钱的人总是少数——即便如此，对许多人来说，搏一搏命也比死在肮脏、拥挤、恶臭、破败、贫寒、龌龊和充满压榨、缺乏希望的厌火下城强。

厌火城下城的无翼民们虽然都不属于那个能够飞翔、和森林关系密切的种族，但他们在宁州生活得久了，已经深受羽人的风俗影响，相信树木与人之间会有奇妙的感应关系，所以在这个月里，下城的许多人家门口都会竖起一棵长柳木。他们会将出门人的面目雕在柳木上，如果柳木发了芽，那就说明出门在外的人一切正常；如果柳木枯死了，那说明外面的人也遭了殃。厌火城的商人都把这一月份叫作"独木"月。

在厌火城西门外十里多地的路上，靠着海滩的高耸悬崖之旁，有这么一间小小客栈。客栈没有招牌，却有三支巨大的海象牙骨交叉搭在门楣上，门前没有插柳木，却竖着十余杆发黑的标枪，那些标枪显然都受过长期的海水浸染，木杆腐蚀得将断未断，原本锐利得吓人的矛头上爬满了蓝绿色的铜斑。

客栈虽小，木板的厚实栅栏却围出了好大一敞院子，三五棵歪脖子槐树，往下洒落了一地的林荫。院子一侧码着大块大块的鱼肉干垛，每块有三尺见方，另一边却摆了七八张桌子，往长板凳上坐下来，便能看到悬崖下的粼粼波光。

这正是独木月中最忙碌的时刻，桌边围坐了六七名歇脚的散客，个个衣裳破烂，形容憔悴，一副死里逃生的模样，正是从瀚州回转来的客人。

自厌火带着丝绸、麻布、金银器皿、珠宝首饰出发，经三瘰河、铁剑峡、虎皮峪、灭云关，直至朔方原，再带着兽皮、青阳魂、黄金、生铁从原路回返，耗时正好三十日。能通过这三十日惊心动魄旅程回来的人，都是厌火城里最强壮最凶狠最机警最狡猾胆子最大和运气最好的商贩。

却说此时，有人在院子外头喊道："虎头，别把鱼肉搁在外面！珍珠豚挨了晒盐分会析出来，口感变淡就不好了。"

虎头应了一声,自烟熏火燎的厨房中推门而出,他赤裸上身,扎着一条破烂的围裙,脸上被煤烟抹得黑黑的,腋下肩上,一只手就扛起了七八块鱼肉,如同一座小山直挪到厨房里去了。

喊话的人转眼来到院前,腾地一声将门踢开冲了进来:"虎头,快收拾桌椅,有生意到了!"这喊话者是名胖子,光着头,上面始终蒸腾着一股热气,脸上的肉多,将眼睛挤得剩了一条缝,鼻子下却是一抹极浓极密梳理得极精致的黑胡须。这人正是客栈主人苦龙。

苦龙搭着条毛巾,喜眉笑眼地环视了一遍,在腰间的围裙上擦了擦手,顶头看看日头,又闪出门外去了。他的脚短,偏生又爱跑动,远看去便像团水银般滚动着来去。西边道路之上烟尘滚滚,正是有客到来。

烟尘到了近处散开,显露出一大队人马车仗来。那是二百名奴隶,端着箱笼,驱赶着数不尽的牛车行进,挥舞着鞭子的杂役则骑在快马上来回驱赶这些奴隶,直忙碌得汗流浃背,数十辆吱呀作响的牛车过后,奔过来一队队衣甲鲜明的骑兵,护卫着十二辆豪华马车,每一辆马车都由四匹一般高大的墨玉色骏马拉着,不论嚼口蹄铁全都镏着金,包铜的车轮压榨得大地不停呻吟。

苦龙见骑兵队中簇拥着一位将军,那将军面黄肌瘦,两撇胡须如针般硬直,贯着黑甲银盔,盔顶上一根缨子,如旗杆高高挑起,看上去倒也威风凛凛。他披着一件墨绿色的斗篷,斗篷下露出一把刀鞘来,鞘上镶着两大颗明珠。虽不知道那柄刀怎么样,单是这两颗珠子便已经是价值连城了。

苦龙见骑队里旗号上是一朵金色茶花,身后出来看热闹的客人中有人"哦"了一声,道:"听说沙陀蛮在西边,茶钥城快丢了,原来富贵人家都逃到这来了。"

正说着，那将领跳下马来，瞪了围观的众人一眼。众人被他气势所压，都毕恭毕敬地低下头去。那将领高视阔步，雄赳赳地走到一辆车前，突然俯下身去，露出一副谄媚神色来，道："公子要下车吗？"

他挥了挥手，两名着紫色锦缎的仆从快步上前，在车前俯下身去。车上伸下一只绣着百兽流丽图的鹿皮靴，踏在他们的背上，下来的却是一位面如冠玉的年轻公子。那公子看着虽有些瘦弱，却是面目清秀，唇红面白，身着丝袍以孔雀绿色的丝绸为底，白色的丝绸滚边，上面绣着两大朵娇艳欲滴的茶花，腰带上是金丝缠绕成的流苏，虽经路途劳顿，竟然是一尘不沾，左手食指上一枚淡绿色的戒指，更映衬得那公子一双手嫩白如葱。看到的人不由得都夸一声：好个漂亮公子。

那黄瘦将军扬起鞭子点了点客栈，喝道："快快快，去把那块地方收拾一下。"当下便有十余名兵丁入内，提起鞭子将院内坐着的客商尽数轰了出去。几名店伙躲得慢，也吃了几鞭子，顷刻间客栈里头被清了个干净。

"哎哟哎哟，贵人脚下有黄金。"苦龙见店中客人被赶走也不生气，笑眯眯地小跑着迎上前去问道："不知两位客官要点什么？"

"客官？"那将军听到这称呼怒不可遏，他瞪起眼睛，仿佛受了极大侮辱，"我乃堂堂轻车将军，呼我为客官？真正是岂有此理，我要和你决斗！管家管家，来人啊，给我起草挑战书……"

"别啊，别啊，"苦龙无辜地眨巴着两只眼，挪动着两条腿闪开了道，"不要决斗，不要决斗，决斗是很伤身体的……两位客官自便、自便。"

那公子步入院中，用一条熏香的白手绢捏着鼻子摆了摆手，在一张看着还算干净的桌边坐了下来——先有仆人在凳子上铺了块金丝绒垫子——"小四,甭忙活了,这一路上车子颠得厉害,我不想吃什么,来点茶点就好了。"

"是是。"那名小四将军哈腰道,一回头登时高了几分,他皱着眉头,狐疑地紧盯着苦龙上下打量:"你就是店家?此处可有什么茶点啊?快快整治几份新鲜洁净的送上来。"

苦龙奋力拨开人群,冲上去道:"哎哎,有有有,我们这应有尽有,您看啊,我们有:糟溜神仙、八味围碟、你是乌龟、鲜果龙船、荷花芙蓉、你是王八、金堂白玉、乌龙吐珠、你老娘干、杏仁豆腐、八宝瓜雕……您是要什么来什么……"

小四将军给他一番狂风暴雨般的报单给弄糊涂了,也没听出里面的玄机,愣了半晌才道:"别的也就罢了,菜色一定要洁净……咱们公子最忌讳的就是不干净……"他停下口来,狐疑地盯着苦龙又是油又是泥的黑手看了又看。

"绝对干净,"苦龙拍着油乎乎的胸膛保证说,"别的不敢说,要说到干净,整个厌火城没一家厨房敢和俺们冰牙客栈比品位……"正说着呢,那公子一声惊叫,跳上了凳子,指着空中喊:"有有有虫子!"果然,从厨房里飞出一只黑蝇,叽叽一声正停在小四将军的鼻子上。说时迟,那时快,苦龙从肩膀上抽下毛巾,唰的一声拍在小四将军的面门上,另一只手倏伸倏回,快如闪电,已经将那只被拍晕的苍蝇抓在手里。"不是虫子,是家养的苍蝇,"苦龙不好意思地解释说,"伙计没看好,把宠物给放出来了。"

小四将军被毛巾拍得两眼发花,他带着一副不敢相信的神色抽着鼻子,四处看了看,没找到那只苍蝇,发作起来:"你还说你们这里干净?这么大的虫子……"

苦龙耐心地纠正他说:"苍蝇。"

小四大吼大叫地坚持说："……这么大的虫子，把我的眼睛都撞花了！别以为我没看见，你这儿就是不干净——我最恨人家骗我了——你信不信，要是在十年前，我就一刀捅死你！"

眼看他作势去拔那把明珠宝刀，苦龙小鸡啄米般快速点着头。"信信信我信。"他说，眨眼间像蛇一样退到了安全距离之外。

将军大跨步在院中走了两个来回，四处查看了一番可疑的东西，他踢了踢虎头还没搬干净的垛子，发现那是码着的鱼肉，轰的一声又腾起乌云般的一群虫子或者是苍蝇，直扑到他脸上。他如雷般喊道："这么脏的东西，我不要吃。店家——"

"到。"苦龙像团球一样滚到他面前。

"你给我快滚，我不要再看到你！"将军哽咽着喊道，将店主人转了个方向，使劲向外推去。

苦龙一边叹气，说着"和气生财啊"往外走，一边关切地看着小四将军说："客官，你好像哭了。"

"不用你管。"小四抹了把脸说，"我们自己搞。"他招手叫上来了四五个管家打扮的人，吩咐道："公子说了，弄简单点。"

这一声令下，顿时成百辆牛车上的笼包被打开，仆从如同轮毂般来回流转，院子里转眼支起了顶青罗伞，大幅绣着金龙的紫色帷幕绕着院子围拢起来，蜜饯果盘流水价送将上来，顷刻间摆满了七张桌子，还堆满了地上，将那些行路客人商旅看得目瞪口呆。十二名长袍宽袖的乐师磕磕绊绊地跑上前来，就跪在尘土里拉开架势，登时丝竹之声大作。其后又有二十名青衣奴仆快步走上前来，竟然带有锅铲砖木，就地支起了八口行军锅灶，他们找不到柴火，便拆了七八丈长的木栅栏劈成小条，另有十六名童子用栅栏木在锅下点起火，八名庖丁下料放油，倒上青丁山上带来的清泉水，烧起菜来，不消片刻便是满院清香扑鼻。

那八名庖丁都是茶钥城王府的名厨大师，这时各自扒、炸、炒、熘、烧，用尽全力整治拿手好菜，报出名来都是闻名九州的佳肴：以泉明城冰镜湖的珍珠牡蛎为料的芙蓉牡蛎、以衡玉城外枯泉森林的红鹿肉为料的蜜汁鹿脯、以青魈山的巨蟒为料的核桃绣蟒，更有以挂牌山的鹌鹑和桃渊海的鲍鱼为料的鹬蚌相争。

那将军一脚将一名管家踢了个跟斗："你们是干什么吃的？上好的佳碧酿怎么能不配冰块，还不去拿来。"

管家从地上爬起来，苦着脸说道："我们原来随车都放着冰壶镇酒的，可是刚才路上都被打翻了，镇好的酒也都洒了。"

"那就再去敲些冰来镇啊。这还要我教你?!"小四将军抬脚作势欲踢，管家连滚带爬地滚开了，连忙招呼手下奴仆把远处一辆牛车牵了过来。

原来那辆牛车上，竟然装载着厚厚的棉絮木屑，里头包着晶莹剔透的巨大冰块。当下十数名青衣仆从用长银斧劈下六七桶碎冰，送入院中，四处铺摆，更把两小桶酒置于碎冰之中。此时正是盛夏之日，这间小小客栈转眼之间却是变得冰雪盎然，凉意深浓。

小四将军皱着眉头左右打量这刚弄出来的一切，那八碟小菜更是以极严厉苛刻的目光审了又审，只选了其中四碟，然后努力咧着嘴对茶钥公子赔笑道："这种小地方，只能将就着点啦——公子您慢用。"

苦龙自打被轰出院外就一直袖手而观，人家在他院子里挖坑埋灶他也不介意，人家拆他的木栅栏他也不生气，依旧是一副喜笑眉开和气生财的模样。待到院中浓香四溢，八名庖丁垂手退下，另换了四名丝衣婢女将菜肴端上桌去，摆置好了玉箸金爵，釉彩的碗碟。

苦龙挤在看热闹的人堆中，伸长脖子看了看那四道菜，突然大踏步走上前去，一脚将桌子踹翻。汤水瓷片四散飞溅，洒了桌边环伺的众人一身。

小四将军大怒，跳将起来，冲着苦龙唰的一声拔出了那把亮晃晃的明珠宝刀。

一之乙

冰牙客栈里众人拔刀相向的时候，青罗正在厌火城里的一口井边饮他的骆驼。正是宁州最炎热的季节，整个厌火城在太阳下便如铁匠作坊般滚烫炽热。

青罗站了一回，就觉得自己的头发枯干卷缩，上面还冒着蓝烟。"这鬼天气。"他咕哝着说，把一瓢水泼在地上，发烫的水汽带着泥土味直冲上来，碰得骆驼背上包裹里的瓶罐和器皿叮当作响。他把瓢扔在青石打就的水槽里，直起腰来的时候，正撞上了一双绿色的猫眼。

"你的骆驼好漂亮。"她骑在井栏上，擂鼓似的前后摇摆着两条腿说。一眼看去，这女孩年方及笄，正属于那种懵懵懂懂又心气浮躁的年纪，就像宁州人用来喝酒的浅口碟，青罗觉得自己一眼就能看穿她所有的狡猾和那些无伤大雅的诡计。这种表露出来的浅显和纯真，让他很快喜欢上了这位看上去像猫一样淘气的姑娘——大概这也是所有第一次见到鹿舞的那些男人的心思。

她笑眯眯地坐在那儿，穿着窄袖淡绿短衣，外面罩着一件轻飘飘的罗纱衣裙，腰间的束带又细又窄，一双脚看上去伶仃小巧得过分，踩在缠绕着粗绳的井辘轳上，总不安分地踏来踏去，就像小猫屁股上永远扭来摆去的尾巴梢。

许是太阳太亮的缘故，她的影子淡淡的，轻盈得像屋顶茅草上浮动的香气。

青罗咧开嘴冲她笑了笑。立刻觉得嘴里吃进了一堆尘土。不知道为什么，她回复给他那种调皮的笑给他带来了一阵清凉的感觉。

　　"它这么高这么白，每天要吃掉不少东西吧？"

　　"嗯……它是骆驼啊，"青罗回答说，"可以三四十天不吃不喝，不过一旦吃起来那就跟疯了似的，五十个壮汉都拖不住。我以前养过一匹骆驼，最爱吃用红胡椒、香料和白面做成的饼了，一口气能吃二百多张呢。"

　　"哎呀，二百多张，"那女孩尖叫了一声，换了一种羡慕的目光看着他说，"我不知道能不能养得起嘞。"

　　青罗冲她笑了笑，露出满口白牙。他们蛮族人的牙都好，在草原上游牧，就需要这种仿佛石头也啃得动的钢牙。

　　他还喜欢笑，也喜欢那些爱笑的人，然而自从进了厌火城以后，他就再没看过一张笑脸。也许是天气太热的缘故，他遇到的每个人都跟木头一样，站在能找到的哪怕是芝麻大的阴影下，直愣愣地戳在那儿发呆。他们把脚尽量地粘在地上，仿佛要像树木一样，深深地插到地底下，摄取那片刻的阴凉。

　　入城前在城外客栈里，他倒是遇到一个男孩冲他笑过，不过那小家伙看上去衣衫褴褛，在条凳上平放着腿，露出了磨破的鞋底，想来也是个外地人，做不得数。因而此刻他看到那女孩的笑，就觉得心头轻松了许多。他想，哈，原来厌火城的人不像传说中的那么可怕，他们也还是会笑的啊——而且还笑得真好看。

　　"我现在只能养得起一只猫。"那姑娘说。一只高高翘着尾巴的猫仿佛从天上掉下来一般突然出现在她的肩膀上。它耸着背上的毛忍受了她拍它头的亲昵举动，同时眯缝着黄色的大眼狠狠地盯着眼前这位充满野草气息的汉子，胡子根根直立，一副随时豁了性命扑上去的样子。这是在警告他，要是他也敢效法女孩拍它的头，就得考虑极其严重的后果。

青罗饮完骆驼,从包裹里掏出了一把长长的牛角梳给骆驼刷起毛来。

那女孩跳下井栏,不过并没有离开的意思。而是盘腿坐在他的旁边,入神地看他刷毛的一举一动:"它看上去好乖啊。"

"每一匹骆驼都有每一匹的毛病。"青罗眨了眨眼,看她也不略作拂拭就一屁股坐在满是灰土的地上,不免有些惊讶,不过在草原上他们也都是这样,这让他觉得这小女孩更亲近起来了,"这是我们那的谚语。比如说,白果皮就不能碰酒,它要是闻到一点点酒味,那发起飙来的样子你是没看见……"他做了个鬼脸,装出一副被恶心到的样子。

女孩哈哈笑了起来,笑声像大群飞翔的鸽子划破这闷热得凝固了的城市。

天气终于开始凉爽下来了。

夕阳透过飞扬的尘土,变成一种奇怪的橘红色。尘土从淡蓝色的天空中慢慢落下,落回到土黄色的道路、绿的树木和黑的灌木上。厌火城仿佛活了过来,有些东西开始在街角蠕蠕而动,那是些行路者和趁着热气下去出来活动的居民,好像他们终于从植物状态恢复了人的本性。

老天爷也活了过来,青罗感觉到两股风从他的肋边穿过去,把衣服吹得胀了起来,惬意之极。他扔下刷子,兴奋地迎着风来的方向仰头大喝了一声,那啸声宛如月光下咆哮的公狼一般凶狠,远远地传了出去。

路边有几个人回头看他,青罗也奇怪地回看过去。在他们那儿,高兴了就冲着广袤无边的大地喊上几嗓子,喊到嗓子嘶哑,喊到口中迸血,那都再正常不过了,但在这儿,在这些低矮拥挤的棚屋边上，在这些曲里拐弯的小巷子里头，确实有些不合时宜。

青罗很不好意思地甩甩头，低头去拾梳子了。

那姑娘好像也被他的叫声吓了一跳，她看着他的尴尬表情，忍不住又咭咭地笑了起来。青罗没有看到她的笑容，不然他就会发现那是一副捉弄人的模样。"你刚到这来的吧？"她说，看着他给白果皮梳理白毛。猫蹲在她的肩膀上，喵呜一声，同意了她的推论，同时充满警惕地看着那一根根从白果皮身上刷下来的随风飘舞的白毛。

白果皮被伺候得舒服得紧，它闭着眼睛，慢条斯理地左右挪动那肥厚的下巴，不知道嚼着什么它想象出来的鬼食物。

她忍住笑，像一个大人那样郑重地向他说道："这里坏人很多的。你一个人来——不害怕吗？"

"不会吧，"青罗犹疑地停住了手里的梳子说，"他们说，外面还是好人多。"

姑娘快速地打断他的话："那是他们骗你的。你哪知道谁是好人还是坏人啊——比如说，咦，快看，你说这个人呢是好人还是坏人——"

青罗抬起头，看了看她指点的那人，却是一个穿青布衫的白胡子老头，担子上蒙着两块白色纱布，扁担前头挂着两块铁叫板，显然是个卖桂花糕的普通贩子。担子把他的腰压得山路一样弯，这会工夫颠颠仆仆地走着，只怕一阵风来就要把他卷倒。

他嗤地笑了出来："这当然是好人了，还用说啊，我看递给他刀他也不知道怎么用呢。"

"比如这个，比如那个，还有还有，比如那个呢？"

他的目光跟着她纤纤的手指一个一个看过去，他看到了一个摇着两个铜钹儿卖酸梅汤满脸愁苦的中年人，一个弹着三弦唱靠山调体态瘦弱的瞎子，一个疲惫不堪推着板车做小买卖的瘦子，一个把白褂子脱下来甩在肩膀上扛着的大个儿的壮汉……

"当然是好人啦,当然是好人啦,当然是好人啦……"他一迭声地连着回答下去。

"比如这个。"女孩指的是长街上正朝他们这方向走过来的一条汉子。

"当然……"

"喂!"那条大汉冲他们怒吼了一声,打断了他的当然。

青罗这才看清迎面走过来的这家伙人高马大,全身披挂着锁子甲,腰带上叮叮当当作响,挂满了看上去很恐怖的短柄兵器,背上还插着一把长长的战斧。

青罗有些发蒙。他直直地对着那位粗大汉子,脑子里转个不停,却什么也没明白过来,眼看着大汉将两根手指塞到嘴里,吹了一声尖厉的口哨。

顿时人喊马嘶声,兵刃碰撞声,还有穿着盔甲跑动的沉重脚步声,四下里围了上来。刚才还拥挤在街上的那些厌火城的居民,对此情形早已见怪不怪,一眨眼间走了个精光。

一之丙

这天一大早,老河络千栏莫铜就被屋檐上两只争夺死耗子的乌鸦吵醒,他懊恼地从吊床上爬起来,搔着自己那没剩几根毛的后脑勺发了会儿愣。阳光透过黄色的尘土,无遮无挡地穿过没有窗棂的透窗射入空荡荡的屋子里,一点清晨的凉意都没有。

大清早被乌鸦吵醒当然不会有好事,莫铜后悔没有在院里的大槐树上放上只猫,不过他始终没想明白是鸟叫声吵闹,还是被勾来的色猫会叫得更动听些。

缸里早没水了,他披了件坎肩提起水桶刚开了门,就见对门的王老虎慌慌张张地撒手扔掉了手里的铜面盆，只一扭就闪入门中，啪的一声将大门关了个紧。

他呆了一呆，想着自己是不是突然中了风歪了下巴，因而模样狰狞吓坏了芳邻？随后他就扭头看见了穿着绿衣服的鹿舞穿过尘土飞扬的大路，趾高气扬地走了过来，她的脚边跟着一只同样趾高气扬翘着尾巴的猫。

"我就知道。"老河络咕哝着说，提起桶又缩回了院中，用与他年纪不相称的敏捷动作将门闪电般关上，另外又多上了两根巨粗的门闩。

反正盆里还有小半盆水，他琢磨着想，对付着能梳洗一番了——今天没什么重要约会吧？与屋子里的极端简洁空旷相反，他的院子里却堆满了破旧杂物：一些奇形怪状的器什，一些造型惊人的家具，六七个堆在角落缺胳膊少腿的木头傀儡，一把小得插不下一根牙签的空刀鞘，还有一辆小四轮车底朝天地翻在地上，四个轮子骨碌碌地在温暖的空气里转动个不停。

大槐树的枝丫抓住了无数缩小的太阳影像，在莫铜的头上哗啦啦地抖动个不停。他就着小半盆水刷了牙，漱了口，洗了脸，刮了胡子，顺便把头发抹平，突然手就停在脑袋上方的空中不动了。

他站在那儿静静地聆听，周围听不到什么奇怪的声音，只有无数小飞虫在离地面很近的地方飞着，成千上百舞动着的翅膀发出低沉的嗡嗡声。没有警报也没有异常的味道，小老头却知道事情起了一些变化，有什么威胁正在慢慢地逼近。他低着头发呆的时候，看到脚边的地上慢慢地鼓起了个小包，随后一只挥舞大螯的黑蜘蛛从地里头跳了起来。那只蜘蛛看上去个头大得出奇，站在那儿舔着自己的前爪，滴溜溜地转着小小的头，似乎也有点惊讶自己怎么会出现在这地方。

莫铜沉思着一脚将那只毒蜘蛛踩死。

然后，他抬起头来，心思全在那只蜘蛛上，却一脸诚恳地对着树上说："你都在那蹲了多半个晚上了，咋不进来坐坐呢?"

一之丁

在那一天的更早些时候，两个羽人小孩正行走在登天道往厌火城的路上。他们衣衫褴褛，鞋子破了底，尘土满面，几乎看不出本来面目。这两人是从铁崖村长途跋涉而来的风行云和羽裳，他们的家园毁于蛮族人的刀和火。（故事见《九州·风起云落·风起分》）

羽妖陡崖本在厌火城的东面，但他们错过了两个岔口，又绕错了道，结果直转到了西门去。

登天道这时节正是最繁忙的时候，靠近厌火城的这段路上是车马拥挤人畜混杂。成串的骆驼队把堆积如山的货物放在背上挪动，扭角牛翻着愣愣的白眼拖动着不堪忍受的重负，肿了膝盖的骡子群低头慢动般迈动着脚步，一路砸下两列豆大的汗珠。走在两边的则是些从地狱归来的人。

风行云拉着羽裳被这些可怕的队伍冲到了路旁，被他们踩松的石子就顺着路旁摇动的草叶滴溜溜地滚落到悬崖下。

在这样的一条路上，他们突然听到了一阵急骤的马蹄声，随着马蹄声而来的是一阵骚动和飞扬而起的尘土。所有的人都拉紧了牲口的缰绳，惊愕地向后张望。

那帮子人出现了，他们低着头伏在马背上疯狂地全力奔跑着，长长的皮鞭甩得嘣嘣作响，抽在那些依旧傻愣在道中央的愚笨商贩和骡子的背上，如同一阵狂风卷开肮脏的水面上浮动的草叶，在这群拥挤不堪的畜生和大车队中硬生生地挤出一条路来。

风行云抓紧了羽裳的手,他从人缝中看到那些高高举起的胳膊,滑落在温暖空气里的汗珠;在刷拉拉闪过的马腿组成的晃动的森林中,他看见一位身穿束腰短铠的女战士端坐在一匹黑鬃烈马上,红色的斗篷旗帜一样招展在风中,露出了下面阳光一样刺眼的金色铠甲。

她在少年面前一掠而过,在他懵懂的黑暗心灵中投射下了一张明珠一样光洁的脸庞。

羽裳捏了捏他的胳膊,他才猛醒过来,发现自己被包围在一大团尘土里。他们缩在尘土中咳嗽了好一阵子才缓过劲来,抬头却看到那一小队骑兵追上了一大队人数众多装饰华丽的车队。他们没有从车队旁边掠过,却纵马与那些护卫着车队的卫士的坐骑撞击在一起,踢起了大块的泥土。

"快走,我们去看看发生什么了。"风行云说,他拉着羽裳的手爬到了一座小丘顶上,那儿早挤满了一堆堆的贩夫走卒,他们都站在那儿看热闹。

那两队人马相互怒目而视,看得出他们早就认识。那帮子人先是互相吐口水,甩泥巴,大声叫骂,然后就扭打了起来。车队的人多,提着长棍围了上来,但那批后来的骑队中的人剽悍得多,相互呼哨,直冲到人堆中,用长鞭和刀柄居高临下地猛力抽打,以少敌多,毫无惧色。

风行云站在小丘上,也看了一会儿打斗,却把目光溜到了那金色铠甲的女骑手身上。那女孩年纪尚小,却昂然有大将气度,不动声色地看着路旁的混战,红色斗篷的下摆在她腿边随风起舞。他为她脖子下面的青色花纹着迷……他就那么直愣愣地盯着她看,却没发现羽裳也在打量着他的侧脸。羽人女孩仿佛从他的目光里看出了什么，她叹了口气，轻轻地放开他的手。

同那位女骑手一起过来的人中有三五骑卫护着她站在路侧，偶尔有三两个人扭打着撞到这边来，少女身边的大汉便出手将他们赶开。

一通群殴之后，眼看那大车队的一众兵丁吃了不少亏，车子也被抛翻了两辆，车上装着的酒壶啊、果品啊洒落了一地。一阵骚动中，那边厢却有个银盔黑甲的家伙骑着一匹瘦得摇摇晃晃的马使劲撞开人群，冲到前面来，骈指冲那金甲女孩喊道："呀呀呸～～你们是哪路人马，竟敢横行官道，殴打官差，简直是反啦！"

那家伙的头盔上高高竖着一根枪缨，看上去倒也威风得紧，此刻他捋了捋两撇小胡须，气壮如牛地叫喊着，座下那匹栗色瘦马的秃尾巴在阳光下轻快地跳动着。

这边厢一名护卫那女孩的大汉冷笑了一声道："不巧得很，你是官我们也是官，我们之间谁反了还不一定呢。"

"哇呀，"小四将军嚷道，"胆子果真不小哇，居然敢跟本将军抬杠……难不成还想和我决斗？"

风行云看见那女孩肩背笔挺地坐在黑马上，斜了那小四将军一眼，道："原来茶钥王的家将这么粗鄙，不懂规矩。"她高傲地抬起头，对小四说道："听好了，我是南药城主云魂之虎云猛胜的女儿，云魂军车右上护军世袭从二品开国南药勋云裳蝉。想挑战我？先找人下战书吧，然后到青都台阁找尚书仆射报批，如果你够资格，我自然会亲手取你狗命——不懂规矩的家伙。"她的声音既富有野性又极悦耳，袅袅地散入拥挤着无数看客的登天道上。

小四难为情地搔了搔头，红了半边脸道："啊哈，原来决斗还有这么多道手续——不好意思，我刚升级，还没搞太明白。打扰打扰。"他拨转马头，急匆匆地跑开了。风行云听到他一路上气急败坏地小声喊道："管家管家，来人啊，给我配个秘书来，帮我写战书——"

在周围的笑声中，风行云却突然起了一种不舒服的感觉，如同芒刺在背。他抬起头，发现天空中不知道什么时候布上了一层浓厚的雨云，在暗黑色的沉重云层之上，印池，那颗硕大的日常最不容易被看见的星星居然在灼灼地发着暗蓝色的光。

他还在那儿发愣，羽裳不动声色地扯了扯他的袖子，他惊愕地环顾四周，看到几名青袍人偷偷摸摸地在人群中行动，他们挤过人群，迎上前去，行动是那么地不引人注目，仿佛梭子鱼游动在青色的海水中。

他们在人群中围合成一个不规则的半圆形，低低地张开手臂，青色的长袍无风自动，上面绣着的绿色丝线仿佛水纹荡漾。有那么一瞬间，空气中的水汽潮重得压迫起耳膜来。

风行云突然间明白了过来——他们的目标是那金甲女孩。不需要任何理由，他已经喊了出来："小心！"

羽裳没来得及捂住他的嘴，于是拖了他一下，和他一起躲入人群中。

卫护在年轻上护军身遭的卫士最早回过头来，紧接着所有在打斗着的人都停住了手。马儿紧紧地夹着尾巴，四足定定地立在泥地上。人们在尘土中回过头来看向小丘。现在，再愚笨的人也能察觉到四周的空气中蕴涵着的重大威胁，空气里的每一点点水分仿佛都在以一种邪恶的频率振动着。

一之戊

"来不及了。"风行云清清楚楚地听到一名青袍巫师冷笑着说。

这四名青袍人从人群中跳入半空，就如梭鱼蹿出水面。他们在空中交盘双腿，双手向前箕张，仿佛四个凝固的剪影，从他们围合成的半圆形俯瞰下去，正将南药城的金甲少女及卫护一行包围在内。

在这个虚拟的穹顶之下，水汽凝结成朦胧的云影，剧烈地翻腾着。云影之间仿佛现出了一只巨大的蟾蜍，一双鼓突的大眼瞪着下方，它投下的阴影覆盖了整个圆形的区域。

在它的阴影笼罩下，那名金甲少女的所有护卫脸上都是一变。现在每个人都能听到那朵蟾蜍状的云中搅动的水柱发出的嗡嗡声响。

"雨之戟。"他们喃喃地道，不由自主地伸手去摸腰上的刀柄。

只见那少女脸色也是一变，喝道："不得令，谁敢拔刀？把刀放下！"那些护卫像被火烫一样把手从腰上缩了回去。他们的马儿在不安地倒腾着脚步。外围还围着数百名混杂在一起的敌对兵丁，距离近到他们盔甲的铜饰上已蒙上了一层对方呼出的白气，近到马儿那肥厚嘴唇中流下的唾液滴答到自己的脚上。然而此刻他们没有去关注这些问题，所有的人都抬着头一瞬也不瞬地紧盯着那片波动的云。

他们停住手脚，将棍子一端顶在对面的人肚子上，或者将刀柄悬在那人的天灵盖上，仿佛是谁施展了一个大范围的岁正冰冻魔法，让他们无法动弹。南药城的人是带着一种不敢相信和愤怒的表情，而茶钥城的人则是惊疑中带着点胆怯。

二百年来，南药茶钥争斗不断，不乏出个三五条人命的事，然而这次的意味完全不同。那是四名印池高手联手才能施展出的必杀术，而他们的目标是南药城的城主云魂之虎云猛胜的女儿。

这一击出手后，他们将永远无法再后退，只有血和刀能解决他们的问题——雨水击打下来，南药和茶钥的冲突就将摆上青都银乌鬼王的桌面，再也无法收拾。

他们真的要下这个手吗？

金甲少女在那片云的阴影下冷笑了一下。

几乎在她嘴角一翘的同时，那箕张着仿佛凝固不动的八只手同时往外一扬，大喊了一声："极！"

雨水组成的万千细丝刺破云幕，如同万千利箭喷薄而下。在那一刹那，云破日出，金灿灿的阳光从云的缝隙中投射下来，照射在那些水箭上，让它们带上闪闪的锐利寒光，也让所有的人心头缩紧，觉得身处冰窟。

也几乎就在同一刹那，那名少女唰的一声，弯刀出鞘。随着啪的一声大响，她身上的红色斗篷向后展开，宛如铁片一样振动。

风行云情不自禁地眯上了双眼，他从没见过的灿烂光芒自那女孩的刀鞘中跃出，割裂了空气。他看见随着那少女的刀在空中划出的弧线，一道近乎银白色的半月形气旋盘旋而出，撞击得水滴珠玉般叮当作响。

半月形气旋割过雨幕，把利箭一样的雨丝切成两段，撞击得四处乱飞。它余势未歇，冲出半圆之后，波的一声裂成了四道撞向青袍人。

只有为数不多的几根雨丝透过刀风落了下来，把地上射出了星星点点的黑窟窿，有那么三五道雨箭射在了护卫的身上，立时沁出血花来，但那些大汉依旧标枪一样坐在马背上一动不动。

云裳蝉回头看看刚才叫"小心"的人，却发现那只是名衣裳破旧的少年。她看见他肩膀上露出一点绿色的弓梢，于是嘴角又往上翘了翘，那看上去像是种轻蔑的笑，这个笑就像枚小小的蜂蛰，刺痛了风行云。她叮的一声，收起了刀。

混杂在人群里的印池术士已经倒下了三个，鲜血从他们的胸膛中流出，浸透了大地。却另有一名印池术士退在一旁。他的个子又长又高，便好似一根长竹竿，蜡黄枯瘦的脸如同死皮一样没有半点表情，眉心处却有一颗方形的黑痣。"好身手。"他冲那少女点了点头赞道,然后又突然回过头来,龇出黄色的牙冲风行云笑了那么一笑。"好小子。"他说,也不理会倒在地上的同伴,转身走出人群,大踏步而去,只在地上留下两行血脚印。

云裴蝉也不拦他,眼光一转,却转到了还站在那边厢的小四身上。

小四吓了一跳,后退了三两步,喊道:"管家,管家!来人啊,来人……"

那少女将军抿嘴一笑,扬鞭喝道:"别理他们了,我们自己走。"

南药城的家将兵丁收起兵刃,脸上都是笑颜,随即跃马大叫,扬尘而去。转眼道上只剩下满脸沮丧之气的茶钥家兵。

"管家管家!"小四咕咕叽叽地嚷道,望着满地狼藉,仿佛一时有些迷糊,不知道该做些什么好。

一之己

风行云他们甩开登天道上的一团混乱,大步前行。风和尘土那么大,所以等他们出现在厌火城西门外一处挨着海滩的悬崖旁时,看上去就像两名肮脏的小乞丐。

厌火城就在他们的前方脚下,它横躺在那里,躺在迷雾缭绕的海岸边。充满皱褶的黑色肌理上,随风摆动着红黑两色的风向袋和旗子。它看上去就像一条船——一条即将解开缆绳,尚未完全打开风帆的船。

终于走近了这座无数次在清晨的曙光和傍晚的云霭中遥望过的地方,不知道为什么,风行云突然有点胆怯起来。

"我们在这歇会儿吧。"他说。他们所处的路旁正有这么一座客栈,它为即将启程的旅人提供壮胆的烈酒,为匆匆而过的过客提供歇脚的地方，为近乡情怯的归人提供一个沉静地重温记忆的场所。

它躲藏在杂乱的树丛中，门前插着十余杆发黑的标枪，院子里是三棵槐树，槐树后面是三棵杏树，错落有致，仿佛深有用意；边上是一座二层的房子，底层窗户中透出了黄色灯光，歪歪斜斜的门楣上交叉搭着三支巨大的海象牙骨，粗陋雕刻出来的酒盏形状表明这是一家酒馆，但上面没有名字，大量堆积的破桌椅碎片喝醉酒似的依靠在山墙上，仿佛这儿经历过无数次的打斗。

羽裳进门去买点食物，而风行云就在院外的树阴下坐下，他摸着自己脖子上挂着的铁指环，心在一下一下地跳动着。他的目光离不开那座传奇的城市，他的目光偶尔会越过城市看到东面的洄鲸湾，在水面上大片跳跃的阳光让他无法看到更远，但他知道海的那边是羽妖陡崖。

他微笑起来，想起自己在那些悬崖上跳上跳下的日子，想起向瓦珑在山顶上手忙脚乱地收拢着他们的羊，想起溪水里拥挤着姑娘，嘻嘻哈哈地嘲笑着每一个人。那种日子一去不复返了，在那一刻，他的心突然极度紧缩起来——仿佛是他做出的选择，改变了这一切。

越过那条河，就会给村里带来灾祸。村里的长老早这么说过。而他不但越过了那道界限，还进入了蓝媚林。

真的是他带来了灾祸，改变了所有这一切吗？

客栈的门吱吱嘎嘎地响个不停，此刻正是它生意好的时候，风行云发现在这里出入的人都是些头发虬结，有着狼一样目光的粗鲁汉子，他们的衣服或光鲜或破旧，但那不妨碍他们在各自的腰里别上明晃晃的匕首和短刀；他们吞云吐雾，出言不逊，看上去绝非善类。他们每个人经过的时候，仿佛都在不怀好意地盯着他。这些景象让他更加没有把握，如果有再次选择的机会，他会选择这条路吗？

白晃晃的道上又扬起一道尘土,那儿来了一匹白骆驼,带着斑点的驼峰之间,是流苏闪亮的绣花鞍垫。骆驼上坐着一位年轻小伙子。

"小兄弟,"看到风行云后,他拉住骆驼问道,"这儿到厌火城还有多远?这儿有位叫露陌的人吗?我在找一位叫露陌的女孩。"

风行云摇了摇头,给了他一个抱歉的笑容。

那小伙子高高地骑在骆驼上,在显露出一点失望之前先冲他笑了,露出一口白得发蓝的牙齿。风行云看到他的脖子上有一块圆形的玉,在一根黑色的绳子上晃荡。

那小伙子的笑容仿佛一阵无拘无束的风,驱散所有不快的阴云,在那些云没来得及再次收拢之前,他就大喊一声,猛踢了一下骆驼的脊背,驾着它跑远了。

"哎——哟。"一个人影闪出门来喊道,吓了风行云一跳。那是大个子矮小的肥胖老头,套着件早已看不出颜色的围裙。他乐呵呵地冲风行云说:"蹲这干啥呢,远来都是客,来了就到里面坐会儿吧?"

"不用了,"风行云脸色一红,"我们还得赶路呢。"

羽裳正好出门,手里提着个油纸包。那老头针一样的小眼睛在他们满是尘土的身上滴溜溜一转,又在他脖子上挂着的指环上停留了一会,乐呵呵地说:"你们等着。"

他飞快地退入门洞中,眨眼工夫又冒出来,娴熟的动作就犹如一只巨大的仓鼠。他又给羽裳手上加了一包干腊肉。"自己熏的,好吃得很,"他吧唧着嘴,挤了挤眼睛说,"第一次来厌火城吧——这儿比你想象的更好,也比你想象的更糟糕——有什么大麻烦,你就到长生路找铁爷,报我苦龙的名字。"

"啧啧。"他伸出一根手指指了指风行云的指环,"这东西可是少见得很，你还是把它藏好吧。"

没等风行云道谢，胖老板已经一溜烟跑走了，他一路跑着喊道："虎头，跟你说了多少次了，不要把鱼干放在屋顶上晒，楼板会塌的——"话音未落，那边已经传来了轰隆一声大响，碎片尘烟乱飞。

"啊，鱼干原来有那么重吗？"风行云不解地说。

一位站在旁边的客人呸的一声，吐出了根牙签。他歪斜着眼看着他们说："不是鱼肉重，是虎头有那么重。"那条汉子长手大脚，穿着粗陋的衣服，帽子上轻佻地插了根鹰羽，灰黑色发卷的头发说明了他也不是羽人。他鬼鬼祟祟地偷笑着，冲羽裳抛着媚眼。

不知道为什么，风行云不再觉得这些人可怕了。这些粗陋的，肮脏的，满身臭气的无翼民身上隐藏着一种令人亲切的东西，比那些衣着光鲜满身香气的公子或者将军表现出来的要亲切得多。

他不再害怕，他不再担心将要前往的地方会有什么发生，那位胖老板的笑容和刚才那位白骆驼骑手无拘无束的笑容给了他新的力量。

羽裳正在看着他。

"好了，我们走吧。"他说，挺起了胸膛。那一大队人数众多车马华丽的队伍，正从他们的来路拥拥挤挤地走过来。

在拉着羽裳的手离开这儿的时候，风行云可不知道，这座看上去令人亲切异常的客栈中，即将有一场龙争虎斗。

第二章 厌火之洗

二之甲

争斗是苦龙挑起的。

却说他一脚踹翻了茶钥公子的桌子,汤水瓷片四溅,飞得到处都是。小四将军跳将起来,他不敢相信地看着碎了一地的碗碟,不由自主地咽了口口水,喊道:"你你你……你你你……反了你!"

他飞快地回头扫了那些士卒一眼,他就知道,这些傻瓜还愣着呢,看到他们发呆的样子,他就气不打一处来。小四痛苦地喊道:"你们这些奴才——还不拔刀?"

那些士卒吃他一喝,如梦初醒,连忙跟着小四老爷稀里哗啦地拔出刀子来,刀尖朝内,围着苦龙站了一圈。

苦龙打躬作揖地说:"客官,不是我消遣你,而是这店里有规矩——再怎么说我们这也是宁州名店——这么恶俗的东西,要是上了桌面,会被同行耻笑的。"

小四的眼睛瞪得有铜铃大,他不相信地嚷道:"别是不识货吧,老头？这些都是天下名菜，宁州难得一见，我们茶钥家的厨房，只怕比青都御膳房也差不到哪里去——难道你这破店还想跟我们决斗不成？"

"不敢不敢，"苦龙将两手在身后一背，抬眼看天道："小店今日正好备了一道菜，此菜名唤'白眼看天'，普天之下，除了当今羽王，怕是再没几个人吃过。别说吃了，就连有眼福看上它一眼的人都没几个，这样的菜，在我们店里，才勉勉强强算得上能上桌的菜。"

"好一个怪名字……"小四沉思着说，他突然醒悟过来："我呸，你的意思是连我们也没见过它了？"

小四跳起脚来，叫声如雷："我们没吃过？我们会没吃过？你别换一个怪名字来唬人，茶钥城的人会没见过一道菜？侮辱，这是严重的侮辱！"他点着头给苦龙定了性。

"老头，你危险了。"他威胁着说，然后得意地回头看了看那贵公子。

茶钥公子将手中折扇一抖，连连点头道："你有什么好菜，那就不妨拿出来看看，有什么东西我茶钥城没有，有什么东西我会没吃过？简直是笑谈，笑谈呀笑谈。"

苦龙看着自己的脚尖，面有难色地摇着头说，"这道菜做起来麻烦，只怕拿出来，客官你吃不了，白白糟蹋了珍物。"

"哎呀，跟大爷我起腻！我告诉你，你今儿要不拿出来，我就……"小四捋起袖子，咬牙切齿地发狠说，"我就……杀了你！"

他回头扫了那些兵丁一眼，这次他们心意相通，那些兵丁一起跺脚齐声帮衬道："杀了你！"喊声震得尘土从房顶上簌簌而落。

"好！"苦龙咬了咬牙，喊了一声，"看在两位客官都是识货人的分上，今儿我就破例拿出来一飨贵客。"

这胖子又把将军叫成客官,但这时候小四的好奇心被勾起,也就没有纠正他的错误。只一迭声地喊道:"快拿出来看看。"

苦龙却是慢腾腾地说:"要吃这道名菜呢,得先跟各位客官说说这菜的来历。话说极北之上,有种非常大的大鸟,它拍一拍翅膀,就可以抛起滔天的巨浪,翅膀上掉下来的一根毛,就有厌火城最长的木兰船那么长。这种鸟啊,就叫大风。"

"大风大风。"小四鸡啄米似的点着头,附和着说。

苦龙瞪着眼睛说下去:"这大风呢,最喜欢的食物,乃是一种巨大无比的鱼。这种鱼平时停留在水面上,背上的皮厚,长满水草牡蛎,寻常渔人还以为它是座小岛,爬上去一看,却发现有两只硕大无比的眼睛,并排长在背上,白森森地瞪着天空,那就能断定是鱼了。每只眼泡啊,有三人合抱那么大。这种鱼呢,叫做豪鱼。"

"豪鱼豪鱼。"茶钥公子听得入了神,跟着点头说。

"再说那大风呢,嘴刁得很,它展开几里长的双翼,扶摇在青云上,摇摇摆摆,东看看,西看看,看到地上的牛羊虎豹,都不想吃。这也是,它要是看到什么都喜欢吃,动不动俯冲下来,这陆地上不是时时要起风暴吗?"

"风暴风暴。"小四说。

"只有漂浮在海上小岛一样的豪鱼,才值得大风动一动嘴。而它从几万里的高空俯冲下来,就只为了啄出这一双白眼来吃,可想这对眼珠子是多么招人喜欢了。"

小四和公子两人听得目瞪口呆,口水直流下来。

苦龙得意洋洋地抹了抹鼻子下的黑胡须,道:"要抓住豪鱼可不是件容易的事,非得以铜山为竿,以巨铁链为绳,以成串巨象为饵,方可诱那豪鱼上钩;若鱼上了钩,又非有二百架铜绞车,二千对公牛,否则不能将猎物拖上岸来。公牛你知道吧?力气很大的那种牲口。"

"公牛公牛。这个我知道。嘿嘿。"小四赔笑说。

苦龙怀疑地看了看小四,一副"你也知道这个"的神情:"待鱼拖上岸后,如同一座小山堆在沙滩上,这种鱼全身皮厚肉粗,只能找夸父,用开山巨斧,单单只寻取两只白眼,这才能做这道好菜。"

茶钥公子摇了摇扇子,四处看了看:"说得蛮神的。你们这样的破店里,还能有这样的东西?"

"你们等着。"

只见这胖老头噌地一声串入堂中,莫看他身材肥胖,动作却是极快,就像一头硕大的鼹鼠在洞中进进出出,转眼自店中拖出十余捆用青藤扎得整整齐齐的木柴来,就在院中搭起一个六尺高四尺见方的篝火架子,动作熟练至极。

苦龙第二次串入门中,这次却是双手环抱,拖了一个巨大得能装下一个人的青花大瓮出来,瓮中白花花的也不知道装满了什么。他站在院中,双手一悠,稳稳当当地将大瓮送上架子顶部,却用一个长柄钩子钩起瓮盖,另用一个长柄歪勺源源不断地送上各色蒜花、精盐、大料、丁香;随后在木架上打着了火。转眼之间,火气上冒,整个架子轰轰烈烈地烧了起来,热气熏得院中的人同时后退了几步。

那茶钥公子连同小四虽然吃遍天下美食,却哪里见过这种烹调方式,都是直了眼望了发呆。本来被赶出院子挤在门口的客人此刻也纷纷挤进院中来看热闹,兵丁也看傻了眼,没顾得上理他们。

苦龙迈动两条短腿跑来跑去,在忙活这些事情的时候,口中犹自在不停地介绍道:"此鱼目烹法独特,只可以百年青花瓮盛之,以蓝媚林的龙涎木架慢火蒸煮,整架子的大火要烧上三日三夜,待得鱼目尽数化为像玉一般洁白的膏脂,将汤都弃之不用,只取膏脂烧烹享用。"

公子听得从椅子上跳了起来,小四也听得呆了一呆,怒道:"你是说我们得在这等上三天三夜不成?"

"喊,"苦龙回头横了他一眼,道,"我这只是演示,演示懂吗?这道菜我早就做好了。要是每次先等客人到来,点了菜谱再做,大家岂不都饿死了。"

"不错不错,饿死了饿死了。"那小四松了口气,赔笑道。随后又回头对那公子说:"公子,没想到他们考虑得还挺周到的哦。"

"嗯。"那公子也松了口气,坐回椅子上,摇着扇子道,"周到周到。"

那苦龙转身又进店中,捣鼓了半晌才出来,此番却是双手抱出一个黑色的铜鼎来,那鼎大有环抱,口沿处光溜溜的,又黑又深,也不知道多少年岁。此刻鼎盖未开,已经是满院流香,异芳袭人。

苦龙将它摆在公子和小四面前,揭开盖子,一股云气氤氲而上。沉在汤中的,果然是满满数十方白如膏脂的白玉块,汤面上还浮动着片片红花,那汤烧得滚烫,还在不停滚动。片片花瓣随波逐流,便如惊涛骇浪中的扁舟,却怎么也不沉入水底。

小四咕嘟一声吞了口口水,站在一旁搓手,公子也是喜笑颜开,拣了双玉箸便要动手。

"且慢!"苦龙却大喝一声道。

"又怎么啦?"小四不解地抬头问。

"享用如此佳肴,岂可无酒。"

"呃呃,"小四底气不足地道,"要有酒,要有酒,我们这有最好的碧佳酿。"

"啊呸——"苦龙狠狠地吐了一大口唾液,几乎吐到小四的牛皮靴上,小四只得尴尬地往后一退。"呸呸呸,"苦龙一连串地喊道,"吃饭就要有个吃饭的规矩,咱们怎么都算是有身份的人,可不能将就被人嘲笑了。"

他这话说得正气凛然，小四只得点头称是。

"冰洋豪鱼目食性大寒，碧佳酿酒品温补，怎配得上它——非用殇州冰炎地海边夸父酿造的大烈酒不可。用藏酿十年的大烈酒为君，再以越州玫河络酿藏的黑菰为引，更以大皮袋装之，一口气喝个精光，那就对了。"

话罢，苦龙变戏法一样从背后掏出一个大牛皮袋，里头满满当当，装了足有三十斤酒，当的一声甩在了那公子和小四的面前。

小四望着这一大口袋酒，咽了口唾沫，艰难地道："你你你……你是说一口气把这酒喝个精光？"

那苦龙满面春风地道："还没完哪。这道菜，本来要在那冰炎地海喝着烈酒，敞开皮袍，吹着那刺骨寒风食之，方称最妙。此刻赤日炎炎，酷热难当，食此珍馐，未免不足，故而只有用这只养了十八年的冰蝇助兴了。"只见他满脸不舍之意，起身将皮袋口绳解开，却从腰里摸出刚才抓到的那只黑蝇来，弹入那一大袋清澈透亮黄如琥珀的酒水之中，随手又扎紧口袋，在手上转了两转，却见那大袋烈酒，果真片刻间便挂满冰霜，看上去寒气瑟瑟，凉意逼人。

那股凉意自酒袋中源源不断地冒出，别说是挨着酒袋站着的人，便是院中一旁衣裳单薄者，也无不牙齿打战，两股发抖。

苦龙将酒袋和铜鼎再次往茶钥公子和小四面前推了推，摆了个"请"的手势，脸上都是殷殷邀请之色，"来哦，别客气，吃啊吃啊。你要不吃可就浪费了。别忘了，一口闷完哦。"

小四咬着指头，向左看看那滚烫的汤锅，再向右看看那冒着冷气的酒袋，很快做了决定。他把头摇得像个拨浪鼓似的喊道："这如何吃得完？你骗人。我不要吃。"

茶钥公子也是抱定了这个主意。他们现在都清醒过来了，苦龙始终是在戏弄他们,说到底就是想骗他们吃下这些美味,肚子圆圆地躺倒在这,动弹不得,出丑露乖。

他们愤怒地盯着苦龙,揭穿他说这是个骗局,根本不可能有人吃得下所有这些东西。

而苦龙一脸无辜,他摊开两手分辩说是他们坚持要他拿东西出来的,在他看来,这还不够一个人吃的呢。

"放屁!"小四声如巨雷地喊道,"我们打赌好了。"他气得发疯,啪的一声将腰里的刀拍在了苦龙的面前,喊道:"此刀价值千金,足可抵得上你这间客栈了。你这只要有一人能把这东西都吃了,我便把这刀输给你了。"他回头看了看公子,又聪明地补充了一句,"一个人,一顿饭的工夫内。"

"赌了。"苦龙低眉垂目地犹豫了半天,终于同意了——然后他慢悠悠地回头喊道:"虎头。"

如果不算那些可怕的伤疤的话,虎头是一个很漂亮的巨人,那一天他的胡子刮得很干净,但他左颈上一处可怕的伤疤破坏了这种整体形象。那是一个深深的圆洞,深得让他脖子上那些虬结的肌肉都有点扭曲起来,这让他看上去有点忧郁的气质。虎头有一双很浓厚的眉毛,他和人说话的时候总是很专注地用他那双棕色眼睛盯着说话人的嘴,这个习惯经常给人一种迟钝的印象,得到这种印象的人通常都没有注意到他右肩肌肤上印着的一簇青色火焰。

大家都知道虎头是一名夸父,可是小四并不知道,所以他一看到山一样高大的虎头慢悠悠地挪出门来,登时脸上变色,知道自己输到家了。他可没想到在这家毫不起眼的破店中,居然还藏着名夸父。

却说虎头往桌前一坐,抬眼望着老板,不敢相信地问:"这些东西，全都我一个人吃？"在得到肯定的回答后，他欢呼了一声，猛扑上去。站在外圈的人只见汤水和残渣四溅，那一袋大烈酒，一锅豪鱼目，像是被狂风卷着般直落入他的肚中，只看得众人瞠目结舌，不敢发言。只用了三弹指的时间，虎头摸着肚子，看着菜尽盘空的桌子，心满意足地打了个嗝，叹道："舒服，要是再来点饭后点心就更爽了。"

小四哆嗦着嘴唇摸着那柄插在鲨鱼皮鞘里的名贵宝刀，想要赖账却又找不到借口，于是将求助的目光投向公子。茶钥公子一向聪敏过人，在茶钥无出其右，此刻轻咳了一声，慢悠悠地道："咦。夸父不能算人吧，夸父能算人吗？说实在的，你们都不能算人，只是些卑贱的无翼民而已。"

"公子高见，"小四猛醒过来，感激涕零地望着公子，"呸呸，一群贱民，也想骗我的宝刀。管家管家，来人啦，把这些人统统给我轰开，老爷我要上路了！"

却见苦龙双手一抱，站在院门前不挪窝。

"怎么，这条理由不行吗？"小四惊异地嚷道，"小的们，抄家伙！"

茶钥城的兵丁们闹哄哄地提起刀枪，就想往门外硬闯，却见那名胖胖的看上去满脸和善的店老板抱着胳膊，吹了声口哨。"嘿，你们这些家伙，往上边看看。"他慈眉善目地劝告说。

院子边上那座二层高的客栈楼顶上冒出了十数个黑影，每个人的手里都是一柄可以连续发射的铁弩，弩上寒光闪闪，瞄着下面；而挤在院门口那些默默无声的看客也纷纷亮出了刀子斧子锤子，虎视眈眈地将这帮子兵卒围在中间。这些人本来就是一群旅人、麻烦和盗贼的聚合体。这儿本来就是一个充满小偷和强盗的丛林，一个骗子和土匪的天堂，一个弱肉强食的地方。

苦龙哗啦一声扯下了身上的脏围裙，他的衣服下宽大的皮带上一边系着一串各种各样的刀，另一边系着一把六刃狼牙棍，右肩上竖着一把长剑，左肩上挂着一副铁弩，上面已经拉紧了弓弦，摆放着五枚闪闪发光的弩箭。（其实这副吓人的装扮都是刚从一名房客那借来的——刚才在店堂里跑进跑出的时候，他可做了不少事。）

那时候苦龙哈哈大笑，他对着面如土色的茶钥公子和小四将军，相当开心地说："欢迎你到厌火来。"

二之乙

厌火城中，街头巷尾总有许多供过往客商饮牲口的矮栏井。这些井的旁边，仿佛总是千篇一律地聚集着一些摇摇欲坠的房屋和歪斜的棚子，围合成一条牛肠子般的弯曲巷子。井栏杆边通常都会留有小块空场，以供商队停放牲口。

青罗就站在这么一条巷子尾的空场上，看着四十余名铁甲步骑兵自两个街口涌入，各自手中提刀持枪，如临大敌地直围了过来，将一条巷子围了个水泄不通。这些兵丁看上去也不是羽人，该是当地招募的府兵。

为首的那条大汉嘿嘿一笑道："跑这来了，以为我龙柱尊就找你不到了吗？"

青罗手上还提着牛角梳，茫然不知所措。他嗫嚅着辩白道："我办了暂住官牒的，在城门口。"

那名铁甲大汉瞪起一对牛眼，不相信地朝他看了看，仿佛刚看到他站在这儿。"你可以离开，小子。这事和你不相干。"他说，嗓音低沉，语气中的威胁显而易见。

青罗迷糊了半天这才回过神来，敢情对面这帮如狼似虎的家伙虎视眈眈盯着的是他身后。他回头一看，就看见那名小姑娘咬着下嘴唇，抱起她的黄猫缩在井栏后，一脸害怕的神色。

青罗看了看围住了整条街的军士，气势如虎的大汉，不由得垂下头去。他挪动了一下脚步，想去拉白骆驼的缰绳。白果皮不乐意地摇了摇下巴，猛扯了一下绳子，把他的视线带高了一点，正撞上井后面那双求助的目光。

方才正是那清澈的目光让他在这炭火一般的天气中如饮甘饴。青罗扭头四处看了看，想找个谁来打听一下发生了什么，这条街上却静悄悄的，所有的人早跑得没影了。

"喂，"他抖了一下骆驼的缰绳，又说，"你们为什么要找她？"

龙柱尊斜瞥了他一眼，一副懒得答腔的模样。他身后一名年长些的军士喝道："你是傻的吗，敢管我们羽大人的事？"一扬手，展开了一面令旗给他看。只见锦绣的旗帜招展开来，上面绣着一只昂首张嘴的仙鹤，看上去一副怒张欲飞的样子。

青罗犹疑不决，汗水从他的脸颊上直滚下来，仿佛刚刚退去的暑热又卷土重来了似的。他不知道他们说的羽大人是谁，也不知道那名女孩是谁，可是对面站着四十名武装到牙齿的铁甲士兵冲他虎视眈眈，他可是知道的。

女孩缩在他身后，悄声细语："帮帮我。我不要跟他们走，他们不讲理的。帮帮我。"

"你别怕，我会帮你的。"青罗说。他抬起头来的时候，看到那些铁甲兵都像看着个死人一样看着他。他冲着对面的大汉咧了咧嘴，苦笑了一声："大叔，这是何必呢，你们一定是搞错了，她只是一个小女孩啊。"

"搞错的是你吧。"龙柱尊轻轻地捏紧了拳头，这个动作虽然小，却带动他身上系着的武器一阵吭啷啷的响动。他把两撇浓黑的眉毛拧在一起，轻轻地，慢慢地，向青罗问道："我们这边有四十个人，你——凭——什——么——出这个头?"

　　白净的天空被阴霾淹没。青罗望着街道发愣,那条道上此刻清亮水滑,光可鉴人。他不明白为什么一路上那些看着挺善良挺好的人现在都消失了,都不上来帮忙说一句话。要是在草原上,他们绝不会如此。

　　他看着四周面色阴沉的人和他们手中闪着亮光的刀子,又看了看小姑娘。她什么话也没说,只睁着那双猫一样大而纯净的眼睛看他,大黄猫从她胳肢窝下伸出头来吹胡子瞪眼睛,一副烦躁不安的样子。他转过身去,觉得她的目光烫得他的后背噬噬作响,他到现在都还没搞明白,自己怎么着就卷入这场莫名其妙的纷争中,但他是一名战士,只能以草原的方式来解决这个问题。

　　青罗收起笑容,把拉着缰绳的手收回来放在腰上:"单挑?"

二之丙

　　青罗说出这句话后,就发现对面的士卒脸上都露出了一点鬼祟的笑容。

　　"要倒霉了。"他想。

　　"倒霉吧,小子。"那些士卒们得意地想。这些士卒乃是厌火城负责治安管理的府兵,多半由无翼民充当,平时只在下城驻扎巡防,虽然比不上正规的羽人镇军风光,但在下城里也算可呼风唤雨,欺压一方。这个龙柱尊号称龙不二,是厌火城城主羽鹤亭手下、府兵头目中数一数二的人物,武功高强,行事狠辣,怎么能对付不了一个乡下小子。

　　"哈哈,露脸的时候又到了,"龙柱尊想道,"许久没开荤了,别让手下弟兄们小瞧了。好,那老子就一刀捅了丫的,不,一锤子锤扁了丫的,不,还是一斧头敲了丫的比较漂亮,没准还能看到脑浆什么的——对了，要让士卒们把街坊邻居都拉出来站边上欣赏，让他们一起佩服我。"

思路一转到这上面，他就有点犹豫了。

"——且慢。我要是打不过他怎么办？那街坊到底欣赏谁呢？这小子脸上怎么老是笑眯眯的，好像不怎么怕我似的，这里面只怕有诈。"

龙柱尊嘿了一声，开始眯起眼睛在这个不知什么来头的小伙子身上扫来扫去，像狐狸一样嗅探一切可疑的迹象。要知道他得羽鹤亭重用，可不仅仅是因为他勇武过人，而是他在充当府兵头目的那帮子莽夫当中，一直算得上小心谨慎，目光长远，能看出掩藏在可怕陷阱背后的东西来。

此刻他正从那名小伙子身上嗅探到一股熟悉的草莽气息，特别是那块挂在小伙子脖子上晃荡的红玉勾起了他许多回忆。那块玉上血红色的纹路盘盘绕绕，泛起无数影像来。

还是在十多年前，他随羽大人大军西征，也算是到过无数地方，经历过无穷事件。他知道蛮子们都难以对付，那块挂在脖子上的玉更是他们勇猛和拼命的象征。他还记得有那么一个部族，正是佩挂这种红得像血一样的玉石，一提起刀子来就个个疯了似的不要命。他们人数虽少，却停留在砂石泥土鲜红如火的虎皮高原上等待迎战。六万羽族大军齐进合击，全歼了这支蛮族人部族军，算是蛮羽之战中不多的几次胜战之一，然而此时他一想起那个残阳如血的傍晚，还是不免有些眼皮发跳。

厌火城乃是整个宁州最龙蛇混杂之地，怎能不小心为上啊。龙柱尊想，这家伙眼生得紧，知道了羽大人的名头，居然还要伸手管事，背后没人撑腰，谁敢这么大胆？

龙不二的眼珠转来转去，自然就把心思转到了那个什么铁爷身上，不由得倒抽了一口凉气。若果真如他所算，被这小子羞辱了事小，惹动了背后人物事大，羽大人怪罪下来，麻烦可就大了。况且这小子主动闹事，瞄着他不放，只怕是有备而来呢。他这么一嘀咕，就越盘算越复杂，越发地搞不明白这小子的底细，忍不住想掏出纸笔算筹，排演上这么一排。不过毕竟久经战事，经验丰富，那龙柱尊心里嘀咕，面上却不动声色。

也难怪啊，他龙不二既然是羽大人手下头号悍将，不知道有多少人惦记着他呢。那姓铁的要是要对付羽大人，自然头一个就要找上他。那小子，那小子……怕正是铁爷请来的杀手吧……龙柱尊一想明白了这一层，不由得冷汗涔涔而下，只想转身就跑——他妈的，被这么多兵丁盯着，还真不好跑呢——看来，只能跟他拼了。他悲愤地想，手腕一勾，已经从背上取下战斧，倒转长柄，抡了一个小圈，提在手中。

身后士卒看他摘下那柄斧头，登时往后退了好几步，面有惧色。手下都知道他勇武，不肯轻易动用这柄青曜斧，一旦施展开来，那便是石碎山开，地动天摇。如果让他打上七八十招，只怕整条街道都难剩下一片全瓦。

青罗一句话讲完，却看见对面那位将军愣在当场，脸上忽红忽白，忽喜忽惊，也不知道捣什么鬼。青罗忐忑不安地揪着骆驼的缰绳，待要问他行不行，又不敢打扰他。此刻那将军突然动了，青罗也是心中一惊，见他斧子只这么微微一抡，一股风便直压过来，空场之上尘土四散而开。

"好，那我们便来走两招。"龙柱尊喊道。虽然心中害怕，到底是身经百战的阵前大将，此刻心想死也要死得漂亮，心神一收，果然依旧是威风凛凛，杀气逼人。他摆开架势，左手扣住斧攥，右手顺着冰凉修长的斧柄向下一展,到尾柄时候,便要猛地一收。

青罗额头上也是滴下汗来,知道龙柱尊此刻以怒化劲,气凝双臂,一贯到斧尾,便要有惊天动地的招数发将出来。他见那龙柱尊双目圆睁,恶狠狠地盯牢了他,仿佛要生吃了他似的,他也不知道他的怒气从何而来,只觉得那股仇恨像热气一样直卷过来,无处躲避。只听得嗒嗒两声,龙柱尊的两只脚直陷入泥土中去。

拥挤着四十多人的空场上,这一刻是静谧无声。飞扬的尘土慢慢落下。那柄青光耀耀的斧上,一抹灿烂的寒光闪烁跳跃。这一点跳跃的光中,却包含着可怕的压力。杀气像大山一样垂降而下,让场边上的人如手脚被缚,动弹不得。

"好杀气。"青罗在心里喝了一声。这股杀气就像那股穿过他腋下的风一样,激发了他的本能。他能感到太阳穴下的血管轰轰作响,感应龙柱尊的呼吸而起伏。战士的血液在他身上熊熊烧起。

龙柱尊的眼睛已经瞪到很大了,在他右手收到斧尾的时候,他的上下眼皮却还是往外猛地一开,登时圆若牛铃,边上的人几乎能听到眼眶迸裂、鲜血从伤口中嗤嗤喷出的声音。随着这一睁,龙柱尊身形展动,便要扑上来,就在此刻,青罗却大喝了一声:"——等等!"

"嗯。"龙柱尊愣了一愣,扯着斧子果然不动了。

"大叔,你看上去很厉害的样子,我不敢空手和你打。"青罗说罢,转头钻入骆驼背上那庞大无匹的包裹里翻了一回,拿出一柄剑来。那柄剑短如小臂,剑鞘磨得又破又烂,上面用一根鹿皮绳一圈圈地缠好,交错成双头狼花纹的模样。

"这柄剑,叫山王。"青罗说道,慢慢地把剑从鞘中拔了出来。他的动作轻盈柔和,仿佛漫长得没有尽头。从来没有人知道,一柄被这样温柔地拔出来的剑也能啸叫长吟,那声音像风刮过铜屋顶一样响亮,那颜色像万里雪冰一样清亮纯净。青罗的脸在这柄剑的背后变得明亮起来。

龙柱尊见他一副好整以暇的模样,加上看那剑俊俏,更是心中一紧。却见青罗把鞘在骆驼背上插好,转身露齿一笑,大喝了一声,连人带剑扑了上来。好个龙不二,不敢怠慢,气灌丹田,横斧一挡,出手便是最厉害的三个杀手锏。他也不愧为厌火城城主羽鹤亭手下第一悍将,这三斧挥得霸气纵横,站在外围的军士只觉得无数道锋利的风割过自己的脸。那些劲风掠过沙地,便是沙石四起。手下便是知道他手段的,见了这尘烟滚滚,遮天蔽日,也都要叫声好。

只见两个黑影倏合即分,叮的一声轻响,一柄兵刃脱手而起,高高地飞上半空中,在夕阳中曜曜而闪。

二之丁

看着扛着茶花旗帜的大队人马慌乱地跑远,胖乎乎的苦龙嘴角不由浮起一抹笑来。他把毛巾往肩头一搭,将明珠宝刀神气活现地插在腰带上,朝院子里站着的人大声喝道:"愣着干啥?大伙儿继续喝酒吧,今儿我请了!"

院子里的看客轰然欢呼。吵闹声里,没有人看到一只白色的鸟呼啦啦地从厌火方向飞了过来,一头扎在苦龙怀里。那只鸟只有拳头大小,飞得如箭一样快,红色的脚爪上系着一个小皮囊。

苦龙皱着眉头从皮囊里掏出一颗白色的小石头,大拇指和食指一捻,白石头变成了一股翻腾的粉末,在空气里盘绕而上,居然形成一只白虎头的模样。

苦龙咂了咂嘴,朝着天空想了一回,然后对帽子上插着鹰羽的那人说:"小苏,帮我看着点店。虎头,铁爷召见,我们走吧。"

登天道连接的是下城的阜羽门，城门洞又深又长，仿佛一条通往远古的隧道。风行云拖着羽裳的手，穿入城门洞的阴影让他的心跳加速，但很快他们又站在火辣辣的阳光下了。厌火城的空气里带着一股土味。他在天空中曾看到过的厌火城和他如今触摸到的，仿佛不是同一个地方。

它有六十座插入云间的高高低低的塔，层层飞檐上悬挂着叮当作响的风铃，铅石铺成的道路在阳光下闪着冰冷的光。它有一座仿佛是水晶砌成的宫殿，一列列青铜的雕像矗立在屋顶上，还有无数美貌的女子骑在马鞍上，背上系着闪闪发光的弓箭。

而此刻他眼睛里呈现出来的厌火其实是一些泥土色的摇摇欲坠的房屋聚集体，它们密密麻麻地重叠着，用简陋的锡板和看不出颜色的木板补住漏洞，背对着道路，在阳光曝晒中发出击鼓似的声音。风是半死不活的，人们被热得半死，低垂着头在阴影里烁着，尽量避免动作和呼吸。

门卒套着破旧的号衣，挂着发黑的长枪，打着哈欠。他老得面皮皱缩成一团，半驼着背，看上去是个无翼民。

风行云怯怯地问道："这位军爷，码头在哪？"

"码头？"老卒子支棱起眼皮，上下打量起他们来，"你们不是羽人嘛，到码头干吗？那可不适合你们去。"

他多嘴多舌，舌头打绊地说："顺着这条大路往前走，见弯就往坡下拐，连过七个路口，再往南拐大约半里地，就可以听到海浪拍打石头海堤的声音，顺着声音走到头就是下城码头了。"

临走前，那位老卒子又加了一句："小心点，码头不是好人去的地方。"

风行云紧了紧背上的包裹，感到一阵眩晕，似乎对自己的选择又有点怀疑起来。

羽裳大张着眼睛，询问地看他："还是要去吗？"

"大海，还有船。"风行云简单地说。这些词带来的气息已经撩拨着他的心一辈子了。

他们刚起步要走，就突然听到后面传来一阵喧闹声，车仗拥挤，蹄声喧天，一支车队慌里慌张地拥进城门，如同一阵大浪涌来，把他们挤到了一边。

小四骑在瘦马上，骂骂咧咧地道："妈的，公子，咱们今儿吃了亏，可一定要想办法找回场子来。"

那荼钥公子也是一副死里逃生的慌乱神情，气鼓鼓地道："等见到了羽大人，我定要告上一状，让这几个刁民吃不了兜着走。"

突然就听到路边有人大声喝问道："来的可是荼钥家的公子吗？我们奉羽大人命，等候多时了。"

只见路边排开两队铁甲兵丁，一色的黑色玄甲，犀牛皮盔，正是厌火的羽人镇军，军容严整，刀枪闪亮，好不威风。为首一人手持一面三角令旗，旗上绣着一只昂首欲飞的仙鹤，正是厌火城城主羽鹤亭的标记。

荼钥公子精神一振，连忙让小四上前招呼。

原来宁州羽人原本有八大重镇，分别是：风，火，河，山，鹤，翼，云，天。风神、厌火、金山、白河为上四镇，皆以城为名，鹤雪、黑翼、云魂、天龙为下四镇，以军为名。羽鹤亭是世袭公爵，统率的正是厌火镇军。

其时宁州正值多事之秋。十四年前，银武弓王残暴多疑，将太子一派诬为叛乱而剪除，只是羽人纷纷传说太子翼在天仍然活着，已然穿过灭云关逃走。其后宁州羽人的八部精锐中三部公然抗命，拥兵自重，另三镇则坐地观望，史称六镇之乱。这期间，第一次蛮羽战争中，因灭云关失落而流散在宁州各处的蛮族游牧部落逐渐聚集，在首领沙陀药叉的手下，再次形成令人畏惧的大股势力。

一年前，银武弓王暴毙，二子翼动天登基，是为银乌鬼王，开始着手收拾这破碎河山。

宁州八镇中只有风神风铁骑和拱卫京都的黑翼风云止始终对青都王朝忠心耿耿；金山、白河二镇已反；鹤雪脱身远走澜州，也算是抗命不遵；厌火部羽鹤亭及茶钥天龙镇军则飘忽不定，对青都若即若离；南药的云魂镇军云猛胜历来与茶钥是水火不容，因此拿定主意，只看着茶钥行事——茶钥若反，他们则拥青都为王；若茶钥向青都称臣俯首，云猛胜则必然要反。

此次茶钥城主天龙军上柱国木子搏让自己的儿子到厌火来，正是要找羽鹤亭商议进退大事，不料却在路上碰到了南药云猛胜的女儿。双方钩心斗角，各怀鬼胎，自然见面就打了起来。

此时来迎接茶钥公子的乃是羽鹤亭手下中护军时大珩，他骑马随在茶钥公子的车边爬上了一个大坡，对车内说："大人请看，穿过这条大路，拐向北行，便是上城区了。"

茶钥公子抬头仰望，只见整座厌火城呈两个相互咬合的半圆形，自高而下地铺展在翠渚半岛指掌状的陡坡上，上城高耸在翠渚坡最高的地方，都用白色整洁的石块砌成，无数白色的高塔矗立在云端，飞檐上悬挂着风铃，一圈白色的城墙在阳光下闪光，仿佛是厌火城亮白色的心脏。那些土黄色的低矮的、歪歪扭扭的房顶是下城区，它们包围着白色的上城，一直俯冲到海里。黑色海水则如同一群群要夺取厌火的骚动匪徒，不断向前汹涌进攻，奋力拍打在青石海堤上。

如此热闹和对比鲜明的情形，是其他各镇所难见的。茶钥公子看得赞叹不已，转头却发现时大珩和他手下的铁甲军都神情紧张，右手一刻也不离刀柄。他说："我们得加紧走，到了上城的城墙里边，就安全了。"

"哈哈，可笑可笑，"茶钥公子忍不住扑哧一声笑了出来，"时将军不用这么小心吧，难道这厌火城的城主，不是你家主人羽鹤亭吗？我们是城主的客人，还需要害怕什么呢？"

"公子有所不知，这下城白天是我们羽大人的，晚上则是铁爷的。下城的府兵也未必尽靠得住，此时天色将晚，还是多加戒备为上。"

茶钥公子惊讶地发现，说到"铁爷"这两个字的时候，时大珩压低嗓子，东张西望，带着自己察觉不出的恭敬神态。他喔了一声，向后靠到马车松软的绣花椅垫上，把这个搞不懂的铁爷和城外那个讨厌的胖子店家扔到九霄云外。这一路当真是辛苦劳顿，千难万险，连吃个茶点也吃得惊心动魄。

茶钥公子拥有一个优点，就是他从不为不该自己负责的事情多操心——这让他的超凡脱俗为他人所不及。既然时大珩负责护卫，这位乱世佳公子也就不再过问周围情形，而是将心思转到等会儿可以安心享用的美酒佳肴上去了；但此刻时大珩和手下兵丁只顾小心防备四周幢幢屋檐下的暗影，却没注意到茶钥公子的车队里，一条黑影正偷偷溜开，朝下城区的方向摸了过去。

二之戊

风行云和羽裳从没见过城镇，更别提这座闻名天下的宁州海港了。任何一个普普通通的景象——破旧倒塌的屋顶、黑洞洞的门窗、散发强烈鱼腥味的垃圾堆、墙角那些看似有意无意的划痕和涂鸦……带给他们的都是惊奇和强烈的冲击。他们瞪着无邪的黑色眼睛，不带任何成见地接受这一切，所以他们比茶钥公子更能发现厌火的真谛：厌火下城肮脏破败的皮肤下，却充满张力；而远处的上城白色的城墙，虽然漂亮坚固，却像铁壳一样生硬。

转过几个街角，他们发现随着太阳落下气温下降，街上的人已经慢慢多了起来，虽然人数还算不上很多，喧闹程度却已经胜过了风行云他们见过的最热闹的集市。每一个街角都开始挤满了人。一匹无人驾驭的漂亮小青马拉着的车子慢悠悠地穿过人群，车帘微微挑开，风行云只觉得心里突地一跳。从车帘缝里看到一个光洁的额头，已让他觉得车里坐着的女人柔美不可方物。车里的女人从车帘里伸出一只手来，风行云看到一片草扎的鹤，不需要风吹，就从白如皓玉的掌心轻飘飘地飞到空中，竟然也不觉得惊讶——这一天里，他看到的闻所未闻的东西实在是太多了。

风行云还在呆看，突然被猛烈地撞了一下，几乎摔倒在地。他定了定神，发现撞他的人是一个小女孩，她脖子上套着一串蓝绿色的珠子，梳着齐额的刘海，长相乖巧，看上去还没有成年。她冲风行云眨了眨眼，露出一个可爱的微笑，一转身跑开了。

"哎，她抢了你的包。"羽裳提醒他说。

"啊耶！"风行云大叫了一声，追了上去。那包里可放着他们所有的钱，还有他的指环呢。

那小女孩对地形极熟，穿拐巷，过弄堂，跑得风一样快，不时地回头看他，还吐舌头，做鬼脸。风行云咬了牙紧追那串蓝绿色的珠子不放，眼看就要追上，那串珠子在一个阴暗的巷子口一闪，彻底消失了。

风行云茫然地收住脚步，傻站了一会儿。他知道自己不该来追，可他还是个孩子，从来没经受过这种被人抢夺的不公平的事情。他想回头去找羽裳，却立刻发现了一个可怕的事实：他把羽裳丢了。

风行云目瞪口呆地望着身后的路，那是一座庞大无比的迷宫，比盘绕的羊肠还要繁复，比破碎的渔网还要庞杂，他不可能从中找到出去的路。风行云不由得绝望地一屁股坐在了地上。

他发现自己并非孤独无伴，身边一处凹陷进去的门洞里就有一个老乞丐，大剌剌地盘腿而坐，乱糟糟的头发和胡须如同森林底层茂盛的蕨类植物。他那皮革一样乌黑发亮的脸从这一头乱草丛中伸出，不似人类，而更像个山林中的树精草怪。

这乞丐身边扔着一副拐棍，显见得是断了半条腿，空空的左眼上还戴着个黑眼罩，看上去简直只剩下了半边身躯，风行云猜想他一定是经历过可怕的事故。

那老乞丐注意到风行云，他半睁开精光闪闪的右眼，从乱糟糟的胡子下露出没牙的嘴冲风行云狡猾地一笑："小家伙，想和我抢生意吗？"

"不是。"风行云沮丧地说。他脑子里不住轰鸣，心里恼恨透了自己的大意。

老乞丐问了半天，才套出风行云的话来。他哈哈大笑，一点也不同情地说："她偷了你的东西，那很正常，你胆敢追过来，这事倒是不正常了。"

风行云从他的口气里听出了一点端倪，连忙凑了过去："老人家，你能帮我是吧？"

"找到了她怎么办？"老乞丐狡黠地点了点风行云肩头上露出的弓梢，"射她吗？"

风行云惊讶地扬了扬眉："当然不，我只是想拿回我的东西。"

"嘿嘿。"老乞丐的独眼在黑漆漆的门洞里闪着光。"好，我带你去。"他一口答应，一手扔开拐杖，就如同一只蛰伏已久的长腿蜘蛛，突然抖开身上的伪装落叶，从土层下直立而起。风行云大张着嘴，看着老家伙的断腿从裤腿里长出，油乎乎的黑手从空袖子里伸出，就如同断树桩上抽出新芽，壁虎的断尾又重新长出。他的驼背变直了，眼罩被摘下，后面是一只精光灼灼的眼睛。一眨眼工夫，老乞丐就已经生龙活虎全须全尾地站在他面前。

"今天你就会见到她的。"

"谁？偷我东西的小姑娘，还是我的同伴？"

"你的同伴？一个外来人？独自在厌火城？没关系，你也会找到她的。"老乞丐答应他说，他哈哈一笑，大步流星地领头向厌火那些迷宫一样的巷子深处奔去，手里的拐棍突突突地跟随着他的步子点着地面。风行云发现自己只有小跑着才能跟上这个残老头，他猜想这老家伙的胡子和缺失的牙也是假的。

灰暗的暮色开始笼罩在厌火城上空。一只毛发蓬松的小猫头鹰突然从天而降，落在老乞丐的肩膀上，他浑若不觉地大步前行。

风行云跟着老乞丐越走越深，只见四面原本空空的巷子里都冒出人来，络绎不绝，往一个方向走。一个青布衫的白胡子老头，挑着卖桂花糕的担子快步走来，突然咳嗽一声，从担子里抽出双刀，叮叮当当地敲着双刀往前赶；一个摇着两个铜钹儿卖酸梅汤满脸愁苦的中年人脸色一松，从腰里解下一颗流星锤来舞弄；一个弹着三弦唱靠山调的瞎子，睁开白多黑少的眸子，正把一副峨眉刺往腰带上插；一个推着板车做小买卖的瘦子精神抖擞地将一车铁蒺藜拉入暗处；一个把白褂子脱下来甩在肩膀上扛大个儿的壮汉提着柄利斧更是露出副凶神恶煞的嘴脸。此外还有卖大力丸的，耍猴的，卖糖豆儿的，剃头刮脸儿的，打八岔的，套火炉的，卖冰核儿的，做泥水活的，掐尸的，抬花轿的……形形色色，居然全会聚到一起来了。这些原本是最底层的劳苦力们，如今在暗淡的暮色里扬眉吐气，向前的步伐里带着骄傲，眉目里全露着精悍之气。

"这是些什么人?"风行云问。

"影子。也叫影者。他们都是铁爷的人。五行八作,三教九流,遍布全城。他们的首领叫做黑影刀,飘忽难觅,但这些人都得听命。黑影刀之上还有一位白影刀,只是谁也没见过他的真面目,"老乞丐打着哈哈说,"那些羽人们自以为龟缩在上城很安全,哼哼,难道上城里就没有影子了吗?有朝一日,终教他们领教到我们的手段。"

他捏着风行云瘦瘦的肩膀,诡异地一笑:"小羽人儿,我说的可不是你啊。"

风行云垂下了头不作声。他隐约觉得事情有点不像自己想的那样了,翼民和无翼民之间的怨气如此深重,但此刻也只能咬着牙走到底了。

他们正走着,风行云突然听到海浪拍打海堤的声音,拐角已看见几根白森森的桅杆在空中摇摆。这是码头吗?他惊异地要问,突然从拐角处冒出两条穿青布衫的大汉,一人抱拳唱道:"君何妨以有换无。"

老乞丐怪眼一翻,回道:"我岂肯得新弃旧。"

那两人一抱拳,齐声道:"我身无形。"随即魔术般消失在潮乎乎的空气里。

风行云惊疑未定,转过街角已看见一片乌沉沉的大海在那里拍打堤岸,密密麻麻的大小船只挤靠在一起,桅杆一根根地伸向天空。码头前的空地上聚了上百号人物,正是刚才聚集起来的人,在这儿可以看到恶棍、扒手、苦修行者、流浪水手、手艺人、正经买卖人、跑江湖混饭的行吟者,也可以看到形形色色的下等种族:满脸刺青的蛮子、凝聚出丑恶形态的魅、形容猥琐的河络,还有身带残疾的夸父。这儿就是码头,盗贼的天堂,恶棍的家园,下等种族的王国。没有羽人敢在夜里走到这儿来。

码头广场有一个形状不规则的、地面铺满高低不平的石块，四面则是扭曲的建筑和房屋，在斜阳下撒下锐利如锯齿的黑影。在泊岸边一块圆柱形的系绳石边，立着一条身高近丈、铁塔一样的壮汉，赤裸的上身肌肉虬结。他高高扬起手臂，一根四丈来长的长鞭在空中灵蛇般窜动，发出一声爆响。

喧闹的码头立刻安静下来，大家把眼光望向那条汉子。

那铁塔一样的壮汉刚要开口说话，突然抽了抽鼻子，凶狠地喊道："这儿有外人吗？"

老乞丐冷冷地说："不错，这个小兄弟和绿珠有点小过节，我带过来了。"风行云发现他自从进了码头，神情和说话的语气都已变了，就像钢刀一样锐利和强硬。

他猛地一顿拐棍，右手边的袖子从上到下裂了开来，露出镶嵌在肩膀肌肉上的一个铁环来，铁环黑沉沉的，上头却有一颗针尖大小的红石子，就像火焰一样晃眼。

那名壮汉的话顿时软了数分："原来是黑影刀。怎么变得这副模样啊，下次有不相干的人，还是不要……"

风行云这一下吃惊不小，却看见黑影刀的眼睛里升腾起一股可怕的火焰，他厉声打断大汉的话："贾三，现在还是我说了算。你不服气吗？"

风行云看到那条大汉忍气吞声地退后了几步，道："铁爷有新消息来，还是要大家多隐忍。"

黑影刀的左手一张，现出手上的一把短刀来，如星芒闪动，他身边的人都不由得后退了一步。但黑影刀却拿着刀顺着下颌自左到右划了一道弧线，右手从下巴上一揭，那张黑皮一样的脸和蓬乱的头发登时掉了下来。露出底下短弯刀一样的鹰钩鼻子，带着威风凛凛的气质。只是谁也不知道那是否就是他的真面目。

他冷冷地说："等不及了，今天就得动手。我也有新消息，羽鹤亭有新帮手到了厌火，各方都已安排好了，再不动手，就要迟了。"那张被揭下的脸被倒提在手里，须发还在挣扎舞动，仿佛是有生命的一样。

那大汉嗫嚅道："可是铁爷……"

影刀冷冷地道："铁爷那儿，我会去交代。大家伙儿用心办事，让铁爷过得舒心点儿才是真的。"

他转头看了看风行云，又说："说点题外话，绿珠来了么？"

"哎。"有个声音应了一声。风行云看了过去，顿时心中一跳，那回答的小姑娘长相甜美，比羽裳还小了几岁，齐额的刘海，脖子上套着一串蓝绿珠子，正是抢了他包的小女孩。

小女孩咬着嘴唇，睁着一双黑白分明的眼睛，瞪着风行云说："好啊，你还敢跑到这儿来找我。"

风行云吞了口唾液，说："我想拿回我的东西。"

黑影刀咳嗽了一声，不耐烦地说："我们先走了。绿珠，你处理完了跟上。"

那些三教九流的人物登时行动起来，仍然按自己的原先面目装扮起来，一瞬间，强盗又变回商贾，盗贼又变成小贩，土匪变成了落魄文士。他们摇摇摆摆地分散开来，向外走去。

绿珠看了看他们的背影，似乎颇想跟着他们一起走，跺着脚说："我们有大事要办，才懒得理你。"那时候影者们络绎离开，风行云却看见混杂在人群中一个熟悉的黑影一闪，只是一时想不起来在哪儿见过。他只怕那小姑娘又跑了，一个箭步窜过去，张开双手，拦在她面前，说："你别走。"

绿珠叹了口气："黑影刀带你来的，我怎么能说走就走。想拿回你的东西很容易，你划下道来吧。"

"划什么道?"风行云听不懂黑话,糊涂地问。

"比试比试呀。我们靠手艺吃饭,抢你东西也不容易,难道你找过来,说还你就还你?那我们不是白辛苦了?"

风行云听得她的歪理一通抢白,也无法反驳,只得再问:"那怎么比?"

那小女孩扬了扬下巴:"你不是背着弓箭吗?我们就来比比,看谁能先把这东西射下来,射得多的就算赢。"

她左手一张,也不知道怎么弄的,指头上突然飞起十来点荧光,飘飘忽忽地飞上半空,在海风里荡来荡去,就好像夏夜里四处飘荡的萤火虫一样。

广场上的人已经走没了,只剩下无数的白色桅杆,在风中抖动着发出哨音。

风行云一咬牙,从背上解下弓箭,瞄向空中。他屏住呼吸,凝神张目,嗤嗤嗤连放三箭,但那些光点轻飘飘的毫不着力,被箭头带起的风一吹,就荡了开来。他三箭都射空了。

小女孩抿嘴一笑,右手一扬,只见手上一道道光华射向天空,每一道光都打灭一个光点,原来她射出去的是三寸来长的小钉子。

风行云红了脸,刚要用力再射,突然啪的一声响,扯得太过,竟然将弓弦扯断了。

那小女孩嘿嘿地笑了起来:"你这个笨样子,也想要回东西吗?"

他们突然听到场子外面传来一阵嘈杂声,码头拐角处那两名青衫汉子所在之处有一声低沉的呼喝声,随即两声尖厉的呼哨像是逃命的飞鸟般急速划过码头上空。

"咦,奇怪,"绿珠一皱眉头,"这地方怎么会有外人到来?不打了,快走吧。"

"不行，你把东西还我。"

那女孩被他拖住衣角，急得叫道："唉，你这人怎么纠缠不清！还给你。"她双手一送，将一件物事扔了过来，一挣身子，已经溜开，眨眼间果然如影子般消失得无影无形。

风行云伸手在包裹中一摸，东西果然都在，他伸手进去摸出那枚指环，害怕再丢，随手把它塞在嘴里，就往一侧黑暗巷道里跑去，刚钻进阴影里，却突然觉得手上一痛，骨头仿佛都要断了，却是打横里一只胳膊伸过来铁箍一样紧紧抓住他的手腕。

"好小子，真是冤家路窄啊。"一张焦黄的脸从黑暗里显露出来对他说。那人的背影他刚才见到，却没想起来，此刻这张脸直凑到面前，眉心上一颗方痣，正是他们在登天道上结下梁子的茶钥城的印池术士。

二之己

啪的一声响，却见场子中尘土四散，一个人飞了出来，滚在地上，摔得不轻。白果皮不好意思地别过脸去，便是那只黄猫也愤怒地喵了一声，轻蔑地挥了挥爪子。

浅绿衣裳的小姑娘跳起脚来道："有没有搞错，才第一招啊——就输得这么难看？"

青罗面朝上躺在尘埃里，滚了半天没爬起来，红了半边脸道："不好意思，不好意思……我不习惯使剑的……没想到这家伙的力气这么大……"话犹未了，却听得头顶上风响，山王唰地一声落下来，插在他头边的地上微微摇晃。

好在那龙柱尊心有顾忌，没有顺势而上敲了他，只是站在那儿，瞪了眼看这小子使的什么诈。

那小女孩手快，伸手把剑拔了起来："那你干吗拿着把剑乱跑？"

青罗捂住胸口，咳嗽了两声，艰难地坐起来，他红着脸，吞吞吐吐地道："这把剑，是我们部里的大合萨给的，他说，可以帮我找到，找到……"他终究还是把"心上人"三个字给吞了下去。

那龙柱尊凝神戒备了半晌，发觉这小子果真没有后招，不由得他不怒，看那女孩子捡了短剑，便喝道："好小子，让人帮手，我也不怕！"舞动巨斧，便如一阵狂飙般卷了过来。

女孩惊叫了一声，带着剑缩回井栏后面。

青罗一把没捞着小女孩手里的剑，只得空着手回头面对气势如虎般卷过来的龙不二。他强撑了一口气，将两手插入那尊足有数百斤重的青石水槽下，猛喝了一声，将那装满了水的水槽举了起来，朝那一干人众直扔了过去，只见一片水光白展展地铺天盖地而下。

龙柱尊此刻搞明白了青罗并非刺客，顿时豪气冲天，一斧挥下，将那水槽斩为两段，更将手中大斧舞得像个风车般团团转。斧光之下，水花四溅，碎石横飞。待到消停，身后的士卒虽然被碎石打得头青脸肿的不少，他身上居然只沾湿了一小片。

"糟糕，打不过。我们还是跑吧。"青罗说。

"往哪儿跑？"女孩白了他一眼，气哼哼地说。

"往哪儿跑？"那龙柱尊打赢了这一战，不由得意气风发，威风凛凛地拄着斧子，大声喝道，"都给我拿下了。"

身后湿淋淋的兵丁轰然应了一声，一拥而上。

青罗突然俯下身去，他的嘴唇轻轻碰在小姑娘的耳朵边，把她吓了一跳。

"屏住呼吸。"他说。小姑娘看见他手上多了一段绳子，那是系在骆驼背上鼓鼓囊囊的大布袋口上的绳子。

"哦。"她说道。

青罗已经一脚踢向那个口袋。噗地一声,有什么东西被踢碎了,伴随着叮叮当当的碎片撞击声,满天飞起了绿色的叶子。龙不二和那些兵丁情不自禁地抬头望去,两指宽的叶子在阳光下飞舞,他们所有人的脸都变成了碧绿色。

青罗放了右手上捏的手诀,一小股旋风刮起,带着叶子团团而转,直朝那干兵丁扑去。

"切,"龙不二道,"风舞狂?这种低级的法术能顶什么用?"

龙柱尊毕竟识见不凡,知道这是亘白系中的一道法术,将叶片硬化之后吹向敌方,便如万片飞刀,狂卷伤人——但叶刀毕竟锋利有限,此刻他手下的兵丁都披着铁甲,自然不怕这种低级法术。

风卷过时,只听得咕咚咕咚几声,那些身被厚甲的兵丁居然脚软筋麻,尽数躺倒在地。

龙不二哼了一声,只觉得风中气息熏人,顿时头晕目眩,脚步虚浮。原来青罗扔出去的是瀚州醉鱼草的嫩叶。那种草嫩叶之中酒味极浓,中人欲醉,大片醉鱼草丛生的地方,往往有人醉死在草丛中。瀚州道上的豪客,包中往往会放上一两罐醉鱼草的叶片,酒虫上来时,嚼上两片,便能大醉三日。此时青罗将一罐子草叶打碎,用风一刮,那些兵丁不啻被灌下数十大杯的烈酒,自然不胜酒力,纷纷醉倒了。

"咦,好玩。"那小女孩从井栏后探出头来,跳着脚嚷道,她一笑一叫,吸入了一点点气息,居然也觉得头上一重,微有醺醺之意。小女孩吐了吐舌头,连忙伸手按住自己和黄猫的鼻子,不敢乱说乱动了。

却见那龙不二满脸酡红,踉踉跄跄地还不肯倒下,原来这粗人平日好饮,颇有千杯不醉之名,此刻强撑着没有倒下,拖着战斧依旧扑了上来。

青罗口中嘘了一声，白果皮转过头来，青罗冲着白骆驼的鼻口处，一口气吹了出去，那口气冲破叶片组成的网，直喷到白果皮的脸上。

白果皮闻到了酒味，后腿一弯，难听地嘶吼了两声，甩了甩头，啪的一声，连胃液带草料，还有不知什么些玩意，黏黏糊糊的，一股脑儿喷到了龙柱尊脸上，打得这位龙将军后退了一步，咕咚一声坐在了地上。

"走吧。"青罗喊了一嗓子，跳上骆驼背，俯身一把将绿衣小姑娘也拉了上来，接了剑，回身当的一声，正好挡住了刚爬起来的龙不二一斧。

幸好龙不二此刻酒醉，加上脸上全是鼻涕口水，这一斧头没使上劲，但也震得青罗胳膊一阵酸麻，山王险些二次脱手。

"死骆驼，还不快走！"青罗喊道，脚下发力一夹，白果皮直奔了出去。

"啊——"小女孩爬在骆驼背上摇摇晃晃，又是兴奋又是害怕，不由得尖叫起来。她搂着大驼峰兴高采烈地喊道："骑骆驼好像坐船一样耶。我以前坐过一次有九十八张帆的船呢——你坐过船吗？"

她回过头去却看见青罗满脸是汗地骑在鞍子上，又扯又拉又吆喝，似乎忙碌异常，没听见她说什么。

"原来驾骆驼这么麻烦的吗？"她奇怪地摇了摇头，小心地从驼峰后探出头向前看去，忍不住大声喊了起来："喂，喂喂，你跑错路了吧？"

原来这会儿白骆驼酒劲上来，狂性大发，又踢又咬，扯着脖子不肯照直往前跑，歪歪斜斜地兜了一圈，居然又跑回了那处水井旁的空地。

此刻旋风已经散开，那些躺倒一地的兵丁乱纷纷地爬起身来，正在那七嘴八舌地骂那两个贼人。

"不过呢,再多来些这样的强盗也不错。"一个比较聪明的伍长带着一副期盼的神色说,他的鼻子还红通通的,嘴边挂着口水,仿佛没喝够。还有些更聪明的人已经开始追着满地的叶子往腰带里塞——喝醉不要钱,简直是难得一见的便宜事嘛。

这帮乱哄哄的家伙一抬头,正看见街头尘烟四起,那匹疯骆驼驮着已经逃开的两个贼人,翻着白眼,僵着腿脚直挺挺冲他们狂奔而来,一路上又蹦又跳踢起大团的尘土。

"真回来了真回来了。"那些醉醺醺的兵丁们哄叫起来,"快拿下——他包里还有,还有!"有人已经在扯身上的弯弓了。

青罗长叹了一声,放下缰绳,却见到一个脏兮兮的怪人——他们一时没认出来那就是龙不二——咆哮如雷地挥舞着斧头,斜刺里迎出来喝道:"想跑,没么容易——"

青罗被这势若疯虎气急败坏的汉子吓了一跳,猛踢白果皮的右腹,那骆驼扬着海碗大的蹄子转了半圈,正好躲过龙不二那一斧。他百忙中回身看了看小女孩,这一看不打紧,险些晕倒在地——那小姑娘正跪在鞍桥上,在他的包裹里乱翻,嘴里还说道:"咦,你这里面还有什么好玩的东西?"她一缩肘,把手从包中抽了出来,手上却举着一个难看的绿色大瓜,瓜皮上满是棘皮状的小突起。

"不要啊!"青罗叫了一声,一把将她手上的瓜打飞,伸手抱住小女孩,左脚钩着镫子,往鞍下一躲,来了个镫里藏身。

那个瓜在空中不紧不慢地翻了个跟斗,啪的一声炸了开来。

靠得近的兵丁都觉得满头满脸俱是一痛,就像被群蜂蜇了一样。只听得嗖嗖嗖响,无数牛毛一样的细针呼啸着穿过天空,遮蔽了两丈方圆的一片地。

针芒一钉到地上,立刻钻入土中,膨胀开来,变成一茎小小的嫩芽，它们飞速地生长，蛇一样的藤蔓上生出许多小钩来，扯住那些兵丁小腿上的甲片不放。

青罗翻身上了骆驼，他一手拉缰绳，另一手抓住女孩的手，把它从包里抽了出来，哀求道："先跑，下次再玩……"

白果皮虽然皮厚肉粗，这会儿也被扎得蹦来跳去，清醒了许多。它不再歪着脖子，掉转屁股对着那些被藤葛纠绊得不停翻跟斗的兵丁们，迈开长腿跑了起来。

等他们拐了七八道弯，跑到一个没人的地方，青罗勒住缰绳，小女孩从青罗的胳膊下挣扎出来，她的脸色红红的，头发也有点乱了，她使劲地摇了摇头，抱怨道："糟糕，我的头晕得很，都是闻了你的草害的，你得赔我。"她把手里的猫举给青罗看，"你看，我的猫也翻肚皮了，你赔你赔。"

那只胖猫果然翻着肚皮吐着舌头，一动也不动了。

"对不住，对不住啊，"青罗搔了搔头说，"我也没什么办法，不过它一会儿就能醒啦——你家在哪啊，要不要我送你回去？"

"不要不要，"她抱着驼峰不撒手，"我在家闷死了，好不容易才跑出来——你陪我在城里逛一逛好不好？"

青罗面有难色地说："逛一逛？可我还有事情要办呢……"

鹿舞的眼珠子转来转去："那你先说，你是来干什么的？"

青罗老老实实地说："我是来找人的。我在找一位叫露陌的姑娘，她的舞跳得像八月的风一样轻盈。"

"耶，"女孩拍着手叫了起来，"我就知道你一定在找一个漂亮的大姐姐。我叫鹿舞，我也喜欢跳舞的。"

青罗的眼睛一亮，"你听说过她吗？你知道她在哪里吗？我找她已经找了两年多了……"

"他们说在这座城市里，你可以找到任何想要找的人。"鹿舞眨了眨眼说,她的两个眼睛又圆又亮,就像琥珀一样。

"是不是真的?"

"当然是真的了。"鹿舞学着大人的样子拍了拍胸脯说,"你要找人啊,这里我最熟了,你跟着我走就好了。"

于是这个余暑未退的傍晚,两人一骆驼就在厌火城那些著名的曲折离奇的小巷中穿行。人多的地方,青罗就下来拉着骆驼前行,鹿舞则骑在骆驼背上给他指路。她高高地站在鞍子上,左顾右盼,看上去显得威风凛凛:"这边这边,这儿左拐,喂,你找死啊,没看到这么大匹骆驼,还往上面撞……好啦,这儿再左拐——唉,老伯,你瞎了眼就不要学人家飙车,会摔死的——哎呀!"

她突然这么大声一叫,吓得青罗回头去看,却看她还好端端地坐在鞍上,愁眉苦脸地吐了吐舌头说:"我们该在那个路口转的,一不小心就走过了。"

青罗苦笑了一下说:"你少骂两句,就不会不小心走过了。咦,我怎么觉得这路口这么熟?我们在这走了好几圈了吧?"

"哎呀,你真啰嗦,"鹿舞嬉皮笑脸地说,"人家没骑过骆驼嘛,想多骑一会儿,就带着你多兜了两圈啦。"

"唉,"青罗苦笑了一声,"小姑娘,你别闹了,你看我的鞋子都磨穿了。等我们找到了人,这骆驼啊你想骑多久就骑多久。"

"也是哦,"鹿舞的眼珠子转了一转,"你别着急啊,前面就到了。"

青罗拉着骆驼,边走边问:"对了,那些人凶巴巴的,他们为什么要抓你啊?"

"前两天我就碰到过那个大个子了,看着他不顺眼嘛。"鹿舞弯下腰趴在驼峰上,轻描淡写地说,"后来我就放火烧了他的房子,后来他们就一直在找我啊。"

"啊，是这样啊，"青罗点了点头说，"难怪那位大叔……嗯？你说什么？！你把他们的房子给烧了？"他猛地领悟过来她说了什么，回过头去看那小女孩。

那小女孩却把纤纤细手一指："咦，到了，你要找的人就在这儿。"

青罗的心登时一跳，回头看去，发现自己走到了一处丁字路口，前面高墙大院，红漆大门，门前蹲着两个石狮子，那道石门槛被磨得又光又亮，中间凹陷下去深深的一块。

"这里是厌火有名的天香阁，你要找的姐姐就在这里面跳舞挣钱，好有名的呢。"鹿舞说。

"啊。"青罗说，情不自禁地丢了手里的缰绳，他踟蹰了起来，一颗心突然跳得像风中抖动的烛光，"你说，白天她也会在吗？"

"当然在的啦。"小姑娘肯定地点了点头。

青罗咬了咬牙，定了定心神，正了正衣冠，抬足就要往里走去。

"那，你去找人的时候，我可不可以骑你的骆驼玩一玩？"鹿舞说。

青罗愣了一愣，刚想摇头，小女孩已经嘴巴一扁，把手里的猫举给他看："你看我的猫还翻着肚皮呢，现在都没人陪我玩了。"青罗刚才还看到那只猫神气活现地在白果皮背上爬来爬去的，这会儿工夫果然又翻着白肚皮，四脚朝天地躺在小女孩的手上不动了。可是鹿舞那双水汪汪的大眼睛，就这么一眨不眨地看着你，确实让人很难拒绝。

"好吧。"青罗叹了口气说，"你可别跑太远了。还有，包里的东西有些是很危险的，千万别乱翻啊。"

"哦，"鹿舞兴高采烈地应了一声，"知道了。"

他回过头去看大门，只见那门上刷着厚厚的朱漆，铁叶包边，每扇门上纵横六十四个铜钉,果然像个气派地方。他跨步上前,发现门是虚掩着的,于是便推门走了进去。

门里头两边厢的长廊上摆了十几条板凳,阴凉处歪七歪八地躺了二三十个人。那些人面前摆了几个大茶壶,数十个茶碗,显然是正在纳凉,见他进来,都不说话了,只是用一种奇怪的眼神看他。

就在这怪异的安静中,青罗却觉得自己心如火烧,经年的期盼都在这一刻涌上心头。他穿过青砖铺起的庭院,大步跨向堂屋,对周边的景象视若无睹。诚然,他也瞄到那些蹲坐着休息的人里面有几个似乎眼熟,却一时也没想起在什么地方见过。

他刚刚走到堂屋前的台阶下,就听到前厅里有人大声说话。

"我又怎么能想到一头骆驼有这么多的口水呢?"那声音喊着说。那粗门大嗓,听起来颇为熟悉,青罗愣了一愣,却看见有条大汉转了出来,头上包了块白布,却还是能看到脸上的七八十个大包。

大汉猛抬头见了青罗,也是大吃了一惊。"好小子,"他喊道,"登天有道你不走,厌火无门你偏进来!"

那大汉正是厌火城城主上柱国世袭正一品开国勋羽鹤亭麾下第一猛将龙不二。

青罗呆了一呆,回头急看时,他进来的那扇门依旧开着,门外依稀能看到鹿舞骑在白果皮背上,一道烟地跑得剩下一个小点。

第三章 龙之息

三之甲

龙不二身上的铁甲已经褪去,此刻只穿了件露肋直裰,宽宽的腰带上却还系着把环首弯刀。他嘿了一声,扭身就将那刀摘了下来,又惊又怒地用指头点着青罗喊道:"追上门来了你……你还想怎么样?"

青罗很想说其实我不想怎么样,龙柱尊却不给他分辩的机会,红了眼提着刀就扑了上来。青罗摸了把腰上,猛然发现自己身上空空,他所有的东西,衣物兵器金钱,却都挂在白果皮背上了。青罗虽然淳朴,行路经验少,也明白眼下不是硬拼的时候,大喝了一声:"看暗器!"两手往外一扬,龙柱尊大惊,身形一矬,往下一蹲。青罗扭头就跑。

这时候,两侧围廊乘凉的兵丁已经围了上来看热闹。青罗反身冲入人堆中,大喝一声,振臂挥拳,把四五个兵丁直抛了出去,眼看在人群中挤出了一条路,突然背心一痛,却是被龙柱尊追上来蹬了一脚，登时从散开的人堆中飞了出去，直滚到门外。

他昏头昏脑地在地上打了个滚，爬起来看时，不由得叫了声苦。只见两头巷口都被带着刀枪的兵丁堵了个严实，原来此处府邸并不是天香阁，而是城中府兵的驻扎营房。现下正是换哨时间，下了哨的兵丁提着家伙，正三三两两地到这儿来点卯，正看到一个人头前脚后地飞出大门，不由得起了一声哄，拖刀拽枪地赶过来看个究竟。

青罗长叹了一声，暗想："不好，这次要完了……"却见一道黑光，横冲直撞地冲入巷子口，那些堵在路上的兵丁还没明白发生了什么，已经被撞了个人仰马翻，滚了一地。

青罗咬着牙跳起身来，一个箭步跃上那物事——就像在草原上跳上裸背的野马——两手紧紧扣住一个突起物，转眼间风驰电掣般冲出了巷子口去——一路上撞翻了十二个围观者，还从一个人身上跳了过去。

等青罗从脱险的喜悦中回过神来，才发现自己身下的物事原来是辆怪车，那车子无厢无顶，无御无座，车底不过三尺见方，此刻他两脚虽然落在车上，大半个身子却都悬了空，要不是他双手紧紧抓着……青罗抬起头来，发现自己抠着的不是根柱子，却是另一个人的鼻子。

那人直挺挺地蹲在车上，像是在戏台上般穿了一身墨黑色的短打，面相瘦削，两耳招风，鼻子突了出来，像巨大的鹦鹉吻一样支棱在前面，头发被风吹得走了形，说是个人，倒更有几分像猴子。

"啊呀，不好意思，大哥。"青罗连忙放开手，却一个趔趄差点掉下去，只得又把手放回去，这回捂住的却是嘴巴。

那人无暇理他，此刻两眼血红，嘴里含含糊糊地叫着什么，瞬也不瞬地紧盯着前方，手上扯着一根安设在车尾的木把，就像是船橹，他把木把左掰右掰，那车子就惊心动魄地转着向，擦着墙边飞了过去。

再快的骏马也没跑得这么快过。青罗看见车子的木头骨架里，一些设计精巧的齿轮和棉线不停地被吐出再吞回去，六个轮子在车底下起起落落，跳，旋转，有时候甚至脱离车轴飞上半空，然后再落下来，叮当一声正好嵌在一个凹槽里。它们带着车子在青石板路上颠颠簸簸，上蹿下跳，就像是狂风中舞动的一只鸟。

青罗在车上东看西看，终于看准了一根木头橼子，于是把那人的嘴松开，改扒着橼子不放。"对不起大哥，"他大声喊道，"你嘴里灌满了风，我听不清你在说什么。"

车子猛地一震，几乎把青罗的肠胃都要颠出来，他被那车子甩来甩去，晕头转向，简直想要吐出来。再来几下，我肯定就要掉下去了。他想。

他们转眼跑出了十几条巷子，越过了七八条沟壑，眼看着路上房屋稀少下来，人也少多了，青罗却觉得耳边呼呼风响，车子没有要停下来的意思，终于忍不住怯怯地道："行了，大哥，多谢你救我。他们没追上来，我们可以停了吧？"

那汉子以迅雷不及掩耳之势回过头来瞪了他一眼，又别过头去紧盯前方道路，气急败坏地道："我要是知道怎么停，还用得着等你上来吗？"

话音未了，车子猛地一歪，像是轮子别上了什么石头，顿时失去控制，歪歪扭扭地朝一堵高墙撞去。猴子脸眼见不妙，使劲猛掰车尾木把，将全身都压了上去，车子一边全翘了起来，六个轮子悬在空中猛转，可还是逃不脱撞墙的危险。

青罗大惊，跳上前抓住木把一起使劲，只听得咔吧一声响，那木把断成了三截。猴子脸抢了上半段，青罗拿了下半段，各自抱在手里。他们只来得及愣了一瞬目的时间，就看到那堵断墙的影子遮

〇六四

天蔽地地扑了上来。

轰然巨响中,青罗只觉得自己被抛在空中,然后猛撞在一个坚硬的平面上,翻滚了十来个回合后才停下来。他昏头昏脑地爬起来,看到另一个人趴在满地木头碎片上,拱着屁股,死活不知。

他试探着上前捅了捅那人的屁股:"喂,你还好吧?"那人拱了拱,一头爬将起来,口里兀自絮叨:"本来我已经逐渐掌握了这车子的驾驭方法,可你一上来重心就不对了……都怨你!"

也许是上衣太短、腰带勒得太高的缘故,这人一爬起来,显得两腿特长,但也精神抖擞,不容小觑。

青罗说:"大哥,我也是被人追杀,没办法……"

那汉子摸了摸头上,一骨碌跳了起来:"我的发型……赔钱!"

青罗沮丧地摸了摸口袋:"我没钱。"

猴子脸怀疑地上下打量青罗:"好条大汉,能没有钱?"

青罗解释说:"我的钱都在骆驼上,可我的骆驼不见了……"

那汉子眼睛贼溜溜地大转,奸笑一声:"那就跟着我干点活,挣钱赔我。"

青罗踟蹰说:"不行啊,我还有事……"

"没钱能办什么事,"那汉子斩钉截铁地打断他说,"跟大哥我干活不会吃亏,还包你吃住,怎么样?"

"不行……"

"哎呀,我头晕。"那黑衣汉子突然伸出一只手去,在空气里瞎摸,然后原地转了两圈,摔倒在地。"兄弟,"他颤颤巍巍地用垂死的口吻说道,"我被撞坏了,你不能就这样扔下我见死不救吧。"

青罗心地好,撞车又明显有他的责任,自然不能丢下不管,只好上前将人扶起。

那家伙爬起来时显得精神头挺好,就是歪歪倒倒地走不了路,青罗只好搀他回家。两个人又上路了,步态是偷偷摸摸的,脖子是转来转去的,眼睛是滴溜溜的——一个是天性使然,一个是担心哪边又飞出个横祸来落到头上。他们在混乱昏暗乱麻似的巷子里串了半天,直到天黑。青罗几次觉得他们不过是从一个圈子兜到另一个圈子,但那瘦皮猴脸突然站住脚步,狡猾地东张西望了一回,突然纵身跳过一道矮篱笆,动作敏捷机灵,一扫刚才还倒在青罗胳膊里的病恹恹模样。他跳过去后,在那头拼命朝青罗招手,青罗无奈,只得跟着跳过去。那边是一条窄缝,挤在两面墙中间,两人挤得站不住脚,那汉子却一伸手推开窄缝边墙上一扇极小的门。

那扇门又矮又小,如果不是那人带路,青罗怎么也想不到这夹缝里还另有天地。那人不知从哪儿摸出一根蜡烛点将起来,门里头居然是一间又宽敞又干燥的屋子,屋里堆满木箱笼包,看上去材质各异,靠墙挂着一溜样式怪诞的器械,青罗拼命眨眼,也就认出来几个什么飞虎抓、水蜘蛛之类的东西。屋内尚有一张大炕可躺三四个人,四面都是厚墙,只有炕头上有很小一扇窗户。

那人招呼青罗上了炕,盘起长腿对面坐下,又不知从哪端出一碟毛豆、一碟牛肉和一壶酒来,一面豪爽地请青罗吃,一面抢了大半牛肉塞到嘴里。青罗这才发觉自己饿得肚子咕噜噜叫,于是将大半碟毛豆连壳吃了个干净。

吃完后,他推心置腹地对这个好人说:"我本是来厌火城找人的,我现在不但要找人,还要找骆驼。"

那瘦皮猴汉子问:"找女人吧?被女人骗的吧?刚到厌火的吧?不是我说你,就你这傻样,早晚被骗光银子和衣裳。"那汉子的问话其实针针见血,但青罗冥顽不化,"我不是……"他摇头说。

"还是跟我干得了,"那汉子始终不忘诱惑他,"这样吧,今晚你先住着,不收钱——放心,这么机密的地方,没有仇家找得到你。"

他话音未落，就听到外面有人拿着根重物咚咚咚地砸门，一个大嗓门不耐烦地喊道："屋里的人，他娘的还没死吧，快给我出来……"

青罗凑在门缝上往外一张，这一下吓得浑身冒汗——原来找上门来的那粗壮大汉，不是别人，正是死对头龙不二。

三之乙

日影透过摇动的树叶间照射下来，仿佛无数金子打造的圆镜在曜曜闪动，让人什么都看不见。可即便是这样，千栏莫铜根本就不怀疑自己的话。

"还不现身？"

树叶子哗啦啦一动，露出一张瘦皮猴脸来。

"奇怪啊，"猴子脸蹲在树丛中嘟囔着道，"我算过的，这个时候的阳光、风向，都是对我最有利的。你不可能发现我。"

"你每次来都蹲在那，我怎么能不发现你。"老河络说。

猴子脸在树杈上挪了挪腿，找了个姿势舒服地坐了下来。"老家伙，算你狠。"他说，眼光贼溜溜地瞟着屋里。

屋子不大，只有三开间，却是中州式样的木梁柱结构双坡屋子，对着院子连着条长檐廊，木头柱子用油漆刷得漆黑发亮。窗户高高长长，上面架着花格窗棂，让室内始终光线暗淡。透过窗棂，猴子脸看到空空荡荡的屋子里只摆着一张雕花大床，床顶上吊着只暗红色的羊皮匣子，正在绳子末端上下晃荡着。

河络终于找到了一小壶昨天夜里剩下的水，他开始把水架到炉子上烧，好整以暇地道："想要什么，就自个去取好了，您是熟客，就不陪您了。"

猴子脸骑在树杈上，把两条腿挂下来，眨巴了两下眼皮，用一种威胁性的语气喊道:"我辛爷看上的东西,没有拿不到手的。老头,你最好想明白了——不如乖乖双手把东西送上,免得大家伤了和气。"

"换点新词好不好,我听你说这话不下十遍了。"河络扇着炉子,头也不抬地回答说。

猴子脸在树上愣了愣:"我有来过这么多次吗?没有吧?"既然露了相,他就索性蹲在树上,从胳肢窝下掏出了支木匠炭笔,在一张皱巴巴的纸上开始又画又算起来,嘴里还发着狠,"等我下去了,看怎么收拾你。"

老河络舒舒服服地在树影下打扇泡茶。日影一点一点地拖过院子。莫铜喝完了一壶茶,打了会儿盹,醒过来看了看日头,说:"辛爷,你继续忙乎,我可要吃饭了。"

因为没有水,莫铜挠了会儿头皮,决定吃烤肉。他就在树下点起了堆炭火,不知道打哪掏出了几根豚鼠肉串,架在火上就烧了起来。不一会儿香气扑鼻,直飘上天去。

"喂喂喂,臭老头,"猴子脸在树上闻着那香味,不由得吞了口口水,"我在这蹲了多半宿了,连口水都没得喝,你太坏了吧,这么馋我。"他嘴上骂着,眼睛却贼,看出老家伙忙来忙去,在树下一步也没挪窝。

"你早准备好了是吧?哼哼,别以为我不知道,"他最后看了一眼,然后把那张画满了道道的纸一折,收了起来,"你这小院里门道可不少,这么会工夫就让我看出了一十八个,有几个是早已领教过了——老头,你也忒懒了吧,这么多天了也不换一换新的。今儿你辛爷要拿东西走人了。"他把炭笔在嘴里舔了舔,也放在怀里收好,慢条斯理地在树上站直身子,他这一站,插科打诨的嘴脸一收,脸上全是毅然决然的神色,显然已是准备放手一搏。

老河络望着树上这人影,犹如在金灿灿的日光背景上的一面黑旗,也不免有些头皮发紧。那团黑影突然跨了一步,往下就是一跳,在空中翻了一个跟斗,轻飘飘地飞向院中,不带一点风声。

"好!"河络莫铜不由得赞了一声。

那黑影在空中团成一团,突然伸出只长长的右脚来,往地上落去,两人的目光都紧紧地盯着落脚的那一点。风仿佛凝固在河络与盗贼之间。伸得直直的腿便如一杆标枪,扎向这个暗布风雷的院子中。

扑的一声又轻又淡,仿佛一叶落地。那猴子脸瞄的第一点是地上淡淡的一个脚印,大概是莫铜早上出门时踩的——伸得长长的腿在脚印上轻轻一点,倏落倏起。猴子脸飞向空中。他在空中的第二步迈得又高又远,脚尖轻轻一点那辆翻倒在地的车子腿,便如蜻蜓点水,轻巧灵妙,毫无拖泥带水之势。第三点是放在地上的铜脸盆。他一脚踏在脸盆边沿上,另一脚一收,便金鸡独立,稳稳当当地停在了上面。他这三跳,一点机关也没有触动,离长廊却只有一步之遥了。

"有进步。"河络夸他说。

话音未落,只见猴子脸一个没站稳,一个趔趄从脸盆上摔了下来,眼看要摔个大马趴,幸好身手灵活,用手在长廊的柱子上一撑,终于站了下来。

"妈的,"猴子脸气哼哼地道,"你这是害人。盆里怎么能一点水都没有呢?这哪站得稳!就算是亘白系的绝顶高手,使出凌虚微步来,他这一下也站不住。"

"那我管不着,反正你是摔倒了。"

"倒?爷爷我还没倒哪,"猴子脸扶着柱子四处一望,得意洋洋地说,"好歹是到了廊子了,你院子里这些花活好像白费劲了吧,现在看你怎么拦我。"他连使了两次劲,要站直喽身子,却发现自己动弹不得,原来扶着柱子的右手竟然被粘在上面了。

辛爷不怒反笑:"雕虫小技也敢拿出来现眼,没想到吧,我戴着手套呢。"他右手上确实戴着副好手套,手套是小羊皮的,上面还带着四根钢爪,登墙上树,都方便异常。

"是没想到,"河络老老实实地说,"上次收了你的左手套,我就惦记着你右边这只好配套,没想到辛不弃辛爷您还真给送过来了。"他从腰杆里掏出了一根烟杆,就着炭点着了火,吧唧吧唧地抽了起来。

辛不弃褪下手套,一个跟斗翻上石阶,一只手已经摸到了门扇上。

他斜了河络一眼,那秃顶家伙依旧蹲在树下,不紧不慢地抽着烟斗,看他那副怠赖表情不像是假的,不由得心中一动。

他暗暗想道:"别以为我真是傻子,这还能不知道哇,门上肯定有机关。"

他回头一张,看见十一扇窗子都掩着,只有一扇是半开着的。"哼,我就不信了,什么都不碰,就能动得了机关吗?"他眼珠转了转,耍了个心眼,突然手一挥,一把飞刀射向树下坐着的河络,随后一个倒翻跟斗蹦到那扇开着的窗前。他不敢把手搭在窗沿上面,只是把头往里一探,耸肩提臀就要往里跳去。没想到只是这么一探,轰隆一声响,抬眼看时,一个黑咕隆咚的家伙从上面直罩了下来。

辛不弃"哎呀"喊了一声,脖子一缩,哪还来得及,只听得嘎嘣一声,一个鸡笼子落下来,正套在他脖子上。那个鸡笼子上大下小,口子上全是倒篾片,急切间难以摘下,辛不弃若要缩头,那鸡笼势必会卡在两扇窗间,只怕又会引发其他机关。此刻他姿势古怪,不得不并腿而立,翘臀探腰,两手虚按,将脖子向前伸得长长的,以免鸡笼碰到什么物事。他僵在窗口上,斜着眼看到,那鸡笼子竹皮青青,分明是刚编好放上去的。

"本来窗子想弄成断头台的,大刀片子不够了,单单就这扇窗子上放了个鸡笼子——你小子最近怎么越来越狡猾了呢。"莫铜在树下拍着腿说。辛不弃忍不住动了动头,老河络被鸡笼的篾眼切割成了花花的几千个人像,辛不弃没找着他扔出去的那把飞刀落到了什么地方,想来也是没扎到那可恶的老头。此刻他头上套着笼子,进退不得,不由得又怒又悲,想道:我可是上半晌刚梳的头,这死老头没的搞坏了我的新发型。(又及:难不成我就这么站上一天?)

舍不得孩子套不住狼,舍不得媳妇抓不住流氓。那辛不弃号称厌火神偷第三手,怎能不明白这一点,此刻牙一咬,不退反进,顶着笼子便往屋里一滚。

鸡笼撞到地上的时候发出嘎吱嘎吱的古怪声音,辛不弃无暇顾及,一落地便双手往外一分,已是两把雪亮的短刀握在手中。他一落实地,便做好又蹦又跳又飞又滚的准备,以躲避手挥大斧的木头人,会吐火的魂兽四面射出的淬毒羽箭,三万吨的巨石直压头顶等等,但老河络让他失望得紧,除了两块方砖在他脚下一声轻响,什么惊心动魄的场面也没有。

虽然辛不弃到过这院子好几次,进得堂屋却还是头一遭。此刻他头上依旧套着鸡笼,好在笼上的篾眼甚多,倒是不阻挡视线,透过篾眼,只见这房子黑沉沉的,不知深浅。屋中有六根柱子,却没有一堵隔断或屏风,地上满铺着方方的青砖,益发显得厅堂的空荡。此外便是一床一几,一桌一凳而已。

风不时地从窗棂间钻入,将床上的幔帐抛起,露出那悬挂在床架上的羊皮匣子的一抹红色来。那红色是少女等待出阁的羞怩,是桃花含苞待开的娇艳，风情中满蕴娇艳欲滴之意。任谁怎么也想象不出一名白发如银的干瘪河络，是拥有这么一只小匣子的人物。

虽然来踩点多次，辛不弃始终没搞明白这个匣子里会藏着什么贵重东西，但他知道越是维护严实的地方，就一定越有值得下手的东西；这个盒子越是神秘，就越是撩拨他那颗充满责任感的神偷之心。

"古怪，古怪。"辛不弃喃喃地道，不敢就此上前。他试探着翻转刀把敲了敲脚前的地面，那些方砖也没有突然崩塌，露出下面插满倒钩的万人坑来。他转了转头，活动活动因为重负而发酸的脖子，无意间瞥了眼窗外，却差点活活气死——那名死河络居然躺在树下，鼓着肚皮呼呼大睡起来，隔得老远也能望到翘着的下巴上面几茎神气的胡须。

"太不拿大爷当回事了，"他发狠地想，"老子这次不偷点什么回去还真对不起咱这张脸。"当下舞动双刀，向前踩了一步，又是一步。

没有丝毫动静。

辛大爷心下嘀咕，他的经验证明，外面院子里是步步惊心，处处惊魂，哪料到一到屋内便如飓风眼一般静穆，莫非那老头虎头蛇尾，做事顾头不顾腚，只要有人进得了屋子便举手投降？

他又再向前踏了五六步，手已经摸上了那羊皮小匣，辛不弃反手将右手刀插入腰间，刚要伸手去够那匣子，眼睛一转，看着匣子悬在空中纹丝不动，那根系在匣子上的红丝绦便如一根细血线般红得耀眼，也不知有多少可怕机关尽在那一线相牵处。

辛不弃想了想，又从腰里拿出一条软索，松松地套了一个活结，挽在匣子上。他将绳子放长，后退五步，试了试脚下确实踏实了，刚要运劲拉绳，将那匣子拉过来，突地手上一顿，想想还是不塌实，害怕死老头机关厉害,顺着绳子扯动的方向飞过来找到他,于是又绕着两根柱子各兜了半圈,让绳子换了两个方向,这才放心,看了看堂屋里曲里拐弯绷紧了的绳子,这一番水磨工夫虽然耽搁了时间,却是保险得很。

辛不弃忍不住哼起了小调:"幸好我机灵躲得快,英俊的面貌才得以保存……"他抓紧绳子,手上用力一扯……

悄无声息地,又快若闪瞬,整个屋子陷入到一团强烈的难以名状的光亮中去,辛不弃的叫喊声回荡在空屋子里,围绕着他的六根柱子脱离柱基开始旋转,越来越快,快到成了一圈明亮的火焰。突然一刹那,辛不弃发觉自己什么都看不见,什么都摸不着,整个人仿佛脚不着地,飞速地往一个深渊里坠落下去。

他努力闭上眼睛,再睁开来,发现整个世界都突然倒转了,他的脚下是青天,而眼前……是视野中越来越大的一棵树。

可是屋子里怎么可能有一棵树呢?

他发觉自己的感觉没错,确实是在往下掉落——他正高高地悬在院落之上一百尺的空中,在飞速地落往那个装了一千个机关和躺了个死河络胖子的可怕院子中去。

辛不弃在空中哽咽了一下,把委屈和扑面风引起的泪水咽入眼眶。犯规,他想道,这回不是机关了,河络不仅仅用了自己最擅长的技能保护那个匣子,还在屋子里施了一个极小范围内的空间置换魔法,将物体移动一百尺。这并不困难,问题在于,移动生物是最难的,需要填盍和寰化系术士的双重操作;而更更关键的问题在于,没有哪个人有这么大的能量施展这样的魔法——只怕集整个宁州所有秘术师的力量,也难以将一个人移动这么远的距离;厌火这个城市中一个不起眼的小小破败院落,居然蕴涵有这么大的星辰力量——从来没有人告诉过他,这真是太不公平了。

他听到下面传来一阵阵的轰隆声响。大地隆起,破裂。六个巨大的木头傀儡从土中冒出,胳膊上各有一对巨大的铁爪闪着寒光。

这不公平,辛不弃委屈地想道,院子里所有的东西都会和他作对,按照规则,他已经过了这一关,现在却又要落回去受尽非人折磨。看来只有使出最后一招了。

与院中那棵大树边擦身而过时,他硬生生地吸了一口气,身子突然在空中打了个折,铁一样的五根指头伸了出去,往一根看准了的粗树枝上一扣。虽然身在空中,仓促突然,这一拿却精准有效,端的是名家风范。辛不弃得意地想道:虽然今天没抢到宝贝,可也没让河络逮着,哈哈爷爷我走了!

就在得意之际,他却发现手伸出去抓了个空——那粗树枝无风自摆,居然让了开去。

他脑中闪过一个念头:连这棵树,也是假的。

大骂声中,辛不弃不由自主地直掉了下去,那六个木头人仰着头在等他。

"不要啊!"辛不弃喊道,听得耳边风呼呼作响。

在此之前,一切都在老河络算计中,可是其后就有了一点小改变。

在掉落过程中,辛不弃头上套着的庞大鸡笼子在树杈上绊了一下,扯得这家伙整个人往上转了半圈,甩了开去,脖子扭了个几乎不可能的形状。辛不弃带着他的漂亮发型从笼子嘴里脱了出来,这一荡改变了他下坠的路线,屁股没有落到等着他的木头人的铁胳膊上,却嘭的一声,砸到了院子一角那辆倒翻着的车上。这一撞,登时连人带车飞了起来。

都说学武之人身手之敏捷更在头脑之上，那辛不弃眼珠子不停眨巴，虽然还不明白出了什么事，却已经手脚利索地抱定了车上的一根把手。那车子他在树上见过多次，虽然翻转于地，轮子总是空转不休。此刻连车带人在地上翻了几个跟斗，居然正了过来，四个轮子甫一着地，立时像疯了一样在地上飞驰开来。车子在院子中飞快地兜着圈，犹若奔马。莫铜也是吓了一跳，从躺椅上跳了起来，喊道："哎哟，快下来！这东西不算，喂，你快下来。"

大树，屋子，河络，木头巨人。然后又是大树，屋子，河络，木头巨人。鸡笼已经破成了碎片，对头发的茶毒却似乎刚刚开始。辛不弃头晕得要命，却还是思路清晰。他努力抱着木桩，吞了口口水，道："就不下来，打死我也不下。"他在院子里兜了数十圈，发觉老河络似乎也没什么主张，不由得嚣张了起来，冲着老河络挥舞起拳头："男子汉大丈夫，说不下就不下。"说话间，也不知道扳动了什么，车子突然整个倾侧过来，在地上划出了条深沟，轰隆一声撞开院门，顺着狭窄的巷道飞一般地跑得不见影了。

莫铜呆了半晌，坐回树下，用手抹了抹头发，望望撞坏的院门，再望望屋子中兀自在绳上晃悠的红羊皮匣子，叹了口气："这日子，怕是安稳不了咯。"

他这口气尚未叹完，巷道外突然席卷起一阵响亮的马蹄声，直冲到他的院门前蓦地打住，便如骤雨急停。一个高亢的女声在门外朗朗而道："南药城车右上护军云裴蝉，拜见莫司空。"

三之丙

时大玠带着卫队，护送茶钥公子等人前往上城。小四一开始满不在乎地高坐在他那匹尾巴甩来甩去的瘦马上，悠闲自在地跟在后面，但他很快发现一路都有武装巡逻的卫士，这些人不仅仅是下城街道上随处可见的当地招募的府兵，更有许多衣甲鲜明的羽人弓手，肩甲上各有一束火红色的羽织樱花——这可是厌火城的精锐野战军。这些人混杂在衣着破烂的居民和那些提着水火棍的府兵当中，就如珍珠落在沙砾堆上一般显眼。越靠近上城，这样精锐的羽人士兵就越多。他们毫不掩饰自己的紧张，都虎视眈眈地瞪着小四他们这些面生的人看。

在羽人士兵们的紧张神色里，还夹带着看不起四周的骄傲劲儿。他们不但看不起府兵，也看不起那些低着头在尘土里赶路的城民。他们个子高挑，每个人背上都背着长长的银弓，为他们的世代相传的箭术骄傲，但也奇怪，厌火军中最有战斗力的士兵，不是羽人箭手和骑兵，反倒是奴隶出身的厌火庐人卫。

羽人身体轻盈瘦弱，历来不擅近战，更无法披挂重甲上阵，因此庐人卫的铁甲步兵可谓独一无二。他们都是由异族的无翼民充当，不领青都军饷，只是收取城主的少量津贴，起初只是军中专管铸造兵器的匠人奴仆，后来演变为上阵的步兵。建立这支部队的本意，大约只是想做阻拦敌人骑兵的人肉盾牌，但却逐渐发展成了一支以英勇善战和忠心耿耿著称的部队。庐人卫起初创立时只有一千多人，在羽鹤亭手上发展壮大，因为不领青都饷银，也不造军册，具体人数多少竟然无人知晓，但委实是支不可小觑的劲旅。虽说羽人都极端蔑视粗鄙的无翼民，但庐人卫在厌火城却洗脱卑贱之气，成了羽鹤亭最荣耀的贴身卫队，地位尚且在寻常羽人之上。在这尊卑有别等级森严的宁州，这事颇不寻常。

小四此人确实天真烂漫，不谙世事，但一个古怪的问题还是静悄悄地钻入他的脑袋：在王权式微的宁州，各镇城主拥兵自重，都是土皇帝一样的角色；那么堂堂一个厌火城的城主，却在自己的领地上小心翼翼，他防备的又是谁呢？莫非是强盗？再不就是传说中的悍匪？见鬼，只怕更有可能是恐怖的刺客。

此时天色已晚，已经可以看到上城那漂亮的白色城墙。时大玠刚松了一口气，突然从斜刺的巷子中穿出一骑白马，虽然道路窄小崎岖，但那黑衣骑者驭术高超，马跑得又轻又快，碰到小障碍物就一跃而过，转眼奔到眼前。

小四心里一惊：莫非是那话儿来了？"管家管家。"他轻轻地叨咕了两声，就听到对面马上那人喊道："时将军吗，主人叫我传话，他此刻不在城里，要我带公子到天香阁去见他。"

时大玠不禁愕然，此时天色快要黑下来了，带着贵客逗留下城中危险大增。但那人一身黑衣，正是羽鹤亭近身的庐人卫。他拨转马头，只留下一句："你们跟在后面就是了。"

时大玠乖乖地分出一半兵来，护送小四和公子等人的杂仆车马继续前去上城，却喝令其他人马护送公子车驾，转向下城的南山路。

厌火城最著名的歌楼不在干净漂亮的上城，而是在下城南山路东段上。南山路可不是一条普通的路，它是厌火城最繁华最热闹的所在，一十二座画桥头尾相连，林立的客栈酒楼间，歌妓美酒举世无双。谁若到宁州来，不到南山路上走一遭，那便算白来了一趟飞翔之土。

与白天热闹夜晚冷清的上城正相反，这条路越到夜暗，成串的红灯笼越是将整条路照得耀眼分明，脂粉香气越是飘荡扑鼻，行走在此的女子也越是腰肢柔软，容貌如花。据说东陆上红粉香飘八十里的南淮，将城中色艺出众的歌女舞妓分为上中下三品，寻常女子不入品，最好的就要称为绝品了。著名的南淮十二楼中，可称绝品的也不过六十四人，那是东陆最繁华的商城情形；但在宁州这座小小的厌火下城中，就是南山路这一条街上的情形，竟是丝毫不输南淮。

　　厌火下城中，怕有二成的人都靠这条路吃饭：拉皮条的，小偷小摸的，起哄的，架秧子的，卖酒引浆的，赌博掷骰子的……形形色色。虾有虾路，鳖有鳖道，这些男女平日里井水不犯河水，各取所需，但今天却隐约有一股不和谐的气息弥漫在南山路上，那些嗅觉敏锐的老江湖都感觉到了，只是任他们抓耳挠腮，东张西望，也找不出这种不安的根源来。

　　厌火城最著名的歌楼，便是临近街头黄鹂画桥的天香阁了。那是一座三层重檐飞阁的院落，门口高高地挑着三盏红灯笼。此时，临近院门的几名借着灯光卖挂炉烤鸭的、卖皮靴子的、卖古董玉的商贩原本正在谈天说笑，突然看到一名白胡子老头从街道尽头的黑暗中浮出，悠悠地走到灯笼红光罩着的一片亮里。

　　那老者眉目平和，衣着却是一领华贵的青罗纱，纱上绣着大朵的紫色牡丹。这人走得甚慢，一行一动都带着股缓慢的优雅情调。从这种从容不迫的步调里，那些老江湖一眼就可认出这是名羽人贵族。羽人行动敏捷，日常生活中却追求这种缓慢动作透露出的高雅。

　　只是，一名羽族贵人，怎么可能半夜行在下城的街道上呢？

　　老者随身带着一名健仆打扮的汉子，那汉子长手长脚，身材瘦弱，就如一根铁棍，最离奇的是脸上竟然戴着一个铁面具，描画着红黑相间的眉眼，看上去狰狞异常。那些在厌火城厮混得久了的角色都想起一个传闻，不由心中一跳。

　　看着这两人走过来的城民们突然都怀疑自己的眼睛有点花，因为他们觉得那两人身后的夜色隐隐约约地似在翻动，仿佛整个夜晚都因为这两个人的出现而被搅动了。

　　他们刚在奇怪，却发现翻动的夜色原来是上百名黑衫大汉正从街道两侧阴影里静悄悄地涌出，这些黑衣大汉，正是厌火军中一贯最骁勇剽悍的庐人卫。而那个戴着鬼脸面具的人，也正是庐人卫的首领，以凶残和刀术凌厉闻名远近的鬼脸将军。他虽然是无翼民，偏偏对羽鹤亭忠心耿耿，对待其他无翼民毫无怜悯之心。

江湖上传闻鬼脸是整个宁西最顶尖儿的高手。厌火城里能和他比肩而立、当得其对手的，不过寥寥二三人。这二三人中，就包括黑帮铁君子手下的勇士铁昆奴、飘忽不定行踪难觅的黑影刀、只在传说中现过身的白影刀。许多人猜想，这几个人之间，早晚会进行一场龙争虎斗，且看是谁当得"厌火城第一武士"这一称号。

腿脚麻利的人都已经闪开了，但总有些不知事的愣头青还在发呆，立刻被涌上来的黑衣庐人卫们呼啦啦推到一边，摔了几个跟斗。两个架着锅起油条的小贩躲闪得慢，被连油锅一起打翻在地，发出巨锣一样的轰鸣。整条街顷刻间都安静了下来，随即天香阁前后两百步内的场子被清个一空。

那名老者咳嗽一声，缓步走入歌楼。

天香阁玄关之后的大堂里，摆放着十来张酒桌，每张桌子都用半透明的帘幕围绕着，影影绰绰地可以看到持觞的酒客和吹弹的歌女。酒客们看到老者进门的架势，都悄悄地停下杯盏，不敢作声。

迎面一个托着泥金茶盘的小茶倌儿站着发愣，被鬼脸人伸出一只手在肩膀上一挥，登时平着飞出数尺，盘中茶盅居然一个也没有打翻，他这下愣得更厉害了。

老者没有理会堂里呆坐的那些人，透过这些帘幕和整排的落地长窗，可以看到中庭里那纵深极长的花园。老者似乎对天香阁的路径很熟悉，径直推开长窗，往花园深处走去，鬼脸人跟在后面。

这间花园两侧连着长长的回廊，加上前厅后楼，四面都是长长的檐顶，通向院子中心。这是东陆形制的建筑方式，下雨天时，四面的雨水都会顺着檐沟和三角形的瓦当滴水汇入庭院，寓意肥水不流外人田之意。

花园里种着无数奇花异草,散发种种异香。木贼草、燕子飞、绣球、水仙、火红色的美人蕉,还有极多的白色山茶、芍药、水艾草。行在长廊上,就如同被透明的花香包围了起来。

只见花园的尽头是一排次第折角的小楼,这里就是有名的南山六玉阁。有一道又长又陡的楼梯,独独通往最后那座楼。

楼梯顶上摆放着一张又长又宽的扶手椅,椅子上独自坐着一条大汉。那大汉高有八尺,头顶精滑溜圆,光着膀子,露出一身虬结的肌肉。远远只见他右耳垂上挂着一个硕大的金环,手上提着一根铁棍,看见那老者和鬼脸走上楼梯,站起挡在了面前。

他这一站,就将楼梯堵了个严实,当真是一夫当关,万夫莫开的气势。那光头大汉虎视眈眈地瞪着两人,也不说话。

鬼脸在面具后翻起白色的瞳仁,两人对目一撞,旁人仿佛听到铜豆落在铜锣里的脆响。

老者微微一笑,他的笑如春风拂面,让绷得极紧的弦松了下来。

他对那光头大汉说:"我这次来,只是喝酒,没有别的事。天香阁难道还怕客人多吗?"

那光头大汉朝楼梯后努了努下巴,闷闷地开了口:"羽大人既然是客人,没必要带这么多人上去吧?"

老者转身看了看,仿佛刚注意到跟在他身后涌进园子里的上百名黑衣人,惊讶地皱了皱眉,冲着楼梯下面道:"你们跟过来干什么,都出去。这是天香阁,挂着铁爷的牌子,若有人敢闹事,自然有铁爷负责。"

他转向那光头大汉,用一根指头点了点楼梯尽头挂着的一块玄铁牌子,问道:"铁昆奴,我说的是吗?"

那块铁牌子六寸见方,乌沉沉的,上面刻"铁浮图记"四个大字。

那大汉将血红的眼瞪过来:"羽鹤亭羽大人,你言重了。即便没有铁爷的牌子,这满厌火城,也没人敢碰你。"

老者打了个哈哈,朝后面摆了摆手:"你们都在外面等着吧。"

那上百名黑衫人暴雷般齐声喝道:"是!"这一声喊齐整异常,震得房梁抖动,显出庐人卫的训练有素。楼内楼外的那些闲人都听得心里发毛,蟊贼碰上正规军,毕竟心中惴惴。不少酒客已经脚底抹油,开始往外溜去,却也还有些不怕死的杀货依旧不肯走,赖在这里想看看热闹,毕竟城主大人随驾的风采,不是等闲可以看到。

过不多时,茶钥公子和小四将军被时大珩带到了天香阁小楼中。

有美女看了,小四兴奋地想,推门而入,却大失所望。原来这小楼还有一个前厅,他两人只见到羽鹤亭正坐在空荡荡的几前喝茶,一个铁面人独自站在身后,连个侍候的丫鬟都没有。

寒暄过后,双方直吃了七八十盅茶,喝得肚子高高隆起,茶钥公子始终不提正事。小四只拿眼睛瞄看那个铁脸人。

羽鹤亭微微一笑,说:"鬼脸将军是我心腹。"

茶钥公子又左右看了看,还是不说,只道:"这是那个什么铁爷的地方?我们寻思的事,这个……在这里岂非……"

羽鹤亭哈哈大笑:"正是要在铁问舟的地方谈事,方保得万无一失,公子不妨直说吧。"

"好,好,好,那我也就不隐瞒了。羽大人的事,家父已联络上了沙陀蛮。"

"哦。"羽鹤亭不动声色地又给两人添上茶,笑眯眯地说,"这是厌火臧楠山的初茶,自然比不上茶钥的十八品,但也鲜嫩清香,别具一格。"

小四愁眉苦脸地接过茶杯,只可怜被一肚子水撑得半死,又饿得咕噜噜直叫，他只盼公子和这人赶紧谈完事，好出去找几个漂亮姑娘侍候着，狂吃海喝一番。

羽鹤亭却不着急问结果，又问："茶钥与沙陀交战良久，他实力究竟如何？"

"当年风铁骑飞夺灭云关，宁州十万蛮族大军风流云散，虽然被剿灭一部，但大半流窜乡野，为匪为盗；现在宁州衰微，这些流寇重新聚集到沙陀麾下，带甲武士三四万，控弦之士五六万，加起来就有十几二十万，实力着实不可小觑，不可小觑呀。"茶钥公子挥着扇子连连摇着头说。

羽鹤亭见他不肯直说，莞尔一笑。他自然知道茶钥和沙陀几次摩擦，却接连败战的事情，若非茶钥城主早与沙陀暗中来往，互通款曲，只怕输得还要难看。

又问："那么南药比之如何呢？"

"南药？哈哈，南药。"茶钥公子先是大笑，后又冷笑。小四也连忙陪着先大笑后冷笑，不过比之公子慢了半拍，大笑声和冷笑声混在一起，未免有点古怪。

茶钥公子拍着胸脯说："城主如果能拿定主意，南药不烦劳沙陀动手，就由我们来解决了。"

他代表父亲前来谈判，自然不能由着羽鹤亭问个不休，于是端起杯子狡猾地问："城主的厌火军实力雄厚，在八镇中一贯排名在前，何必找沙陀帮忙呢？"

羽鹤亭哈哈大笑。他笑起来的时候，眯缝起眼睛，眼角上斜，看上去就如同一只上百岁的白须狐狸："不瞒你说，厌火要是只图自保，那是易如反掌，此刻我要借助你们茶钥的力量，自然不敢有丝毫隐瞒。"他斜眼看了一圈，开诚布公地说："我要对付的是风神和黑翼啊。"

茶钥公子愣了愣，手上喝完的杯子忘了放下来，"羽大人要对这两镇下手？他们可是青都羽王的忠臣啊。"

羽鹤亭在谈论这造反的大事时，脸上的笑意只有更浓。他道："金山、白河反了这么多年，以为能够偏安一隅，但翼动天性情刚强，心多猜忌，他入主青都后，岂容卧榻之旁有人酣睡！这几年来，别提金山和白河，我们其余几家的日子又何尝好过。"

他脸上依旧带笑，却突然喀嚓一声捏碎了手中的杯子，茶水流了一桌，那些银针一样的茶叶也散落一几。

"如果不把他……"他微笑着说，"又怎能维持住当前局面呢？"

茶钥公子哦了一声，手里的杯子依旧停在半空，以称傲茶钥的滔天谋略想了良久，脸色有点发白："原来羽大人是想动青都？"

"不错，"羽鹤亭点头道，"要对付青都，我的厌火军必然要先全力应对风神风铁骑及黑翼风云止，如果姓铁的在背后搞我一下，那也是麻烦事一件。只要沙陀蛮愿意帮我解决掉这肘腋之患，我就可与沙陀结盟，牛马粮草金钱都不在话下，整个下城，"羽鹤亭举起宽大的袖袍在空中划了半个圈，"这等花花世界，也任由他劫掠。"

小四想着入城来一路看到的稠密房屋人群，还有街上的无数美丽女子，眼前这雕梁画栋的小楼，如果全落到沙陀那不通风月的蛮子手里，未免有点可惜，不由得咕的一声吞下一口口水。

羽鹤亭仿佛看出他的心思，笑道："我要的是整个宁州，小小一个厌火城，有什么可惜。"他掉头看着茶钥公子，推心置腹地道："若我大事成功，三寐河以西的三方宁州，都是你家天下。"

茶钥公子眼睛一亮，三寐以西的三方宁州，乃是茶钥、金山和南药，实乃宁州的富庶之地。他暗暗盘算，羽鹤亭举事，必然天下大乱，茶钥要是借助蛮人之力，软硬兼施，拿下三方也不是没有可能。虽然说羽鹤亭老奸巨猾，成事之后，只怕和翼动天没什么区别，也未必容他们茶钥在卧榻旁舒服睡觉；但茶钥家如果在宁西三方站稳脚跟，经营个十来年，再和羽鹤亭来争夺这天下，那时候鹿死谁手，也未可知。

他大张着嘴，想象着成千上万的大军在他指挥下，蚂蚁一样冲入青都，一辆四匹白马拉的车子，车顶上插着白天鹅尾羽，带着他登上神木之巅的情形。

小四悄悄地捅了捅他的胳膊肘，茶钥公子脑子热度一消，猛然间想起羽鹤亭要订的盟约主角却不是茶钥，而是沙陀。忙道："城主这么大方，盟约必然可成。不过我这次来，却有沙陀王的口信，他说，一定要城主帮他在厌火城中找一样东西，除非大人能将这东西让我带回去与他，方显我们的诚意。"

"却是古怪，"羽鹤亭沉吟起来，"他要找什么东西呢？"

"龙之息。"茶钥说出这个名字的时候，仿佛微微颤抖，"是块叫'龙之息'的石头。沙陀王称此石是蛮族失落已久的宝物，他打探出来，那石头该是在一个叫莫铜的老河络手上。"

"哦，这是什么东西，又有什么用呢？"羽鹤亭又问，他不动声色地低头看茶，又翻起眼皮看了看茶钥公子和小四，见那两人也是一脸茫然。

羽鹤亭阴沉着脸，捻了捻胡须，又沉吟半晌，才说："好。只是老河络既住在下城，此刻我和铁问舟之间尚未挑明，不好明着动手……"

他回头对鬼脸说："把龙柱尊叫来。"

府兵统领龙柱尊很快腾腾腾地大步走入房间，羽鹤亭看到他满脸是包，皱了皱眉，也不多问，言语简略地道，"找个人，到一个叫莫铜的老河络手上拿个叫'龙之息'的东西。找到后，交给这位茶钥公子。"等龙不二转身要走，他又补充道，"找个机灵点的。"

小四忍饥挨饿半天，见大事谈成，不由大大松了口气，脸上露出笑容，只等羽鹤亭叫人上菜上饭。

却听得门上剥啄两声，有人在门外低声说："大人，露陌回来了。"随即听到楼梯上轻轻的脚步声，吱呀一声，有人推门进了隔壁的内室。

羽鹤亭举起手中杯子，团团一转："请茶。"

按羽人礼仪，这是送客的意思。

小四心中大怒，随公子走出门后还在咕哝："他奶奶的，这是什么意思？自己泡妞，就放下我们不管了？"

却见楼梯上时大珩迎上前来抱拳道："这儿终究不太安全，羽大人不敢让两位贵客多留，车马已经备好，这就请两位到上城的北山路去，尽情游乐。"

小四转嗔为喜，大着嗓子道："这还差不多。快快前头领路，兵发北山路去！"

在屋子里，羽鹤亭却不着急去见露陌，他转头对始终沉默不语的鬼脸问："我让你找的人怎么样了？"

"已经出发了。"

"此人如何？"

"若他今夜果然杀了那人，自然就可靠了。"鬼脸冷静地说。

"沙陀要寻找这块'龙之息'，甚是古怪，你可打听出什么端倪来没有？"

"没有。"鬼脸简要地回答说。他的声音从面具后面传出来，带着沉甸甸的金属声。

他又说："不过，有另一传闻。听说沙陀派来了一个秘密使者去见铁爷，只怕也是为了这块石头。我担心不论是谁帮他找到那块石头，他都会与之结盟。"

羽鹤亭脸上的笑容一下子都敛了起来，问："哦，这使者什么来历？"

鬼脸像木头一样蹲坐在原地上不动，他平静地回答："不知道，只知道是个年轻人，带着匹白骆驼，一个人来的。"

羽鹤亭又哼了一声，说："找到这个使者，灭掉他，想办法推到姓铁的身上，可别着痕迹。"

鬼脸不动声色地点了点头。他的铁面具在烛火下如同凶神的脸一样狰狞可怖，整个厌火城也找不出几个人，会愿意面对这样的一张脸。

三之丁

莫铜看着院外英姿飒爽的女将军，不由得叹了口气："没想到，云姑娘已经长这么大了。"

云裴蝉也是嘴角一翘，笑着说："司空大人，果然在这里找到了你。"

莫铜摸了摸没剩几根头发的秃头，咧了咧嘴："这个名字听着真不习惯，你还是照小时候的习惯，叫我莫老叔吧。"

"叔叔就叔叔。"云裴蝉说，一撩披风，身轻如燕地跳下马来。四个伴当跟随着她下马，却不进院子，就在外面拉着马。云裴蝉独自进来，看了看满院狼藉，还有那几个站在树下还仰望着天空发呆的木头傀儡，不禁莞尔："莫叔叔还在玩这些木头东西吗？我还记得小时候莫叔叔给我做的小车呢。"

莫铜难为情地搔了搔头，提溜起地上摔碎的鸡笼子扔到角落里："人老了，手艺也不精了，搞得乱七八糟的。"

云裴蝉一身闪亮铠甲，外罩一件火红的斗篷，看着矫健敏捷，眉宇间却有一抹挥之不去的忧虑。她从腰带上解下一把短匕首,交到老河络手里说:"这是我爹爹送给你的东西,他说你见了这东西,自然知道他要你做什么。"

话虽这么说,她顿了顿,还是补充道:"我父亲,要你来拯救我们的城市。"

老河络低头抚摩着那柄短刀光滑的刀鞘。那刀鞘看上去颜色暗淡,灰蒙蒙的毫不起眼,拔出刀刃来却看见上面水汽朦胧,在空气中只停了一会儿,就仿佛有水要从上面滴下来一般。

老河络慢悠悠地回忆说:"这把刀,是我三十年前送给你父亲的。那时候你父亲还可没领到世袭爵位,我们一起在东陆游荡,做了不少傻事和疯狂事。后来他当了城主,一切就都变了……"

"我可不要听你们以前的故事,"云裴蝉说,"大部队不好进城,人马都在西门外一家客栈等着。莫叔叔,你带上那东西,这就跟我们一起走吧。"

老河络也不生气,呵呵地笑着:"你从小就性子急,做什么事都着急得很,喝水时总是被烫得哇哇乱叫,一生气又把碗给砸了……"

"莫叔叔!"云裴蝉跺了跺脚。

"别着急,要走也没那么快,都进屋子坐吧。"老河络虽然面带笑容,口气却坚决,没有反驳的余地。

云裴蝉虽然性子急,却也了解这个矮小河络的脾气,无奈只得对手下说:"你们几个,把马拴下,都进来吧。"

老河络一边领他们往屋子里走,一边抱歉说:"不好意思,也没好东西招待你们,连水都没有。"不知道老河络是怎么控制的,院子里原先风雷密布,但如今他们六个人穿过空场,却是波澜不起。

"客气什么,我这带了好酒来,莫叔叔一定会喜欢的。"云裴蝉说,让手下解开腰带上的大牛皮囊来。

莫铜猛地抽了抽鼻子，喜出望外地道："啊，这是最好的黑菰酒啊！"

云裴蝉进了屋子，看着空荡荡的房间，发觉除了那张大床和一张矮桌子，连个坐的地方都没有，不由得愣了愣。老河络连忙搬出几张蒲团，拍去上面的灰尘，让大家盘腿坐下。羽人等级森严，讲究礼仪，四名护卫都不肯坐，只是背着手站在云裴蝉后面。老河络又找出许多粗瓷碗来，分给大家，四人依旧不接。

那酒倒在碗里，色泽暗黑，随着一圈圈的涟漪荡起，香气扑面而来。

莫铜猴急难耐，顾不上礼仪，抢先端起来喝了一大口，碗里的酒几乎下去了一半。

"哎呀，"他眯着眼慢慢地回味说，"越州南的黑菰酒，亏你们还能搞得到。多少年没喝了，我几乎把味道都给忘了呢。"

云裴蝉端起粗瓷碗，喝了一口，放下来时看见碗沿上几个破口，不由得皱了皱眉，将碗放下。她说："莫叔叔，你们在一起好好的，在南药也过得很开心啊，为什么要躲到这个鬼地方来？"

老河络莫铜又是一大口，然后满足地叹着气说："躲藏了这么多年，还不是为了这块石头。"

"多年前，我离开南药的时候，对你父亲曾有承诺——死也要保护好这块星流石，南药有难的时候，如果他派人把这把匕首送还给我，那么我会带着石头再回去——这是以铸造之神的名义作出的承诺，"老河络脸色凝重地说，"可是，这次我要失约了。"

"哦？"云裴蝉瞬了瞬大眼睛，她身后的几名护卫也是脸色一变。

云裴蝉问："为什么？是石头不在了么？"

莫铜咕咚咕咚地大口吞着酒，含含糊糊地回答："怎么会呢，就在那边的红盒子里嘛。"

云裴蝉的嘴角不易察觉地牵动了一下。

她看了看那盒子，然后回头说：“沙陀蛮已经汇集起四万人马扫荡宁西。我一路上过来，看到许多村庄都成了废墟，许多人被绑在树上活活烧死。这是些罗圈腿的杀人不眨眼的蛮子，他们把抓到的羽人放在火上烤，割他们的舌头，斩他们的手指，剜他们的眼睛……这是最危急的时刻了，莫叔叔，南药危急啊。”

莫铜低着头又叹了口气：“沙陀蛮凶恶险诈，这个我早知道。”

“茶钥同为羽人镇，不但不阻拦沙陀蛮，还暗地里和他们勾搭。”

“这个我也知道。”

云裴蝉竖起黑黑的眉头，大声说：“莫叔叔，我们真的需要这块石头来对抗沙陀。”

老河络喝干了一碗，毫不客气，又给自己添满一碗。他满面红光地微微眯上眼，闻着黑菰酒飘散的香气说：“你不是你父亲派来的。”

云裴蝉"啊"了一声，满脸通红。她惊讶地看着这个貌不惊人的老家伙：“你怎么知道？”

“你不知道那块星流石里蕴藏着什么样的力量，可你父亲知道。”莫铜抬起眼皮看了看这个年轻、充满火气和阳光气息的女孩。

“我知道！”云裴蝉大声说，“我知道可以用它呼唤烈火，用火焰席卷田野，将成堆的骑兵烧死；我知道可以用它呼唤大雨，让平地吸满水变成松软的沼泽，将沙陀的骑兵陷入其中……只要有对应的术士，就可以唤醒它的力量；我知道有了它，就可以救南药。”

“你知道，”老河络用带上了点醉意的朦胧眼神看着她，“什么是星流石吗？”

“我当然知道，”云裴蝉不服气地翘着下巴说，“星流石，是落到地上的星辰碎片。”

"对,它们也叫冰玦。我们九州上所有力量的源泉都来源于星辰。六大种族的传说各不相同,但都一致承认是荒墟大战中,散落大地四周的星辰碎片给了九州生命和勃勃生机。所有那些生命,所有那些人羽夸络、鱼鸟虫兽、花草树木……都在体内埋藏着细小如微尘的星辰碎片,所以它们才可以飞翔、游泳、爬行、跑跳、咆哮、争斗和繁衍后代。不同的种族和不同的人感受不同的星辰力量。"

云裴蝉点了点头。她是羽人,天然要去感受明月的力量。属于明月的夜晚,羽人都能清晰地感受到耳朵后面仿佛有根琴弦在跳动,当这根琴弦弹奏出羽人们心领神会的华彩乐章时,她们就能展翅飞上天空了。只有极少数的纯黑翼羽人,会感受到影月更强大然而妖邪的力量。

所有的种族都害怕谷玄,那颗看不见的死亡之星。但对羽人来说,行经在天空中,最可怕的天体是缠绕在明月之旁的影月。影月的力量强大起来的时候,明月受到抑制,而那些黑翼羽人却能拥有可怕的感应力,足够去迷乱、灾祸、蛊惑整个宁州。历史上席卷宁州、拥有可怕的火和血的灾祸,无不与影月力量的增强有关。

影月就是宁州的死敌。

"嘀!"云裴蝉生气地嚷道,"你说的这些,和龙之息有关系吗?"

老河络郑重地说:"这颗石头,就是来自于影月的碎片。"

房间里沉默了片刻。外面的天空已经暗了下来,黑沉沉地压在每个人眉头上。

"哪里有这么可怕?!"云裴蝉的眼睛亮闪闪的,如同猛兽,越是在黑处就越锐利。她左手攥住腰间的刀鞘,右手突然在左手虎口上猛地一拍,鞘里的刀猛然一声呼啸,跳出来半尺多,又吭啷一声落了回去。

"刀子没有好坏之分,只是看它掌握在谁的手里。这石头也是一样——当年你和我父亲不是用它以两百人对抗过三千名蛮人骑兵吗?"

老河络脸上的肉抽动了一下,似乎想起了当年的情形。

"那一次我们确实是赢了,"他说,紧抓住酒碗,"但那两百人当中,有一百多人没看到胜利的一幕,他们都扭曲着身子倒在大火烧过的田野上,骨骼和血肉混在一起,仿佛破碎的面口袋。他们既不是被蛮族人杀死的,也不是被自己呼唤出的大火烧死的……"

莫铜的眼睛在黑暗中闪着可怕的光,他缓缓地说:"他们是溢出而死。"

"不是只有魅会溢出吗?"云裴蝉迟疑了片刻,才问道。

老河络摇了摇头:"人的溢出才叫可怕。肉体束缚不住灵力了,它们从身体的每一个毛孔里向外喷涌而出。龙之息的力量太大了,这么多年来我一直在琢磨,可始终没琢磨明白它的力量有多大,那不是我所能知晓的。南药城也将束缚不住它的灵力,它也无法消化石头的力量,所以我才把它带走的啊。"

云裴蝉知道,在河络的眼里,所有人造的物体,不论是兵器、建筑还是城市,都有自己的生命,而有生命的物体,也都会死亡。城市的溢出,那又会是什么样的情形呢?

"不要迷信石头的力量,这是一碗毒酒,"老河络说着,将自己碗里的酒一饮而尽,"它救不了南药,只会让它死得更痛苦。不要去碰它,不要试着去感应它,那实在是太危险了。"

"你说了这么多,都是讲它怎么怎么恐怖,你却一个人藏了它这么多年。"云裴蝉垂下头,散去火气,突然换了副轻松温柔的语调说起话来,"我才不信呢。你已经丢了它。莫叔叔,这石头,你早就把它丢了是吧?"

她身后站着的卫士听到她的话，心里头都突地一跳，耳朵根子发热。月亮虽然还未升起，屋里却仿佛铺满明月的光华。他们知道她用了明月魅惑术，虽然术法粗浅，连他们都看得出端倪，那老河络却恍若不觉，他已经喝得两颊发烫，就像个烧热的铜酒壶。

"你肯定是怕了它，把它早丢了吧。"云裴蝉继续说，她的话音甜蜜如栀子花香，袅袅散开。

老河络像小孩一样做了个鬼脸，跳了起来。他迷迷糊糊地原地转了两个圈，才步履蹒跚地走到床前，在那根细线前的空气中比画了几下。他们仿佛看到一阵金色的波纹在四周的空气里荡漾开来，莫铜一定是在解开一个符咒。他轻轻地解下红盒子，将它拿了过来，在矮桌上放下。

"这就是'龙之息'。"莫铜昂起头，骄傲地说。

其余五个人都不说话，屏住呼吸看他手上的东西。

那是一块晶莹如玉的舌形透明物件，大如牛心，说是石头，更像是一块不化的寒冰，上面刻着"龙之息"三个古字。莫铜的手指按在上面的时候，他们居然看到按压处有光纹一圈圈地向外荡漾，如同水的波纹。

"这么大的星流石，再也没人见过。从来没有，"老河络重复着说，"从来没有。"他把沉重的盒盖咔哒一声合上，连盒子放在酒碗边。

"我不能再喝了。"他咕哝着说，又端起碗来喝了几口。

云裴蝉劝他说："莫叔叔，你又不太能喝，就少喝点吧。"

"这话怎么说的，"莫铜最怕人家说他不会喝酒，瞪起红眼珠子，又抢了只碗，给自己满上了。现在他一手一只碗，左边喝一口，右边喝一口。"我才不会醉呢。好多年没喝过正宗的黑菰酒了。再说，看到了你，我也高兴……"老河络口齿不清地道，"天色已暗，你可以自己出去看看,明月的影子里,铜色是不是越来越红了?影月正在接近最靠近大地的轨道啊。别去动它。这是一碗毒酒……"老河络嘀咕着说,他眼中云裴蝉的笑越来越模糊,舌头大了起来,他甚至听不到自己在说什么。"怎么回事?"他迷糊地想,这死丫头,酒里有问题。

可是意识到这一点的时候,已经太迟了。老河络拼命挣扎着想再说点什么,他嘟囔着:"星辰有自己的意识吗?如果有,它们岂非和常人一样有喜乐哀怒七情六欲?如果没有,它们又怎么影响世间的运转,怎么去影响地上那些人不可捉摸的命运呢?……"

不对,他使劲地摇了摇头,这不是他要说的话,小丫头要偷走石头,而他还有很重要的话没有说。"十五年前,十五年前……"他嘿嘿地笑着,竖起一根食指说,话音未落,突然头一歪,趴在地上,一会儿鼾声大作,那根指头却依旧竖着。

云裴蝉微微一笑:"酒里掺了这么多青阳魂,这老酒鬼,能扛得住这么几碗,也算不容易了。莫司空也就这毛病了,酒量明明不行,却还就是喜欢喝。"

"郡主,我们怎么办?"身后一名护卫问。那人腮边一圈花白的胡子,显是已经跟随了她很久了。

"当然是把星流石带走。"云裴蝉说。

她弯腰伸手去拿那块龙之息。

"嘘,别动。"那名花白胡子的护卫突然轻轻地说。

云裴蝉愣了愣,只觉得耳边微微发凉。不知道什么时候,盒子旁边的桌子上,多了一只长满毛的八脚黑蜘蛛,摆动着三角形的头,恶狠狠地用几十个复眼瞪着他们。

"这是一只毒跳蛛。"护卫慢腾腾地说,仿佛害怕声音会惊醒它。这种蜘蛛的毒,要比五步蛇还要强上几倍,而它出现得突然,距离云裴蝉伸出去的裸露手臂只有半尺来远，蜘蛛的头向后昂着，八只脚爪压得紧紧的，随时都会扑上来。

护卫慢慢地抽出了随身带的长剑，那黑蜘蛛机敏异常，感觉到动静，猛弹起来三四分高，在空中张口向云裴蝉手上噬去。云裴蝉向后一躲，她的亲卫手腕一抖，毒蛛干净利落地分成两半，每边四条腿，飘落在地。

"这鬼东西，莫非是藏在盒子里的？"他们嘀咕着说。

云裴蝉快手快脚地将那石头拿起，用一块皮子裹了，揣在怀里。她看了看醉倒在桌子上的莫铜，还有扔在一旁的空盒子，心中一动，从旁边地上拣起一块碎砖，在上面刻了"云氏"二字，塞进盒子，然后又将红盒子重新挂回那根细线，让它在那儿晃悠。

"让他知道，是我带走了石头。"她说，"等杀退了沙陀，我再带这块石头来向他赔罪。我们快走。"

她伸手去推屋门，一道若有若无的白光悄无声息地在门外闪了一下，心急的云裴蝉没有注意到。他们一拥而出，站在屋前的走廊上，惊讶地发现——外面哪里还有院子的存在！

三之戊

他们五人站在一处宽大的圆形石室内，拱顶上有淡淡的光洒落下来，四周是十二个石门交错排列，每个石门上都刻着代表星辰的图形。

他们已经陷入了老河络的迷阵中。

那些石门中只可能有一个出口，但云裴蝉他们五人没心思去寻找和琢磨，因为六个木头傀儡——两臂的末端都是尺来长闪闪的锋利铁钩——排开战斗队形，挡在面前。

云裴蝉和手下的护卫们虽然吃惊，却同时伸手掣出剑来，这些动作都只在一瞬间完成。

她手下两名护卫一声不吭，一左一右对冲而出，反将那些傀儡包夹在中间。

云裴蝉带到厌火城的这些手下，都是南药城里百里挑一的勇士，训练有素。这时见事有变，不等傀儡行动，已经抢先下手，要杀出一条路来。

两名傀儡木人提起笨重的大铁爪兜头打下，它们虽然动作笨拙，这一击却带着锐利的风声，显得霸道十足。

羽人动作敏捷，却吃亏在力量不足，近战时一般都不以蛮力对抗。那两名护卫更是身法轻捷，他们如穿花一样，突然左右交叉换位，已经闪过那势如排山倒海的一击，双剑起处，夺夺两声，已分别斫在两名木头人的颈上。如果这是战阵交锋，敌方对阵的两员大将一定就此了账，但那两名傀儡脖子上中剑，却恍若不觉——原来它们虽然身体粗笨，动作不灵，但都是用原生的铁力木制成的，这种木头质地极硬，羽人手中可以斩开链子甲的战剑砍上去，也不过留下一道浅浅的白印。

这时候六个傀儡木人不论有没有接上敌，已经一起舞起胳膊来，胳膊上的铁爪寒光闪闪。傀儡人体形个头与羽人大不相同，个子圆墩矮小，胳膊却是奇长，使出来的招法也就离奇古怪，不可以常理度之。

两名护卫抵挡不住，连连倒退。

云裴蝉眼尖，看见木偶人背上都有个小机匣，一些细细的钢丝线从中连出，在傀儡人身上的孔洞里穿进穿出，发出难听的摩擦声，傀儡人的胳膊腿都随之舞动。

她朝剩下两名护卫示意。那两人点了点头，一起跳下场子，看似勇猛地朝当先站着的木头人冲去，突然轻巧地一折，想绕到它后面去砍断那些钢丝。

这两名护卫在台阶上看得久了，看出那些傀儡其实并不能和人见招拆招，只是在那里自顾自地打一套固定的招数，左三右四，上二下一；只是一旦陷入阵中，那十二条长胳膊疯魔一样乱挥乱舞，四面八方都是重重臂影，委实难以抵挡。

此时一名护卫正面挡住那傀儡人一爪，那名花白胡子的护卫已经一低头，从长木头胳膊肘下滚到那傀儡人背后，跳起身来，刚要照它背上的匣子剁下，突听得吱呀一声响，那木头傀儡人的脖子突然转了一百八十度，劈面对着那护卫。

胡子护卫见木头人脑袋上用大斧凿出粗犷的五官，两个眼窝的位置各有一块绿色的宝石，绿莹莹地瞪着自己，不由得吓了一跳。猛听得后脑风响，只见那木头人双手向后合抱，两只寒光闪闪的铁爪朝自己抓下，空气撕裂的声音直刺入耳膜。

原来那些傀儡人每条胳膊上各有四个关节，可向各个方向弯曲，猛然间拐过弯来，角度真是匪夷所思。那护卫大骇，就地一个滚滚过傀儡的脚底，后背的衣服唰地一声，被扯出两道大缝。他滚出圈子，一身都是冷汗。

眼见招架不住，云裴蝉喊道："快退回去。"他们回到走廊上，后背一顶，已经推开门扉，快速退了回去，随后七手八脚将门堵上，这才觉得不对。

和老河络喝酒的那间屋子四面都是长窗，但此刻他们身处所在全是厚厚的灰砖墙，围合成一个六角形，每面墙上各有三道窄门。他们五人就是从其中一面墙上的门中穿出来的。

"这又是什么地方？"云裴蝉奇道。

一名护卫小心翼翼地往前走了两步，突然脚下踩到的地砖轻轻一响。那声音在四面封闭的屋子里格外清晰。他们都是心里跟着一跳,果然三面墙上各有一道暗门一开,跳出那六名傀儡人来,挺着巨大的铁钩扑上前来。

"该死。"五个人一起悲叹了一声,转身撞开门再跑,却见眼前景物又变,成了一条长长的拱顶甬道,两侧点着暗淡的油灯,曲里拐弯地不知通往何方。

看来莫司空这么多年躲藏在这里,一天也没闲着,围绕着这宝贝,早已像鼹鼠一样东掘西掘,布下了许多陷阱和法术;而这老家伙一醉倒,也不知道怎么回事,这些机关一起发动起来了。

"我们走不出去了,"那老护卫叹了口气,垂下手上长剑,"莫大人的本事,我当年就领教过了,他外号千栏,机关术极其高明。二十年前,他曾经在南药城外建了一个花园,用矮灌木和绿篱、乱石堆组成迷宫,只是三亩地大小的一个地方,让三百名士兵在里面兜了一天,一个人也没走出来。要想逃出去,除非⋯⋯"

"除非什么?"

"除非有人从外面开一条路进来,否则我们就算在里面大兜圈子,兜上十来天,也出不去。"

云裴蝉咬着嘴唇,恨恨地说:"我只以为莫叔叔喜欢做做玩具、车马,不知道他还有这种本事。"

一名护卫用剑柄敲了敲甬道侧壁,说:"看情形,我们此刻是在地下。"

"我们自己从这里掘上去就是了,"另一名年轻些的护卫不耐烦地说,"只要朝上挖,总能挖到地面。"

云裴蝉心想,顺着甬道行走,必然会落入越来越多的陷阱里,越陷越深;如果跳出老河络的机关体系,另外觅路上去,倒是有可能脱困。于是点了点头。

那护卫用剑尖撬开甬道侧壁上的灰砖,斜斜向上挖掘。灰砖之外果然是厚厚的黑土，他们轮番用长剑和匕首挖掘，三下五下就在泥地里掏出一个大洞，一名护卫伸手掏土，突然大叫一声，往后一倒。

云裴蝉等人大惊，连忙扶起看时，却发现那名护卫已经死了，而且顷刻间全身发黑，显然是被毒死的。

他们又惊又怒，用长剑在土洞中探查，只见土中簌簌作响，接连爬出几只毒跳蛛来。寻常毒跳蛛不过指头大小，但这些蜘蛛中，大的竟然有杏子大小，全身暗红，背上布着白色波状花纹，样子恐怖。

那几名护卫用靴子将几只蜘蛛捣成肉末，狠狠地道："想不到这位莫司空还有这种狠毒招数。"

云裴蝉又咬了咬嘴唇，她的嘴唇微厚，如同山茶花的花瓣。她说："我看这和老河络的机关没关系。"她一伸手，将通道壁上一盏油灯打翻在地，油泼到倒地的卫士衣物上，火光熊熊而起，他们借着光亮，看到甬道的青砖下，数百只毒跳蛛成群结队地涌出，但它们对站在火光后面的羽人们没有多大兴趣，而是排成几根黑线，向天顶上爬去。

看着它们忙乱和慌张的模样，一名护卫张开嘴惊叹："它们这是在……"

"没错，它们是在逃跑。"云裴蝉寒着脸，肯定地说。

"十五年前，到底发生过什么？"她掉转头，脸色苍白地问那名花白胡子的亲卫。

那卫士变了脸色，说："十五年前，南药城里发生了无数不祥的迹象，先是有无数的怪兽，一只独火鼍，从天上扑腾到城里，烧毁了十来个民坊；后来又有上千上万的毒沙蚁和毒蜂不知道从哪钻出来，沾着就能把人麻翻；最可怕的是随黑雾而来的瘟疫和大旱，黑雾里有飞虫从天而降,它们有四张翅膀,六只脚爪暗红,传说那致命的黑雾就是它们引起的。城南城北死了很多人。"

"是吗?那时候我还小,什么都不记得了。"云裴蝉点了点头,只觉得怀里的石头一阵阵发烫,她将皮包裹从怀里掏了出来,只见隔着那块鹿皮,它发出来的光照亮了甬道,能看到光的波纹一圈圈地向外荡漾开来,频率加快了不少,仿佛这块"龙之息"在深呼吸一样。它的力量正在膨胀,在复苏。

在南药城的羽人们被困在地下时,老河络莫铜在他们头顶的地面上翻了个身子。他的意识在和青阳魂的酒劲做着殊死的搏斗,一忽儿漂浮上水面,一忽儿又沉没入水底。在稍稍清醒之时,他就会挣扎着嘀咕:"看着吧,魑魅魍魉都会来找它。千里之外的山精野怪,都会感受到这块星流石苏醒的力量,以期凝聚成强大的魅。最受影月力量吸引的,那是一种叫胧遗的小虫……现在影月逼近了,它也要醒了。要小心啊……可怕的胧之虫,蜘蛛是它的前导——这酒还真给劲……"他咕哝着,再次昏睡了过去。

老河络在梦里并未意识到,无数四处乱爬的黑蜘蛛,此刻已经在他脚下三尺深的甬道壁上画满一幅斑斓的图画。许多毒蛛相叠,垒成倒挂的小塔。它们口中喷出的毒丝瞬间布满云裴蝉等人的头顶,如同一片灰色丝绸织造的阴霾。

云裴蝉等人屏息观望,将兵刃紧抓在手中,突然一人悄无声息地倒下去,剩下的三人大吃一惊,一起向后退去,在狭窄的甬道里挤成一堆,这些在登天道上面对死亡的雨之戟面不改色的卫士,居然在这个暗黑的甬道里吓得乱了阵脚。云裴蝉眼尖,在那名倒下的护卫靴子边发现了一只暗青色的虫子,小如青蝉,昂起头来却可见一只针管般尖利的喙。

站在最前面的年轻护卫双手倒转过来，肘尖向上，用剑尖去刺那虫子，俄而却猛一缩手。原来那虫子动作快如闪电，竟然比行动敏捷的羽人还要快上几分，它突然张开翅膀，弹起三尺来高，一口叮在那名护卫持剑的手背上。

　　护卫愣了一愣，松手撒剑，甩了甩手，那虫子小小的身子却悬吊在上面不动。云裴蝉等人都吃了一惊，以为他定然不免中毒而死。但那护卫拂了两下，那青虫突然松口掉下地去，六肢蜷曲，已经死了。

　　那年轻护卫也是满脸惊讶，转过头来说了声："没事。"话音未落，他的脸色已经刷白如死人，从皮肤里渗出一点一点的惨绿色毒斑。他的手指变长，垂了下来，如同榕树长长的气根，向下扎入土中；他的脸皮仿佛融化一样，向下垂落；他的头发则如藤一样抽出叶片和花苞，其中一朵大如莲花的花苞从耳朵上垂下来。

　　他仿佛并不明了自己的变化，却注意到了其他人望向他的惊恐目光。

　　他伸出一只变了形的手，长长的须根朝他们弯曲着伸过来，已肿大如树瘿的喉咙里发出扭曲的声音："你们……为什么……这样看着我……"

　　云裴蝉和仅存的胡子护卫不约而同地后退了一步。

　　年轻护卫呼出的气如寒冷的天气里呼出的白雾，在这些白色雾气里，头顶上那些倒挂着的蜘蛛如同雨点般落下，在落到他的肩膀上前，已经八肢紧缩，死于非命。这个树人挣扎着从泥土里拔出脚来，带起大团的泥块，步履蹒跚，又朝云裴蝉他们逼近了一步。他迈出的脚还没有落地，猛地银光闪耀，云裴蝉的弯刀出鞘，带着响亮的呼啸，绞散空气，斩断根须，劈开僵直的胳膊，刺入树人的心脏。刀锋在切入躯体的一瞬间，交叉画了个十字，从那两道深深的裂缝里,喷射出带恶臭的绿色液汁。年轻护卫的身体,被斩成三段,滚落在地。

"当年南药城的瘟疫,就是这种小虫子挑起的……"胡子护卫用颤抖的语音说。

"这是胧遗。"云裴蝉咬紧了牙关说。她在古书中见过这种虫子的记载,它们浑身覆盖满细弱的青羽,像冬眠的蛤蟆那样潜伏在土中睡觉,等待影月力量的召唤。书上说它们蜇鸟兽则死,栖花木则枯。原来人被咬中后,情形更为可怕,不但变成模样丑怪的树人,而且呼出的每一口气都是剧毒。

"难怪它被叫做'龙之息'呢,这个'龙'其实应该是'胧'啊。"云裴蝉恨恨地说。

这时候,悬挂在已经倒地护卫那乱糟糟头发上的花苞正在慢慢膨大。云裴蝉好奇地用刀尖划开一个花苞,突然向后跳开,厌恶地一脚将它踩得稀烂。原来那花苞里头,有一些小小的躯体在挣扎扭动,竟然是无数尚未成形的小胧遗。

"它们怎么能生长得这么快?"云裴蝉惊异地问道,但没有人可以给她答案。

她飞速地连连跺脚,要把那些可恶的毒虫碾死在胚胎之中,但终究还是有一只桃红色的花苞啪地盛开了,在云裴蝉伸脚过去将它碾碎之前,一只幼小的胧遗振翅而起,云裴蝉眼疾手快,一刀飞起,将那只胧遗钉在墙上。她刚松了一口气,突然觉得耳后微微发痒,微微偏头一看,斜眼一瞥,站在她身旁的那位花白胡子护卫,脸色竟然也变成了和死人一般苍白,星星点点的斑纹正从毛孔深处冒出。竟然是不知什么时候着了道儿。

云裴蝉大吃一惊,刚要退开,却看见那护卫猛然张口,喷出一口毒气,白色的毒气犹如一阵变幻的风云,朝她脸上扑去。

在她的怀里，那块星流石，一股来自四万里高空上的力量正在轻轻地唤醒它。它体内积蓄了十五年的力量，正在挣扎扭动，要喷涌而出，要发作出来，要把周围的一切烧为灰烬。

三之己

羽裳无意间发现了厌火城的大秘密。

风行云跟着那个抢包的小姑娘跑走后，她在后面追了一小会儿，就在四面羊肠子一样盘绕着的岔道前放弃了。她直觉，往这样的深巷子里走进去，只会离她要找的人越来越远。

她茫然地在陌生的街道上闲逛了一会，觉得湛蓝色的天空一下变得遥远起来，傍晚的下城里刮起来的海面风，顺着肮脏的巷子四下里扑去，让她的心里空荡荡的。

四周逐渐稠密起来的人群略带好奇和敌视的眼光让她脊背发麻。这里来来往往的羽人很少，多半是宁州底层受人轻视的无翼民。一个羽人小姑娘在下城里独自走来走去，确实太过引人注目。

羽裳只好耷着肩膀，蹲在一个小铺子后面发呆。那是家刀具铺，扁窄的剔骨刀、尖头的屠刀、弯曲的剥皮刀、厚重的砍柴刀，明晃晃地挂满四壁。卖刀的人面目凶恶，羽裳不敢多看，她把目光投向左面，那边是一个刚摆出来的肮脏的烤羊肉摊，腥膻的味道招来了成群的苍蝇，摊主还在兴高采烈地往羊肉串上涂抹看不出什么材质的作料。羽裳知道自己没有钱，于是又硬生生把头别过去看着对面：一堵涂满了乱七八糟符号和字句的白墙——如果一百年前曾经刷过石灰就叫白墙的话。

羽裳那时候无助地抱着自己的膝盖，努力不去想该怎么办。她看着太阳慢慢地滑过天际，看着炊烟在各家屋顶上袅袅升起，虽然街道窄小，又被羊肉摊占了一半，来往的人几乎就会踩到她的足尖，但她觉得自己和这个城市里发生的一切都距离遥远。

她漠然地看着那些形形色色、高矮胖瘦的人从身前水一样流过，那些人有的木木愣愣；有的眼珠子四处滚动一刻不安宁；有的钻到以为别人看不到的地方撒上一泡尿，童心未泯地用尿迹在墙上画一个圈；有的经过那道白墙，就随手在上面用瓦片刻出几道极具抽象艺术大师风范的线条，另一些人经过这里的时候又无意中将它擦去。

这样的情景反复上演，羽裳起初视若无睹，但突然间福至心灵，看出了维系这个古老城市运行的一个秘密。

羽裳开始明白过来，那些污迹和刻痕都不是无意间涂刻上去的。她看到一个又一个行者顺着那些符号指引的方向走去。

其实经过的每一个人都在注意那道墙，都在上面寻找自己需要的讯息，不同阶层的人关注不同的符号。发现了这个秘密让她觉得一阵迷离的幸福，她使劲地分辨起那些花哨潦草的字迹：办证133417……专业打孔……只生一个好……土豆到此一游……她看不懂这些暗藏玄机的东西，而跟随着其中的一个信息，也许就能穿越这无穷无尽的迷宫，找到风行云。

卖羊肉串的小伙子其实早就注意到身边这个坐着发呆的羽人小姑娘了。她抱着自己的脚踝，下巴沉重地压在膝盖上，不说也不动，只是大睁着懵懵懂懂的双眼，仿佛一双无底洞，将一切收入眼帘，却没有任何反馈出来。

他很想上去和这个看上去很柔弱的小姑娘搭讪，但轮不到他说话，他就发现她的黑眼睛里火花一亮，原来是一个脖子上挂着绿珠子的小姑娘突然窜进视野。那个小姑娘快速浏览了白墙一番，跳跳蹦蹦地就想跑开，但一直发呆的羽人女孩突然跳了起来，拦在了她面前。

绿珠扑哧一笑，对羽裳说："是你啊。"

羽裳不说话，只是瞪大眼睛看着她，生怕又给她跑了。

绿珠说："别跟着我。我把东西都还给他了。"

"那他现在在哪？"

"我不知道，我看到他被一个青袍术士抓走了。"小姑娘说，她转了转眼珠，从背后扯出一张弓来，"对了，这是他的断弓。交给你吧。"

羽裳听了绿珠对那名青袍人的形容，不由得脸色一变："我知道了，是登天道上那个术士啊。"她拼命想忍住眼泪，却发觉得天地之大，再没有一个亲人在身边了，突然间泪珠就滚了出来。

绿珠看见她哭了，也有点不知所措，她叹了口气："唉，姐姐，我真的不想这样的，你要是怕他出事，我帮你一起找他吧。"

羽裳擦了擦脸，咬着嘴唇说："不怪你。那个茶钥家的术士是我们自己在城外惹上的。"

"茶钥家的人？"绿珠转了转眼珠，"那是我们城主的客人，如果他们在一起的话，该到上城去了。"

羽裳问："你怎么知道？"

"哈哈，这上面都写着呢，"绿珠指了指墙上。她像个小大人一样摸着下巴，皱着眉头打量羽裳，"事情是因我而起的，今天反正倒霉到底，赶不上正事了，就带你过去吧。要赶紧，他们要关城门的。"

绿珠带着羽裳在城里飞快地跑着，她们顺着翠渚原往上城的方向走，道路逐渐宽敞，两边的建筑也慢慢变得严整、挺直起来。

太阳终于消失的时候，羽裳看到了白色的漂亮城墙。它立在高高的山坡上，用光洁的白色石块砌筑而成，在升起的月光下，如同银子一样闪闪发光。这才是真正羽人的城市。这副形象正是他们住在小乡村里时，无数次在梦里看到过的厌火城模样。

上城就像一个被下城的肌肉重重包围的银子心脏，它拥有三重平行的雄伟城楼，面朝下城的六座瘦长的城门，城门上方是如同月亮一样漂亮的圆拱，城墙上则雉堞林立，还有无数凹陷下去的眼口和望楼。作为西陲重镇，上千年来，它被历代城主无数次地加固、修缮、装饰、变成一块洁白的壁垒，以羽族精巧坚固的建筑技巧嘲笑着潮水一样涌来但又拍碎在脚下的蛮族骑兵。它是不可攻克的标志。

绿珠带着羽裳赶到城门的时候，那些盔甲明亮、竖着漂亮白缨的士兵正要关城门。

"等一下，我要进城！"羽裳喊道。

"什么人在乱喊？"那些高大的羽人士兵问。

"哦，是个羽人小姑娘，还是个漂亮姑娘，"为首的一名军士淫邪地笑了起来，他转头对同伴们喊，"你们来看，这姑娘莫非是天香阁那妞的妹妹。"

那些人凑上来看，嬉皮笑脸地哄笑："还真有点像，头儿，你这么惦记那丫头，不是动了歪念头了吧。"

"切，谁敢和城主大人抢女人，不要命了。"那军士挺胸凸肚，又颇有自知之明地说。他打量了羽裳一眼："你可以进去，不过你同伴不能进去。"

他扭转头瞪着绿珠，恶狠狠地加了一句："这些该死的肮脏的弃民。"

"呸！"绿珠朝他吐了口唾液，"谁稀罕进去。"

羽人军士冲她摇起了鞭子。

绿珠朝羽裳吐了吐舌头："我只能送你到这儿了。还要我帮忙的话，夜里到码头找我吧。"她一闪身，唰地掉入黑暗中不见了。

羽裳望着她的背影呆了呆，这个女孩虽然年龄小，这短短一段路上，却仿佛成了她的保护者。羽裳定了定神，一个人往城门里走去。城门高耸，她在门脚下就如同一只微小的蚂蚁。上城的城墙如此漂亮，简直像梦里才会出现。它又坚固又漂亮，巍峨挺拔，仿佛一直上升到云端里一样，在宁州素有"云城"之称，但它如今在羽裳的眼里却带着另一种冰冷的表情。

城门洞只有十丈长，羽裳空荡荡的脚步回响其间。再有两步，就能走进上城，可她不知道走进去后该怎么办？该往哪个方向去找那个男孩——正是他一门心思要到厌火城里来的，如今的形势，定然和他在羽妖陡崖上所想的差别太大吧。她越走越慢，越走越是犹疑。

突然背后传来了羽人的警哨声，唏溜溜地滑过天空，城门洞内外的士兵都变了脸色，仰首看着黑漆漆的天空。

刚才那个军士冲上来扯住她的胳膊，把她压在了路旁。她刚要挣扎，却发觉城门边上的士兵都在路旁跪下，那军士也在她身边跪下，冲她厉声说："城主大人回府，快在路边跪好了。"

"快闪开，快闪开。"数十名黑衣人喊道，骑着马飞快地冲过城门，将尘土扬了他们一脸。

一顶小轿被另一些黑衣人抬着，飞快地往城里冲去，堪堪冲过羽裳面前，突然后军大哗，有人高叫："又有刺客！"那些黑衣护卫顷刻间将轿子包围了个水泄不通，另有一拨黑衣人抽出武器就要冲上前去。

"且慢，是自己人。"轿子里一个低沉但威严的声音说。羽裳这才发现那些黑衣人是些无翼民，倒是训练有素，立刻束手静悄悄地退下。只见城门外一个黑影空着双手，慢悠悠地走了进来。走到近前，却是一名相貌普通的褐衣中年人。轿帘中伸出一只手来招了招，

一〇六

褐衣人凑上前去，相互低语了几句。

轿帘里伸出来的手又摆了摆，褐衣人刚要退下，突然抬头看到一双黑如点漆的眼睛在看着自己，不由得一惊，朝羽裳看过来。

站在边上的那些黑衣的护卫也发现了，大声喝问道："这儿还有什么人？"

守门的军士头也不敢抬，回道："是个过路的，不过是个羽人小姑娘。"

羽裳连忙低下头去，不敢再看，只觉得那黑衣护卫的首领个子瘦高，脸上似乎黑沉沉的，不似常人的脸。

那护卫首领哼了一声，喊："赶紧把她扔出去。"

羽裳听了大吃一惊，抗声说："我要进城去找……"

那位守门军士哪听她分辩，一手拖住她的胳膊就往外拉，一手捂住了她的嘴。

羽裳挣扎中恍惚看到轿帘抛起来一个角，城主大人似乎透过轿帘看了她一眼。而那名褐衣人也是朝她望过来，眼中精光四射，令人如被刀子指着一样不寒而栗。

羽裳被军士拖出来往城门外一推，高大的钉满铜钉的城门就吱吱呀呀地冲着她的脸关上了。她伤心地从泥地上爬起，只看见高大冰冷的白色城墙在她面前闪着光。

羽裳又往来的方向走去，想到码头去找那位小姑娘，但空寂寂的街道很快让她迷了路。她正在着急，突然眼睛一亮，看到一位熟人。

说来这也真巧，除了那个抢他们包裹的小姑娘，整个厌火城，羽裳大概也就认识这么一位熟人了——那人不是别人，正是西门外冰牙客栈的老板苦龙。只见他的胖身形在空旷的街道上悠悠而行，身边一个高大如山的影子,是他店里的伙计,夸父虎头。

他们两人刚从铁府里出来,此刻正在高谈阔论。

"你不就想要那把刀吗?为了它你可以坑蒙拐骗,无所不用,怎么就不能跟铁爷耍耍赖,把刀留下呢?"虎头说。

"嗯,人总是有缺点的。"苦龙说,"你胆子大,刚才见了铁爷的时候,他请你吃东西,你怎么不敢吃啊?"

"你不是也说不吃吗?"虎头不服气地说。

"那是因为铁爷家的厨师我看不上,"苦龙大剌剌地说,"铁爷什么都好,就是在这吃上太不讲究,一个人要是不讲究吃,这哪还有生活的乐趣呢!"

"又要来了。"虎头长叹一声,抱住了头。

苦龙睁着一双斗鸡眼,一边说一边流口水:"要说到吃,今晚这火热天气,就最适合来份炒牛奶,这东西极见炒功,炒出来温和鲜嫩;点心就上盘红花龙虱,龙虱虽然小,抓多点炒上一小锅,光闻那味道,就能醉死人;再来份炖猪杂,内脏一定得是温的,要现杀现炖,嗯,要不把锅灶带到胡屠户家里去做……喂,虎头,我请你去吃夜宵吧。"

"这么些东西,能吃饱吗?"

苦龙翻着白眼看他:"你就知道量多量少,白长了这么大个子这么肥的肠,和你在一起,真是丢我的品位。你就不想想,整个厌火城,能和我比较比较厨艺的,能有几个?"

"我可不相信厨艺,"虎头说,"我从来只相信厨具——确切地说,只相信菜刀和斧头而已——话说回来,你今天那道菜做得不错。"说到这里,虎头忍不住又摸了摸自己的肚子,"不过,真有'白眼看天'这东西吗?我给你打工这么久,怎么从来不知道你还能搞到豪鱼眼呢?"

"狗屁豪鱼眼，当然是唬他的了，那道菜不过是老豆腐加咸鱼干而已。用这么简单的东西做出这么好吃的菜肴，才显得出我苦龙的手艺啊。"苦龙高兴起来，大大地自夸自赞了一番。

"哦？"虎头疑惑地看了苦龙一眼，"那么那只冰蝇是怎么回事？我在殇州待了二十年，没看过冰蝇能在这么热的天气里活上两个时辰的。"

"当然是真苍蝇了，冻那袋子酒，不过使了个冰冻法术而已。"苦龙乐呵呵地说。

"呃，"虎头一把掐住自己的脖子，"真苍蝇？呃，你骗我吃了只真的苍蝇，你个死胖子，我早晚要杀了你……"

"哎呀哎呀，"苦龙挥着短胖的手说，"和气生财，和气生财，大家都是朋友嘛，这一次呢你帮了忙，大不了老子以后为你两肋插刀，回报你一次也就是了。"

"还等以后？我现在就想往你两肋上各插一把刀。"虎头瞪着他说。

他们两人抬着杠，猛一抬头，却对面撞上了羽裳。苦龙说："咦，你不是今天下午到我店里来的那个小姑娘吗？你的伙伴呢？上哪去了？"

羽裳听他这一问，差点又哭了出来。不过她性子坚强，在铁崖村里的时候，可从来没发生过一天里哭两次的事。她使劲咬了咬牙，将眼泪又咽了下去。

苦龙听她叙述了经过，不由得沉吟起来："被茶钥家的人带走了，还带到上城去了。"

他背着手踱了两圈，抬头对羽裳说："你也别瞎忙乎了，要从羽鹤亭手里要人，整个厌火城，能帮你的只有铁爷一个。"

"铁爷？就是你下午和我说过的那个铁爷吗？"

"不错，厌火城还能有几个铁爷。"苦龙微微一笑，"会吹口哨吗？"

羽裳点了点头。吹口哨虽然对羽人女孩来说不文雅，可以前在铁崖村招呼小伙伴出去摸鱼或者干别的坏事的时候，她可没少干过。

苦龙从怀里掏出一张纸递给羽裳："我和虎头身有要事，不能陪你过去了。你顺着这街道走到底，有片小林子，挂着两盏青灯，过了林子，是厌火的雷池，铁爷就在雷池边夜宴。你在池子边找一棵很大的槐树，吹三声口哨，有人会从树后出来，给他看我的名刺，他会帮你见到铁爷。"

"你放心，"这胖家伙拍着面有戚色的羽裳肩膀说，"铁爷没有办不成的事。"

第四章 暗夜之主

四之甲

却说青罗扶瘦皮猴回家，刚刚坐稳，猛然间听到门外第一对头龙不二山响般捶门。

"哈哈，有生意上门，"却听得那瘦皮猴脸喜道，他对青罗说，"在这等我。"一耸身钻出门外。

青罗趴在窗后，大气也不敢出，只怕又被龙不二抓住。却听得龙不二粗豪的声音在外面喝问："咦，辛不弃，你的脸怎么啦？"

"撞墙上了。"

"撞墙能撞成这样？"龙不二的口气里明显地充满怀疑。

"不是，是先撞在地上，后来又撞在个鸡笼子上，然后又撞树上，最后又撞在墙上了……"辛不弃充满辛酸地回忆说。

"我可不管这许多，告诉你，羽大人有令，要你去偷一样东西……可不许张扬。"龙不二大声道。

"不许张扬？大人，那你能不能小声点说？"

"我已经很小声了!"龙不二怒火万丈地吼道。

"喂,"远处有人喊,"半夜三更的吵什么呢,有没有公德心,人家明天还要上班的啊。"

"我他妈杀了你。"龙不二朝远处放声大喝,他中气十足,这一喝登时风扬沙飞,四周一片寂静,无人敢再吭声。

龙不二满意地回头,对辛不弃轰隆隆地说:"上个鸟班,到棺材铺去上吧。我们说到哪儿了?哦,羽大人要你去偷个叫啥'聋犀'的石头。"

"在……在哪?"

"莫铜,一个死河络,听说过这名字没有?"

"什么?"辛不弃一听这名字,登时几幅各种角度各种惨烈景象的图片咔咔咔地闪过脑海,头发又奓了起来。

"怎么?有问题吗?放机灵点,伙计。"龙不二低下头威吓地瞪着辛不弃。

辛不弃连忙答道:"没,没有。"

龙不二满意地点了点头,从怀里掏出一根令箭扔了过来:"我可是特意在羽鹤亭大人面前保举你的,辛爷号称厌火城神偷第三手,想来不会给我丢脸吧?"

辛不弃连忙连连摇头:"不会不会。"他把'聋犀'这名字在嘴里叨咕了两声,忍不住又问:"这个,龙爷,这石头是什么样的,干吗使的?"

龙不二怒瞪了他一眼,怒火熊熊地燃烧起来(因为他也不知道),他愤怒地吼叫道:"不该知道的事情就别问,这点道上的规矩还要我教你吗?机灵点儿!"

"是是是。"辛不弃机灵地向后退去,连连点头。

龙不二看了看低头躬腰的辛不弃,口气缓和了点:"好了,有点眉目了没有？"

辛不弃吞了口口水，咬了咬牙道："不瞒您说，这老头家我熟悉，羽大人要的东西，定然宝贵异常，我猜那老河洛定是把这石头藏在一个红匣子里。"

龙不二大喜："知道在哪就好，两天内将那红匣子拿来，就算你大功告成。"

辛不弃期期艾艾地道："龙爷，这个，有啥花红没？"

龙不二虎躯一震，浑身散发出王霸之气，冷冷地道："留你一命，算不算？"

辛不放连忙又后退了十来步，小鸡啄米般点头："算算算。"

龙不二看着畏畏缩缩的辛不弃，转着眼珠想，也不能把这些社会栋梁压榨得太厉害了，厌火城还要依靠这些人来建设呢，于是又说："这样吧，其他偷到的东西，都算你的。我就不分一份了。这总行了吧。"

辛不弃连忙赔笑道："这是龙爷赏脸。"

龙不二大步流星地走出十来步，又回头道："机灵点。还有，千万别张扬。"

他的声音轰隆隆地穿过夜空，吓得四五只夜鸟慌张张地从树上飞起来，窜入黑漆漆的空中。

辛不弃对了这几句话，只觉得汗湿重衣。他吁了口气，回到屋子里，转了两圈，又挺起胸脯来，得意洋洋地对青罗道："怎么样，听到了吧？我的名声都传到城主大人的耳朵里了。这一票就照顾你这菜鸟，跟我一起干怎么样？"

"去偷东西吗？我不干。"青罗摇了摇头说。

辛不弃脸色一沉，把令箭给他看："什么偷东西？你知道刚才来的这人是谁吗？他是厌火城城主羽鹤亭的心腹大人。他让咱去偷东西，那就不叫偷，那是执行公务。"

青罗使劲摇了摇头："反正我不去，我们草原人不做这种事。"

辛不弃大怒，扑上去揪住青罗的衣襟喝道："那你赔我的车，还有，赔我的毛豆！"

风行云被那名印池术士抓住胳膊，如同被一把铁钳样紧紧夹着，他试图挣扎，但那个骨瘦如柴的青袍人好像力大无穷，手指成圈陷入他胳膊的肉中。不知道那术士手上还带了什么法术，风行云只觉得全身僵硬，又麻又辣，喘不上气来，更是动弹不得。

那术士将风行云挟在肋下，迈开长腿，大步跑过那些狭窄盘曲的暗巷，似乎对这城里的路极其熟悉。他拐了许多个弯后，突然出现在那天下午青罗曾经去过的府兵驻处。

那青袍人从怀里掏出一块象牙腰牌给看门的兵丁看："我乃茶钥天龙军阶前冗从仆射龙印妄，你们家龙大人可在？"

那府兵有气没力地看了看牌子，道："龙将军被羽大人召去了。"

龙印妄提着风行云大剌剌地往里走去："我们是多年未见的表兄弟。这里有个人犯，借间牢房一用。"

那府兵也不知道他什么来头，验了他牌子，将风行云提去，搜了身上器物，扔入间小牢房里，就自个儿瞌睡去了。

风行云被扔在地板上，半天依旧是动弹不得。关他的牢房是府兵大院最背后的一排厢房，落在高高的石砌根基上，比外面的街面要高出三尺多。他的脸贴着冰冷的石板地，正好能透过墙脚上一个小小透气孔，看到外面的厌火街道，看到远远的天空里浮动的白色上城。他在地上趴了半天，身上的麻辣感才逐渐消退下去，刚喘过一口气，突然看到羽裳的脸在外面一晃而过。他还看见那个叫绿珠的小姑娘，正带着她噼里啪啦地往上城的方向跑去。

风行云刚要喊出来,却听得栅门一响,龙印妾走了进来,一只手里是一杯清茶,另一只手里摇晃着一条鞭子。

"厌火的夜晚要来临了。"他说,四处看了看,皱了皱眉,小心地将茶放在摇摇欲坠的唯一一张破椅子上,然后慢悠悠地转过身来,"下午我本可立个大功,你却坏了我的大事——夜晚很长,我们可以慢慢聊聊。你和南药的那小妞什么关系,干吗要护着她?"

四之乙

"想不到羽大人居然追上门来了。"露陌说。

"数次请你去上城,你始终不来。"羽鹤亭意态慵懒,斜倚在靠几上,看她换妆。

此刻他们已不在会见茶钥公子和小四的房间里,而是换了一间铺着乌木的宽敞房间,没有椅子,只有蒲团和供客人倚靠的矮几。屋子里四周都是白色的山茶和芍药花,显然是刚从门口的花园里摘下的,插在瓷瓶中,依然娇嫩欲滴。

露陌一边解耳坠一边说:"上城我待不惯。"

她把摘下来的明珠珰放在一个梳妆小台上。台子上手边就有一只兰青花白菊蝴蝶瓶,插着十来枝茉莉,散发着淡淡的香气。

露陌解下发簪,摇了摇肩膀,厌火的城主就赞叹着看着那乌黑发亮的长发瀑布一样垂到地上。每一股长发的末端,都系挂着一颗细小的铃铛,随着露陌的动作发出细密的悦耳声音。露陌转过身来,登时明艳的容光照亮了小楼,就连始终套着面具,木无表情的鬼脸也瞬了瞬眼。

她身上带着股清淡的气质,就如梳妆台上的茉莉,能让人不知不觉陷入到花香的魅力中。

露陌的眼睛很大,注满不适合她年龄的天真,她的面色苍白,一头乌黑的秀发更衬托得它如白玉一样透明。羽鹤亭每次看到她,都觉得要屏住呼吸,不然就要将这个纤柔的人儿吹跑。羽大人心中喟叹不已,这么弱小的一个小人儿,又怎么能在四周虎狼强盗的下城活下去呢。

露陌歪着头看了看两人,见鬼脸自始至终,都坐在一侧一动不动。她微微一笑:"羽大人就算上歌楼狎妓,也要带着护卫吗?"

羽鹤亭称:"鬼脸是我的心腹。他跟了我二十年了,早就习惯如此。你就当他不在好了。"

露陌用指甲在长窗上垂下的一排银线上拨了拨,那些银线上悬着一颗颗的黄铜小珠子,就自己在夜空里摇摆撞击起来,发出一阵阵沁人心脾的铜音。四周点着的红烛不知道怎地,仿佛突然同时被一股暖和的风往外一吹,灯花一摇,露陌的长发就在那些红光里旋转起来。

那些细铃摇曳起来的声音,如天雨洒落,偶有两只细铃撞在一起,冰冷彻骨的碰击声就如最寒冷的冬夜里两片雪花的碰撞声。她在这股令人迷醉的风里唱起歌来。歌声柔媚,如同带着朦胧的水汽,从混杂着茉莉清香,同时又混杂着挥抹不去的海腥味和土味的厌火城空中穿过。

一些绿色的草叶,宛如天然而成的天鹅,从她的衣裙上四散飞起,撒落在空中。

一阵像是有生命的风从露陌的指头、从她柔软的胳膊、从她的裙下流淌而出。"风舞狂"本是杀人的法术,但露陌在这红灯下用起来,却霏迷妖艳,不带一丝杀气,那些草扎成的天鹅被风吹起,如同有生命一般宛转盘旋在室内。

露陌的舞姿柔弱无力,她就像一只风中的天鹅,腰肢纤细得可以一手握住。她在从自己身体中流淌而出的风中飞舞,踏在那些飞舞的草天鹅上,轻飘飘的不见一点重量。

为什么她的容貌和谈吐如此干净、不惹尘埃,她的舞姿却又如此妖媚,一股在其内熊熊燃烧的火焰,把他烧得迷混不清。羽鹤亭使劲地摇了摇头想。欲望之火就在他胸口蓬勃而起,他能听到它蓬蓬地撞击胸骨的声音,这声音甚至盖过了银线上飞起飞落的铜珠发出的清脆声响。它们此起彼落,飞起,落下,幅度逐渐变小,声音也逐渐渺茫不可闻,仿佛万只飞鸟终究解羽在浓雾笼罩的平原上。

淡淡的香风又一次席卷满屋,四周摇摆的红烛噗地一声,全都熄灭了。只剩下羽、鬼二人端坐在黑暗寂静中而已。

沉默良久,羽鹤亭才鼓了鼓掌。他的嗓子里带着一丝痛苦的气息:"露陌,跟我到上城里去吧,你为什么要留在这里?你又何必总跟这些贱民混在一起呢?"

露陌点起一盏小灯,转过身去收妆,一面说:"我是个废翼之人,虽然身子轻盈,但永远也飞不起来了,羽人看我反倒是异类。再说,我喜欢跳舞,在这里我可以自由自在地跳舞。无人过问,才是我的福分。"

"有我在边上,谁敢斜着眼睛看你,谁敢漠视你的尊严呢?"羽鹤亭说。

"大人是个奇怪的城主。"露陌斜瞥了眼铁石般纹丝不动的鬼脸,"其他羽人都拿无翼民当不可靠近的灾难,你却总和他们打交道。你对这些卑贱的无翼民,未免关爱太过了吧。"

羽鹤亭哈哈大笑,说:"生在厌火,不得不如此。这也很公平,我给这些人机会,只要他们能为我效力,自然就有机会被上城所接纳。这正是我破解无翼民作乱的方式。其他各镇的贵族都不喜欢无翼民,我就单单喜欢。他们就像狗,忠实、平庸,从来不心软,也不会有自己的主意;他们还像拉车的马,我保护着他们,给他们罩上眼罩,让他们看该看到的方向,让他们走该前进的方向,步伐笔直,眼界狭小,他们就能体现出自己的价值来。"

露陌又看了一眼一动不动的鬼脸,轻轻地哼了一声,未置可否。

她从鼻子里发出来的这一轻声,落到羽鹤亭心里,激得如滚烫的水一样沸腾起来。羽鹤亭长长地叹了一声:"露陌,到上城来吧。我要把你放在最光洁的最漂亮的高台上,那儿可以迎接第一抹朝阳和露水,眼望城下的雾气撩开,露出窈窕如幼女的山林——那儿才是适合你待的地方。"

露陌扑哧一笑:"我听说你怜香惜玉,对所有女人都是极好。看来言不虚传啊。"

"哈哈,你吃醋吗?我以后再不理会别的女人就是。"

露陌一边解头发上的小铃,一边说:"大人错解了。在这乱世之中,红颜还不是凋零如花。你肯收容她们,那是好事,露陌还替她们高兴呢。"

"你自己为什么不来呢?"

她再次简短地回答:"我不喜欢上城。"

"为什么?"

露陌歪着头,想了想。

"上城的石头城是我见过最美的城堡,可惜,它太坚固了,看上去仿佛会永恒地矗立下去似的,这是我之所以讨厌它的地方啊。"

"哦?"羽鹤亭有几分惊讶,带着询问将下巴探向空中。

露陌面无表情地说:"我恨永恒的东西。我喜欢的是转瞬即逝的美。舞蹈、音乐,它们被造就出来,只会在空气中展露停留短暂的片刻,就宛如拥有蜉蝣似短命的生物——夏天的花、萤火虫、流星,当然啦,还有花儿。"她把脸转向了梳妆台上的花,"你看这些花,它们很快就会枯萎,这才让它们的美丽显得如此珍贵。"

羽鹤亭冷笑着说:"等它们死了,不就变成一大团腐泥污物吗?我可以轻易地砍断琴弦,也可以砍下那些舞者的头颅,它们太脆弱了,脆弱得不值一提。"

"你杀死的不过是它们的形体,"露陌嘴角边的冷笑,让这个柔弱的女子看上去仿佛石头像一般冷酷,"你砍断琴弦,但它曾经弹出来的音乐已经存在过了;你杀死那些舞者,但他们跳出的舞已经印存在你的记忆中了——除非你杀死自己,否则真正的美丽是无法抹杀的。"

"建筑、文字、诗词、权力,还有那些石头砌成的东西,看似永恒,实际上太执着于形体了啊,所以我憎恨它们。"露陌说着,看似无意地将梳妆台上的蝴蝶花瓶向外推去,那花瓶掉落在地,登时摔成了无数碎片。

羽鹤亭吃了一惊,默默地摇了摇头。他见露陌收拾干净,又将头发盘起,叹了口气问道:"你今日还是不留我吗?"

露陌挽袖给羽鹤亭斟了一杯酒,道:"大人若要饮酒消夜,天香阁的珍珠脍鱼羹最是有名。请在此自便。露陌告退了。"

羽鹤亭突然拉住了她的手,带着几分凶狠地问:"我在路上看到你的马车,你总不会是从长生路回来的罢?"

露陌挣脱他的手,低头道:"大人自重。"自顾闭上门扉,退入内室去了。

一阵风横越过夜色下的厌火城,伸到窗前的花枝噼里啪啦地敲打起窗纸来。

羽鹤亭低头当着鬼脸的面叹道:"唉,这世上唯一令我心动的女子,却比勾弋山顶的万年雪还要冰冷。我可以得到天下,却难收服一颗女子的心啊。"

鬼脸只是沉默不语地跪坐在当地。他看上去不比一尊铜像更有生气。

送菜上来的是一名吊眉斜眼的胖大厨师,看上去倒也干净利索。他跪在地上,将双手托着的脍鱼羹举过头顶奉上前来。另一名伶俐清秀的小童快手快脚地上前替羽大人收拾茶几,摆上一樽朱漆盖的烫酒壶,换上新盏,倒好清酒。羽鹤亭看去,这年轻小童正是他们在门口曾碰到的那位茶倌。

他刚要将酒放到嘴边,一直不说不动的鬼脸突然说了声:"且慢。"

羽鹤亭一愣,鬼脸的手已经放在了刀上,烛光下闪亮耀眼,如同在屋里打了一个闪,白亮亮地滑过眼睫,众人都觉得喉头一凉,已经听到刀"铮"的一声收回鞘中。那名兀自端着盘子的胖大厨师咽喉里突然喷出血来,他向后倒去,两眼大睁,手上现出把精光霍霍的短刀。

端着酒壶的少年吃了一惊,手一松,酒壶落地,竟然倏地燃起一团蓝色的火。

羽鹤亭一愣,将手里的酒杯甩在地上。

鬼脸又已飞起一刀,将蜡烛斫灭。他收刀的时候胳膊难以察觉地闪了闪,咕咚一声,黑暗里只听到那少年倒地的声音。

四之丙

数百名黑衫庐人卫木头人一样,在天香阁外沿街站成两排。这些人都是无翼民出身,对下城的许多猫腻是一清二楚,他们不走,南山路上许多明明暗暗的生意都没法成交。远近站着的闲人们都急得跳脚暗地里乱骂:"这老头子还不走,今晚上的生意没法做了。"卖油条的那俩小子更是眼泪汪汪地蹲在一旁看着自己倒在地上的油锅,卖皮靴子的人收拾起东西要走,卖烤鸭的人却劝他再等等,大家闹哄哄的莫衷一是。

这时天香阁边上的巷子里突然吱吱呀呀推出一辆水车,拐上画桥,朝大路上推去。三两个驼背躬腰的黑影在车后用力,仿佛没看到车子前面的路已经被那些横眉怒目的黑衫人封住了。

没等边上站着的人提醒他们,那些庐人卫早发作起来:"奶奶的,什么玩意,找死吗?"三两名大汉提着带鞘的刀,上前就打。

推车的两人惊慌失措地"哎呀"了一声,往后就躲,慌乱间竟然把车子拉倒,咕咚两声,车上那个水桶顺着斜坡跳跳蹦蹦地向街道冲去,撞到街沿上嘣的一声裂开,里面突然冒出一大股黑烟来。

那烟看上去如同有形有质的东西,从桶中弥漫出来,也不四散,在空中翻卷成龙形,随着风张牙舞爪地顺街朝着那些黑衫人扑去。离得近的人被烟带到,无不立时倒地,全身化为黑色。

"是黑蜃雾毒。"有识货的嚷道。

那黑蜃雾毒,如同实体一般有形有质,又如雾气一样空虚变幻,庐人卫士兵空有屠龙之技,刀砍在毒烟之上,只落得一个空。那些黑衣的庐人卫登时大乱,前面的人捏着鼻子往后窜,后面的人却大呼:"袭警了!"掣起兵器要往前冲,在街上挤成一团。

他们毕竟训练有素,知道这是有人躲在暗处施用法术,大变当前,护主为先,数十个人拔出刀来就要向天香阁里冲。

那黑蜃雾毒张牙舞爪地挡在当前,用刀枪无法对付,庐人卫队中又无术士,大受困窘,但他们毕竟经验丰富,倒也知道些应急的法门,有人在路边店里抢了几个盆,从河里舀了水就往黑雾上泼去。

那些水泼上黑雾,突然一亮,竟然烧了起来,如同无数燃烧着的小油滴散在空中。那条黑蜃翻卷得更见猛烈,就如一条熊熊的火龙朝黑衣人扑去,但倾泻而上的水柱多了,黑雾也渐渐淡去。

就在此时,卖烤鸭的一声呼哨,从街尾聚着看热闹的南山路闲人当中，杀出来几十个人，当头一名小贩手舞双刀，一条大汉挥起铁锤，神勇异常，卖油条的小子操起地上的大锅，就如一面巨盾，护住了侧背。还有三四个人就从阁里杀将出来，却是原先坐在堂里喝酒的客人。这些人虽然高矮胖瘦各不相同，手底下却都硬得很，齐心协力守住了大门。

庐人卫人多，虽然未带长枪和句兵，使的都不是称手兵刃，但他们训练有素，肩并肩地站在一起，如同战阵攻城一样往里冲去。

他们正在那里咋呼，突然听到高处有人低低地喝了一声："我身无形！"一条四丈来长的长鞭从天而降，如灵蛇一样吊住一人的脖子，将他甩了起来。他的鞭子又细又长，仿佛自己有意识般在空中翻滚飞舞，如同利刃一样锋利，卷住胳膊，就切断胳膊，卷住脖子，就切断脖子。

同时两侧的屋檐上噌噌噌地冒出数十条黑影，就地揭起瓦来，将这不要钱的暗器噼里啪啦地照下面排头打去。

"是影子！"几名庐人卫的士兵惊恐地喊了出来。

影子，也就是影者，它的出现最早可追溯到古老的八荒王统治宁州的年代，厌火城数百年间汇集起来的无赖汉，在社会极底层讨生活，要应对流血不断的生活，还要面对对无翼民心存仇视的羽人贵族追杀，朝不保夕，那些残留下来的无翼民中也有许多流浪的武士和落魄的术士，逐渐发展起无数惊人技艺。他们擅长使用短刀、匕首、铁钩等便于隐藏的短兵器，还有飞镖；他们能飞檐走壁，穿墙越壁，不发出一点声响；他们能在一呼吸间打开设计精妙的锁和镣铐；他们擅长使用各种毒药和迷药。在面对面的攻击中，他们的招数极其凶残，几乎招招致命。这是下层人从搏命的打斗中发展起来的，快速，迅捷，有效。不好看但没有一点花架子。

刚开始，这些技艺只在少数盗匪之间相互流传，后来铁爷开始有意识地选拔和训练这些影子,将数百年来精炼出的密术再行改进和推广,组织严密的影者才在厌火城真正出现。他们在铁爷手下,将"影子"的说法发展到了一个极致,不论是篱笆、铁栅栏、厚墙,或是高高的壁垒,都不成为他们穿越的障碍,据说他们能在挤满了人、车马的街道上飞奔,也能在布满利刃、枪尖的军阵中风一样穿行,却能让人难以注意到他们的存在。最可怕的还是传说中他们的隐身术,据说影子们无影无形,在你最意想不到的时候和地方突然出现,这是影子们最令人恐惧的力量所在。他们是铁爷无所不在的眼睛,是铁爷无所不在的力量象征。其实影子的真谛无外乎是用另一个身份掩护自己,他们可以数十年躲藏在那个躯壳下,如普通人一样过着庸碌的生活。一旦爆发,那就是将性命交托给铁爷的时候了。

这时在天香阁后的小楼中,鬼脸一手持刀,一手按在羽鹤亭肩膀上,站在黑暗里一声也不言语。羽鹤亭也尽沉得住气。他们屏息静听外面人声嘈杂,杀声一片,身处的小楼却是安静异常,连个虫叫声都没有。

在这样的寂静里,杀气弥漫。外面的花树枝条被风吹着,不断打在白窗纸上,窗子上的那些钢弦,也禁不住微微作响。

鬼脸心里了然,四面的风声里早混杂进了影者的呼吸。

鬼脸将军那红黑两色的脸谱在窗外漏进来的微弱月光下一摇一晃,更显狰狞,刻画着他的凶残之名。

他突然放开羽鹤亭,倏地横跨一步,跪在地上,双手拔出长刀,向楼板下扎去。那柄长刀直至没柄,拔出刀来时,一股血泉嗤的一声直冲上来。

他还没来得及将长刀完全拔出,楼板巨震,"嗵"的一声,另一处破了一个大洞,木屑纷飞中,一条隐隐约约的黑影从洞里飞旋而起，飞在半空中，旋出了急速的气流。那黑影用的正是风舞狂之技。

只是这和露陌表演的舞蹈不同，从那影子身上发出的急速气流就如同无数把飞刀激射而出，他不用介质，只以气流作刀，刹那间充斥满楼间。

鬼脸依旧跪在地上，舞了个刀花，只听得那些风刀撞击在他的刀上发出叮叮当当的金铁交鸣之声。

从楼板裂缝中飞起来的人脚步飘忽不定，就如暗淡的月光漂浮在水波上。

而鬼脸的双脚则如铁钉一样固定在地板上，依旧是一动也不动。

这两人脸对着脸，紧握手中武器，气势就像张张满的弓，瞬间就要爆发。

就在这时，一声狂喝震得众人耳膜嗡嗡作响，一团巨大的黑影破门而入，正是在楼梯口守卫的光头大汉。他大喝一声，已经横身拦在羽鹤亭面前。

黑影如一片轻飘飘的叶子落在地上，他的身形在门外漏进来的光里如影子一样暗淡，看不甚清楚。只听得他压低嗓子喝道："铁昆奴，这事与你无关，快退下了。"

光头大汉铁昆奴见了那影子不由一愣，仍是横棍挡在羽鹤亭和鬼脸面前，喝道："到这里交了钱的人，就都是铁爷的客人。我替铁爷看场子，你即便是影子，也休想动客人分毫。"

他手持一根粗如儿臂的铁棍，用过多年，磨得光溜溜的，有半人多长，虽然无锋，往地上轻轻一放的时候，却如锐利的枪头一样，深深地刺入木板中。

黑影犹豫了一下，只听得外面连串楼梯声响，却是大批庐人卫终于杀开血路，强行闯了进来。

他叹了口气，倏地发出一声尖利的口哨，一手张开，仿佛向后撒了一把什么。

鬼脸的刀光又闪了几闪，只听到几声细弱的叮当声。当先跟进门来的几名庐人卫士都双手捂住眼睛，惨叫着倒地。

黑影连人撞出窗外，飞下楼去。

随后跟进门来的十来名庐人卫士，一点也不犹疑，跟着越窗而出，却听得"哎呀哎呀"几声惨叫，原来他们落在满地的铁蒺藜上。接着四下里都有人踩着屋顶噼里啪啦逃走的声音，黑暗中他们无处可追。

虽然门外闹出了如许大的连串动静，露陌的房门却始终闭得紧紧的，仿佛那个女人对这些杀戮和血腥毫不在意。

天香阁的老板崔诸峰却已经闻乱从外面赶了回来，他平时在厌火城里也是个有头有脸的角色，此时吓得脸都白了，跪在羽鹤亭前连连磕头，指着楼里地面上躺着的两个死人说："这这这，这两个都不是我们阁里的人……"

羽鹤亭一手捂住肩膀，一道暗色的血柱正从他的手下流出，大约是被刚刚的气刀给伤了。他嘿嘿冷笑了几声，对周围说："这事和露陌姑娘无关，你们不准惊动此地。"

那数百名庐人卫士又齐声答了一声："是！"声如暴雷海潮。崔诸峰腿一软，瘫坐在地。

羽鹤亭也不理他，对鬼脸说："我们走。"

他踏出天香阁门的时候，踩在一脚血水里，地上躺卧了七八个人，有庐人卫士也有影者。

羽鹤亭一脚跨在门槛外，看着街道边那些街坊迎上来的一张张惊惧的脸。他冷笑一声，严厉地喝道："有人要杀我，你们都看到了。照会铁爷一声，不找出这些人，大家就都别想过上好日子！"

他对手下大声下令道："传我的令，把整个厌火城都翻过来罢！"

三百名庐人卫齐刷刷地喊道："是！"

四之丁

羽人看不起其他粗陋种族，管他们叫"无翼人"和"弃民"，但又需要他们来做粗杂役、苦工和力气活；而大多数无翼民也憎恨他们、仇视他们，暗地里称呼他们"扁毛"、"鸟人"或者别的什么。这种仇恨是赤裸裸的，又是被遮挡着的，它就如一股潜藏的汹涌暗流，奔腾在羽人之国、飞翔之域的潜层下。

无翼民也分为自由人和奴隶。那些奴隶都是羽人在历次战争中掠夺来的俘虏后代，在宁州已经有数代的历史，属于他们各自主人的私人财产。这其中蛮族人最多，其次是华族，夸父和河络寥寥无几。签入名册的奴隶绝对不允许逃亡，对逃奴的惩罚是极严厉的。而厌火城里的无翼民多半是自由人。

大多数的宁州城市里，绝不存在如此多的自由无翼民。造成这种情形是厌火城的特殊形势和长期积累的结果。

厌火是座自由港，宁州的唯一贸易出海口，比之东陆各国那些兵火连结的港口要稳定得多。那时候东陆十六国纷纷乱乱，各国之间连横合纵，盟约百变，今天可能还是盟国的船，第二天就变成了被追捕和没收的敌国资产，这么一来，厌火这座城市就成了各地股商躲避战乱的世外良港，何况它有最好的远洋大船和最好的水手。这里的混乱和勃勃活力也吸引另有所图的冒险者，来来去去的船只在这里卸下了货物，也留下了无数的水手、破产商人和浪游者。

这些人给宁州带来了财富，也带来了许多社会问题，所以历代宁州统治者都严禁厌火的无翼民流向其他城池。他们地位低下，不受任何羽人律法的保护，总是受到翼民的强烈压榨，这些人来历形形色色，绝非逆来顺受的无翼民奴隶可比，他们用唾液回复蔑视，用拳头回复斥骂,用刀枪来回复刀枪,逐渐演变成了宁州一大动荡因素。

铁问舟年轻时,无翼民和厌火当地的羽人冲突极其尖锐。针对无翼民的赋税和法律都极苛刻,严酷的压榨导致了无数次骚乱。铁问舟十来岁的时候,厌火城接连爆发了几次大骚乱,每次都是大火连亘下城区数月,将港口烧成一片白地,致使厌火的船运和税收大受影响。

当时无翼民想出人头地有两个出路,一个是卖身给船主当水手,虽然要历经风浪和飘荡、艰难的生活,但终究拥有自由;还有一个就是混入庐人卫,成为人人羡慕的厌火亲卫军。混入庐人卫并不容易,只有在府兵里当差满五年且经历过数次战役、战斗勇敢者才能被选拔入庐人卫。况且,这意味着为羽人卖命,充当对付无翼民的打手。

铁问舟出生在下城码头区,勉强算是名自由人。根据他的姓氏,可以猜知他是蛮族后裔,但他的祖先是在什么时候流落到宁州来的,那就不得而知了。铁问舟的父母在厌火的骚乱中死去,他从小在码头区的流氓堆里长大,耳濡目染,长大了也只能做些走私贩运、盗窃抢劫、上船偷货包之类的事情。

在厌火当盗贼那时并不容易,除了要应付事主的保镖、路护的抵抗外,还要被厌火到处充斥的军混混收钱。八角街的府兵和庐人卫都会对这些盗贼敲诈勒索,每月收取例钱,不够数的就受到府兵鞭挞毒打。

铁问舟那时候年少气盛,不堪勒索,和一拨年轻人杀了府兵头目羽人都尉,闯下了弥天大祸。厌火黑帮被羽人官方重压,也要捉拿他,但他凭借自己的坚忍狡诈,闯过无数重暗杀、陷阱、埋伏和火并,一点一点地创立了自己的影者帮,并将厌火城的各色争权夺势的团伙汇集起来。那时候在厌火城势力汹汹的几大团伙有流浪水手组成的海钩子、破产农民的好汉帮、在南山路抽收红利的铁君子，这些帮伙最后都归属到铁问舟的手下。他的生意逐渐做大，厌火城或明或暗的每一笔生意，都有铁爷的影子存在。但他依旧是盗匪，被羽人官方画影图形，四处缉拿。

他的第一次时来运转，就是三十年前的蛮羽之战。那时候羽人大军接连败退，羽鹤亭的精锐天龙军又被纠缠在宁西的崇山峻岭之中，救援不及。蛮族人顺着勾弋山灭云关打开的缺口，四万铁骑猛扑厌火城。厌火城的府兵对付刁民还好，对上蛮族精兵，却是一触即溃，铁问舟那时候振臂而起，以厌火的无翼民帮伙组成的乌合之众，倚据上城的城墙，居然顶住了四万蛮族大军的轮番进攻。

战后，羽人便默许了铁爷在厌火城的权威。虽说还是府兵派遣专职官吏及士兵管理城门，但他们的一举一动都在铁爷掌握下。铁问舟以他的威严和实力，将原本多方势力相互倾轧的厌火下城治理得井井有条。下城有无翼民自己组成的巡查和消防队，配备报警器具，在城中每一条街上都设立街鼓。在码头上，对过往货物抽取一定的税收，就保护他们人货的安全。

厌火羽人对无翼民的压榨，也放松了三分。一般情况下，捕吏夜间也不可随便入下城的私舍，要抓捕盗贼或是缉拿案犯，掌管府兵的都尉只要将名刺送入铁府，前去拜会，讲清事情缘由，铁爷自然也会给一个交代。这也是羽鹤亭要龙不二找人替他拿石头的原因之一——老河络既然住在铁爷的地盘上，虽然羽鹤亭和他手上的天龙军还牢牢控制着上城，实力不容小觑，但厌火城的居民都心里明白，铁问舟是厌火城真正的无冕之王，至高无上的君主。

四之戊

　　那天下午，登天道上冰牙客栈的老板苦龙和虎头被铁问舟招到城里。

　　他们没有被引到城东长生路的铁府，而是被带到城南的雷池去。雷池是一个方方正正的天然池子，即使在大白天看，池水也因为深邃而发黑，它长约有六百步，宽有两百步。池子中心有一个圆形的小岛屿，名叫天心丘，面积不大，正好放下一座临水小阁，一株花树而已。

　　那株花树是有名的金枝珊，树干如珊瑚一般殷红，白日繁花满树，到了夜里，花叶全谢，只有光秃秃的树干树杈放出幽幽的毫光。

　　这儿是铁问舟避暑的云天水阁所在，一进夏季，除非得到铁爷的同意，就没有人可以靠近雷池周围。天心丘又无桥无路，只能靠一叶小船摆渡进去，整座雷池上，也就这一只小船而已。

　　苦龙和虎头跳上小船，那划船的水鬼精干皮实，扎着黑色水靠，裹着红头巾，在黑夜里就如一团火在烧着。他坐在船上，带着那种御前侍卫的骄傲神气。苦龙和他相熟，知道他是海钩子中一等一的高手。虎头历来讨厌坐船，尤其是这种小扁舟，这时候苦着脸往上一跳，轰隆一声砸起万顷水花。那水鬼哑声一笑，一点竹篙，小船笔直地向池心荡去。

　　虎头紧紧地抓住了两边船帮，知道要是落入水中，哪怕自己身躯庞大，要不了一时三刻，就会被水中成群的突齿虎刺鱼撕咬得剩下一堆骸骨。

　　不一刻荡到天心丘的岸边，铁问舟早在花树下一领席子上盘腿而坐，等着他们了。岸上再无他人，甚至连仆人也没有一个。

　　苦龙对此并不奇怪，这儿的警备外松内紧，不说雷池边布有暗岗明哨，只要有池水里的突齿虎刺鱼，只要控制了这条船，雷池就难跨越一步。

第一次见到铁问舟的人都会吃上一惊，他看上去只是一个已过中年的无翼人。平心而论，他的头颅巨大，富有魅力，一头浓密、灰白的头发像狮子那样鬈曲着，披散在他粗大的脖子背后。在这狮子一样的头颅下，却是一套缝制简单的粗布服装，铁问舟手里拿着只烟筒，除此之外身无长物，腰带上最简单的挂饰都没有，穿着打扮都是一个真正的农民。他身形已经发福了不少，甚至胖得骑不了马。谁也不会相信这样的一个人手下掌管着上万的厌火帮众，不会相信他曾经被以十万金铢的价格悬赏捉拿过二十年之久，不会相信他就是厌火的主人。

苦龙和虎头不会有这样的感受，他们低垂下脑袋，等他发言。

而铁问舟神态和蔼，语气舒缓，仿佛路上相见的农人，在问另一个人吃过饭了没有。他问："听说你在城外拿了茶钥公子手下的一把刀。"

"拿了。"苦龙哈哈一笑，"有吃白食不给钱的吗？"

铁问舟唔了一声，点了点头："茶钥家毕竟是官家的人，时大珩的人当日就把帖子送到我的府上了。你这把刀，就给了我吧，我叫人送一万钱到你的客栈去。"

苦龙说："不用了，也就图个乐子而已。铁爷喜欢，拿去就是。"

"钱，是时大珩让我转交的，"铁爷缓缓地说，"该收的你就收下，也算是给他个教训，一万钱自然不够，你就当是贱卖给我的吧。"

"铁爷，您太客气了。"苦龙抱了抱拳，他说话虽然带着无翼人的粗俗和豪爽，神态却始终是恭敬的，"您老联合起三帮五会前，无翼民哪有一点地位，总是被人欺负，就算挣的钱再多，终究都是低人一等的奴仆。一把刀值得了什么。"

铁问舟微笑起来。他这一笑,顿时拂拭去身上那股慵懒的农人形象,这就如同背后的花树,虽然暗淡之光不足以全现其妖娆,却可让人想到白天时的绚烂之姿。他面色温和,满意地微笑,说:"叫你来,是还有其他事。"

"是上城那边的事吗?"

"如今情形多变,谁也吃不准。青都和鹤鸟儿争权夺利,本来不关我们的事,"铁问舟的面上露出萧索之色,"厌火已经许多日子没动过刀兵了,对老百姓来说,能躲一天是一天——但有许多事情,又是躲不过去的。"

铁问舟的犹疑让苦龙有点奇怪,这可是他从未见过的。这个始终笑容满面的矮胖掌柜为难地搔了搔下巴。虎头早轰隆隆地拍了胸脯喊出来:"我们厌火城的好汉,可从来没怕过别人。铁爷,我们早做准备,水来土掩,兵来将挡。"

铁问舟点了点头,说:"我不担心打战的事,只是目前宁州各方势力纠缠交错,沙陀、翼动天、鹤鸟儿,还有其他七镇,要是站错了一步,对下城人来说,就是大难啊。"

他转头对苦龙说:"铁君子、好汉帮和海钩子的各帮首领,我都知会到了,要大家多小心,但白影刀,就只能靠你去联络了。"

"知道了。"苦龙肃然道,"影者各堂,现在是由谁统领?"

"白影刀不在了,就暂由黑影刀统领着。晚上我也会找他谈一次。"

苦龙小心翼翼地提醒他说:"影者是铁爷的近卫部队,铁爷不可放权太过,得收着点用。"

"这个我知道,"铁问舟有点心不在焉地说,"我会把他们放在刀刃上的。有我在,影者自然就不会有二心。你不用担心这个。"

等苦龙和他的大块头伙伴走后,铁问舟把铜烟嘴塞到嘴里,沉思起来。战争的危险已经迫在眉睫了。一直有密报说他的人里有人在和羽鹤亭接触,却不知道具体是谁。在所有这些帮派之中,他可以信任谁呢?

战争其实早就开始了,只是没有人知道在哪儿打,也不知道怎么打。它在每个人的脑后窥视,喘着粗气,吐露獠牙和红色的信子;战一打起来,那就铺天盖地,水银一样渗透到每一个角落里,城市中的每个人都陷身战场,无人可以幸免。

那一夜注定是多事之夜。苦龙走后不久,羽裳按照胖掌柜的指点,也来到了雷池边上。她撮起嘴唇,吹了三声口哨。树后面果然转出来一个人。那年轻人面目和善,黑衣红头巾,若不是自己现身出来,隐藏在黑暗里,还真是让人注意不到。

他看了羽裳手里的名刺,微微笑了起来:"原来是苦龙的朋友。你先在此等等,正有客人坐小船过去。等他谈完了事,我就带你去见铁爷。"

羽裳舒了一口气,心想能见到这个神通广大的铁爷,事情就大大有望了。她朝池心看去,果然看到一只扁舟,正悠悠地朝池心的天心丘荡去。天心丘上灯火明亮,隐约能看到一个白衣的胖子,正盘腿踞坐在岸边花树下,意态悠闲。

"那就是铁爷吗?"羽裳惊讶地问道。

那红头巾的小伙子唇角微微一翘,也不回答。

羽裳看到那一叶扁舟上孤立船头的背影。她想起什么来,不由得皱起眉头,问:"刚才进去的那人是谁啊?"

那人也不隐瞒,道:"那是铁爷的心腹影刀啊。"

黑影刀跳上岸，先以专业眼光挑剔地四处看了看，才对铁爷行了礼。他皱了皱眉，说："战事已近，这儿不太安全，铁爷还是该换个地方。"

铁问舟严厉地看了他一眼："今天晚上是怎么回事？"

黑影刀也不躲避铁爷犀利如刀的目光，直挺挺地站着说："是我的错。我本已盘算周密，非要了鹤鸟儿的脑袋不可。没想到功亏一篑，铁爷要罚我，我无话说。"

"我罚你，不是罚你失败，是罚你处事不明，擅自行动。此刻下城的府兵、上城的厌火军、庐人卫全面出动，沿街搜拿刺客，砸了上百个摊子店铺，抓了数百名无辜百姓，就是要逼我交人。你说我该怎么办？"铁爷将寒冰一样的目光扫向黑影刀，顿了顿，继续道，"按例要给你说话的机会。你说吧。"

"不错，我要说。"影刀梗着脖子说，他的双目炯炯有光，就如钉子般锐利，铁爷的责难就像铁锤，越砸它就越是坚挺，刺入人心也就越深，"影刀行动，历来都是白影刀拿主意，黑影刀策划执行，未必每次都经过铁爷你同意。"

铁问舟"唔"了一声，对这话不置可否。

黑影刀向前走了一步，有些激动地说："有些话，不知当讲不当讲。铁爷这两年待在家里的时间多了，管的事少了。白影刀可是十年前就死了，这十年来，都是我代理全掌影者各堂，厌火全城二百八十条大街小巷是理得顺顺帖帖，下面的情形我了解得清清楚楚，整个宁州不论是八镇还是青都，只要有风吹草动，立刻报到我的耳边。这两年来，厌火的生意是日见做大，鹤鸟儿对我们却是步步进逼，庐人卫不断扩充，府兵驻处也增加到四个，全扎在我们的地盘上。这岂能容忍。

"铁爷，我跟着你打拼了二十多年了，手底下杀的扁毛，不到一千也有八百了吧——早把这班骑在无翼人脖子喝血的鸟人看透了。他们的牙比毒蛇的牙还要利,一旦咬进脖子,就决不会松开。我们后退一步,他们就逼前一步,总之是要把刀顶在我们的咽喉上。我们打打杀杀了这么多年,不能到老了,眼看着大好江山都落入别人的手里啊。"

铁问舟叹一口气说:"影刀,你忠心耿耿,为了兄弟们尽力打拼,耗了不少心力,我是知道的。这十年来辛苦你了。只是你小事把握得稳,大事就嫌急躁,我看还得有个白影刀来控一控你啊。"

黑影刀低了头,沉默半晌,仿佛有点泄气,对铁爷说:"那么谁合适呢?黄脸虎还是贾三?"

铁爷微微一笑,摇了摇头:"白影刀留了传人。"

黑影刀仿佛有点吃惊,很快又平静下来:"白影刀有后人,那是再好不过。为什么不早让他出来呢?"

"我要在火上烧他三遍,在水里淬他三遍,把他炼成一把快刀,这才该承继他的位置。

"你刚才说的不错,我们一起打拼了这么多年,流的血铺满了厌火城大大小小的街巷,死了许多好兄弟,图的是什么呢?我铁问舟求图的从来不是权势,跟着我打拼的老百姓也不会求权势,他们无外乎指望能过上个安稳日子——只要能有一线和的希望,我就不想挑起战争。"

"铁爷,"黑影刀着急地说,"宁州飘摇,欲置身事外,岂可得乎?只有投身其中,成为真正的当权者,让权力说话,才能保住这安稳的日子啊。"

他咬牙切齿地说:"和羽鹤亭摊牌吧,只要正式开战,我有把握在三天内拿下羽鹤亭的脑袋。用杀人来表明立场,这就是厌火的说话方式。大人,就放手让我去做吧。"他那急切的眼中放出的火光,几乎要把整座岛屿点燃，铁问舟却显得无动于衷。

"我会考虑的。"铁问舟说，但他的语气里毫无热情。

黑影刀眼睛里的光芒黯淡了下去。他摇了摇头，又点了点头，仿佛做一个艰难的抉择。"好，那就照此办吧。"他说。

"不要被他们挑拨惹怒。你出去躲几个月，我会想办法跟羽鹤亭解释的。影者那边，我也会交代清楚。"

黑影刀凝视耀眼生辉的花树下的铁爷，铁爷的眼圈是灰暗的，他的脸颊因为多肉而起皱了，他觉得叱咤风云三十年的铁爷，果然有些老了。

"我走了。铁爷自己保重，若羽鹤亭有异动，必然要首先对付你。"他对铁问舟说。

"这里四面都有人守着，你不用担心。"铁问舟朝他点了点头，示意他可以离去。

黑影刀环顾四周的黑暗，暗想这些黑漆漆的幕布下，不知道有多少眼睛在紧盯着这座小岛。他告别铁问舟，上了小船，朝岸边划来。

眼看着那叶小船离岸边越来越近，羽裳的心却如坠寒冰中，也不知道哪里来的紧张情绪，如同弥漫开的夜雾，将她重重包裹在其中。突然天空中传来一声怪叫，她抬头仰望，看到一只黑色的猫头鹰从厌火城的暗夜中掠过，在点点星空上留下一道黑痕。

她望向天心丘，望着那个唯一可以帮她找到风行云的白衣人，猛然间眼睛一花，却看见他身后又多了一人。那人影影绰绰地站在花树后面，个子不高，行动却轻飘飘的，如同鬼魅一样。她还以为自己眼花了，却听到身边的年轻人也"咦"了一声。

隔得如此遥远，他们也能看到那人在铁爷背后起舞般拔剑的动作。他们从来都没听到过如此悠长好听的拔剑声，如同冬日里跃然而出的太阳，一点杀气也没有，只让人觉得懒洋洋的。那人刺出去的一剑同样地轻捷飘逸，如蝴蝶展开翅膀一样幽雅。羽裳仿佛觉得他那一剑刺得极慢，时间被无限放大，但偏偏又不能做任何动作，甚至连喊一声都喊不出来。

天心丘上传来了铁问舟惊诧的怒喝，那是狮子突然落入陷阱的咆哮。只是电石火花般地一闪，这个身躯庞大魁梧的大汉，这个厌火城的无冕之王，甚至没有做反抗和躲闪的动作，就倒在了地上。

羽裳看到那个蝴蝶一样轻盈的身影犹疑了一下，在铁问舟躯体上俯身向下，似乎在确认铁问舟死了没有，然后一转身，踏着黑漆漆的水面，横穿雷池，向外跑去。他每跨一大步，就如同蜻蜓点水一样，落在水面上轻沾即起，只溅起很小的一点水花。

真有人能登萍渡水，从雷池上跑过吗？

四下里响起了愤怒的芦哨声，有三五支羽箭朝那名杀手的背影射去，落入融融的夜色里，连回声也不发出一声。

雷池上摆渡的小船已经快到岸边了，羽裳看着船头上矗立着的影刀转过身来，不由得心头冰凉。她看得清楚，那黑影刀虽然衣服换了，模样变了，甚至连脸都不同了，但眼睛流露出来的冷酷无情，那副将一切把握在掌中的骄傲神态，确然就是她在上城的城门洞前遇到的和羽鹤亭密谈的褐衣人啊。

羽裳看到了他如电般瞪过来的目光，她知道他也明白自己已经将他认了出来。

她转身飞也似的逃离渡口，拼命地朝黑暗中逃去。

红头巾的海钩子无暇顾及这个小女孩。四周的苇哨如同成群的蚊子，被嗜血的仇恨所吸引，朝那杀手的影子消失的方向围去。它们汇集成一片尖厉的噪声，满蕴着愤怒。居然有人当着他们的面，刺杀了铁爷！他们的荣耀，他们的光彩，他们每一个人存在的意义，就全在这一瞬间里化为乌有。

一夜之间,竟然两大势力首领同时遇刺,眼看着这厌火城,就要陷入可怕的腥风血雨之中。

四之己

却说青罗从辛不弃家中出来,只听得外面的街道上鸡飞狗跳,人喊猪叫。原本随着夜深逐渐冷清的街道突然全是人,也不知道是从哪个犄角旮旯里冒出来的,都扛着乱七八糟的家什在那里狼奔豕突。

"奇怪,"青罗嘀咕说,"难道厌火城的人习惯半夜里出门逛街的么?"他冷眼旁观,看见奔跑的人群里却混杂着明晃晃的铠甲,原来尚有不少官兵。

那些官兵举着火把,将沿街商铺的门挨个踢开,把店里的东西拖出来扔在地上,看不顺眼的东西就干脆砸掉。要是从屋子里拖出来了人,看上去是低眉垂目的顺民,就噼里啪啦地一顿拳脚,然后让他们双手抱头蹲在路旁沟里;看上去是獐头鼠目凶神恶煞之辈或者别着凶器的,就一索子捆了带走。

可是那些闲人混混可不是乖乖束手就擒的主儿。他们一旦被官兵发现,就利索地从躲藏的地方窜出来,光着脚板跑得飞快。更可恶的是,官兵要是没留神,抽冷子就被四处墙角里飞出来的暗器、飞石、板砖砸得头破血流。三两个官兵落了单,干脆就被拖到黑院子里胖揍一顿。

这时候通常还有人喊好。

"打得好!"

"该死的,把他们空降到瀚州去!"

只言片语不断从角落里如冷箭般飞出,气得带队的府兵头目发疯。没有他们，这城里能这么整洁干净？这些不理解他的人，一定都是坏人。一听到有人聚在一起乱喝彩，他就气冲冲地带着人杀过去，只是那儿的人登时又作鸟兽散，只能看到几个闪动的背影。他一转头，正看到青罗大张着嘴站在那里，立刻大喝一声："站住。"他朝左右喝道："这里有个刺客。给我拿下了。"

青罗早学乖了，知道和这座城里的人纠缠不清，也不等那些人过来拿他，抱头就跑。

他跑着跑着，快到一个拐角时突然听到对面传来的纷乱脚步声，他还没反应过来发生了什么，就和一个温软轻小的身子猛地撞在了一起。他踉跄着退了一步，那个娇小的身子却飞到了路边。青罗不好意思，连忙上前将她拉起，原来是个羽人小姑娘。

青罗刚要道歉，却听到那小姑娘跑过来的巷子里又是一阵脚步声响，三两条大汉追了过来，只是不是官兵，衣着打扮看上去倒似小商贩，这时候手里都提着刀子，凶神恶煞的模样正是前面街道上那些官兵的打击对象。青罗看时，只见当先一人是个穿青布衫的白胡子老头，揣着一副双刀，一个满脸愁苦的矮个子，手上提着个黑家伙，猛地看是个秤砣，其实却是个流星锤……这两人似乎有点眼熟。

"救命！"那羽人小姑娘正是羽裳，她拖着他的袖子说，"我不认识他们。大哥，帮帮我。"

青罗愣了愣。这话听起来极熟悉，他不由得问自己："这次，你还相信吗？"

只听得跑过来的一个像是卖肉屠夫打扮的人喊道："君何妨以有换无？"

"什么？"青罗说，"我身上确实是什么都没有了。"

"是个外地人。"提秤砣的矮个子哑着嗓子说，"小子，别管闲事。"

"唉，"青罗重重地叹了口气，他看了看在墙角缩成一团的羽裳，摸了摸额头，上前问道："能不能单挑？"

那几个人交换了一下眼色，刚要冲上来群殴，猛然间街道拐角处火光晃动，脚步声响，一大群黑衣服的官兵举着火把冲了过来，朝这边喊道："哎，那边的几个，都不许动，举手投降！"

这边的几个人一起作鸟兽散。青罗抹转头穿入一个小胡同，在黑暗中没头没脑地乱跑，突然发现地上的影子多了一个。

他站住脚步，叹着气说："别跟着我，我也迷路了。"

"哦。对不起……"羽裳收住脚步，看了他一眼，低声说，"多谢你救我。"她转过身，顺着另一条巷子走了。她的脚步有点瘸，大概是刚才跟青罗撞在一起受了伤。

青罗看着她的背影独自走开，想起刚才她抬头谢他时含泪欲下，又拼命忍住的神情，豪气顿如雨季来临时草原上大团的云一样升起。他朝羽裳的背影喊道："喂，你是不是碰到什么麻烦事了？"

话说辛不弃好不容易接了单大生意，可以圆他多年来成为一个优秀小偷的梦想。但他思来想去，觉得棘手异常，如果没有帮手，委实没有把握。

他在屋子里背着手转来转去，一忽儿想弃单潜逃，一忽儿又幻想大功告成后，被万千小偷盗贼无限景仰的情形，突然听得外面闹哄哄的，似乎有无数的人跑来跑去，接着连周围的街坊也开始逃命了。

有人跑过来敲他的门："辛老二，你不跟着一起跑吗？羽鹤亭发狠了，到处抓人呢。"

"不是只抓坏人吗？"辛不弃不屑地说。

"我们这有好人吗？我上次盗卖府兵库的事要是被知道……"

"喊，"辛不弃摸了摸怀里的令箭，得意地大声喊道，"老子现在已经是官家的人了。你自个儿逃命去吧，恕不远送。"

那军火街坊刚走，又有人敲门。

"见鬼，烦不烦。"辛不弃冲过去开门，却发现是青罗站在面前。他大喜道："你想通了，肯回来帮忙？"一扭头，又惊问道："咦，这小女孩是谁？"

在屋里坐下，把大致情况说了后，青罗期期艾艾地问："那个，辛大哥，你人头熟，又是官家的人了，和城主也有关系，能不能帮忙说几句好话，把这小朋友给放出来？"

"放出来？你开玩笑吧？哪有这样的事情，抓了人还能轻易放出来吗？"辛不弃眼珠一转，"不过，既然羽大人着急要这东西。我回头和他谈谈，没准能成。不过，要偷到这宝贝，非得你帮忙不可。"

"这可不成，"青罗摇了摇头说，"我们草原上的人，从来不偷东西。看上什么了，就算是抢来也好过偷的。"

"不干就算了，那小家伙一定会被送到昌平去搬砖，那活儿苦，去一个死一个。"辛不弃威胁他说。

青罗咬了咬牙，转头看了看羽裳，毕竟救人比自己名誉事大："好，我跟你去。我们今夜就出发。不过……"

"又不过什么？"

"你能不能借我一点钱，买把刀子？去偷东西，总得带点什么防身吧。"青罗现在总算对厌火有了点基本的了解，知道不论出去干个什么活，都不会是件轻松的事。

辛不弃哈哈一笑，从床底下拖出了一个巨大的百宝箱。他打开来时，吓了青罗一跳。那箱子里的东西耀眼生花，琳琅满目，什么想得到和想不到的古怪器械都有。

青罗正弯腰到那个大铁箱子里找称手的兵刃,一抬头又看到了孤零零的羽裳,她呆坐在坑上,睁着黑漆漆的眼珠子无助地望着他们。

他捅了捅辛不弃的后腰:"我刚才听那些兵丁说,他们要搜索整个片区。"

"那又怎么样?"

"我们走了,她怎么办?不能把她单独留在这吧。"

"我可不想带个累赘去偷东西——"辛不弃怒吼道,他看了看青罗的脸色,眼珠子转了又转,突然换了副温柔口气说,"那好,反正天色未黑,我们还有时间。小姑娘跟我来吧,让我找个漂亮地方把她藏起来。喂,小姑娘,快收拾一下,跟我走吧,你相信我辛大叔吧?"

羽裳看着辛不弃那张颧骨支棱在外的脸,看着他眯缝着眼睛嘿嘿嘿地傻笑,那副笑后面藏着别的东西。她根本就不相信他。

第五章 雷池

五之甲

鹿舞很少在夜晚离开厌火城那些迷宫一样弯弯绕绕的巷道。她喜爱这一时刻的厌火城，白日的燥热散去，经历过一整天的冷漠和沉睡，下城像是只野猫终于复苏过来，它抖动身子，白日里那些浓厚的骚动的气味，杂带上夜暗的寒意，从每一处毛发孔中散发出来。

不论是小酒馆还是那些破落的商铺，看上去只是些摇晃的茅草棚子，却矗立了数百年。细细的歌声从门缝里流出来，亮亮的窗户纸后面有一些剑影，巷子的墙上晃过若隐若现的飞贼身影。这些只还是厌火的表象。

到了真正的夜里，街上立着的鼓被人敲了起来。和着鼓声，有些人从酒馆那低矮的门洞中冒出，而更多的人从另一些黑洞洞的门里涌出，他们像老鼠一样顺着巷道前进，然后汇集在一起，变成络绎不绝的一大股。他们不再脸色放松、目光迷离，而是目光火热，每个人腰上都揣着刀子或者挂着流星锤，头发和衣服上散发着烟味，散发着酒味，更重要的是带着下城的味道。这些人就此汇集在一起，无目的地游荡，他们跳舞，他们大口地喝酒，在广场上点燃起大火，夜空中飘荡着油脂、孜然、烤鱼和羊尾肉的香味。这是个喧嚣、混乱、鬼魅的妖异的世界。这才是真正的厌火。

可是今天她不能参与进去，今天她还有更重要的事情去做。

鹿舞抱着猫，腰带上插着青罗的那柄山王剑，朝偏僻的、少有人光临的一个角落走去，那只傻傻的白骆驼拖着缰绳，跟在她后面。想起白天里遇到的那个蛮族年轻人，她嘴上还会浮出一抹微笑。鹿舞就喜欢欺负这样呆呆的外乡人。

这一次是不是玩得有点过头了呢？她摆摆头看了看优雅地踱着步子、慢腾腾地跟着她走的白果皮。那个年轻人从府兵驻处窜出来时跑得那么快，连她也追上不了。

这个人真是呆得有点不一样——不过，他的笑容还真是温暖呢，鹿舞想到他的笑时，嘴角边浮现出她自己都意识不到的微笑。

冰凉的夜风凝出了一些细小的露珠，顺着她的胳膊往下滑去，随风吹来了黄花的香气。大骆驼跟着来了也好，没准等会还可以派上用场呢。至少这把剑……鹿舞拿在手里连舞带砍地玩了一会儿，还是蛮顺手的。

天上是一轮残月。月亮小得快看不见了。阿黄的眼珠子却瞪得溜圆，在她怀里挣来挣去，一副不安分的样子。

"阿黄，别耍小孩子脾气啦。该见的人还是得见的，时候到了啊。"鹿舞开始还好言好语地安慰它，到后来口气越来越严厉，"我知道你更想去翻垃圾箱玩，不过今天不行。"她用没得商量的口气说。

墨蓝水色的夜空里，月色妖娆。她再走几步，突然弯下身子，像猫那样灵动地在夜暗下穿行，丝毫也不扰动湿润的空气。她走出一条小小的巷道,眼前突然出现一片波澜不兴的水池,墨黑的水池仿佛一面魔镜一样倒映着天上的残月。池子上水雾缭绕,却可看到水中间的一棵树。这幅景象静谧,超然,妖异。

白骆驼无奈地叫了一声,牵着缰绳站住了。

"白果皮,乖乖站着,别乱跑。"鹿舞说,然后把猫放在骆驼边,竖起一根指头警告它,"你也一样。"

大黄猫不满地叫了一声,鹿舞没有理它,她已经撩起裙裾,露出白皙的脚踝,踏入水中。

厌火的人,谁不知道踏入雷池的可怕后果呢?但踏入这冰冷的池水时,鹿舞却毫无丝毫的犹豫。鬼脸给她的情报没有错,从这条巷道出来并无人防守,而水里已经被人系上了绳梯,每隔两步就有一块小小的木板。

鹿舞的光脚踩在木板上,泛起了一圈圈的水纹,越来越大地洇了出去,它们互相碰撞,然后越来越多。她顺着绳梯往前跳,到了池子中心那个小小的圆岛上,只发出了一串轻微的溅水声。

岛中间那棵树微微地发着光,让她能清楚地看到树下坐着的男子,他身形魁梧,头发如狮子般披散在肩上,背对着她盘膝而坐。一只猫头鹰划过夜空,在星辰下发出孤独的叫声。

"你终于来了。"他没转过身,只用略带苍老的声音说。

"你知道我今天要来?"鹿舞咬着嘴唇说,转顾了一下四周,从她的话里能听到了一丝害怕。

那人仰头看树。树骨如铁,伸在墨黑的夜里如同淡红的剪影。"花枝早晚是要折下的吧,"他说,"有多少年了,十四年了吧,你还是太小,我原本以为能多等几年呢。"

鹿舞从鼻子哼了一声,摸着自己腰带上的剑:"我早就长大了——大到可以杀人了。"

夜风如猫头鹰的黑翅膀,在水池上舞蹈,吹起了女孩的长发。她那绿色的裙裾飞扬,像巨大的蝴蝶翅膀。

那人沉默了一下,说:"当然啦,你比我当年杀第一个人的时候,还要大呢。"

鹿舞发觉自己已经在岛上待了一小会了。在这儿,短短的一瞬间犹如百万年那么漫长。

她不再犹豫,反手抽出长剑——要不是碰到青罗,她还不知道自己该用什么兵器来杀第一个人呢。

从她有记忆起,她就在练习杀人的技术,一天接着一天,从来没有过休息。但今天面对的这个人,却是她真正要杀的第一个人。

"你知道我要杀你?"她又咬了咬嘴唇说。

"我该知道吗?"那个人转过身来了。他虽然衣服简陋,动作却缓慢、庄严,拥有令人难忘的高贵气质。他还有一张令人过目难忘的笑容,那张脸不会让人立刻过目不忘,生出恐惧或害怕之心,却也绝不会让人忽视他的存在。

铁问舟,这位厌火城的无冕之王轻轻地笑着说:"我难道不是无所不知的铁问舟吗?"

他说:"我知道今天下午进了厌火城几匹马几峰骆驼;我知道趾高气扬的茶钥人进城时,守门的老王把子侧过头对他的副手说了什么;我知道羽鹤亭派出了多少他的羽人弓手在下城巡逻;我知道常卧在狮子院门口的那位老乞丐今天要到了多少钱;我知道下城府衙的帐前供奉晚上偷运了大库三十石大米到自己表亲的米店里;我知道上城布政使的婆娘晚上在一栋不属于自己的房子里做什么;我知道西边登天道客栈的老头和人打赌时从谁那里借到了全套的梭子甲和兵器;我知道已象神宫的长老今天供奉神木时选用了什么颜色的礼服;我知道醉仙楼的老板今天晚上和谁一起吃饭;我知道路的府兵驻处今天抓进去了几个人。我是人民的巨眼,我躲藏在这座小岛上,注视着一切。我看见,我听见,我知道。我知道你,小丫头,我知道你下午挑逗一个外来人和府兵头领打架,还偷了他的骆驼(鹿舞扁了扁嘴)……但我不知道今天夜里,你是怎么躲过我的警卫,溜到我身边的。反正,此刻你来了。这表明厌火城有了一些我没掌握的事情,这是多么严重的事态,相比之下,你是不是来杀我的,又有什么意思呢?"

"你是要杀我吗?那就来吧。"他说。风把他的衣袍鼓了起来,把树上发光的微粒吹落在池子里。

铁问舟从来都不以武力强悍闻名。即便在他最年轻最强壮的时候,如果要比试刀术,他大概比不上自己手下一名高级打手——如今他已经胖得骑不上马了,更不用提上阵打架。护卫此地的屏障更多的是依靠雷池中的凶恶小鱼,而不是池子外围的卫士,敌人一旦上了岛,这一精心安排的避难所,就成了他的死亡陷阱。

铁问舟无处可逃,但他此刻丝毫也没有害怕的神色,只是面带微笑、饶有兴趣地看面前这个小小的刺客。也许他从来就不害怕死,他甚至都不费神去思考死亡这个问题。

"我是多年来在这座城市里受苦的无翼民代表,他们受了多少年的苦难,我就活了多久,我已经活了一千年。我会一直活下去。"

"你杀不了我,你永远也杀不了我。"他微笑着看着她说。

怎么会这样呢?鹿舞皱着眉头想,这个人从没见过她,却就这样将他的性命交到她手上。她师父只教她杀人,却没教她怎么面对被杀人的眼睛。她担心自己再看下去,就要被这个胖子的笑容征服了,于是曲起双膝,借着一阵池子里吹来的风,侧身一扑,将那一剑刺了出去。

在那一瞬间,她所有的精神都凝聚在三尺长的剑锋上,她身体里流传的所有力量，所有那些从星辰中得到的力量，在无意识当中仿佛与她所踩的大地融为一体。

十四年来，她用各种各样的工具来练这一刺，用匕首，用筷子，用毛笔，用羊肉串，用花枝。反正就是一刺。

"这一刺，九州之上，没有几个人挡得住啦。"她师父颇有几分得意洋洋地说，"绝不落空。"

绝不落空。山王那柄剑真是漂亮，它的剑尖微微地颤动，不论是劈开空气还是血肉都是一样的毫无阻拦。鹿舞觉得自己的手如同穿过风一样。

一串珠子般的血顺着剑尖滑入墨黑的水里，像成串鲜红的玛瑙在水波里浮沉。

鹿舞低下头去，她看到他的嘴唇还在动。铁问舟说："唉，还是个小孩呀——现在，快逃吧。他们就要开始追杀你了……"他的声音低了下去。

他的话没有错，警报声已经响彻了整个下城。

鹿舞抹转头，开始疯狂地逃了起来。

她知道，杀这个人并不可怕，最可怕的事情就跟在后面。

她这一刺将会引发无穷无尽的仇恨。厌火城的王铁问舟被刺杀了，这个可怕的讯息将会像火一样迅速传遍全城，让一张看不见但又笼罩一切的网开始动弹。

她顺着绳梯从水面上逃过，跑到池边的时候，她没看见翘着尾巴的阿黄。

"这头该死的猫，又跑到什么地方追母猫去了。"她气恼地嘀咕了一声，纵身跳上等在水池子边的白骆驼，抽打着它的屁股，飞一般地向下城那些迷宫一样盘绕的道路里冲去。

五之乙

　　风行云摇晃着头，从昏迷中醒来。他只觉得全身都疼，特别是两肘针刺般疼痛，胳膊和腿都动不了，他以为天还没有亮，后来却发现是头上有湿漉漉的液体流淌下来，把他的眼睛糊住了。一股猛兽的臊味扑鼻而来，突然有呼嗤呼嗤的喘气声他身边响起，似乎有个什么庞然大物在他身前移动。

　　风行云害怕地努力向前望去，但他的眼睛什么都看不见。

　　呼嗤呼嗤的声音又响起来了，仿佛就在耳朵边，然后是锋利的脚爪抓挠地面的声音，一股腐肉的气味冲进了他的鼻子。

　　风行云使劲地甩了甩头，把眼睛上的血在肩膀上蹭去，然后艰难地睁开肿胀的眼睛。

　　他看到半尺外，一张凶恶的花脸劈面对着自己，两只绿莹莹的眼睛如同灯笼一样照射着他，瞳仁只有芝麻大。这是一只噬人豹，丑恶的光秃秃的头部周围带着肮脏的红色鬃毛，就仿佛刚从死人的肚子里抽出头来。风行云认出它来的时候，心脏几乎停止了跳动。

　　凶残狡猾就像脖子边的红毛一样，是这种动物的特性。它瘦削、矮小，除去那条华丽的斑纹长尾，甚至不比一只普通的獒犬大，但它可以不为任何理由大开杀戒。

　　就像风行云听说过的那些最凶猛的野兽一样，它不吼叫，只是恶狠狠地盯着他看。

　　风行云睁开眼睛的动作大概刺激了它，它突然后退了一步，绷紧了后腿上的肌肉，嘴角上露出匕首一样长的犬齿。从它的咽喉深处发出了一阵带着威胁的呼噜声。

　　年轻的羽人下意识地往后一缩身子，但他的脊背靠上了冰冷坚硬的墙壁。他动了一下胳膊，发现它们被一根铁链系在深嵌墙上的铁环中。他原来身处一个深深的方形大坑底部,四面都是高耸的坑壁。他两侧的坑壁上有几道铁栅栏,看不清后面有什么,而他正对着的坑壁则被那头噬人豹挡住了视线。

在风行云还在惊惶四顾的时候,红毛豹子已经发动了攻击。它一纵身,悄无声息地扑了上来,前腿上十个锋利爪子如同铁弯钩。风行云的瞳孔里却映照出站在坑沿冷笑的那个印池术士龙印妄。

"老龙,"一个大咧咧的声音喊道,"到处找你不到,原来你躲在这里耍。"

坑边上的门拉开,顶盔贯甲的小四腾腾腾地走了进来。他随便张望了一下,显然对这个房间里四壁上挂满的刑具、铁镣毫无兴趣,只是得意洋洋地将脚抬起来给龙印妄看:"看我买到的便宜东西。哎呀,咱们茶钥哪有这种便宜好占。厌火的人简直是傻得不会做生意。这么好的皮靴子,只卖两千钱,这不是白送么……"

他脚上果然穿着双黑皮长靴,看上去又厚实又油亮,带着细密均匀的皱纹,靴帮上还有蓝边的万字花纹。

龙印妄黑着脸懒得理他。

小四早习惯了这个瘦高个的冷脸,自顾自喜滋滋地穿着靴子在地上踩来踩去。

"来有什么事?"龙印妄终于忍不住问。

"我当场就把鞋换上了,合脚着呢……"

龙印妄翻了翻眼皮,"是公子叫你来的吗?"

小四喜滋滋地道:"这可是小羔羊皮的,我那双牛皮的才值多少钱,脱下来就扔给卖靴子那人了……"

小四一边说,一边走到坑边往下看去。只见一人多深的方坑里,一只花斑大豹围绕着一个被铁链锁在墙上的年轻羽人打转,离之只有两尺来远，亏得豹子的脖子上套着铁项圈，不然一定会把那羽人撕得粉碎。

小四仔细看时，只见铁项圈上有一根粗粗的铁链，拉到墙上固定着的铁轮上，在那个滑轮上绕了一圈后，另一头却拉在龙印妄的手里。那羽人拼了命地向后缩在墙角，豹子围绕着他咆哮，瞪着红通通的眼珠向前猛扑，每次都会被套在脖子上的铁链扯了一个跟斗，粗糙的项圈把它肩膀上的毛刮了一地，但它每次都更加凶恶地朝那男孩子冲去。喷泉一样的口水从它那丑陋的大嘴里流出来，滴了一地。

"哇，你这是干吗呢？"小四瞪着眼珠子问，"喂豹子不用这么费事吧？"

"好玩吧？"龙印妄冷淡地说，他的手突然松了一松，那根链子登时钪锒锒地响着，被豹子向前拖了半尺。它一挥爪子，朝风行云抓去。

风行云一缩腿，大半截裤腿被扯成片片飞雪，右腿上登时拉出长长四道血痕。

龙印妄手上用力，又将豹子拖回来一点。

嗜血的猛兽见了血更是凶恶，它呼噜呼噜地舔着嘴唇，舌头好像红毡垂下来，瞪着风行云不放。

"这不是在登天道上坏了你事情的那个小子吗？"小四捻着神气的八字胡，"哎呀，杀了就完了，费这么大劲干吗？"

"玩玩罢了，"龙印妄嘴角带着股邪气地动了动，"就算找不到南药的那班人，问出来昨天他身边那个羽人小姑娘在哪也不错啊。呵呵。"

"……我真不知道……"风行云喘着气说。

哗啦啦一阵铁链响,豹子又窜了过来,这次是在他肩膀上抓了四道血痕,再往前探半寸,风行云的琵琶骨怕就要废了。

小四轻蔑地往下看了一眼,安慰风行云说:"没办法,你就倒霉吧,他是个变态。"

"歇会吧。来来来,吃东西先。"他从身后扯出一只油纸包着的烤鸭来,放在小桌子上,招呼龙印妄说。

"也是在鞋摊子边买的,"小四大着嗓子连连摇头,咂巴着嘴,"这么肥的一只烤鸭,才卖二十文,真是见鬼了。你说这些废民是不是犯贱呢?"

龙印妄以阴沉沉的脸迎接小四的快活:"你可真能捡便宜。"

小四快活地说:"不谈这个了,我们谈正事,谈正事……公子着急了,问你怎么还不回复,让我来找找你。"

"我和影刀联络过了,这人态度暧昧,是个不见兔子不撒鹰的主。多年前我和他有过一面之交。那时候他就是条老泥鳅,滑不溜秋,但如果我估计得不错,只要羽鹤亭动手,这样的人就会倾向强势的一方……"龙印妄停了下来,发现小四撕鸭子的手停在半空,无辜地眨巴着大眼睛望着自己。

小四问:"你是在和我说话吗?"

龙印芒:"……"

"我不懂这些。我是个粗人,只管上阵打仗。"小四跳起身来,一脚踩在凳子上,威风凛凛地拍着腰间宝刀说,"公子让我往前,我就前,公子让我逃,我就逃。你这些拐弯带角的话,还是直接去和他说吧。"

龙印妄长叹一口气,冷眼道:"我看公子也未必懂。要不是老城主对我有知遇之恩。我才懒得管你们的屁事呢。"

小四横了龙印妄一眼，"喊，是老城主让你来帮我们的？我们公子天资英明，还能不懂这些纵横攻交的道理？还要你帮吗？老龙，你别死心眼了，真觉得肩负着多大使命似的，搞明白了，你就是一打手。我小四……公子需要的时候，一招手，你就赶紧跳出来帮我们打架就成了。"

龙印妄继续压低声音说，"我看羽鹤亭等不及了，马上就要下手……"

小四一拍大腿："是了……我知道是什么不对劲了——大清早的没酒哪能成呢。难怪我头晕了一路，喂，喂，门口呆站着干吗呢？快拿酒来，没看见老爷我要吃早饭吗？"

府兵看守光瞅小四身上光闪闪的盔甲也知道他乃是羽人中有身份的人，不敢得罪，只得忍气吞声地去张罗酒水。

小四已经等不及了，他看着放在小桌打开的油纸包里的烤鸭，想象着它的美味，忍不住直吞口水。不等酒到，小四劈手撕下一只肥腿，也不谦让，就往嘴里塞……

刚找到一壶酒进来的府兵不得不又跑出去找一盆水让小四将军漱口。

"这是什么东西？"小四气得发疯，将那只鸭子在小桌上劈得粉碎，原来那只烤鸭只是染成酱色的油纸下裹着一团黑泥，一个啃剩的鸭头和鸭脖子接在上面，确实惟妙惟肖。摔开泥土，里面倒是完完整整的一副骨头架子，大概是被卖鸭子的人吃剩的。

"这班刁民，简直是目无法纪，竟然连老爷我也戏弄起来……"小四生气地呸呸连声，想吐出嘴里的烂泥，"太不卫生了……老龙，快陪我回去找那小贩算账……"

龙印妄出去前，将手里的链子扣在地上的一根铁棍上。他边走边回头对风行云狞笑着道："我们的事可还没完，小子。回头再来收拾你。"

　　听到坑上的人走远，风行云吁了口气，无力地倒在地上，他的肩膀和腿都火辣辣地疼，连转过头去看一眼伤口的力气也没有了。

　　那只豹子大概也累了，蹲下来呼哧呼哧地喘着气，只是一眨不眨地盯着风行云不放，生怕这块到嘴的肉跑了。

　　小四和龙印妄走了半天不见了踪影。外面却突然传来许多嘈杂的声音，铁链当当乱响，还有一连串打开各号子的铁门声，大群人走路声，棍子打在肉体上的声音。

　　风行云看不见外面的情形，只听到许多只言片语。

　　"还不滚进去。"

　　"老实点……"

　　"哎呀。"

　　"这些天杀的。"

　　"让你吐口水……"

　　"这回还不让羽大人抓住你们……"

　　听这声音，竟然是许多人被关进来的模样。

　　突然一阵惊天动地的脚步声靠近过来，一个粗豪的声音喊道："豹房是怎么回事？搞什么呢？"原来是龙柱尊将军得胜回朝，带着昨晚搜捕到的大批刁民回来了。

　　他到了豹坑边往下望了望，怒朝风行云道："妈的，买票了么，就进来玩？"

　　转头又问，"谁放他进来的，长这么难看，我的宠物被他吓坏了怎么办？就算没吓坏，把人咬死了，一地肠子谁来收拾？"

　　"不知道。"外面闹哄哄地回答。

　　龙柱尊喊道："今天关的人太多了，许多事情要办。一个羽人在这凑什么热闹,把他给我扔出去。"

三四个兵丁把豹子的铁链向后拖去,然后拴牢,这才小心翼翼地下来把风行云提了上去。

那只豹子愤怒地啸叫了一声,又跳又挣,心有不甘地看着风行云逃脱了它的视线。

"小乖,别闹,"龙不二心不在焉地安慰它道,"羽人有什么好吃的,全是骨头,一吃就噎着。"

他转过身气哼哼地嘟哝道:"总有坏人趁我不在的时候喂乱七八糟的东西给小乖吃。"

风行云被兵丁推着往外走的时候,看到昨天空空的木栅栏围成的牢房里挤满了衣衫破烂的家伙,都在朝他做着鬼脸,七嘴八舌地喊着:

"喂,小子,运气不错啊。"

"帮我带个口信吧。"

"替我踢一下龙不二的屁股再走……"

他一瘸一拐地走到门口,屁股上被人狠狠蹬了一脚,飞了出去。

此时天刚蒙蒙亮,白雾弥漫在街道上。

风行云在地上躺了好一会,刚要咬牙爬起身来,猛然间听到远处传来一声怒吼。他转头一看,吓得魂飞魄散,只见远处街角上一个高瘦的身影正一耸一耸地朝他跑来,一边跑一边喊道:"好小子,居然逃出来了。"正是又折回来的龙印妄。

原来小四和龙印妄出门走没几步,小四一脚踩到一个水坑里,突然立定了不动,呆了半晌才从水中提起脚来,竟然只剩了一双光脚。

原来他买的皮靴竟是数层乌油纸揉作皱纹的假靴子,糊粘着的布底倒是真的,但一泡水就全掉了。

小四气得两手只是哆嗦。"你你你你……"他哆嗦着说。

龙印妄无奈地点了点头："我知道了，我先替你去找双鞋子。"

小四再哆嗦着说："他他他他……"

龙印妄再点了点头："知道啦，然后再陪你去找这该死的贩子算账。"

小四长舒了一口气，一屁股在街边坐了下来。

龙印妄只好回去替他找双鞋子，不料却正好看到风行云莫名其妙地被轰出府兵大院。

风行云知道再落到他手里定然小命不保，不顾身上伤痛，跳起来慌不择路地朝小巷上本来带伤，跑了两步，几乎要再次摔倒。这时突然对面雾气开处，一辆驴车嘚嘚地行来，车厢上挂着青布帘子，前辕上坐着一个车把式。

风行云别无选择，从斜刺里跑过去，在赶车的听到他的脚步声前，一个打滚，滚在那驴车下面，紧抓住车辕，盘起两腿吊在上面。他刚在车底藏好，就听到龙印妄如同高跷蹬在石板上的脚步声，飞似的一步步地挨近，不由得大气也不敢出一下。

那车把式穿着一件短打青布衫，身子瘦小，鼻子却颇大。他听到点声音，回头看了看，什么也没看到，于是又朝驴屁股上甩了一鞭子，一边回头对车厢里说："小姑娘，到处都戒严了。你可藏好了别出声。"

五之丙

那辆车子里坐着的不是别人，却是被青罗救了的羽裳，赶车的是辛不弃。

原来青罗见厌火城在大肆搜捕，全城不宁，担心辛不弃的住处不够安全，他们出去偷东西的时候，羽裳会被别人发现，于是央求辛不弃将她藏起来。

辛爷本来懒得理会这种小事，拖拖拉拉地不愿办，挨到天亮，他突然发现小姑娘长得不错，不由得流起了口水。

又转念一想，如将她拐卖到南山路的老鸨那去，没准能发上一笔小财，就算发不了财，要是能见到天香阁里挂头牌的露陌姑娘一面，也是大大的幸事。

他一想通此节，兴奋异常，连声催促青罗在家里躲好，套了辆驴车，一路吹着小调，就将羽裳朝南山路送去。

不料刚走到割脸街府兵驻处附近，就被一个面目凶恶的高个大汉拦住了："喂，有没看到一个小孩从这跑过去？"

"滚……"辛不弃一个字刚冒出口，突然看到对面的人目露凶光，顿时软了半截，"看到了，刚才拐到朝南的那个小巷子里去了。真的，大爷，我……我也是官差，怎么能随便说谎骗人呢？"

龙印妄冷哼了一声，看了看辛不弃拿出的描金令箭，顺着街道朝南追了下去。

辛不弃见他走远，换了一张脸冷笑起来："哼哼，跟我斗，吃屎去吧。老子又不是你妈，还给你看小孩。这大清早的，街上能有个屁小孩……"

他絮絮叨叨地骂了一会脏话，突然想起身后车子里还有女人，连忙住了嘴，对车子里花言巧语起来："待会到的可是个好去处，到了那边，人家给你吃的给你穿的，你要乖乖听话……过两天我再让你大哥接你去……咦，你大哥叫啥？"

羽裳坐在车里一声不吭，只是心乱如麻。

女孩子的直觉让她对这个瘦猴脸的小个子充满了怀疑。他目光闪烁，大话不断，没有几句话是值得听的，而值得信赖的那位蛮人大哥看上去也是个刚到厌火的外地人，招惹了不少麻烦，自身难保。

现在又有谁能帮她呢？

在村子里，羽裳可是位既坚强又有主见的小姑娘，也正是她在危急关头表现出来的勇气和机灵，才帮助自己逃脱了那场摧毁整个村庄的灭顶之灾。

可如今，她却觉得一颗心空荡荡的，仿佛在云上飘一下荡一下，不着边际。村子已经被烧了，再没有别人活下来。

她唯一的亲人就剩下风行云了。

那个仿佛永远在眼望远方、不停幻想的男孩子，最后却在她眼前消失在这个陌生城市的迷宫里，就如同一粒沙子落入海滩，再也不见踪影。

如果找不到风行云，一个人在这世上孤苦伶仃地飘荡，她也不想活了。羽裳咬着牙想。

可是现在，威力无边的铁爷都不能帮她了，在这座陌生的充满敌意的城市里，她还能去倚靠谁呢？羽裳松开拳头，愣愣地想了起来。

南山路的十二画桥眼看就在前面，辛不弃的驴车却突然停住了。原来是一排黑衣卫士，排列在一条路口当中，拦住去路，冷冷地盯着他看，闹得他心里发慌。庐人卫的身后，一辆庞大的描金漆画车，正被十几乘马簇拥着行路。

车子被四匹高头大马拉着，头顶上高高的白色羽毛随着它们一点一点的头摇动。

羽裳抛起帘子一角看了看，认得那是城主大人的车仗。她咬了咬嘴唇，突然拿定主意，一横心从车上跳了下来。

羽人的身体轻快如燕，辛不弃一把没拦住，羽裳已经从两个措手不及的庐人卫身体间隙里穿了过去，冲到了车仗前面。

一五七

车仗边的卫士可不容她再放肆，一个彪形大汉伸出手来，老鹰抓小鸡一样，一把压住了她的肩膀，轻轻往下一压，羽裳登时摔倒在尘土里。

她挣扎着喊道："放开我。我要见羽大人。"

"是昨夜里捣乱的那个小羽人。"侍卫在车驾旁的鬼脸冷笑一声，抖开长刀，驱马过来。

羽裳被两个兵压住，依旧使劲抬起头来看他。

"慢着。"一个声音慢吞吞地说。

描金车上的车帘被打了开来，她觉得缝隙里有人看了她两眼，然后说："你，留下来吧。"一只保养很好的手从缝隙里伸了出来，招了两下。

羽裳肩膀上的压力消失了。她带着刚刚落到身上的惊恐站了起来，犹豫着上前两步。

那个声音不容置疑地说："上来。"

一条大汉突然跳下马来，趴在车下，他弯起宽厚的背脊，显然是让羽裳踩着爬上车。

羽裳像被毒蛇催眠了的兔子一样，大睁着双眼，踏着大汉的背登上了那辆车。

车里宽敞得出乎她的意料。这间马车里铺着白苇编就的座席，当间是一条云纹茶几，几上摆着铜座灯和注油壶。

对面的座位上端坐着一位老人，着一件紫色绸袍，下巴上有修剪漂亮的山羊胡，低垂的眉毛下，是一双深邃和锐利的眼睛，一眼扫过来时，不怒而威。羽裳不由得跪了下来不敢说话。

帘子又被掀开，那个套着鬼脸面具的将军露了个脸说道："从王甲和赵乙守卫的地方穿过来的。"

城主冷冷地说:"你处置了吧。"他说话有板有眼,威严自在其中。

羽裳明白了他话中的含义,忍不住哆嗦起来。"别杀他们,"她哀求起来,"是我的错。"

羽鹤亭转过头,换了柔和点的语气说:"这事和你无关。治军不得不严,这二人军纪难逃。"

羽裳低下头不敢说话了。

"抬起头来。"羽鹤亭说,他捏住她的下巴,微微抬起来,赞叹着说,"长得真是俊俏,如果都是眼泪,就可惜了一张好面孔呢。"末了又长叹一声:"真像,确实像。"

羽裳心中忐忑不安。

羽鹤亭沉思了片刻,道:"你就留在我身边吧。"他的话既温和又庄重,却绝对不可反驳。羽裳自然明白话里的意思,她的身子禁不住微微颤抖起来。

"你有什么冤屈,我替你办了就是。"羽鹤亭轻抚她的肩膀。他的这句话彻底打翻了羽裳心里头坚硬的那部分,她放声大哭了起来。

羽鹤亭怜爱地摸着她的头发,然后扶了扶自己肩膀——那是昨夜里假装受伤的地方,不由得微笑了起来。他柔声说道:"你不用哭。在厌火城,还有我羽鹤亭办不了的事吗?"

风行云躲藏在驴车下,并不知道四周发生了什么事,又不敢随便跳下去,只顾用没受伤的胳膊死死地把住车辕。那车子走了好久,猛地一顿,停了下来。过了一会,风行云感觉到车上的人跳下了车,随后听到了模糊的两声喊叫,那似乎极其熟悉的声音让他绷紧了身子,但车夫那时候甩了两下鞭子,风一样跑开了。他猜想自己肯定是听错了,后来只听得车把式在上面骂骂咧咧:"死女人,害得我几乎小命难保。"

车子颠颠簸簸地在路上跑着，风行云屏息听了良久，确认车厢里已经没有人了，于是翻上车厢，在车子后头蹲了下来。他刚放松开发麻的胳膊，想喘口气，突然一个毛茸茸的会动的东西从他背上一窜而过。已成惊弓之鸟的风行云吓得差点从车上掉了下去，他回过头去，却对上了一双又圆又大，绿莹莹的眼睛，原来是一只同样搭顺风车的大黄猫。

那只猫对他上下打量了一番，就不感兴趣地别过头去，一板一眼地用前爪擦起脸来。

五之丁

"怎么样了？"

"好着呢。安安稳稳地藏着。"辛不弃面不改色地撒谎说，"走吧，该动手了。"

青罗皱着眉头捣鼓着辛不弃提供给他的一大堆器械："我还没搞明白这些家什怎么用。"

辛不弃不满地说："你跟着我干，那就和寻常小蟊贼不一样。我们是有身份的小偷，一定要好好学。"

辛不弃从那堆家什中抽出一根粗竹筒，在顶端一按，从另一端登时弹射出六条锋利的弧形刀片，像伞骨一样撑开来。

他得意地怪笑着，对青罗说："寻常蟊贼哪有这样的宝贝，这是我自个儿发明的新装备，叫虎蹲钻，因为使用的时候，得蹲着用，看好了。"他蹲将下来，那模样不像老虎，倒像只大狗。他将那东西刀片朝下，使大劲压在地上，再按了按顶端，那六条刀片像风车一样飞快旋转，一头扎进泥里。

青罗看得瞠目结舌，那竹筒果然厉害，不一会儿就在地上掏出一个直径约一肩宽的洞来,只是挖出来的泥土全都向上甩去,正好甩在辛不弃的脸上。

辛不弃停了手,踢了踢屋里凭空多出来的一个坑,骄傲地擦了把脸上的泥土说:"要偷进那河络的屋子,只有一条路,那就是掏地洞。"

"哦?"

"那头死河络防卫严密,我费尽心机,前后侦察踩点了十来次,真他妈的……"辛不弃半仰起头,回忆着说,"我从臧胖子那搞来的精钢飞虎爪;家传三代的跳竿;曾怪猴处顺来的飞钩;戈公公高价押给的撞墙车;价值三千文的手套——整整一对;还有我的镀银飞刀;全都落到了那个歹毒的秃河络手里了。"

青罗不敢打断他的冥想,由着他发着呆。过了良久,看上去满脸沮丧地辛不弃突然精神一振,嘴角边露出一丝狞笑道:"这一切的苦并非白吃……"

他从怀里掏出一本小本子,只见上面用炭笔画满乱七八糟的线条。"我试探了十来次,虽然吃了不少亏,但这河络的机关陷阱已尽入我眼底。如果挖地洞进去,风险最小,可是挖直线进去是不行的……"

辛不弃指点着图上的一根线给青罗看:"我们得顺着这根线,然后是这根线走……看到了吗?这就绕过了老家伙防卫严密的前院,直通正房底下。"

他遐想着说:"只要掏一个小洞,直直向上,挖开一看,正好在那个红羊皮盒子的正下方,这时候,只要飞起一刀,将绳子割断,那宝贝就自己掉下来,落到我们手上了……"

青罗从杂物堆中抽出一把大镰刀,镰刀把上还有根绳子:"是这把飞刀吗?"

"呸,看过这样的飞刀吗?"辛不弃教训他说,"你真是个乡下人,这是砍进木柱子,当登梯用的登镰。"

青罗不太有把握地又拈起一把头部细长锐利,尾部宽宽扁扁的小刀问:"那么是这个?"

"呸,这踏步刀是插入墙缝用的。踩着它可以爬墙越壁,就连上城的城墙都不在话下——当然我也没真的试过。"

"那是这个?"

辛不弃又要呸,青罗连忙用胳膊护住脸部。

辛不弃叹了口气,收住唾液,道:"算了,像你这样的笨货,不思钻研,不思进取,这辈子也成不了一名好小偷。"

他弯腰低头,朝那堆东西俯身下去,手臂一动,地上那些杂七杂八的东西登时就消失了,整个人却凭空里胖了不少。

"怎么样?"辛不弃艰难地抬起手来叉在腰里,得意洋洋地道:"别看我整天穿着这件衣服不换,那是有缘故的,这件衣服上面到处藏了暗袋,可以把这些东西全都分门别类地装上,用起来绝对不会掏错。"青罗仔细看时,果然发现他的衣服上有许多不注意就看不清的口袋,大大小小,都在称手的位置。袋子里如今装满了压缩干粮,铜制的护胸镜,火刀,蜡烛,吹烟器,十字剪,短弩,还有青罗分不清的一些器械,就连腰带和袖口上也有一排暗格,装着刀伤药、毒药、小刀、手套、缝衣针、绳子、套索,还有皮水壶。

青罗赞叹说:"这衣服倒真不错。我要搞一件给白果皮穿就好了。"

辛不弃也不知道他说的白果皮是只畜生,翻着眼皮说:"这套衣服唯一的坏处就是把东西全装上以后太重,人就走不动了。哎呀,快拉我一把,我大腿抽筋了……"

他好不容易挣扎着把东西卸下,解释说:"……所以要找个个子大的伴当帮我背着,急切间也没办法帮你做这样的工作服了……"他又翻腾了一阵,找了个大口袋将东西都装上,交代青罗说:"先背上。"他自己把一个沉重的铁帽子扣在头上,又将一把勉强算是大刀,刀腹上却有一个像镰刀般刃口向内弯的古怪兵刃赳赳地插在腰上,然后正色对青罗说:"你跟着我混,一定要注意:做一个大贼,信心和气度最重要,不出手则已,一旦出手,就有进无退;哪怕失了手,也绝不能丢份……"

他带着试问天下谁能敌的气魄,跨出大门,一挥手道:"上车,走。"

青罗刚抬起大口袋,突然看到外面停着的驴车上一只猫跳了下来,黄色的皮毛在清晨的阳光下如柔顺的黄金一样闪亮。

他想起了什么,不由得心头一跳。

"阿黄,阿黄。"一个又急切又清脆的声音响起,顺着巷子闯了过来。

辛不弃的反应在青罗看来颇为古怪,他的瘦削身子猛地往上一蹿,仿佛屁股上中了一箭,抱头就窜回屋子里,躲了起来。

只见一个穿着翠绿衫子的小姑娘骑在一峰白骆驼上,奔到篱笆外猛地站住了脚,不是鹿舞和白果皮又是谁。

他们两人同时惊呼道:"是你?"白果皮见了主人,翻了翻难看的上唇,昂地叫了一声,算是打招呼。

鹿舞脑筋转得快,眼珠子一转,抢先喝道:"哎呀,我找了整整一天呐,终于找到你了。"

"你……"青罗愣愣地提着那个大口袋,不知道该说什么,"你,你能把骆驼还给我吗?"

"对不起啦,"鹿舞跳下骆驼,使劲拉住青罗的衣角摇晃着说,"你肯定觉得我很坏吧,其实我昨天就是想和你开个小玩笑来着,没想到后来你自己蹿上那车跑了,再后来我在后面追你不上……把人家急坏了……你不许生气啊。"她说到这里的时候,眼圈一红,大眼睛里显露出来无限委屈。

青罗的心里一软,心想世上还是好人多啊,这么个漂亮小姑娘真不可能是个坏人呢。

"我不生气。"他说。

"耶呵。"鹿舞高兴地跳了起来,抱着青罗的强壮胳膊打了个转,"我就知道你是好人,带你去城里玩,怎么样?"

"我现在跟这位大叔……"青罗转了转头,找不到辛不弃藏在哪,于是改口说,"跟一位大叔有事要做,也没时间照顾白果皮,你要是喜欢,就再骑着玩一回吧。"

鹿舞又转了转眼珠:"那不行,一定得还给你。我也早玩够啦。你看看,背上的东西可一分也没少。"

她笑吟吟地捧起山王,连鞘端到青罗面前:"这把剑也还给你。看,擦拭得干干净净的。我还在剑柄上系了块帕子,这样多漂亮啊。"

青罗看见剑柄上果然系了块淡绿色的帕子,散发着淡淡的脂粉香气,和鹿舞身上的一样淡雅干净。

他脸上一红,说:"这怎么行呢?"

"什么不行。"鹿舞抢着说,"说了给你就要给你。你一定要系着啊,可不能解下来。"

那只猫乘着他们说话,探头探脑地眼看又想溜走,被鹿舞大喝一声,蹿上去揪住尾巴拎了回来。她抱起猫朝暗巷子里跑去,快拐过弯的时候,回头看了青罗一眼,突然扑哧一笑。笑音未散,人影已渺。

青罗被那一笑弄得心里麻痒痒的,这么个古怪精灵的小姑娘,以前他着实没有见过。

辛不弃从门缝里探出个头来,小心地问:"走了?"

"别上当。"他心有余悸地对青罗说,"连她的猫都要小心。那两个家伙可是远近闻名的害人精。"

"大叔,你一定是开玩笑吧?"青罗露齿一笑,"这么个小小姑娘,也就是调皮了点,还能害人?"

白果皮扭头看了看鹿舞消失的巷子,叹气一样喷了个鼻息,然后大摇大摆地走过来,斜着眼睛看了看青罗边上站着的辛不弃。

青罗欢呼一声:"我的骆驼上也有许多东西,带上或许有用。"他从骆驼背上的行囊里掏了一把,兴冲冲地要给辛不弃看。

"得啦。"辛不弃没好气地将那个带刀片的竹筒扔过来,"你不要管别的,埋头挖洞就行了——我吗?我干什么?我干什么?我要给你指点方向,这是最重要的活。"

……

三个时辰以后,在老河络莫铜居住的巷子附近地下,多了一长条暗漆漆的坑洞。八月下火一样的天气,地道里更是又闷又热,辛不弃和青罗两个人都全身是汗。

青罗蒙着头脸,在尽头使劲刨土,土块落处,三两只零散的如拳头般大的长脚蜘蛛又爬了出来,举着大螯在洞里东张西望。

"不知道有没有毒呢?"青罗说。

"没事,待我上前撒点驱虫秘药。"

辛不弃说,从随身的百宝囊中抖搂出一团黄色的药粉来,那里头掺杂着硫黄粉、天仙子、水银和懒菩提,一包药粉散开,蜘蛛们果然四散逃跑,只是把他们自己也呛得连声咳嗽。

辛不弃则在后面气急败坏地在身上乱抓。

"地底下,怎么会有飞虫?连驱虫秘药也没有用,这一定是幻觉。幻觉。"辛不弃嘀咕着说，却依旧被不知道从哪冒出的毒飞虫咬得浑身是包。

"喂，这些死虫子怎么不咬你？"他又抓挠了一会儿后，愤怒地问青罗，"有难同当才是，这样很不够义气。"

青罗停下挖洞，把遮脸的毛巾取下，摇了摇头，说："哦，我明白了，一定是这东西，所以它们都不来咬我。"他从腰带里摸了摸，掏出一株草来，茎子是方的，表皮带着点红色，递给辛不弃，"这是薰草，叼在嘴里，虫啊蛇啊的，寻常毒物都不会靠近。"

"这就是你那头死骆驼身上带的东西？"辛不弃瞪着眼睛拒绝了，"像头羊那样叼着草在嘴里？我才不想给人留下这么傻的形象呢。"

青罗挖开一大块土，又是一群毒飞蚁从缝隙里冒出，如烟云一样朝辛不弃俯冲下来。

辛不弃一把将草塞到嘴里，果然全身一片清凉。蚂蚁掉头飞走。

青罗继续转头挖土。他光着膀子，挥汗如雨。用那虎蹲钻挖洞果然速度奇快，只是泥土全甩到脸上，青罗只能扭着脖子向后说："大叔，你确保地图是对的吗，我们已经挖了三个时辰了，这隧道的长度都够到瀚州了。"

辛不弃从怀里掏出一个小竹筒，筒里有块慢慢燃烧的火绒。他吹亮火绒，借着微光看了看纸，说："没错，就是这了，朝上挖吧。"

青罗转而向上，摇动竹筒，泥块大团大团地掉落下来。

这乡下人果然力大，看得辛不弃心中暗喜，挖了十来下，上面突然一亮，已经挖透地面，随后看到一个人影在上面一晃。

那一晃中，辛不弃已经看到个水桶粗的肥大肚皮。

和老河络打交道久了，辛不弃一眼就可分辨出，地面上此人绝对不是莫铜。

"糟糕，我们来迟了，已经有外人到了。"他对青罗说。

"啊,那怎么办?"

辛不弃露出一脸坚毅的表情,大义凛然地道:"这时候只能拼了,正所谓狭路相逢勇者胜……"

他嗖的一声拔出腰带上那把怪刀来,大喝一声:"什么人在上面?"气势如虹地跳了上去。

五之戊

青罗跟着跳上去,却看见辛不弃拿刀子指着一人,那人体形肥胖,半跪在地,也在拿铲子挖着什么。

辛不弃奇道:"王老虎,你在这儿干什么?"再左右一看,"奇怪了,我怎么挖到你家里来了。"

王老虎被地里突然钻出来的这两人吓得全身一哆嗦,他做贼心虚,待到看到是熟人,不由得松了口气,不好意思地道:"这不外面风声紧吗?我埋点东西……咦,这关你什么事,你到我家来干什么?姓辛的,你给我滚出去,等一等,赔我的地板,上好的大青砖……"

辛不弃没等王老虎反应过来,一道烟地拖着青罗跳回洞里,飞铲将竖洞填死,只听到王老虎的叫骂声在上头渐渐变小。

"这不可能啊,怎么会挖到他家里来呢?"辛不弃咬着手指琢磨,"莫非是因为我把纸拿倒了……对,就是这么回事,我们挖反了。快,换个方向,就这边,没错……"

青罗拿起虎蹲钻,向后扭起头,使出全身力量往辛不弃指引的方向钻去,只听得大块的石头和泥土掉落的声音,辛不弃和青罗随着一声响,一起摔了下去……

他们躺在那儿,抬头看了看圆形的天空。

"这是口井,真的……在老河络家的院子里,我们还是有进展的,至少我知道我们的准确位置了。"辛不弃乐观地说,"好在井里没有水……倒霉,怎么有条蛇啊,你不怕蛇吧?"他闪电般地捡起地上一片绿叶子,塞到嘴里,果然,那片蕙草叶子一塞,那条蛇对他就失去了兴趣,甩甩尾巴爬走了。

青罗敲了敲四面,都是坚硬的石壁,竹筒的虎蹲钻在掉下来的时候,被他们给压断了,而辛不弃装满工具的大口袋还躺在他们挖的横洞里。

三丈来深的井,他们试了各种办法,无论如何也爬不上去。

"被困住了。"辛不弃的脸上第一次露出了沮丧的神情,他悲哀地说,"我们完蛋了。会在这里被活活饿死的。"

青罗说:"我们还可以投降,只要大声喊就行了……"

"想都不要想,"辛不弃咬牙切齿地道,"如果落在那个恶毒的老河络手里,我们会死得更惨。"

一想起那恐怖的莫铜,他就无力地靠着井壁溜到了地上。都说人之将死,其言也善。辛不弃长叹了一声,对青罗说:"是我拖累你了。虽然我从小就梦想成为厌火城人人羡慕的神偷,一生都在为此而努力,可我总是失败。我小时候偷东西就老是被抓住,后来其他人都不愿意和我一起做案了。我只好自己干,也不知道怎么回事,不管怎么努力,怎么拼命,最后总是会出岔子。

"我想学割包,却把自己手指头割破了,弄得事主一襟子血,他还要叫我赔……我想去偷把葱,也被狗追了半天……我总骗别人说我偷东西很厉害,曾经干过什么什么大案子,其实都是假的,其他小偷都看不起我,我只能捡些他们看不上的东西偷……"辛不弃越说越伤心,皱着的小眼睛里热泪盈眶,嘴唇抽搐个不停。

青罗不知道该怎么安慰他,只能蹲下来拍着他的肩膀说:"嗯,大叔,其实我觉得你很行的,还会用那么多我不知道的工具。别灰心,只要好好努力,你一定会……会成为好小偷的——不过,你为

·一六八·

什么非要偷东西呢?"

"我猜是因为习惯吧,"辛不弃抹了把眼泪说,"我出生在下城区里,在这里长大,不偷东西,还能干吗?"

"嗯。"青罗又挠了挠头,"除了偷东西,你总会喜欢上点别的啥吧?

辛不弃眼睛一亮,道:"那倒也是,起初我曾经喜欢上音乐——我学过吹笛子,最早是找断肠街的黑脸书生学,但他的笛子里藏着飞针,吹出来的音调总有杂音;后来我又跟前门楼子卖唱的瞎子学二胡,但他的二胡里藏着长剑,拉弓子用力太大,就会掉出来;再后来我有一次看到天香阁的姑娘们跳舞,就突然有了人生目标,我想改行学跳舞。"

"跳舞……"青罗瞪大了眼睛。

"没错呀。"辛不弃骄傲地说,"……都说青楼黑呀,那真黑。说是不能白看,要交费。这样也好,我偷东西就有了目的,就是为了攒钱交学费。看一次贵得很呢。钱够了,我就上天香阁去,求见露陌一面,让她跳一支舞,哎呀,她跳的舞真是没说的,如果能跟她学上一学,或者让她正眼看我一次,啊呀呀,那真是死了也值了。"

辛不弃还在那里充满憧憬地叙说着,却看到青罗面红得如要滴出血来一样。他慌张地看了看脚底下是不是有蛇:"怎么啦?你中毒了?"

"露陌?"青罗确实跟中了毒的症状一样,他慢慢地张开嘴唇,吐出了这个词。

"露陌。"辛不弃肯定地点了点头。

"你是说你也知道露陌?"

"那当然。我不但认识她,我还爱上她了。不光是我,全厌火城的人都爱她。"辛不弃骄傲地回答说。

接下来的数炷香时间里，青罗从辛不弃的嘴里知道了这个跳舞的小姑娘的许多故事，她不知道什么时候来的厌火城，她虽然身为羽人，却永远飞不起来，喜欢和下层人打成一片。她天生喜爱跳舞，喜欢热闹和露天的生活。她住在天香阁里，随自己的心意见客人，那里的老板也不过多干涉。她是个蜜蜂一样的女人，轻巧的脚上长着翅膀，总在各种各样不真实的生活片段中飞旋来去。她天真，热情，似乎不谙人事，却很有自己的一套想法。如果你被她的甜蜜所吸引，靠得太近的话，就有可能被她的利刺所蜇伤。她常在下城那些破败的巷子和危险的角落里闲逛。那些粗鲁的下城居民倒都很喜欢她，他们喜欢她跳的舞和她的快乐身影。

青罗入迷地听着辛不弃讲述露陌的故事，心里头惭愧不已。他深深地爱着这个人，却不如一个小偷对她的了解要多。他越听越是爱她，腾地一下从地上站了起来。他说："我要从这里爬出去，我要去见她，我一定要找到她。"

"哈哈。"辛不弃坐在地上嘲笑他说，"这也没什么，到厌火城来的一半年轻人，都想着能见她。在天香阁能喝上一次酒，睡上一夜，那是所有人的梦想。"

青罗的脸又红了，这一次是羞涩的红。

"我不知道她是……"他说，"一年以前，我在青都边的舆图山上碰到过她一次。那时候我在山上不小心被蛇咬了。她用花锄赶走了蛇，又用草药救了我。"

他把嘴里叼着的薰草吐出来给辛不弃看："这种草，就是她教给我用的。"

拿着那片薄薄的绿色草叶，青罗不禁又想起了第一次遇到露陌时，那个女孩用纤纤小手，将这种草叶覆到他伤口上的情景。那时候她跪坐在他身边，俯身向前，看上去弱不禁风，却自有一种难以述说的力量。她的眼睛很大,在苍白的脸上格外引人注意,就是那眼睛里流露出来的天真深深地打动了他。青罗和她对视的时候如遭雷击。许多天以后,他的蛇伤好了,但却更深地陷入另一种病痛的折磨中,那就是相思病。

青罗讲述起自己的故事来:"后来我知道她是到舆图山去采集花种的。那里有一种水艾花,在蒙蒙细雨的日子里才会开放,虽然花朵很小,如碎星星一样撒落在草丛里,几乎看不到,但香气袭人,香气被雨水打湿而四处弥漫的时候,尤其动人。她到那里采花,说是要种到自己的院子里。

"我们草原人受了恩德,就一定要想办法回报。我看她那么喜欢花草,就花了一年时间在各地搜集各种奇花异草,装了一骆驼,带过来送她。我是受命来找白影刀的,不过我也是来找她的。"

"一年的时间?哈哈,乡下人,回报?没这么简单吧,你一定是被她迷住了。"辛不弃这会已经忘掉了自己的伤悲,指手画脚地嘲弄起自己的伙伴来。他张开嘴哈哈大笑,突然脸色一变,"咕咚——糟糕,我把薰草给吞下去了。"

他心急火燎地转向青罗问:"喂,吃了这草没事吧。我会不会被毒死?"

青罗托着下巴沉思了一会,摇了摇头:"不知道,谁也没吃过。"

"可我现在没薰草了。"辛不弃带着点惊恐地说,"那条蛇溜回来怎么办?我从小就怕蛇。你腰带里还有吗?让我看看……"

怀着对蛇的巨大恐惧,他扯开青罗的腰带,什么醉鱼草啊、薰草啊,还有一些乱七八糟的草种和奇形的叶片飞了出来。其中有七八枚小小的钩针状种子,原本钩在青罗的腰带上,被辛不弃扯落在地。那几枚细针一落到地上,登时发起芽,随即抽出长长的带钩藤蔓,在空中摆动起来。

"这是什么？"辛不弃将两三根摆向自己的藤蔓打开，"唉，别过来，真讨厌。"

那些藤蔓当中，有一株嫩藤长得尤其快，它像蛇一样弯曲着，飞快地向井壁上攀爬而去，一会儿工夫就爬上了半壁。

青罗也咦了一声："这是青蛇草啊。"

这正是昨天鹿舞在骆驼上掏出来的大刺瓜炸开后钩在青罗衣带上的几枚种子，它们的兄弟昨天可教龙不二吃了不少苦头。

青罗解释说："这草也叫青蛇藤，只要落到地上，就会生根发芽，长得特别快。长大后水火难侵，力大无比，能听主人的驾驭，不过每颗大瓜里，只有一粒小种子会最终长成大个子。"

青罗的脸上露出有点紧张的神气："奇怪，我从来没见过它们能长得这么快，这东西蛮危险的，长大后就不好控制了。"

"我讨厌蛇，"辛不弃宣布说，"赶紧现在就把它弄死吧。"

"不过，它也许能把我们从这井里弄出去呢。"

"我改变主意了，"辛不弃立刻改口说，"我们可以再等等看。"

仿佛如他们意愿似的，青蛇草飞快地蔓延着，速度惊人，只半炷香工夫，如蛇信子一样的梢子，就已经搭到了井口。它吮吸着弥漫在这片区域里的那股看不见的强大力量，肆意翻卷生长，向外探寻它的新领地。

辛不弃和青罗的脑袋冒出井口，他们攀着青蛇草一会儿工夫就长得粗如大腿的藤蔓，爬了上来。

老河络不知道跑哪去了，透过窗户，还可以隐约看到屋里的情形。辛不弃指点着说："看，那个红匣子，就是我们要偷的东西。"

"那我们快走啊。"

"等等，过不了院子的。"辛不弃压低声音，"这里地上全是机关,沾都不能沾,唉,要是这株青蛇草能朝那个方向长就好了。"

"可以试试啊。"青罗用手扶正青蛇草梢头,指着屋子对它悄声轻语,"我是你的主人。小蛇,快往那边长去。"

如同真的听懂了他们的话,青蛇草的主藤在风里摇摆着,粗大如水桶,它高高地昂起头,仿佛要伸向天空,然后一低头,朝正房的方向伸了过去。一路上向两侧伸展开细小的分支,手掌状的叶子,飞快地舒卷,遮蔽了天空。

辛不弃叫了声好,青蛇草已经从窗户里一头探进了正房。辛不弃和青罗顺着青蛇草结成的桥顺顺当当地跟着爬了进去,果然一点机关都没触动。

一进屋子,辛不弃就闻到酒气熏天,耳听到鼾声如雷,他道了声:"你能相信吗?这死家伙醉倒了还冲我竖着中指。"

青罗说:"也许那是因为他们没有食指,所以竖起来的就是中指啊。"

辛不弃想了一想:"对,你说得有道理,据说不少傻河络一出生就要砍掉一根指头,献祭给他们的盘瓠大神。真是傻透了……"

他絮絮叨叨地评价着,刚想考虑个稳妥法门,去摘那个恐怖至极牵挂着许多机关和法术的红羊皮匣子,一转头,却看见青罗既无知又无畏,已经将手向盒子伸了过去。

辛不弃大喊了一声:"小心!"然后又加了一句"啊也!"一个箭步串到柱子后面趴了下来。他趴了良久,未见任何可怕的事情发生,探头一看,却见青罗已经将那红盒子摘了下来。

他上前一把抢过红盒子,揣在怀里,嚷道:"我的。"

这时,他们却同时听到一声喊:"喂,你们两个。"

他们两个转头一看,却看见老河络摸着头,刚刚爬起来,对着他们两个喊叫。

"别让他发动机关。"辛不弃惊恐地喊道。

青罗眼见事机不妙,将腰里摸出的一片醉鱼草揉成一团,扔了过去,正好命中老河洛的大鼻子。

"你——!"老河洛莫铜怒目指着青罗说,"我已经不想喝了……"然后轰隆一声,又倒地睡过去了。

"哈哈。"辛不弃狂笑了一声,"终教你落到我手里。"他咬牙切齿地道,"把他的机关都给毁了。我要疯狂报复他,把他吊起来打一顿,哼哼,不解气;把他毁容,哼哼,也不解气……我要……"

他还没说完自己的复仇计划,那条青蛇草已经在空中越长越粗,像巨蟒一样翻卷,发出呼呼的声音,青罗可以看出它明显地犹豫了一下,然后一头向下,向铺着大块青砖的地面扎了进去。

那一下真是地动山摇,数百张青砖块啪啪地向上飞到空中,地面搅动,仿佛泥土沸腾了,火山爆发了,自地下发射出无数的短箭、飞矢还有粗如儿臂的投矛,将屋顶打得千疮百孔。青蛇草伸入土的根扭动着,翻腾起整排整排的泥土巨浪。一看就知道,地底下在发生着最可怕的打斗。

辛不弃和青罗还在发呆,地上倏地开了一个大口,从那洞里闪电般跳出一个人来。辛不弃离得近,青罗见他突然朝空中挥起奇形大刀,只听得当的一声响,显见他和跳出来的人影已经交了一手。

辛不弃向后直飞出去,在空中兀自喊道:"抓住她,妈……臭婊子。"

那道人影却不恋战,一脚踩上了青蛇草的藤枝,朝上方箭一样冲去,穿破瓦顶飞跑了。

青蛇草的活力弱了许多,似乎是在地下吃了大亏。主藤不再乱卷,而生出了上百条气根,垂入地上,朝四周伸展出去,将整间屋子侵占了不少。

青罗看见地上落了一个皮包裹,隐隐地发着光,他顺手捡了起来,心想也许是刚才那个女孩子掉落的,什么时候见到了可以还给她。

辛不弃从地上爬起来,一眼看到,又抢过来揣到怀里。"我的。"他喊道,"也是我的。龙不二有言在先,除了那个红盒子,其他的宝贝都是我的。"

他指挥青罗说:"再找找,还有没有其他宝贝,如果没有,就帮我把那副手套找回来……"辛不弃话音未落,却见青蛇草钻出的地下坑洞里,又是一阵摇动,土里突然冒出两个高大的木头傀儡,挥舞锋利的铁爪,转过一百八十度头来,用绿莹莹的眼睛盯牢了辛不弃不放。

辛不弃在这几个傀儡的手上吃过大亏,登时大惊,扯了青罗一把,喊道:"快跑。"

五之己

隔得老远,辛不弃就能看到龙不二那庞大的体形,如巨大的滚碾一样,压在街道尽头。这位府兵大将隔着整条街,像头熊那样咆哮着喊道:"你最好能给我带来了好消息。"

辛不弃赔着笑,奉上那个宝贵的红羊皮盒子。他捧着盒子的双手,竟然有些许的颤抖。

龙不二夺过红盒子,也不禁为其上的精美花饰所慑服。他捧着盒子发了一会呆,这才小心翼翼地打开一条缝,往里张去。

"嗳,这宝贝看着怎么像块碎砖呢?"

辛不弃垂了头,两手放在腿边,恭敬地道:"小的见识短浅,不敢妄猜。你看这东西上面还刻了花纹,也不知是字还是图形……"

龙不二瞪起环眼,又使劲看了一下,果然在那黑乎乎的东西上看到几道纹路，他总不能在一个小蟊贼面前承认自己一位堂堂将军还不识字，连忙把盒盖合上。他定了定神，又问辛不弃："你可确认无误，就是这东西？"

辛不弃犹豫了一下，心中暗自思忖，如果真是碎砖，老河络怎么会将它当宝贝一样藏着，还弄了那么多机关护着。不论从什么角度看，老河络都不会是个傻子，因此……这块石头必然是个宝贝无疑，一个穷河络还能藏两块宝贝石头？于是目光坚毅地点了点头。

龙不二纵声长笑，道："姓辛的，你立了大功，不枉我多年来一直赏识你。好罢，你就在我的府兵营里坐着，我这就备快马送到上城茶钥公子处去，这公子一看就是个有钱人，必然重重有赏。没准羽大人还要论功行赏，若是这样，我就保举你当个城门卫尉。"

"不敢不敢，"辛不弃激动得几乎要死，几乎哭出声来。他倒不是特别在意这个城门卫尉的头衔，而是终于有人承认他存在的价值了。

他心中大喜，脸上却装出一副谦虚的样子说，"这都是龙大人领导有功，各位同仁敌前拼命……"

龙大人没听他啰嗦完，已经驾马一道烟跑远，只剩下辛不弃战战兢兢地等在府兵驻处，直等到日头高高升起，然后又偏到西边，突然听到马蹄铁撞在石板上的声音，却是龙不二急匆匆地打马赶了回来。

辛不弃老远瞥见龙不二坐在马上的神态，脸黑着一半，头发都气得卷曲起来，不由暗叫不妙，只盼屋子里有个地洞可以溜走。没等他找到地洞，龙不二已经跳下马怒吼起来："辛不弃那贼囚徒在哪，给我叫过来。"

辛不弃腿一软，立刻跪倒在地："龙大人，龙爷爷……"

"你敢拿块破砖头骗老子，不要命了……还想当城门卫尉？"龙不二喝道,"准备砍头吧你。"

"冤枉啊,确实是从老莫铜那里偷来的,那老头当宝贝一样藏着,不是大人想要的石头,还能是什么呢?"

龙不二暴跳如雷,但他毕竟觉得自己智谋过人,是个有名的儒将,不能因此失了身份形象,于是硬生生地按捺下来,揪着下巴上的胡子,问道:"小子,你最好机灵点。除了这个,你还看到什么类似石头的东西没有?"

辛不弃转着眼珠,使劲儿地想着。

原来事发当时,辛不弃和青罗逃离莫铜家,按辛不弃的意思,就此分赃了账。青罗却说:"大叔,如果你要偷的东西只是红盒子,那别的东西,就还给人家吧。"

"还给谁,怎么还?"辛不弃捂住口袋喝道,"那我的损失谁来弥补,我还在这里丢过一副手套呢……你来帮我,可是我冒了大险在龙大人面前替你那小姑娘的同伴求情了的,我们之间算是两清,不欠你什么情。"

青罗挠了挠头,从白骆驼背上掏出一个小东西,递给辛不弃:"你看这个行不行?"

那是一面可以聚阳光点火的金属阳燧,草原人常用的东西,这本来不稀奇,但……青罗掏出来的这阳燧竟然是金子做的。

辛不弃接过一捏,不由得吞了口口水。他使劲捏住那阳燧,生怕青罗反悔将它抢回去,不解地问:"原来你是有钱人啊——拿这么大块金子换东西,就为了给人家送回去?"

青罗嘿嘿地傻笑:"偷了人家一件东西,我已经觉得很不好了。这个东西,还是交还给那女孩吧——我在登天道上遇到过的,她和一大群人在一起的,要找到她应该很容易。"

辛不弃从怀里掏出那皮囊细看,只见皮囊里装的东西像冰一样透明光滑，发出光一样的波纹，抓在手里一会儿冰凉刺骨，一会儿又像火一样热。不知到底是什么玩意儿。他颠来倒去地看，只见那东西上面也刻了三个字"龙之息"。辛不弃纵然不识字，但三个字和两个字的区别还是数得出来的，想来想去，这东西和龙柱尊说的"聋犀"应该无关。

辛不弃想起了此节，对龙柱尊道："……那时候从地下蹿出来一个女的，她身上掉下来一个皮囊，囊里的东西怪怪的，莫非也算是石头……不过它上面刻的名字明明是三个字啊……"

龙柱尊将手伸到他面前："拿来。"

辛不弃苦着脸说："我将它卖了……"

"卖了？"龙柱尊脸上的横肉随着这两个字一阵抽动，辛不弃的心也跟着颤抖不已。

"这个，在我一个伙计手里。"辛不弃转念一想，又害怕龙不二迁怒于他，连忙改口说，"……在一个我也不认识的人手里……"

"你到底认不认识？"

"这个，"辛不弃看着龙柱尊的脸，吞吞吐吐地道，"说不认识又有一点熟，说认识吧，这个，我又只见过他一次。"

"妈的，去给我找回来。"

"龙大人，"辛不弃哭丧着脸说，"你说过的只要盒子……现在让我去哪儿找他？"

"我不管我说过什么。"龙柱尊用粗短的指头重重地杵在辛不弃胸前，每杵一下，就让他倒退一步。这位不二将军从牙缝里挤出几个冷飕飕的字来："小子，你最好机灵点，把东西拿回来。否则就是死路一条。"他啪的一声，将辛不弃身边一条板凳踢断。

辛不弃哆嗦道："人是不好找，不过他身边有一头白骆驼，又高又大,毛色极亮,这就比较显眼了……"

"白骆驼?"龙不二一听,脸色变了变,暗自想:怎么又是那小子?

天色傍黑时,青罗正在厌火城那迷宫一样的路里转着。他和辛不弃分手后,捏着辛不弃写给他的字条,想去找羽裳。辛不弃一力担保,必定会将那姑娘的同伴保出来,让他们在羽裳的藏处等着就是,但辛不弃涂抹的地址,青罗接连问了几个路人,竟然无人能看懂。

青罗正牵在骆驼在迷宫一样盘绕的道路里乱转,不知如何是好,突然背上被人拍了一下。

他转身看时,拍他的人是个矮个子,手里提溜着个铁秤砣,就像个菜市上的贩夫,看着有点眼熟,却不认识是谁。

"怎么,不认识我了?"那人一笑,露出了一口黄牙。他背后又走出来一人,却是个卖肉的屠夫,手提剔骨尖刀,乜斜着眼看他。

青罗张眼一看,四面的巷子里,竟然有数十人靠近了来。他们躲藏在墙角的暗影里,就如不被人注意的影子般,重重叠叠地四面围了上来。

"昨天晚上,"那矮个子不怀好意地笑着逼近,"你从我们这抢走的那个姑娘在哪?我们老大要找她。"

青罗深吸了一口气,后退一步,将骆驼背上的山王抢在手里,横胸而立。

"我不说。"他大声回答道,心里想,按照辛大叔所说,这时候就是狭路相逢勇者胜了。

"你不说?"那矮子重复了一句。

"他手上拿的什么?"屠夫问,"沙老二,他刚才路过的时候不是问过你吗?"

青罗的来路上一个沙哑的嗓音回道:"他说纸上写的是个什么地址,不过我没看清。"那个声音略带抱歉地加了一句,"我不太识字。"

"地址?"屠夫眼珠子一转,"给我抢过来……"

青罗吓了一跳,将左手上拿着的纸条撮成一团,往嘴里塞去,要把它吞下。小姑娘,他想,辛大叔会带着你朋友去找你的,你们就别等我了。

就在他的纸条进嘴的一瞬间,突然路边站着的人群里,有个黑脸膛的家伙将一只笛子凑到嘴边猛吹了一口气,青罗听到嗡的一声,如同蜜蜂的毒刺在空中划过,一枚飞针插在那团纸上,将它从他手上打落,掉落在地,滚向路边的阴沟。

青罗要抢纸团,那矮个子的手一摆,黑乎乎的秤砣就如流星锤朝他呼啸而来,屠夫的尖刀也朝他的前胸猛击而下,风声劲急。

年轻蛮人终于发作了,他身体里流淌着的,毕竟是一名武士的血啊。青罗低沉地吼叫了一声,与此同时,他的胸口燃烧起一团奇怪的可怕力量,冰冷如寒冰,顺着胸口侵袭入四肢五体,却让他全身的毛孔炽热如火烫,仿佛热血要汹涌而出。那种感觉非常奇怪,青罗只觉得浑身燥热异常,偏偏心思又极度冷静,周遭的情况如同在水晶玻璃里显现出来一样,毫纤毕现。

他的肩膀微微一抬,一肘打在矮子的下巴上,秤砣带着系眼里的索,在空中划了一道斑斓怪异的轨迹,它主人的头则向后一摆,以一条弧线落到墙上,登时晕了过去。青罗看到几颗碎齿落向天空,百忙中说了声:"对不住啊,大叔。"与此同时,他腰身一拧,屠夫的尖刀擦着他的小腹横过,连边也没挨着。

青罗躲过尖刀,就要去抢那张纸,不料刚迈左腿,却被身后扔出来的一团麻绳缠住脚步,几乎被绊倒在地。这些包围者的各种怪招层出不穷,委实令人难以提防。

他左手在地上一撑,右手甩脱了剑鞘。山王长剑出鞘,登时一股凉气在狭巷子里一卷而开,每一个人都感觉到了强烈的撞击。等他斩开腿上缠绕的麻绳,逼退身边的人,屠夫已经将那纸团抓在手里,向后跳回到人群当中。他得意地将纸团朝青罗晃了一晃,就着破巷里泄下来的一束夕阳里打开。

青罗被四五个人挡在身前,无法夺回纸条,不由焦急万分,却看见那位屠夫皱起眉头,用两根指头压住纸条,艰难地念道:"一个钩,叉叉,又一个圈,然后是个鬼笑脸,妈的,这是哪一国的文字?我要是能看懂它,就让雷劈了我。"

这些影者哪里知道,青罗也上了当——不要说辛不弃压根儿就不识字,他自己也不知道羽裳现在在哪儿了,又怎么能写什么地址呢。这张纸条上的"地址"不过是随手胡抹出来的。

屠夫越看越怒,将纸条揣到腰里,拔出后腰上一面又阔又大的劈骨刀,双刀在手,指着青罗喝道:"给我拿下这人是正经,活剥了他的皮,且看他招是不招——别闹得太久,此刻四处都有鹤鸟儿的巡哨。"

四面的影子们一拥而上,菜刀、连枷、长棍、拐杖、飞针、折叠椅,各类兵器一齐朝青罗招呼过来。青罗虽然勇武,但陷入这圈可怕的混乱漩涡中,也一时手忙脚乱。与此同时,他胸口燃烧的那块寒冰也越来越炽热,全身肌肤似乎都要在热血的重压下裂开。"溢出。"一个莫名其妙的词儿突然跳到他脑海里,他也不明白这是什么意思,却知道自己不能太使力了。

他突然后退一步,一脚狠踢在白骆驼的肚子上。"快跑啊,畜生。"他喊道。骆驼扬起蹄子,用高壮的胸膛冲出一条路来,青罗几乎是紧挨着它翻飞的后蹄，穿过堵在路口的人，向外跑去。

那些人发了一声喊，在后面紧追不放。

青罗拖着剑，揪住骆驼的镫子，翻身上鞍，他们风一样卷过半塌的矮墙，跳下半人高的台阶，箭一样冲过围绕着水井的小空场——他越跑越荒凉，追赶在身后的那些衣衫破烂的人却仿佛越来越多。只见他们从横巷子里，从屋子里，从地窖里冒出来，从四面八方冒了出来，他们全是些一样的泼皮、无赖、工匠、小贩、脚夫、盗贼、手艺人和杂货店老板。

他们并不怎么阻拦他，也不紧逼，只是在后面追赶，拥挤着，磕碰着，挨挨擦擦地跟过来，追着不放。

四面都是这样的情景，青罗陷身其间，就如同踏翻了蚂蚁窝的懵懂小猫。他暗自思忖该死的白骆驼定是跑错了方向，他想要回头，但发觉后路已被这支衣衫褴褛的大军切断，只有向前的一条路是敞开着的。

青罗喘着气，一直跑到了码头。在那个不规则形状的广场上，他停下了脚步。四面是呼啸而来的腥味的海风，天空已经暗下去了，一片昏黑的雨云低低地压在他的眉毛上，广场上散落着数十堆火堆。东零西散的火光四周，驻扎着古怪的人堆，他们个个面目凶狠，残忍和可怖，赛过凝聚失败的魅；奇怪的是，青罗似乎觉得在街道上见过这些脸，但在外面，这些相同的脸上完全是憔悴的表情，或者是一副痴呆相，但在这座广场上，它们暴露了真相——谁看到这样的一张脸，都不会怀疑，它们就是厌火城的眼睛，厌火城的主人，和厌火城的杀手。

那些人看到他跑进来，坐在火堆边也不起身，只是看着这头落入罗网的小兽，都露出了可怕的笑容和刀子。

后面的跟踪者也已经到了广场入口，在青罗的背后围成了个马蹄形，青罗就站在这个马蹄的中央。他插翅难逃了。

啪的一声巨响震动了空气。"我身无形。"一条大汉高喊着，他高高地踞坐在一艘倒扣过来的木船底上，正在缓缓地收回手中的长鞭。广场上顿时安静下来。

青罗已经是第二次听到这句切口了，但他并不明白它的含义。"我一个人打不过你们所有的人。"他跳下骆驼背，大声叫着说，"叫一条好汉出来。叫一个敢和我单打独斗的英雄出来，不要让我小瞧你们这些城市里的人。"他被重重包围在这个陌生的地方，四周鬼影幢幢，充斥着恶意，但他并不害怕。他大声地叫嚣着，他始终相信这个世界上存在着某种叫做公平的原则。这种纯粹的理解在燃烧着他的胸臆。

那长鞭大汉换了一种因为带上威胁的力量而压得低低的声音，他对着青罗高傲地说："说得不错，你现在双脚落在我们的圣地上，所以你有权利选择任何一种方式去死——如果这样可以让你死得口服心服，我们接受。"他的语气有恃无恐。

青罗深吸了一口气，舔了舔自己的嘴唇，他知道自己面临一个危险，只是他还不真正明白这个危险是什么。

一个庞大如山的影子在那艘翻过来的小船后出现。它缓慢地移动着，最后现在了火堆的光耀下。

广场上的众人发出了一阵可怕的欢呼，"好，就让他会会我们的大个子。"他们喊道。

一个光着膀子的夸父巨人出现在广场上，他高如一座小山，全身都是虬结的肌肉，左颈上有一处可怕的伤疤。

长鞭大汉身高也不短，但站在这个巨人的脚下，就如同三岁的幼童一样高。

"我叫虎头。"他用一种安静，甚至可以称为温柔的声音自我介绍说。青罗觉得这名夸父看上去面目忧郁，模样略显迟钝，却能感受到他身上汹涌而出的战士的气息。只有战士对战士才能闻到这股味道。青罗从小就闻惯了这股子味道，他知道这样的人会为了一件无关紧要的小事去死。他们对死亡满不在乎。

"你可以自己选用武器。我用斧头。"虎头不紧不慢地说，"你要是还用那把小短剑，吃亏就比较大。"

他把斧头从背后拖出来展示给青罗看，那把斧子看了就能让对手自己想去死。斧柄是用一整棵栎木做成的，又坚硬又有弹性，斧面有一张小床那么宽，磨得明晃晃的，斧背厚有两拃，天不怕地不怕的白果皮看到这么大的一面斧子的时候，也忍不住挪动了一下脚步。

这样的斧子，可以轻易地将一峰骆驼劈成两半。

虎头提起斧子的动作，显得极其轻巧，丝毫没有普通巨人的笨拙和臃肿之感。

这样的敌人让青罗全身激动，血液开始轰轰地冲上胸膛，冲上头脸。那股热血冲到咽喉处的时候，让他显露了真相，青罗放声喊叫，他的嚎叫声如饿狼一样。

那一声喊让广场上的人都错愕了一下，他们都料想不到，站在那儿的看似温厚的青年，在咆哮的时候，却像一头最凶猛的野兽。

随着那一声喊，青罗握紧手里的剑，已经朝虎头猛扑了上去。九州之上，几乎没有人可以单独打败一名夸父，但他不在乎。他一旦抓住剑，脑子里就没有生和死，只有胜利和失败了。

他确实不习惯这把剑，草原人喜欢粗野的劈砍和猛砸，但这把剑是他的幸运之剑，会带他走到爱人身边。

现在青罗不得不用适合山王的方式来作战，短促地急刺，然后后退，再跳上前去。胸口上传来的力量源源不绝，皮肤又开始炽痛，但他觉得自己的速度也迅猛了许多。

青罗绕着巨人团团打转。这是蜜蜂和熊之间的斗争。

虎头并不跟着他打转，他半蹲在地，大斧起起落落，好像没有章法，却总是迎着青罗的蜂刺落下。他的斧子卷起了海啸一样强大的风，把青罗的刺吹得东歪西倒，把青罗压得喘不过气来。就连山王这样坚韧锐利的剑，连一下也不敢和巨人的斧头相接触，青罗本来希望能消耗掉夸父的力气，但他在两团当头压下的旋风间隙里抬起头的时候，看到了一双镜子一样白亮亮的眼睛，那眼睛闪闪地看着他，目光里是毫不掩饰的怜悯。青罗明白了虎头眼睛里的含义，这就像大熊胡乱挥舞自己的巨掌，只要有一下拍实了，蜜蜂就会变成一团肉泥，而蜜蜂蜇上了大熊，也无法伤它太深。在这样的战斗里，青罗已经必败无疑了。

露陌。

他的心里跳出了这个名字。

这个仿佛已经很遥远的名字压在他的胸口上，让他喘不过气来。

露陌，他痛苦地想，我无法再去找你了。他这么想的时候，手上不由得慢了一慢，这在与虎头这样的战士的对决中是致命的。

始终半蹲着的虎头突然动了，他的手肘仿佛突然长了一尺，手里的斧头从下而上，抢了个完美的半圆，当真是摧枯拉朽，青罗只来得及将剑锋转了个方向，就感到自己被一堵墙拍到了地上。

虎头的巨斧压在青罗的剑上，而那把剑平压在青罗的胸口上。刚才要不是他转了一下剑锋，这把剑就会嵌入青罗的胸口。虽然如此，青罗也已经动弹不得了，他被斧头和地面紧紧地夹住，只要虎头手上稍稍加一把劲，他就会胸骨尽折，死在当地。

他的胸口怦怦地跳得厉害，全身滚烫，充斥满力量，但却使不出来。山王在他手上跳动不已，如同他跳动的心脏。他抖得抓不住手里的剑。

我要死了。他痛苦地想，突然吐出了一口血。

虎头很明显地愣了一下，提起斧头，低下身子目光炯炯地看他。

青罗躺在地上，苦笑一声，说："我输了。"

虎头点了点头，他说："你很不错。"然后就转身走了。

周围的那些人冲上来把青罗牢牢按住。青罗也不抵抗，输了就是输了。他们把他推到那艘翻倒的小船前，长鞭大汉低下眼睛，他的眼珠子是黄色的，就如同夜枭的眼睛。

"告诉我们那个小姑娘在哪里，你还能活命。"

青罗摇了摇头。

"或者告诉我们这张纸条上写的什么，是不是那个小姑娘的地址？"

青罗摇了摇头，还是不说。

那汉子遗憾地点了点头："是条汉子，可是你不肯说，这儿又无人替你说话——依照影者的规矩，我们只好杀了你。"他挥了挥手，被打碎下巴的矮个子难看地笑了一下，屠夫则拔出了刀子。

青罗听到这个名字，忍不住叫出声来："你们是影子……"

"傻小子，现在才知道吗？太迟了。"屠夫狞笑了一声，将尖刀压在青罗的咽喉上。

第六章　天香

六之甲

"等一等。"一个声音突然传入众人的耳朵。这声音不大,但就如闪电穿过暗青色的天空,惹得所有的人都惊讶地回过头去。

青罗被按在地上,突然眼看着广场上聚集着的人如同浪潮一样欢腾起来,他们一起欢呼着:"露陌。露陌。"

这个久久地萦绕在青罗心头的名字从这些人的嘴里喊出来的时候,令他如受电殛。起初,他还以为是自己下意识地不断重复这个名字,因而点燃了一个幻象,但他清醒过来后,发现他们确实在狂呼这个仿佛有魔力的名字。

"露陌。"青罗也轻叫了一声,这两个字在他的嘴里轻轻地撞击了一下。他刚明白过来,刚才那把山王,为什么在他的手里跳动得如此厉害。

这个名字如同一道亮光,照亮了简陋肮脏的广场。

这些粗俗卑陋的下城人恭敬地退避两厢,让出了一条巷子,在巷子的尽端，站着一个风姿卓绝的影子，那正是厌火城里最轻盈漂亮的羽人，南山路上独一无二的舞姬。她的身后是光头独眼的铁昆奴，天香阁上赤胆忠心的卫士。他手持铁棍，比那个娇小的羽人高出了足足两个半头，精壮的肌肉和傲蔑一切的神态确实让人敬畏。

但下城的影子们表现出来的恭敬并不是针对那条大汉的，他们纯粹是为他身前的姑娘所折服，为了她的容貌，为了她的单纯，为了她的舞蹈。她以美貌和魅力倾倒了厌火城的众生。

三四个人仍然把青罗牢牢地压住，露陌的脚上就像长着蜻蜓的透明翅膀，让她轻盈地脚不沾地似的走了近来。她默默地打量着他。

青罗的胸口血气翻涌，他有许多话要说，却一个字都说不出来。

她还认识他吗？

"这个人我认识。"露陌微笑了一下，扑闪着大眼睛说，"贾三，你们为什么要杀他？"

那持鞭的汉子贾三的凶恶之气在她面前仿佛都消散了，不仅仅是他，青罗看见广场上那些面目凶恶的汉子们都换了脸色。青罗心里想，原来这些人也懂得温柔。

贾三把胳膊向后一撤，那条细如灵蛇般的鞭子仿佛有灵性般倒卷回来，一圈圈地缠绕在自己的胳膊上。贾三笑道："黑影刀有令，要拿一个羽人小姑娘，有人最后看到他和她在一起。怎么，露陌姑娘想要为他说话吗？"

露陌皱了皱眉头："他和那个小姑娘是一伙的吗？"

她看见青罗仿佛喘不过气来的样子，于是轻轻地拍了拍勒住他咽喉的屠夫的手背。屠夫这种肮脏的下人，一个羽人是誓死也不会去碰他，但露陌拍他的动作很自然，屠夫的反应也很平常。他放手松开青罗的脖子，对她露齿一笑。

当然啦，他们很熟悉。所有的影子对露陌都很熟悉。

贾三眼望向屠夫和提着秤砣的矮个子。他们两个人呆了一下,道:"没有。"

矮个子捂着下巴,想了想补充说:"他们两个见面的时候,倒似乎真的不认识。"

"小子,你认识她吗?"贾三再转过头来问青罗。

青罗摇了摇头,他确实连羽裳的名字都没问过呢。

"你知道她在哪吗?"

"我不知道。"青罗老老实实地回答。

"好。就是这样,你走吧。"贾三点了点头。

青罗没想到就如此简单,这些号称厌火城最神秘最有力量的影子,这些号称杀人于无形的影子,这些刚才还呼啸着要杀死他的人,就这样简简单单放他走了。

他四周那些人望向露陌的目光,都是爱慕的目光。

他轻轻地叫了一声,突然明白了一切,那声音里是欣喜、懊恼和说不出的情感:"原来你就是白影刀。"

"为什么觉得我是白影刀呢?难道只有权力能让他们喜欢我吗?"

"你不是?"

露陌只是微笑,却不肯回答。她这一笑,如同黑夜里绽放开一朵白莲花。

带着水汽的风从海面上刮进来,成群的乌云在天上狂奔,雨就要下下来了。厌火终于要迎来它炎热气候里第一场雨。

青罗愣愣地望着她说:"这是你第二次救我了。"

露陌笑了笑:"昆奴,帮我把他的骆驼牵过来,你继续忙,我们先走了。"

直到露陌将他带到了天香阁,青罗还觉得自己身处梦里。

他大睁着眼睛,看着曲折的长廊连接着六座同样精致的小楼,弯弯的屋脊如同大地尽头连绵的远山。青罗被领进露陌所在的最后一间小楼内,她的住所摆设要比其他小楼简陋得多,但青罗坐在外厅那光溜溜的乌木地板上,看到四面楹柱高处挂下来的如云彩一样的帷幕——那些薄纱如夏季草原上草叶上的露珠一样透明,如冬季低地里缭绕树林的晨雾一样朦胧——依然觉得这儿的物品器具精致如斯。他禁不住屏住呼吸,生怕自己吐出的气息太大,会破坏掉这儿的什么。

他坐在席子上,感觉到天空中传来飒飒的雨点飞过的细微声音,过了好一会儿,才有丝绒一样的雨点打了下来,一阵阵地透过打开的大窗,飘到屋子里的人脸上。

他看着雨水把那些贵重的丝幕都泼湿了,"啊也"地叫了一声。

"别关窗户。我就喜欢这样。"露陌却说。

青罗想起了什么:"我的白骆驼呢?"

"被下人牵到后面去了。放心吧,天香阁是什么地方,还能没有马厩。"露陌轻轻一笑。

说话间,露陌已经快手快脚地将小几擦过,摆上几盘果点,又斟上酒摆在青罗面前,动作熟稔,笑容里却尽是一片天真,没有一点儿风尘味。

"这是今年新出的青梅,你尝一尝吧。"

她身上的香气,就如雨后的水艾花一样四散弥漫,飘荡入怀,沁人心脾。

青罗生下来就在马背上颠沛,始终过着动荡不安的日子,哪里经历过这样的时刻。他通红着脸接过来嚼在嘴里,也不知道什么味道,转瞬间却见到小楼前的院子里也插着一棵柳木,雕刻着一个隐约可见的人脸,冒着几株绿芽,在如丝的雨水中微微摇动。

"怎么,你也有亲人出远门吗?"

露陌淡淡地说:"虽然就在城里,但总是个记挂的人吧。"

青罗却突然有点不自在起来,仿佛青梅的味道这才泛上心头来。不过,这股淡淡的酸味也难以在青罗快乐的心头久留。他看着乌沉沉的地板,突然扑哧一笑。

"你笑什么?"

"昨天有一个小姑娘跟我说,我能在厌火城找到想找的任何人,结果,我真的找到了你。"

他轻声说:"我原本想,你都不记得我了。"

露陌微笑着说:"我怎么能不记得呢,我一个人发闷,跑到舆图山玩儿,走到山脚下的时候,却看到大火顺着坡呼啸而下。我没见过那么大的火,看火头起处,好像是从一个村庄烧起来的。

"那一个村庄我听说过,据说它夹溪而建,有数百棵大樟树散发着清香,如同华盖一样笼罩在溪水之上,树上挂有许多老藤,藤上有许多成串成串的紫色花儿,每到花落时节,就如一片紫雨飘落。我想知道那些花怎么样了,就顺着溪水向上游蹚去。等我走到溪水的尽头,却看到一排躯体挂在那些漂亮的树上,如同吊钟一样随风摆荡,散发死亡气息。

"原来是一股强盗刚刚洗劫了村子。那些人掠走女人,杀死男人,把孩子们吊在树上,还活着的人都害怕地躲藏进密林。强盗走了后他们也不敢出来,任由大火蔓延。我还是去得迟了,花藤已被烧尽,无数燃烧的火蛇在树间游走。就在这时,却有一匹黑马在火中冒出。那是你,青罗。"

"是我?"

"是啊,那时候我看着你骑马顺着溪水跑出,马蹄踏起如雪的水花,马背上还驮了个小孩,背后黑红色的火焰和烟如同斗篷一样展开——真是漂亮呢。"露陌像个小孩那样绽开天真的笑容说。

"我是那样的吗？"青罗苦笑着问。

"你不记得了吗？我也是突然看到你歪歪倒倒地掉入溪水里，才知道你中毒了。哎，你被蛇咬了，还要去逞强救人么？"

青罗的目光变得凝滞起来，紧抿的嘴唇让他突然显得严肃。

"你怎么了？"露陌问。

"那一天放火的……就是我的部族啊，"青罗艰难地承认说，他的脸都红到了脖子下，"是我们杀了你的族人，也许，你应该恨我，而不是救我。"

"你也放了火吗？"

青罗咬着腮帮子，一个字一个字地憋出来："那一次没有。"

"唔，我应该恨你吗？"露陌歪着头认真地想了想，"为什么？我才不想考虑那么多。我碰到了你，喜欢你，救了你，这就行了。"

青罗沉思着说："可羽人们都恨蛮人。"

"他们是他们，我是我。每一个人都是不同的人。你也和他们不一样，你不会杀我吧？"她的嘴角含着明显的笑。

"当然不。"青罗使劲点着头，"我本来就不想大家互相杀来杀去的……可是这是乱世啊。"青罗突然吭吭哧哧起来，他不知道自己为什么要和这个有着明媚目光的女孩子谈论这些血淋淋的事实。他满心不愿意透露自己的真实想法，但在那一双黑如深井的大眼睛面前，他又无法说谎。

他还想谈谈草原上的如钩的弯月，浩荡的风，从黑剪影一样的林子里刮过，母狼叼着食物奔跑，旱獭像哨兵一样立着发呆，老的动物死去，新的幼崽又出现在同一片草原上，每天都不一样。这是血的规则，可是他终归没说出来。要归纳这些跳荡如风的想法，他所会的羽人通用语还不够呢。

他们之间一时有点冷场。这时候,隔壁仿佛传来一阵驴叫声,青罗听到楼下的白果皮应和着也叫了一声。

"对了。你等着……"青罗突然跳了起来,他一阵风一样跑了下去,找到了白果皮,过了一会又回到屋里,手上拖着一个巨大的布褡子。

他将褡子放在地板上,有点笨拙地说:"我看到你喜欢花,于是跑了很多地方,很多森林,很多草原……找到了这些……来给你,都是些很有用的花,牧人们通常要用很多很多的牛和羊才能换到它们……"

他把它们倾倒在地板上,像个骄傲的小孩展示给她看:"你看这是铁鹤草,折成纸鹤的样子,就可以当铁蒺藜用;这是海兰珠,果实到了夜里光亮如镜;这是若羽草,佩带它可以潜入水底;这是猫眼草,带着它夜里看东西和白昼一样;这是鸠尾草……它们都很难得到。"

露陌不看那些珍贵的花草,只是看着他笑。

青罗紧张地问:"怎么,不好吗?"

露陌莞尔:"不是不好,只是它们都太有用了。"

"太有用了?"青罗心虚地重复了一句。

露陌走到打开的窗子前指点给他看,细长的指头伸在雨里,白得仿佛透明一样。

"你看我喜欢的花,这些木贼草、燕子飞、绣球、水仙、美人蕉、白山茶,它们都是除了漂亮之外,再没有用处了。我种花草,不是为了它们的用处。没有用就是它们的用啊。"

青罗沮丧地摇了摇头:"你的话,我不太懂。"

"我出生在上城,我的家族血统高贵,但我从小身子弱,飞不起来。我看着其他的羽人们在展翅日高高飞上云端,不由得难过得要死。羽人没有翅膀，那是多么的痛苦啊。"她的声调如天鹅般垂死宛转，让总是快乐的青罗听了也暗自神伤，"可是后来，我发现每个人都有自己的天赋，再蠢再笨的人都有值得活下去的理由，这是别人取代不了的。"

她的白牙在夜里闪闪发光，她的笑容像外面飘洒的雨丝一样若有若无。"我做许多他们从来不做的事。我在深湖里游泳，爬上神木顶看星星，还有跳舞，我喜欢自由自在地跳舞，我喜欢，我喜欢跑到下城去，在露天里和那些人一起跳。他们也从来都不能飞，他们还肮脏，卑微，粗俗，总是不洗澡（露陌做了个鬼脸），可他们能开开心心地活下去，比上城里那些包裹着绫罗绸缎、自以为掌握着整座城池、整个宁州命脉的羽人们还要快活。我也不能飞，所以我能发现这么多快乐。我还学会了看手相，你要我替你看一看吗？"

她抓起他的大手："你的手为什么这么烫？"

"啊。"青罗尴尬地轻叹了一声，"我一定是在做梦。"他闭上眼睛，睫毛却在微微颤动，样子看上去紧张得很。

露陌摸了摸他的掌纹，蹙起了眉头。

"你的掌纹蛮奇怪的，你想不想知道它说了什么？"

"不想。"青罗紧张地闭着眼睛说。

露陌笑了："你为什么不敢看我。"

"我总害怕动作大了，话说多了，梦就突然醒了。"

露陌不知道为什么叹着气，摸了摸他的脸。"痴汉子啊。"她说。

红色的蜡烛摇曳着妖冶的光，如同大合萨在大祭夜里点起的火焰，雾气遮在青罗的眼前，朦胧的，什么都看不清了。

露陌不再提他的掌纹，却闻着他身上青草的气息问他："你找这些花，一定跑了不少路吧？"

"可惜我做的事都没用。"青罗有点沮丧地说。

"我就是喜欢你为我做没用的事情——今夜你就留下来吧。"她趴在他的肩头上,邀请他说。

她如羽毛一样轻的气息喷到了他的脸上。青罗觉得头脑里嗡地一响,随后一片空白。仿佛无数的草叶子飞上天空,遮蔽了他的双眼和双耳。他仿佛闻多了醉鱼草叶,血液像洪水一样在他耳边呼啸。什么东西趴在他的胸膛上,又轻巧又温柔。

他紧张地将双眼张开一条缝,却正看到露陌黑色的双瞳,如同在暗夜中盛开的黑色花朵,向外无限扩展,把青罗的全身都包融了进去。

他又觉得自己在做梦。但一个湿润柔软的东西碰了碰他的嘴唇。青罗的头脑炸了开来。快乐仿佛从天而降的焰火,将他窒息在其中,他懵懵懂懂地伸出手去,搂住了心上人。

露陌摸到了他的怀里:"这里硬邦邦的是什么?"

"捡来的一个皮囊。"青罗说,随手将怀里的东西解下来,放在桌子上。

他们都没有注意到,院子里的那棵柳木,顶上的几片绿色叶子正在变黄,随后垂落下来。

六之乙

天色将明之时,南山路上才慢慢寂静下去,歌舞喧闹之声不绝于耳的长街终于安静下来。胡闹了一夜,铁打的人也需要休息了,但此时天香阁几栋连绵的小楼里,依稀传来一阵如驴叫般难听的歌声,还有拍子和叫好声。

在那栋小楼门外的回廊上,摆着三两张小围桌,几个酒客带着刀子盾牌,正坐在那里高谈阔论,内中一人却是小四。

只听得他高声嚷道:"府里的大夫总说,这样下去,我早晚会被酒色掏空而死。"

一个爱帮衬的家伙问道:"那你怎么说?"

"我回答说,死于酒色,那不就是我这辈子的梦想吗?"小四努力睁着一双鼠眼说。

他们哄堂大笑,又一人敬了小四将军一杯酒。

他们这么互相恭维的时候,一个人已经坚持不住,钻到了桌子底下,躺倒在地,呼呼大睡起来。

龙印妄腾腾腾地走了进来,肩膀都被雨水打湿了,他皱着眉四处看了看:"怎么找了这么个地方,公子在哪呢?"

小四醉眼蒙眬地看着他,回答说:"你没听到这歌声吗?好像青蛙叫啊,除了我们公子,谁还能唱成这样。公子在里面和歌女们胡闹呢,他非要自己头上绑了帕子跳舞给歌女看——咦,你那个小孩呢,找到了吗?"

"放心吧。"龙印妄阴沉着脸说,"那小子逃不掉,早晚要被我抓回来。"

"切。"小四不以为意地摆了摆手,"都说我喝醉了,我看你才喝醉了,厌火城这么大,你去哪儿找一个小孩?"

龙印妄冷笑着说:"我在他胳膊上下了银蟾蛊,一日一夜就能长成,那时候他还跑得出我的手掌心吗?"

他环顾了一下四周的环境,又问:"为什么偏偏要到天香阁来,时大珩不是在上城帮你们找好地方了吗?这里鱼龙混杂,昨天夜里羽大人就在这里被刺。有多危险,你们不知道吗?"

"危险在哪里?在哪里?"小四搭着凉棚做寻找状。他哈哈大笑着向后靠在椅子上,道:"兵法云,虚虚实实,实实虚虚。就是因为这儿刚杀了人,才安全着呢。你看,我们在这闹腾了多半个晚上了,也没看到你说的危险呀。我们公子天姿英明,刚毅果敢,这点小算盘还计较不清吗?再说了,上城那种花楼在宁州到处都有,就是要到这种低俗下流的地方来,偷偷地来,才有乐趣嘛。"

龙印妄冷笑:"有石头的消息了没?"

"昨天倒是有一个。那个什么龙柱尊,他拿了个假货来交差,被我们家公子好一通骂,刚给轰走。"

"我这表哥办事总没个谱。"龙印妄又冷笑了一声,"算了,我再去找他,催他一催。"

高个子的印池术士刚走,一个茶钥的家将就匆匆赶了过来,附身在小四耳边报告道:"有线索了。龙将军派人来说,本来已经拿到真石头,但又被一个骑白骆驼的人抢走了。说是那人危险得紧,有万夫不当之勇,乃是杀人不眨眼的江洋大盗,龙将军正在抓紧追查。"

"好,让他查。"小四又喝了一盅酒,他睁着蒙眬的醉眼,努力地思考(这对他来说可真少见)道,"对了,我还真在哪儿见过一匹白骆驼呢。"

就在这时,一阵古怪的叫声,在窗户下和应着茶钥公子愉快的歌声传了过来。

小四歪歪斜斜地走到窗口,往下一看,不由得一缩脑袋,闪到了窗后。他看到一匹白骆驼正扬着脖子,站在马厩里,兴高采烈地和公子一唱一和。

他虽然酒喝多了,手脚麻软,但毕竟酒桌之上身经百战,脑袋瓜子尚且好使,当下回到桌前,一把扭住桌边的几位伴当,喝道:"危险!还喝什么喝,都他妈的别出声,嘘——管家管家。十万火急,快去上城召集人马,把我们的人全都带过来!还有——给我把二葳子从桌下拖出来,妈的,它占着大好地方,老爷我躲在哪?"

六之丙

大雨初停,天色将明,码头靠近迫岸的空地里,十几个人或坐或站。赤膊的铁昆奴将他的粗铁棒横在肩上,心不在焉地抚摩他的光头;他后面站着的一人身影苗条,一张脸藏在顶黑油斗笠下,时刻有柄银色的小刀在她的手指头间闪来闪去,如同乌云间缠绕的电光;一个庞大如山的身躯半蹲在倒扣的小船边,大如磨盘的斧头躺在他簸箕大的手边;矮胖的苦龙围着他那条油腻腻的围裙,一副愁眉不展的模样;一条黄胡须的大汉,拽着一条长鞭,低头沉思不语;黑影刀又套上了他的面具,那面具也不知道是什么材质做的,须发都会无风自动,仿佛自己就是个活物一般。他们都沉默地站在雾气里,不言不语,仿佛在等待着什么。

一条大船的黑影在雾中显现出来,靠近码头。船头上站着个人,身材宽胖,就如同半扇风帆。船与码头相隔尚有五十来步,船头上那人的一条胳膊一扬,随着呜呜风响,一条长绳索啪地一响,窜过来在长长的拴船石上扣牢了。

船上水手七手八脚将大船拉近码头,船头穿出浓雾,站在船头的那条大汉有张紫黑色的宽脸膛,一脸的络腮胡子如火焰般怒张,他身着黑色鲨鱼皮水靠,头巾却鲜红如火。

更多的绳索飞上码头,水手跳到岸上,将船牢牢系住。宽脸膛的汉子这才手腕一抖,先前扔上岸的三爪铁钩像蛇头一样昂起在空中,重重地砸在他的脚边。

众人看得清楚,那只三爪钩乃是用三角形的铁套将三个如弯月似的铁钩子套在一起,分量极重,可以投掷的距离也就更远。

这条大汉正是海钩子的首领,洄鲸湾上闻名遐迩的海匪红胡尉迟;而戴黑油斗笠者则是南山路上铁君子的首领青俏鹞,虽然是女流之辈,却以狠辣阴毒著称于下城;加上影子中的头面人物都已在此;这十来个人,个个都是厌火城呼风唤雨的角色,除非有天大的事情发生,否则不可能将他们齐聚于此。

红胡尉迟跳上岸来,一名亲随见岸上湿雾大,要给他扣上一件斗篷。红胡不耐烦地一挥手,那位随从跌跌撞撞地飞出去十来步远,斗篷就如一面招展的大旗,呼的一声飞到海里。他头都不回,大步飞跳过来,口中叫道:"情形如何?"

"府兵已经动员,从昨天到今天,抓了我们二百来人。"

"出入城门的要道都被卡住。上城里的情形还不清楚,但厌火镇军和庐人卫也不会闲着。"

"城里的生意全都停了,一天就能损失……"

他们七嘴八舌地回答,并且立刻显露出了针锋相对的火气。

"别提你的鬼生意了。妈的——停战协议已经废了。"

"……停个屁战,鹤鸟儿显然是要逼我们动手啊。"

"他正想你这样做呢——"

"想又怎么样,难道我们就此任人宰杀吗?"

"不要乱——"

他们互相争吵,如巨人的刀剑对撞,如海潮扑上堤岸,谁都不服谁,谁都不后退半步。

"不管怎么说,鹤鸟儿可是有理由这么做,昨天居然有人在我的地盘刺他。"青俏鹞一倾斗笠,露出一张白生生的俏脸。她年岁三十上下,声音微带沙哑,脸盘的骨架硬朗,眉眼儿却如紫罗兰花瓣一样鲜嫩,杀气和妩媚竟然能在这张脸上融合,见了的人无不泛起一股又甜蜜又被刺痛的感觉。说这话的时候,青俏鹞朝一个黑影瞪过去。

黑影刀的身影隐匿在雾气里,影影绰绰地看不甚清晰。他低沉地哼了一声，猛地一挥手说："老虎要吃猪，还怕找不到借口吗？你们还在梦里哩，战争早就开始了——我们这里谁也躲不掉。"

他们正在那里议论，突然一只夜枭穿破浓雾，朝他们俯冲下来，它的爪子里抓着一个竹筒，在掠过他们头顶时，嗖地扔了下来。黑影刀将竹筒接在手里，从中抽出张纸条看了看，随即将一手伸过头顶。

还在争吵的人群登时安静下来，紧盯着黑影刀手上那张小小的纸条。

黑影刀半响才摇了摇头，语气里听不出惊讶还是愤怒地道："铁爷已经不行了。"

冷飕飕的风如利刃一刀一刀地剐着下城码头上的浓雾，他们均觉得一股凉气从脚下直升起来。

"胡说！"苦龙又惊又怒地说，"我查过伤势，那一剑从第四根肋骨下刺入，左肩骨下穿出，应该是伤了左肺。若有良医，未必就会有大碍……"

黑影刀简短地用一句话灭绝了所有人的希望："大夫说剑上有毒。"

红胡尉迟怒火中烧地吼道，"好个有毒！如果铁爷没救了，在这讨论还有个屁用，我们这就聚集所有手下，杀入上城去，和羽鹤亭拼个你死我活。"

青俏鹞的话声却冷如寒冰："你急个屁，有人闯了一次祸还不够吗？海钩子当然无所谓，打不过了就出海跑路——我们的身家可全都在此。再说了，此刻我们有证据是羽鹤亭动的手吗？"

贾三也插嘴道："就算不知道刺客是谁派的，府兵镇兵都大肆行动，难道我们坐着等死吗？"

青俏鹞尖刻地道:"又是谁给了羽鹤亭借口?要不是你们影子擅自动手,能害了铁爷吗?"

黑影刀怒目而瞪:"我只恨受人拦阻,大事不成,早知如此,就该将阻拦的人一起杀掉。"

铁昆奴憋了半天,忍不住大吼一声:"好啊,铁爷既然不在了,现在厌火城到底是谁当家,那就靠投票来说了算吧!"

他从肩膀上放下铁棍,怒目横视场中诸人。

厌火城的投票方式,就是白刀见血。

青俏鹞的胳膊也是一缩,藏入斗篷里,在她手指间缠绕的那柄白刃倏地消失,就好像蓄势猛扑的猛兽会先藏起利爪。她的如水双眸仿佛一对利剪,在幢幢雾气里扫来扫去,不论扫到谁身上都是让人心中一寒。

贾三的一双眼睛则如猫头鹰的夜眼,是金子色的,在雾气里灼灼发光。

铁昆奴的火眼又明又亮,仿佛可以点燃胆敢阻挡在眼前的一切障碍。

黑影刀的眼睛则又亮又小,缩在眼窝里,如两枚针一样扎人。

红胡的眼睛眯缝着,躲藏着老谋深算的毒辣。

这四五双眼光在浓浓的雾气中相互撞来撞去,把海雾撕扯开一道又一道口子。四周的人都仿佛身陷刀光箭雨之中,不由得后退了几步。

铁爷死了,一切都乱了套,再没人可以把这几头猛虎套上缰绳。如果知道这些可怕的人如此争吵,整个厌火下城不需要攻打,就将分崩离析,变成一盘散沙。

"不要乱,不要乱,和气生财呀。"苦龙左右摇着他的胖胳膊劝阻说,"大敌当前,我们总不能自己乱了阵脚,这不是煮燕窝粥却放了鲍鱼干，串了味么？虎头，你说是不是？"

苦龙回头狠狠地给了虎头一眼色，如山的夸父大汉这才摇摇晃晃地站了起来，伸手一拨半陷入地面的斧头，两块磨盘大的石头被翻了起来，滚到了剑拔弩张的几拨人中间。

在虎头庞大身躯的阴影下，他们暂时平静下来。听苦龙说道："如果只有羽鹤亭，我们当然还可一战。可沙陀蛮要是突然出现，我们拿什么来和他们抗衡？"

他们所有人的脸上都写满烦躁不安。

黑影刀退了一步，又隐身到灰雾里，他语气阴晦地道："如今只有一个办法……"

"难道你想要和沙陀联手吗？"红胡打断了问。

青俏鹞说："蛮子比羽人还要狠毒，他们如果侵占了厌火，又有多少人头要落地？宁州之上，还会有宁日吗？"

黑影刀嗤了一声说："形势瞬息万变，各边都在瞄着厌火。动荡来时可不分你是羽人还是废民，一样头颅砍下来都是带着血的。我们手上提着刀子，能抱头自保，让人不觉得是威胁么？别做梦了！我看不论谁做大了，都会想着将我们吃下去。"

"这才是你的真心话吧。"青俏鹞尖声狂笑，"你早打定主意要投降了。"

黑影刀慢悠悠地说："反正不是杀蛮子，就是杀羽人，不是他们死，就是我们亡，这可没有宽恕可讲。我要降的，不是沙陀，而是羽人。"

各人听了他的话，突然中断了争吵。这几个巨人各自在心里琢磨，这些令城里其他人害怕的巨人们，此刻自己的脸上也都变了色。他们眼睛里的凶猛目光都暂时消失了，恢复到威严的平静中。

红胡的脸色变得非常苍白，他怒道："羽鹤亭下手刺了铁爷，怎么可与他联手?"

"哪有证据是他?"黑影刀横过眼来问,他突然借了青俏鹞的语气,倒过来反问大家,登时教他们无话可说。

"我不管那么多,只要找到杀铁爷的人。用他的血来换铁爷的命。"

用绳梯渡水,可是影子的拿手本领啊。
要这么说的话,杀人也是我们的拿手本事。

贾三冷冷地道:"那天看场子的可是海钩子的人,要问你也得问你自己。"

"你这话是什么意思?"大火熊熊地从红胡尉迟的眼眸子里烧了上来,"怀疑我是内奸吗?"

"我可没说。"贾三抱起胳膊,眯上了眼。

红胡瞪着贾三足有半炷香工夫,仿佛要用目光把他捅个透心凉,猛地里朝后一声吼:"把人都给我带上来。"

那天夜里值班的海钩子们垂首走了上来,脸也不敢抬,噗嗤噗嗤在红胡面前跪成一排。

红胡扑上去连踢带踹:"铁爷要死了,听到没有,铁爷要死了,我还有脸活吗?你们还有脸活吗?"他踢出去的脚又重又猛,但那些海钩子都跪在地上,不敢躲避。

红胡在每人身上踢了十七八脚,喘了口气说:"那天到底是谁杀了铁爷,看到什么了,全都给我报上来。一个也不许漏!"

值哨的头目被打得最狠,吐了口血出来。他强忍着以手撑地,抬头说:"我看到刺客了,踏着事前在水里系好的绳梯跑到五福巷口,后来跳上一只白骆驼跑了。"

红胡从牙缝里挤出一句:"那就给我找到城里所有乘白骆驼的人。"

他说这话的时候,站对面的贾三和铁昆奴的脸上都现出一丝奇怪的表情。

红胡虽然模样粗鲁,可细眯缝眼没漏过四周任何一举一动。他猛车转身,死盯住两人问:"怎么?"

铁昆奴摸了摸自己的头,贾三则揪着自己的下巴,他们两人均闷闷地答道:"骆驼?白色的?我刚见过一峰。"

六之丁

老河络莫铜在梦中遇见了一个大酒缸,还带着轱辘跑得飞快,他在后面紧追不舍,终于在一个死胡同里堵住了它。酒缸跑到巷子尽头,像条狗被逼入绝路时那样又跳又叫,莫铜狞笑着靠近,对它说:"看你还往哪儿逃?"

他话音未落,酒缸做困兽之斗,突然纵身一跃,白晃晃的酒如一片瀑布,朝他兜头罩了下来。

现实中的老河络也在这当头被一袋冷酒劈面浇下,登时醒了过来。

他抖动眼皮,把上面的酒水甩掉,于是一张明亮的脸庞就落入眼睛里。

"莫司空,我犯了大错,龙之息丢了。"那张脸说。

原来头天夜里,云裴蝉他们陷入老河络的机关迷宫,在里面耽搁了一夜也没走出去。后来他们在甬道里陷入胧遗和毒蜘蛛的包围之中,勇猛的南药护卫相继死去,或者变成了树人,他们口中喷出带剧毒的白色气体,顺着通道朝她扑来。

云裴蝉已经没有了退路,她猛地一低头,用斗篷罩住了自己的头脸,一阵熊熊的火光从绣着金线的红斗篷上迸射出来,形成了一个火焰披风,将云裴蝉罩在其中。那是火猊斗篷,南药城最好的郁非系术士制作的救命法器,不论是毒还是树人都不能靠近这道跳跃着凶猛火焰的屏障,但云裴蝉双手撑着斗篷,脸庞被火映得通红,她无法腾出手去进攻,只能眼看着更多的孕育着胧遗幼仔的花苞在树人的头上、指头上膨胀、成熟。更可怕的是,这件斗篷会消耗大量的空气。也许不等那些可怕的毒虫找到突破火焰的办法,她就会先窒息而死。

就在这时,甬道的尽头跳出了两个木头傀儡人,它们二话不说,朝已经生出无数须根,深深地扎入泥土中的树人扑去,巨大的寒光闪闪的铁爪,将皮肤苍白的树人绞成碎片。木头傀儡的好处就是不怕毒物。它们绿莹莹的眼睛在甬道里发着光,手挥脚拍,将能找到的胧遗和毒跳蛛全碾成了粉末。

它们来得正是时候,云裴蝉喘息着放下了斗篷,身上的铁甲已经被大火烤得发烫,头发鬈曲,满脸是汗。可是大火一收,云裴蝉就看到了木头傀儡那绿如猫眼的双目,在黑暗中一个接一个地转了过来,盯着她不放。它们同样把她当成入侵者。

窄小的通道里毫无回旋的余地。云裴蝉只能拔出双刀,咬着嘴唇迎战。木人被她砍了十七八刀,但浑若无事,就是不退。云裴蝉被压迫着向后边打边撤,明知道这样会陷入更深的迷宫之中,却没有丝毫办法,一步步地退入那个六角形的地下砖室内,眼看着室内等着的其他四名木傀儡一起举起铁钩来。

就在这时,屋顶突然破出一个大洞,砖土纷落中,穿下来一根盘卷的粗大青藤,一落地就向外舒展开更多的蛇一样的卷须,顷刻间与那些木头傀儡纠缠成一团。还有几根卷须朝她身上卷过来,但羽人身子轻捷,卷须一把没抓住她,被卷住的木傀儡的铁钩也一把没钩住她，云裴蝉借着那些盘绕的藤蔓一垫脚，飞似的穿出地室屋顶上显露出的洞口，蹿了上去。

莫铜的房间里，有两个人一见面就朝她扑来。她不愿恋战，逼开一人后，一步蹬在床头，又穿透屋顶，跳了上去。黑色瓦顶和土黄色的泥屋顶如起伏的波涛在她脚下一层层掠过。她跑了三四里地，才找了个空场子跳下来，一摸怀里，登时满心冰凉，这才发觉龙之息不见了。

云裴蝉左右寻思，只能是跳出地面时，与那两人交手时颠了出来。

被困了一夜一日，死了四个人，却功败垂成，云裴蝉气得几乎把银牙咬碎，拔刀将眼前的一丛矮树砍为齑粉，云裴蝉想，要找回石头，非得靠莫司空不可，待要硬着头皮回去找莫铜，却发觉自己也迷了路。

在城中迷宫一样的道路里摸了将近半个晚上，云裴蝉才重新找回莫铜的住处，她小心翼翼地探头往院子里看时，只见满目狼藉，院子角落的大树半倒在地上，露出十来条假根，几间木屋楹柱半塌，两个木头傀儡半埋在土里，半探着头，怎么也挣扎不出。其他傀儡只怕还被埋在下面的迷宫里。

她在屋顶上看到的那条原先长满院子的大青藤竟然不见了，只留下满地崩陷的大洞。院子被糟蹋成如此模样，机关只怕全都被废了。

她跳上正屋的屋顶，还在担心莫铜的安全，却听到呼噜声大作，原来老河络还躺在原地呼呼大睡，于是在地上找到一袋子酒水，将他浇醒。

莫铜听了云裴蝉对那两个人的相貌形容，不由得恼恨地揪起了自己的胡子。

"终年打雁,却叫雁叨了眼,我只道这个姓辛的家伙成不了大气候,对他始终没下狠手,没料到最终是栽到了他手里。唉,大意了,大意了。"

云裴蝉也狠狠地说:"我要知道这两个小贼往哪里去了,定然将他们抓住碎尸万段。"

莫铜朝她吹起了胡子:"你才是笑嘻嘻的小贼,居然敢对你莫叔叔耍心眼……"

云裴蝉按住他的肩膀撒娇说:"抢回石头,侄女给你慢慢赔罪。看在我爸的面上,你可不能对我生气。"

莫铜长叹了一口气,揪着胡子说:"我帮你,不过这次,你可不能不告而取,也不许给再我灌酒了,尤其不许往我脸上泼酒。"

云裴蝉眨巴了一下眼睛,忍住笑,垂下眼帘说:"不敢了。这次我全听你的。"

"不敢了,哼哼,这天下还有你不敢的事吗?"

云裴蝉连忙岔开话题:"这城就跟个大迷宫一样,我们怎么找啊?"

"问它们就行。"老河络随手往边上一指。

云裴蝉顺着他的手指看去,却是墙根前半埋着的木头傀儡。

"我的木头人和普通的傀儡可不一样,"莫铜带着几分得意说,"它们的力量来自龙之息剥下的微小碎片,所以力大持久,而星流石的碎片总是相互吸引的,虽然这么远我们感觉不到了,它们却自会知道怎么找到石头。"

他一边说一边走到被埋住的傀儡身前,俯身看着它心疼地说:"木之丁,怎么搞成这个样子,脏死了。不如先洗个澡……"

云裴蝉狠狠地跺了跺脚,莫铜只好说:"算了,时机紧急,回头再来给你们洗吧。"

木之甲扭了扭尚且能转动的脖子，望着主人，呆呆地不动了。

他们两人七手八脚地将它挖了出来。莫铜草草修理了一下，让它动了起来，这下就容易了，力大无比的木头人三下五除二，就将土木下埋着的木之甲、木之乙直至木之己全都放了出来。

老河络爬到木之甲身上，又调整了大半天，取个注油壶在它各关节上都加了点油，随后在它背上猛拍一记，大喊一声："木之甲，找去。"

云裴蝉的眼睛一动不动地注视着它。

只见那名傀儡人，摇摇晃晃地抬起身子，头向四处乱转，犹疑了一下，随即坚定地朝着南山路天香阁的方向迈出了步子。

六之戊

羽鹤亭的府邸宛如一座内城，四墙高厚，转角上都设有角楼，大中门起始，皆重檐高阁，形体华美。

羽人崇尚高楼，而格天阁则是厌火城中最高最华美的楼阁，它分为前后两部，前面朝南是间重檐歇山九间殿，高七丈八尺六寸，阔十有四丈二尺七寸，深七丈九尺五寸，正面一列外檐柱均用石料琢成，雕着盘龙，为三百年前的遗物。这间大殿只在极隆重盛大的典礼中敞开自己的大门，其余时间则为流转低吟的风所独占。

北部重檐十字脊顶的高楼紧贴前殿而立，其下高高的廊庑连绵而出，更有无数复杂的避道、吊桥、楼梯蕴藏其中。这座楼精巧之极，外面看着是四层，内中却是六层，其间暗室、藏兵房数不胜数，其高度和面积仅次于青都王宫的大成阁。在六层的高楼上，树着高高的白顶，在晴天里如银子铸成的那样闪着亮光，在厌火城外十里地外就能遥遥看到。在最高的银顶檐下，挂着一副巨大的匾额，上面书着："一德格天"四个大字。

羽鹤亭如果在阁内。那么在高阁前沿的月台上，不论寒暑风雨暴晒，都能见到鬼脸如同一尊永恒的雕像按剑而立。除了这个忠诚的卫士外，格天阁两侧还有四层高的东西台，如同卫兵拱卫。它们以吊桥与主阁相连，每台驻守二百庐人卫。

羽裳一到羽府，就与羽鹤亭分了开来。她被几名侍女送到了格天阁紧挨着银顶的次高一层里。这里有一座凸出高台的偏殿，深深的屋檐长长地伸向空中——形如一只张开翅膀的巨鸟，双爪紧抓住阁身，却将长长的颈子伸向空中。

这间偏殿的窗户虽小却很密集，将阳光切割成无数碎片投射进屋子，投射在十二根合抱的柱子边上各摆放着的铜猴子上。那些铜猴子端坐在一根虬曲的松枝上，神态顽皮，毛发毕现，惟妙惟肖。原来却是个小熏炉，松枝下藏有薰香，十二股淡淡的香烟正从猴子的嘴里氤氲而出。

朝南的一排花格门是开着的，浩大的风从海上吹来，四角的檐上挂着的成串铜风铃就和着风声叮叮当当地响了起来。侍女将她送到此处后，就都退走了，四周都无人影，羽裳被那铃声所吸引，慢慢地向前走出了花格门，她第一眼看到的是一排拱月梁下的妙音鸟木雕，她们上半身是人下半身是鸟，各持乐器，做着弹奏和歌唱的样子，自由自在地飞翔在风卷动着的波纹里。

门外是一个很大的悬在半空的平台，乌木栏杆边上矗立着令人惊叹的青铜雕像。那是按照羽人独有的十二星辰传说塑造的拟人化神像，也即传说中的十二武神。每尊铜像高有三丈，其中三位是女性装束，他们身披战甲，各自摆出战斗姿势，二十四双眼睛在夏日炽热的阳光下灼灼发光。羽裳望着背景上流动的云，仿佛看到这些神像在飞动，在永恒的时间里飞动。他们的名字和各自的勇武事迹，都已经随风飘散在广袤的宁州天下了。

她抬头向上，就又看到了格天阁高高在上的银顶子。阳光是那么的刺目，使得格天阁那带着优雅曲线的屋顶失去了所有的细部，它闪闪发亮，带着完整而精致的形态，各个角落都在闪烁着。

与银顶比起来，层层叠叠的屋檐仿佛隐没在黑暗中，如同无数展翅欲飞的鸟，将格天阁高高托起，好像顷刻间就要飞走。

这里见到的每一个景象都令羽裳惊叹，她毕竟只是一名从被繁华浮世所抛弃的乡村来的小女孩。她大张着眼睛，一步一步地走到栏杆边，从这高高飘浮在厌火城之上的平台望下去。

在她脚下展现出的是整座城市。

鳞次栉比的白色上城中竖立着无数高塔，层层的飞檐带着叮当的风铃。在它们身后，她可看到层叠的青葱群山，如少女般妖娆窈窕，在这黛青色的衬托下，更显得纯白的上城在阳光下如玻璃一样脆弱。

"喜欢厌火城吗？"羽鹤亭在他身后说。

羽裳惊讶地一跳，转过身来。她看到羽鹤亭就站在她的身后，影子倒映在乌黑漆亮的地面上，如同一个虚幻的影像。他声音里略显疲惫地说："为了维持这幅景象，为了它的完美永恒，我耗尽了心力。我是为了厌火而生的，却没有多少人理解我。"

羽鹤亭相貌古雅，温和又庄重，几乎是无时无刻都在微笑着。他低垂的白眉毛下，压着一双锐利的眼睛。

在这座外人无法临近的高阁上，他说话和在外面的神态完全不同。他和蔼可亲地眯着双眼，望着远处，声音略带点鼻音。这很难不让人对他生出某种亲近感。

羽裳鼓足勇气说："我喜欢。"

她说："它看似坚固，却终将毁灭。可是这样很好，因为有生又有死的东西，才拥有生命，它们才会是真正美的东西。"

羽鹤亭露出了一副惊讶的目光，他沉吟着说："这话说得和她真像。"

"她是谁？"羽裳大胆地问。

羽鹤亭不回答，却叹道："唉。你长得可和她真像。"

他用两根细长优雅的手指轻轻扶起了她的下巴。羽裳颤抖着闭上眼睛。

羽鹤亭感觉到了手指上传来的微微抵抗的意思，不禁哈哈一笑："你放心，我羽鹤亭岂是那样的人。总要到了你喜欢的时候，我才会做。"

"你的同伴，我已经派人去与茶钥说了，只要见到即刻放人。那张弓我也交代他们还给你的同伴了。"

羽裳闭着眼，只有眼睫毛不停地颤动。她轻声说："让他不要再来找我。"

"他不会再来找你的。"羽鹤亭理解地点了点头，露出一丝若有若无的微笑。

他俯身在她耳边说："最近我有许多事要忙，在这之前，你就先跟随雨羡夫人住一阵子吧。她是银武弓王的长公主，在我这里，已经住了三十二年了。"

楼梯上已经传来了数人行走的脚步声，正从最高一层的银顶上走下来。有人在外面通报说："夫人来了。"

"哦，这么快。"羽鹤亭脸上微现讶色，一抖袖子，遮住自己的脸，匆匆而出，竟然是不愿意见她。这时通往楼梯的门正好被推开，四五名侍女簇拥着一名衣饰雍容的羽族贵妇走了进来，那贵妇面如满月，虽然年岁已大，行动举止中却自然而然地带着华贵之相。

如果雨羡夫人是银武弓王的女儿，那么就是当今王上的姑姑，血统高贵，但听羽鹤亭的口气，她虽然居住在此，却不是他的正妻。而他不愿见她的面，那更是大不敬。但那雨羡夫人站在门口，也不以为忤，反而低下头去，任由城主举着袖子擦过她身边，匆匆下楼。

羽裳站在平台上，最后望了下面一眼，她正看到格局森严的羽府，从外到内，一层层门在次第打开，如同花朵绽放。

原来是庐人卫的一名武士赶到阁下，从烈马身上跳下来，气还没喘匀，就向高台上报告说："那个骑白骆驼的人，已经找到了。"

月台上的鬼脸趋前一步，问："在哪？"

"有人看见他走入了天香阁。"

鬼脸微微一愣，道："快速动手，给我杀了。"

高台上却飘下一个声音。"且慢。"

鬼脸听出那是羽大人的声音，他退了一步按剑等候。

羽鹤亭慢慢走下楼来，到了月台上，道："我们的人不要掺和进去。若是露了马脚，沙陀怎会干休。那昨晚上去雷池的那人再去一次吧。"

鬼脸不动声色地点了点头。

此刻，厌火下城割脸街的府兵驻处内，也正有一名传令兵上气不接下气地闯入门内，告道："在天香阁看到了一峰白骆驼，怕就是辛老二提到的那头。"

"哦，天香阁？"龙不二把每个字都在嘴里绕了一圈，才重新吐出来。

龙柱尊历来是个责任心重的人，他转着圈地想：羽大人交代下来的事，可不能出差池。辛老二办事不够利索，我早晚要敲了他。既然和铁问舟已经公开翻了脸，也不用保密了。这事，我看还得亲自去办。

此外，他也想到了天香阁中那些如花似玉的女人。他想：这可是个美差啊，我还从没顶盔贯甲，提着我的宝贝大斧闯进去过呢。那副模样威风凛凛，可不是寻常人等可以看见的。自古美人爱英雄，那些女人见他如此英雄了得，当即以身相许，也不可知。

龙柱尊幻想着那些女人拥挤在后排小楼的栏杆边冲他招手，乱糟糟地喊：不二，快来时，脸都羞得红了。

他抬起头来，正好和跪在地上禀报消息的兵丁对撞了一眼，龙不二见那兵丁神色古怪，不由得威猛地咳嗽了一声，怒喝道："看什么看，还不快去传我将令，点起兵马来，和老爷我拿人犯去。妈的，记住喽，都给我把鞋擦亮，把头盔顶正了，咱们得军容整齐地开过去，谁丢了我的脸，可别怪我刀下无情！"

与此同时，下城所有的影子们也在忙碌。这其中，最繁忙的还是他们的大本营码头区。

虽然经过了府兵的清洗，这一天这儿簇拥着的影子们却比任何一天都要多。

他们三五成群地簇拥在一起低语着什么。整个广场就如同一个打翻了的马蜂窝，到处都是可怕的嗡嗡声。所有的人都在腰上或者肩头上亮着随身携带的各种奇形兵刃，有干草叉子、双刃斧、大镰刀、劈柴砍刀、杀猪刀、鱼叉等等，更多的武器，短刀、长矛钩勾戟、长剑、大弓、短弩、金瓜锤、狼牙棒还有整套的铠甲、大号盾牌、小圆盾，正在从码头上被翻过来的七八条渔船下被流水般搬出来，小山一样堆放在地上。

每座小山边都簇拥着一大群影子，他们就在其中挑挑拣拣，选出称手的兵器武装着自己，挑出大小合适的盔甲套在身上。他们高竖起手里的武器，码头上以及周围的十多条扭曲的巷子里就如同平地上冒起了一片密集的金属森林。

影者的公开武装,有史以来不过是第二次。上一次是在三十年前,武装起来的影者甚至打败了可怕的蛮族大军。这一次他们又将为自己的荣誉而战。

黑影刀高高地蹲坐在船头上,低头看着脚下这支慢慢显露峥嵘、越来越可怕的军队。他知道前一天的搜捕,以及铁爷的遇刺,已经把这支军队的怒火彻底挑拨了起来。

只要行动起来,只要一点巧妙的引导,他将带给他们战斗,以及胜利。这一股动员起来的力量,如同火山喷出的熔岩洪流。黑影刀深信它将会带着影子们走向连影子们自己都无法控制和把握的方向——但是他能控制。黑影刀充满自信地想。一切都在他的掌握中。

他并不想仅仅依靠一个简单的盟约就将自己的命运与羽鹤亭绑在一起。他长长地伸出了自己的触手,和各方势力都保持着接触。

他对贾三说:"别管其他几家怎么想的,我们自己得准备好。"

贾三那时候正在场子里走来走去,监督着武器的发放。贾三是个直肠子,说什么信什么,但他还是不完全信任这个魁梧汉子。

龙印妄来过码头与他会面。黑影刀要让茶钥家也亲眼看看自己所拥有的力量,他当然知道贾三的鼻子比狗还灵。为了掩饰陌生人的气息,他带着路上碰到的小孩子进场。

说到底,黑影刀谁也不相信,不论是茶钥家来联络的龙印妄,还是亲自与他密谈的羽鹤亭。沙陀答应派人来与他接洽,只是他还没有碰到那位来使。

这一切都没有关系了。他想。只有完全显示出自己的力量之后,他才有价码去和上城,或则沙陀,讨价还价。

自然,在完全控制这股力量之前,他必须除去一个隐患——那个看见了他和羽鹤亭密谈的小姑娘。他高坐在翻转的船底宝座上,对身边站着的几名精锐影者下令:"给我把话传到城里每个地方,找到那个小姑娘,且格杀勿论。"

六之己

就在厌火城中众多人格外忙乱的那一夜里,厌火城西边的那破碎的山岭沟壑也同样不宁静。

到处都有一股一股的武装骑者,大股的上千人,小队的几百人,络绎不绝,在向东进发。

他们衣着简陋,面目狰狞,大部分裹着不合时令的破烂皮袄,也有不少人穿着不合体的羽人衣袍,他们撕去上面花哨的装饰和缨穗,将华贵的绸缎变成腌臜油腻的猎袍。他们背着弓箭,挎着长刀,马屁股上架着笨重的斧头和狼牙棒;他们骑着个头矮小的马,牵着骆驼,捆扎起来的长矛和毡包在牲口的背上晃动。他们没有旗号也没有统一的服色,可他们不是商旅,因为他们全都小心翼翼地避开了登天道,在沟渠和危险的悬崖小路上跋涉前进。

宁州西部的崇山峻岭间,覆盖着密集的纵横交错在一起的七片森林。

这些森林在上千万年的时间里始终矗立在这片青白相间的大陆上,或者蔓延,或者退缩。

暗青色的暴风之林从鹰翔山脉一直延伸到北部莽莽的冰原,羽人银王朝的始祖银者空王曾经在这里带领大军向冰雪之神挑战;翼望之林沿月亮河向东俯冲到青都的舆图山,在它的腹部曾爆发过惨烈的鹤雪之战;碧瑶之林中则耸立着高大的通天神木,它是王族神圣的世代领地;总是飘着淡蓝色雾气的莽浮之林胁裹着青都直到洄鲸湾上大大小小上百座密林,它是爱情的凄楚坟墓,这里的林中深潭埋葬着无数在寻觅爱情中倒下的武士,在它最隐秘的地方,生长着神秘的蓝媚草；银森林是螣蛇的天下，据说这种爬虫与龙有着极近的血缘，它们可以乘雾而飞；黑森林则据说是神秘的虎蛟居住地，贸然而入的人有去无回，罔象林不过是这个迷幻林地向南伸出去的一根小尾巴；在这两片森林里都埋藏着无数财宝，自然还有密布的怪兽、精灵、毒雾和沼泽；还有维玉之林，这是宁州最西南角的唯一一片森林，也是最破碎的森林，它与黑森林南北夹着登天道，曾让风铁骑的骑兵在其中躲避，也目睹了十万蛮族大军的最后崩溃。

无论哪一座森林，全都拥有遮天蔽日的枝丫和茂密的浓叶，树底下是荆棘和灌木、针茴蓿和羊齿草，还有厚厚的苔藓。走入这样的森林里，看不见人的踪迹，听不见人的声音。

不仅有大片的森林，森林和森林之间还有小片的树林，小树林连接起来，如同地上纵横的绿线，再加上那些连绵横贯的沟峪、冲沟、峡谷，所有这些都是一张铺在地上的巨大无比的罗网。

如果说厌火城乱麻一样的街巷算是个庞大迷宫的话，那么宁州的森林就是迷宫外的迷宫，它以自己的庞大来藏纳空间和时间，是一座大得不可想象的，可以容纳数百年和上百万人战争的迷宫。羽人曾经来自于这些森林，如今还有广大村落隐藏在这样的森林里，自给自足，自生自灭。城市里的羽人、那些讲究礼仪的人、那些崇尚繁琐奢靡生活的人，那些动作缓慢高雅的羽人已经逐渐忘却了他们祖先的生活方式，他们放弃了森林，铸造起高耸的城墙和堡垒，如今反而是蛮族人混入了这些丛林，把它们当成了自己的堡垒和要塞。

三十年前的灭云关之战，四散逃走的蛮族人，总有七八万人，他们成了流浪武士或者盗贼。尤其宁西的十万丛山，更是成了他们的巢穴。宁州王室内乱，也无法一举将其荡平。这些远离瀚州老家，失去了草原的蛮族人，就此在宁州茂密的森林里游游荡荡，四处掠劫。

为了适应丛林中的生活,他们许多人换下长刀改用长矛和刺剑。他们是些奇怪的、凶猛的和从不留活口的战士。他们憎恨城镇和居民村,一旦发现这样的地点,他们就如豺狼一样猛扑上去,如果能夺取下来,他们往往会把这些漂亮的建筑付之一炬。他们喜爱血一样红的大火。

他们一会儿从密不透风的树丛中冲出来,一会儿又水一样四散,被沙子吸收得干净;他们像咆哮的巨狮一样出现,又像隐身的席蛇一样消失。

他们安静地行军,连一片草叶也不会惊动,在冲向敌人的时候却发出可怕的巨魔咆哮。

他们从不费心去排兵布阵,一阵风一样骑在马上冲出,受到挫折就乱纷纷地掉头逃跑。

偶尔他们中间也有将领带领,那时候他们就习惯性地围绕成一个新月形,发动闪电那样的袭击、歼灭、烧杀或者转身逃跑。

萨满在他们中间受着无限的尊崇,在任何地方任何时候,他们遇到某个合萨,就会在箭雨中跪下来,接受完萨满的祝福,直到结束后活着的人站起来继续往前冲过去。

他们的衣服破烂不堪,身上套着的是皮袄和抢来的不合身的衣服。他们不像羽人靠华丽的外饰和衣服辨别身份,权势的高下由他们之间的眼神决定。

他们把森林里出现的猛兽——狼或者老虎当成自己的朋友。如果战斗中,山脊上出现了一只狼的身影,他们就狂呼大叫,认为自己已经取得了胜利,不要命地冒着如雨般的矢石向前猛冲。

他们抓到在战斗中转身逃跑的羽人,就会把他们挂在树上,喂给乌鸦和其他的鸟。他们敬重那些拿着旗子死在当面的敌人。他们倒会挖个坑把这样的人埋了，不过反正都要死。

他们像鲨鱼一样喜欢流血，像驰狼一样喜欢屠杀。吊死那些鸟人对他们来说是件快事。他们把抓到的羽人挨个在树上吊死，只剩下很少的女人做他们的奴仆。

他们从不宽恕，也不指望敌人宽恕。在他们中间，女人也要为自己战斗。最初的女子是带过来的，后来又生出了第二代，还有许多抢来的女奴隶。

在漫长的岁月里，老的匪徒死去，新一代的强盗又成长了起来。这些新生的蛮人从来没有见过浩瀚的草原，但在老人们交谈的耳濡目染中，他们同样对那个遥不可及的西边圣地心生向往。

他们向往着在广阔的一望无垠的天空下奔驰，他们期望看到地平线上缓缓起伏的草坡，他们期望看到天空上飘浮着的大朵的云。但现在他们的头发上长满绿色的苔藓，他们的头发里总掺杂着荆棘刺和鸟羽、苍耳，他们的马又瘦又小，跑得小心翼翼，总害怕撞到树上，他们看到的是树叶子间漏出来的破碎天空。

他们遥想着月亮山脉以西的那个广阔的草原，梦想着有一刻回到那块地方，他们做梦都在无垠的草原上驰骋。

但是，他们来自草原上不同的部落，他们都有各自的祖先，有的是熊，有的是狼。

他们像九头鸟一样相互咬个不停，争斗平息的时候，他们身上都带着对方的血，明亮的眼睛在乱毛下盯着对方，如同刀子。他们就不可能站在一起为了这个共同的梦想而战斗。

也只有沙陀药叉，这个传说中的可怕蛮人，才可能把这些散沙一样的野蛮人聚集到一起，聚集成沙陀蛮，聚集为一股可怕的洪流。他们从四面八方而来，如同沙砾汇集到沙漠，如同水滴汇集到大海，如同微不足道的小蚂蚁汇集成铺天盖地的军蚁灾祸，在太阳升起之前,这些有着鬈曲的黑头发的蛮人们,耳朵上晃动着巨大的铜耳环的蛮人们,汇集成了浩浩荡荡的四万沙陀大军,突然出现在厌火城脚下。

日出的时候,沙陀蛮的大君沙陀药叉已经阴沉着脸坐在骆驼背上,俯瞰着厌火城上城那白色的城墙和无数尖顶的塔楼,在它们后面,海雾笼罩的低地上,则是灰暗的平屋顶组成的下城,它们像是被踹平的蚁窝,满布混乱细密的蚁道,顺着缓坡向下延伸,一直俯冲到深灰蓝色的海边。厌火城它北依三寐平原,南临泗鲸湾,东连羽妖高地,西接勾弋山,自古便是可攻可守可战的三战之地,号称"宁州锁钥",蛮族人要纵马宁州,这座城池就是必夺之地。在厌火城的白色城池之下,也不知掩埋了多少蛮族人的英雄。

此刻不论极目城外的任何地方,都有一列列的黑线,蜿蜒盘绕,如同肮脏的绳子组成一副巨大的套索,将白色的干净的厌火城套进圈套中。

除了那些列开阵势的武士,还有更多的蛮人在建立营地,挖设壕沟,忙乱地准备攻城的器械。巨大的云杉木接起来的云梯、飞梯、单梢炮、尖头木驴,所有蛮人们能掌握的攻城器械,沙陀人都带来了。

这正是沙陀药叉行事的原则,不能把一切都指望着羽鹤亭那只老狐狸。只有刀子顶着对方的咽喉签订下的盟约才是有效的盟约。

沙陀药叉冷着脸看着手下忙碌这一切,一面转过头对身后一名羽人使者说:"你可以回去了,到城里去传我的口信吧,告诉你家主人,如果明日正午前还见不到星流石,我就开始攻城。"

第七章 狭路逢

七之甲

夏日的凶悍阳光终于突破了正在破碎的雨云,千军万马一样猛扑下来。

这是第三天早晨。

一夜的暴雨没有冲刷走半分暑气,四面歪扭的房子落下的依旧是发蓝的短小影子。早起的居民在遍布积水的街道上,又看到熟悉的白亮亮的斑点到处晃动,于是长叹声委然落地:"又是一个大热天。"

突然之间,从城墙上四处传来的可怕号角声如同怪兽跃上天空,蓦地撕破了厌火城炎热的寂静。它们回荡在四面八方,潮水一样相互挤撞,响彻厌火城的上空。

在被这号角声吵醒前,鹿舞正蜷缩在十几捆稻禾铺成的软床上呼呼地睡懒觉。她睡觉的地方又窄小又黑暗,还摇摇晃晃的,却可以俯瞰大半下城和大片晶莹海面。那不是一个家,而是处在座半倒塌的城楼顶上。

厌火城的形状就如一条弯腰跃起的鲤鱼,弓起的脊背向着陆地,柔软的腹部则朝向大海。鱼脊背上有一连串的七座城门,各自连接着通衢大道。下城的旧城墙原来不但包围着鱼脊背,还蜿蜒着爬过大半个海岬,保护着厌火朝向大海的一面。

这一段城墙代表着厌火城抵御澜州海盗的过去,但一百多年来形势易变,轮到东陆各港口对着日益强大的羽人舰队和海盗而岌岌自危。

羽人们修建起来的这条面对大海的城墙,也就失去了作用。

它先是被燕雀和海鸥所占领,随后又变成了无翼民们的矮墙和猪栏石,在一百多年的岁月里倒塌了大半,只余下十余栋半倒塌的箭楼和几座城门楼子,对着空阔的大海,做着最后的虚伪的恫吓。

鹿舞翻身而起,车转头听了听这如泣如诉咬进每一个人头皮里的号角声,撇了撇嘴。

她利索地跳起身来,换了件浅葱绿色的短上衫,扎上一幅漂亮的茶色宽幅缎子腰带,梳洗打扮干净,猛然间听到一阵轻微的咕咕声。原来半塌的屋顶破洞——那就是她的窗户——外落了只小白鸟,只有拳头大小,爪子是红色的,套着个银环,正在探头探脑地往屋子里看着。

鹿舞看完鸟儿传来的密信,随手一搓,那张纸就化成了一缕青烟消失在她的手指间。

她歪着头想了想,嘴角边浮出一丝笑来。

"该出发了!"她高喊道,一道烟似的冲下楼梯。

随后噔噔噔地又冲了上来。

"开饭啦!"她对着床下喊。

一只大黄猫喵地叫了一声,还没完全醒来,就蒙头蒙脑地从稻草堆里冲了出来，跌跌撞撞地朝摆放食盆的门后冲去。还没等它冲到位置，已经机灵地发现那盆子里空空如也。它不满地哼了一声，拼命地煞住脚步，夹起尾巴又想往回窜，被鹿舞一把揪住耳朵给拽住了。

"喂，又往哪儿跑？跟你说话呢。总不想醒，这样多不乖，偶尔也要干点正事呀……"

阿黄眼看跑不开鹿舞的一通数落，哼哼了一声，将头转了开去。阿黄的鼻子有点塌，这让它不想理人的时候，就显露出一副跩跩的样子。

鹿舞偏要把它的头拨回来，对着它的眼睛说话："下次我喊出发了，你就要立刻跟上，听到了没有……看你这副懒样子，怎么出来跟我混江湖。眼睛干吗眯眯的，是不是昨夜里没睡好，是不是又出门追隔壁的小白去了，说了多少次了，你和它们不一样，路边的野猫不要惹……"

阿黄懒得争辩，只是努力把眼睛闪开，把全部精力都转到窗台上还没离去的那只红爪白鸟身上。

"今天我心情不错，就放过了你。"鹿舞松手放开阿黄的脖子，原地跳了个圈，一边跳着自编的舞一边唱：

"大骆驼呀，饿得慌，

想吃兔肉萝卜汤。

兔子关在萝卜筐，

萝卜兔子丢光光。

喂——阿黄啊，我们又要去见大骆驼了，你想不想去找它？今天可有场热闹好看呢，你跟不跟我去？"

阿黄对这丫头熟悉得很，知道她虽然是询问的语气，却没有商量的余地，虽然比起白骆驼来，它对白色的鸟更感兴趣，但也只能无可奈何地抹了抹胡子，跟着她冲下又陡又直的楼梯。

楼梯尽头的门还关着，可这丝毫阻碍不了鹿舞的速度，她大喝一声，一脚把门踢开，和着那只黄猫一起，冲入外面白得耀眼的一片阳光里去了。

厌火城里的人以各种方式来应对城墙上传来的警报。总的来说，街道上闲荡的人一眨眼间就全消失了。下城各帮派和各处大营的府兵们则手忙脚乱地集结起来，涌上下城的城墙。

按照铁爷与羽鹤亭的协议，他手下各帮派日常不能佩带长过小臂的刀子或其他开刃的家伙，不能二十人以上公然聚众酗酒，此外还有其他条款二十多道，若有战事，这一切禁制则都作废。帮派中不分男女老幼，都要武装起来，与府兵协同守卫这七座城门和十七里长的城墙。

虽然那些帮众或明或暗中对这一套禁制不感兴趣，但毕竟不能太过明目张胆地破坏协议，所以前天夜里，被府兵们追得鸡飞狗跳的，吃了不少亏，今天在城墙上碰了面，大家手上都拿了家伙，可就谁也不怵谁。两家里相互间磕磕碰碰，怒目而视，吐口水，骂他娘，也就不在话下了。

不提城墙上的热闹景象，却说铁昆奴受命带了数名好手直奔天香阁。南山路本是铁昆奴的地盘，他来领头那是再恰当不过了。

南山路上此时门户紧闭，只余下那些灯笼招牌，在空荡荡的风里飘荡。

虎头块头太大，出现在南山路上未免惹人耳目，太过招摇。铁昆奴便让他赶到了天香阁的后墙守着，几名影者门外逡巡放哨，自己叫开正门，带着数名见过白骆驼的海钩子冲入院子。

他脚不沾地地扑上楼去，腾腾的脚步声在楼板上响了一圈，随即又脸色铁青地飙下楼来，开了后门，对后门外守候的虎头摇了摇头："两人都不在。"

汗水浮现在铁昆奴的光头上，让它更是光可鉴人。他找了名小厮揪住问："露陌姑娘上哪去了？"

这两天天香阁出的事多，那小厮已如惊弓之鸟，慌里慌张地道："一大早的，和屋里的客人匆匆出了门，不知道上哪了。"

铁昆奴一放手，小厮吱溜一声跑开，不知找什么地方去躲起来了。

"莫非是跑了？"铁昆奴自言自语地问。

"——让我进去找找。"虎头在后门外叫道。他努力地想穿过后花园的门钻进来，但那后院子的偏门能有多大？虎头一使劲，只挤进去半个肩膀。铁昆奴拉住了他一条膀子帮他使了会儿劲，于是虎头又喊："让我出去——"

这大块头已经如一片山卡在门里，前进不得，后退不能，再也动弹不了了。

一名海钩子在西面的马厩里突然叫了起来："找到了，在这里。"

铁昆奴知道那小子功夫不错，几名海钩子未必是他对手，当即扔下虎头，朝马厩赶去，赶到了一看，海钩子指的却是马厩边上拴着的那匹白骆驼。

骆驼还在，人只怕不会跑远。铁昆奴心想，于是松了口气。

一名海钩子上前抓住缰绳，将它拖到跟前来细看。他们纷纷说："这等毛色……腿高身长，像是瀚州的种，不会认错的。"

"行李还在，人跑不了的，总得回来……"

那匹骆驼正是白果皮，本来和廊里的马抢夺草料，大获全胜中，突然被一圈陌生人拖出来评头论足，不由得老大不高兴，愤怒地瞪着这几条大汉，开始在口中蓄积口水，就要发作。

铁昆奴看那鞍子、流苏的样式都是瀚州草原上的风格，心想：瀚州蛮人怎么能千里迢迢来杀铁爷，露陌又为何要将他带走？她真是认识他吗？这里头只怕有许多他们不明白的事呢。

就在这当口，突然听到外面的街上传来影子学的三声芦鸟儿叫，知道事情有变，未及打算，天香阁的前门已经被踢开，数十名手持长枪的府兵冲了进来，领头大汉头上一顶黄铜盔擦得锃亮晃眼，龙踞虎步地大步踏入院中，不是龙柱尊又是谁。

却说龙不二带着一营兵丁，气势汹汹地闯进天香阁的院子里，一眼看到了那峰大白骆驼。他哈哈哈仰天狂笑三声，做出一副成竹在胸的模样（这些都是做给潜在的女性观众看的），唰的一声抖开手中令旗，一手指定白骆驼，一边大声喝道："羽大人的事，闲杂人等快快闪开，否则莫怪我龙大人斧下无情。"

海钩子和铁昆奴看到朝骆驼围过来的人身着府兵服色，本来就心中咯噔一响，听到龙不二亲口承认这是羽大人的事，都又惊又怒地啊了一声：原来羽鹤亭果然和刺客有牵连。

尤其是几名海钩子，身为当值护卫，却让铁爷在眼前遇刺，连累自己帮派受了无穷羞辱。龙不二的话就如火上浇油，让他们胸中怒火猛然冲上头顶。

牵着白骆驼的海钩子放开缰绳，抽出后腰上掖着的峨眉水刺扑上去，口中喝道："先杀了你，再找正主儿。"

龙不二本来以为自己这一声威风凛凛的呼喝能震住在场的所有人，冷不防却有人正面朝他扑来。他愕然心惊，放眼看去，却不认识。

"不是那傻大个？"他兀自不愿轻易放弃自己的想法，心道这几个人定然是那愣小子的帮手，当即后退一步，斜身摘下身上的长柄斧，大喝："小的们给我上，抓活的。"

那些府兵平日里凶横惯了，此刻见对方人少，更是如一股黑压压的老鸹，争先恐后吵吵嚷嚷地一拥而上。

却见对面光着头的一条大汉喊了声"来得好"，甩去上衣，露出一身锦绣似的漂亮刺青，跳入人群里，一根短铁棍如山影一样盖将下来。

龙不二吃了一惊，看那条大汉却是认识的。

他横持长斧，怒道："铁昆奴，你反了么？"

铁昆奴本来不爱讲话，也不答腔，左手张开晃一晃，倏地捏成拳打在一名兵丁脸上，登时十来颗碎牙飞上天空，右手反手一棍，抽在另一人护心镜上，将那面铜镜砸得四分五裂，士兵如同稻草捆一样飞起，朝龙不二猛撞过去。

"真的反反反真的反了。"龙柱尊气得口齿不清地哇哇乱叫，将那名飞人一把捋开，口中大声喝令，指挥手下将反贼左右团团围住。

铁昆奴咬了牙在人堆里穿行，这可是真正的战阵厮杀，不同于日常的街头打斗，招招都杀人见血。

他的短铁棍在手中爆发出可怕的火花，那火花是铁棍敲击在头盔、铁甲、大刀上激荡出来的，随着这些撞击，脑浆迸射，骨头断裂，破碎的刀枪四散飞射，一股股的血柱喷上天空。

突然吭啷一声巨响，铁昆奴手上一震，短铁棍上传来的振动直达丹田。

"好功夫。"铁昆奴冷冷地喝道，已和龙不二错肩而过。

龙柱尊虽然是个粗人，但久经战阵，经验丰富。他一面眼观战况，一边暗自呼吸，数了不到十下，第一拨围上去的十来个府兵弟兄已经倒下了一半，虽然自认勇武，也不由得暗叹，铁昆奴号称南山路上第一条好汉，名不虚传。

龙柱尊按着长斧,冷眼看着场中战况,看准了铁昆奴一棍劈出,旧力已衰,新力未生的时刻,这才嘿哟一声喊,两膀叫力,长斧一探,兜头朝他后脑劈下。

龙柱尊这一加入战团,立刻显出那柄长斧的威力惊人,四下如同旋风吹扫,柱倒廊塌。四周兵丁要不是被铁昆奴压得吃不过劲来,定都要大声鼓掌欢呼。

茶匙公子起身时,只觉得脑袋像是被驴蹄子踢过,又沉又痛。

他闷闷不乐地感叹说:"虽说这边的娘儿们有劲,可服务却是一团糟。无翼民毕竟小家子气,哪像我们茶钥,总是焰火冲天!总是灯火辉煌!跳舞要跳到天亮,酒如山泉任意饮用!唉——凑合吧,小地方嘛。小四,你说什么呢?别支支吾吾的,大点声,再大点声,什么?有悍匪在隔壁?你,你你,怎么不早说,呸,如此大声,惊动了悍匪怎么办?还不快去找人——"

又吁了口气:"我们的人都到齐了?做得好,小四,回头给你升官。龙将军也带人杀到了?好好好,妈的,那有什么好怕的,大伙儿跟我冲,把我的盔甲拿来,公子我要亲自出征,别拦我,小小虫豸,能成什么气候,本公子出马还不是手到擒来。"

在四名家将的侍候下,茶匙公子慢条斯理地穿好一套镂银凝霜铁铠,戴上一顶水磨凤翅盔,系一根离水犀角腰带,绰一支出白梨花枪,浑身上下就如面镜子一样明亮,果然是少年将军风流无双。

他出了门凭栏观战,只见龙不二已经指挥众府兵,将铁昆奴等人团团围在垓心。

茶钥家的亲随卫队已经出现在院子里。他们本来可以在第一时间加入战斗的,但茶钥公子另有想法。他想,这样乱糟糟地打成一团,和流氓地痞有何区别,虽然身处粗鄙的厌火下城中,我们不能自己乱了身份。

一名家将就在院子里吹起号角来。公子一走下楼梯，他们就给公子牵过一匹千里龙驹照夜玉狮子来，护马武士弯腰让公子蹬在背上跨上马，小四扶着公子的靴子，将他的脚穿入马镫，随后又脱下自己的头盔，将鞭子放在上面，恭恭敬敬地呈了上去。公子这才扬起鞭子，正气凛然地道："列队，吹号。我们茶钥家的军队，那是大有身份的，可不能这样鬼鬼祟祟地参加战斗——绕到正门去，从那儿开始进攻。"

他们齐声吆喝起来，热热闹闹地走出院子，在门外列队整齐，公子朝天香阁内喝道："嘟！楼里的人听着，快快开门，双手抱在头上出来投降——再不开门，我们就冲进去了。"

他话音未落，那四扇彩屏门"嘭"的一声，炸开成了无数碎片，没头没脑地冲他打来，随即两条大汉：龙不二和铁昆奴裹成一团，一路打了出来，铁棍和长斧挥舞，遇到的桌椅门窗俱成齑粉。

茶钥公子愣了半晌，才晓得取下套在脖子上的半扇门棂。二话不说，他即将此事定性为侮辱。最最叫他难以忍受的是，这些碎门扇全都落到了他的头上，而身边的小四却一点事儿没有。他待要发作，眼前两人又早已翻滚着打了进去。

茶钥公子大怒，鞭梢指处，众兵丁肩并肩地一拥而入⋯⋯

天香阁的院子虽大，但也从没想过一次要接待这么多客人。院里屋里此刻都成了一锅粥，百十双脚一起踩过来，又一起踏过去，那些虬枝枯干登时践踏作泥，玉圃琼林化成齑粉，红梅绛桃夷为平地，这些闻名于厌火的奇花异草就这样成了烂泥，任谁看了都会心疼，却有个人蹲在屋顶上没心没肺地笑出声来。

她说："阿黄，你看呢，所有的人都要追捕那个骑白骆驼的家伙，咦，我倒想知道，这家伙刚来两天，怎么惹上这么多凶恶家伙啊——看我干什么,这与我有什么相干?"

她又说:"这样的热闹,我们可不能不去凑一凑。"

院子里众人搅成一团,露陌住的小楼反而无人关注了。鹿舞跳下屋顶,翻窗而入,闪入露陌的房间里。她掩好门户,在里头东翻西拣,还在那张松软的大床上高高兴兴地躺了一会,猛然间看到了套在鹿皮鞘里的短剑山王还放在桌子上,那条绿帕子果然还系在剑柄上面,不由得一笑,露出两个粲然的酒窝来。

"这把剑用着蛮顺手的,不偷走它怎么说得过去——你觉得怎么样?"她问。

阿黄喵呜了一声,庄重地点了点头,表示同意。

鹿舞刚要把剑拿在手里,却看见桌子上并排放在一起的皮囊,里面什么东西正在发光。

她好奇地将皮囊提起来,打开口子往里面看去。

砰的一声,两扇门被一脚踢开,一员女将破门而入,身上的红披风如一团火一样烧着。她斜立着两道俊俏的眉毛,朝鹿舞喝道:"把那东西放下。"

冲进屋子里的人正是南药城的年轻郡主云裴蝉。

老河络的木头傀儡被星流石所感召,一路朝天香阁行来,它们只会走直线寻找星流石所在的位置,不会拐弯,一路过屋拆墙,过河搭桥,闹腾出了不小的动静。幸亏沙陀的围城吸引了城内所有人的注意,不然他们一定会发现从老河络的住处,到天香阁的侧巷里,堪堪划了一道直线,直线两边都是瓦砾。

话说六名傀儡靠近了星流石,力气更见增长,端的是力大无比,十二条钢爪一起用力,轰隆一声掘开了侧墙,冲入了花园,却正和茶钥公子率领的一彪军撞在一起。双方谁也不吭声,登时扭打在一起。

云裴蝉心系石头，见大家打成一团，急切间难分胜负。此地离星流石已近，她生来体质敏感，又在地道里与那块星流石待得长了，此刻微一闭目，只觉耳后琴弦急速鼓动——只是这么微微一连，一颗心几乎要跳出胸腔。

云裴蝉张开眼睛，已经知道了石头所在，当先顺着楼梯冲了上去，正看见鹿舞手里拿着它。

如果先跑上楼的是老河络莫铜，看到石头落在了鹿舞的手里，一定不会这么和她说话。他可知道对这个喜欢穿翠绿衫子的小姑娘来说，假使有一天没欺负过人，那么这一天就不完整。

"你是说这个吗？"鹿舞掂了掂手里的皮囊，也不知道那里面装的是什么。她朝云裴蝉露出笑来，那张脸看上去乖巧可爱，就像青罗第一次见她时的模样。

她将手往前一递。

云裴蝉见是个小姑娘，毫不在意地伸手去接，却见鹿舞做了个鬼脸，手一扬，就将皮囊往楼下人多处扔去。

云裴蝉大惊，追着皮囊扔出去的一道弧线，跳到窗边，只见小小的一个黑点，落入到下面上百人扭转在一起的漩涡里，哪里还找得到。

她听到那小丫头在后面笑道："想要啊，偏不给你。"随即翻窗而出，只听得瓦片连响，一连串叽叽咯咯的笑声，早已经跑远了。

云裴蝉气得银牙咬碎，双手刀发，将身边桌子劈成粉末。她心中毕竟惦记石头，也不去追赶鹿舞，转身就要下楼，却正好看见茶钥公子、小四带着家将从楼梯上冲了过来，堵住了去路。

茶钥公子和小四等人眼见围住了云裴蝉一人，均哈哈大笑，得意地互相看着道："这回可要报登天道上的一箭之仇了。"话音未落，轰隆一声巨响，楼板纷飞，一个木头傀儡穿破楼板，从下面跳了上来,凶巴巴地挥动双铁爪,挡在了面前。

茶钥公子见那木头人高大,知道不好对付,他按住长枪,顾左右道:"龙印妄上哪去了?"

左右均迟疑地道:"是啊,上哪儿去了?刚刚从上城出发的时候仿佛还在。"

"该死的,总是在需要他的时候不在。算啦,"小四怒吼道,"没有鲜鸡蛋,照做大蛋糕,莫道我茶钥无人,让我先上去给它一刀。"

茶钥公子大喜,赞道:"好,不愧是我茶钥家的将军。"

小四亮着宝刀,雄赳赳地纵身向前,对面的木头人只是冷眼瞪着他。

小四站了半晌,犹豫片刻,又匆匆走回头到公子面前小声道:"——我又怕打不过他。"

茶钥公子为之一窒,吐了口血,怒目瞪了小四半天,哆哆嗦嗦伸出一根指头点着他,却说不出话来。

却说龙柱尊指挥众府兵,在院子里大呼酣斗,猛然间从楼上窗口里甩下一个东西,正砸在脑门上,要不是他戴着铁盔,这一下头上就要起个大包。

龙不二大怒,将那包东西抓住,使劲朝楼上扔回去,边喊道:"楼上谁乱扔东西,再乱扔我可要骂人啦。"

他这一扔手法不准,没有扔回窗口,却嗖的一声砸在一名正在奋力登楼的茶钥家将的后脑上,将他撞得一个马趴。那家将莫名其妙遭了黑手,爬起来也是大怒,捡起石头,重重地扔了下去,更抄起身上的匕首,往下就投。楼上楼下登时乱成一片。石头、弓箭、匕首、投矛乱飞,也不知道谁打的谁,最后终究楼下人多,占了上风,楼上沉寂良久,不再有东西飞下,龙不二满意地回过身来,待要认真对付铁昆奴,突然楼上又一大件东西飞了出来,在空中手脚乱舞，如同临锅前的螃蟹。

原来是茶钥城的堂堂轻车将军小四被木头人扔了出来，呼啦一声落在人堆里，撞飞了好几个人。

小四哼唧着抬起头来看，只见四面都是刀光剑影。他想，我还不如趴着，也许更安全一点。还没想完，后腰上已经被人重重踩了一脚。他正要破口大骂，突然看到眼前躺着一个精致的皮囊，内里正发着涌动如潮的阵阵光芒。

这不就是他们要找的星流石吗？可不是踏破铁鞋无觅处，得来全不费工夫。小四喜出望外，将皮囊抢在手里，眼见四处乱成一片，危险至极。

行走江湖，安全第一，形象什么的就算了。小四将军这么想着，四肢并用，顺着众人的脚跟疾爬，转眼越过树林般的大腿，贴到墙边，正好碰到一个狗洞，钻了出去一看，此洞原来靠近天香阁的后门，后门里正堵着一大团也不知什么东西，正在拼命挣扎，门前两个大石鼓旁，正停着一辆垂着青布帘的马车。

"哈哈，这岂非天意，待我将它带到安全的地方去，再回头来救公子。"小四想。就在这时，后头院墙内又是轰隆一声大响，仿佛什么东西倒了下来，许多人发出可怕的惨叫。小四头皮一阵发麻，跳上车子，夺路狂奔。他疯狂地跑了一阵子，一颗狂跳的心稍稍安定，突然又隐约听到后面有蹄声追上来。小四大惊，从车前探出头来，想看清楚后面是否有追兵，刚觉得眼前情形有异，连忙猛拉马缰。

只见天上呼地飞下一人，正砸中小四的车，其人来势汹汹，在车内垫子上连弹两下，又飞上半空。小四待要躲闪，哪里来得及，眼前一黑，已被砸翻在地。

七之乙

院子里发生的一切都落在屋顶上蹲着的鹿舞眼里,她捂住肚子,笑得打滚。这一天对她来说可绝对是没白过。

就在那时候,轰隆一声响,半边马厩又塌了下来,刀枪激鸣声中,还能听到白骆驼的连声哀嚎。

鹿舞想起了前天时候骑骆驼的无穷乐趣,转过头对阿黄提议说:"别管他们了,我们去找白骆驼玩儿,好不好?"

阿黄历来只有名义上的投票权,每次都只能选择同意。

小姑娘将它一把挟在胳膊下,连蹿带跳,从屋顶跳下,又从混战中的人堆里闪到半塌的马厩里,就仿佛走在自己家的花园里一样意态悠闲,那些挥舞如雪的刀光枪影,连她的衣角也没捞着。

十来名府兵正将三名海钩子挤在马厩角落里,拿长枪乱捅,他们人多,又身着铠甲,海钩子吃亏在兵器短小,几次冲突,也杀不出去与铁昆奴合在一处。

也有几名府兵早些时吃过白骆驼的亏,看着白骆驼不顺眼,想对它下手。白果皮口吐白沫,左一脚,右一脚,拼死抵抗,倒是无人可以近身。鹿舞也不辞让,噌的一声,从那些兵丁后面蹿出,跳上了骆驼背,随即拍了拍它的后脑:"白果皮乖乖听话,快跑。驾驾。"

白果皮却歪着脖子不肯走,兀自斜眼怪叫。

"怎么,这么快就忘了老朋友了,"鹿舞不高兴地高声叫了起来,转头看了看边上围着的府兵,"哦,是不是嫌这几个家伙挡道啊,好,我替你打发了。"

那边厢几名府兵站着,还没搞清怎么回事,已先后被一脚蹬在脸上,叭叽飞了起来。

白果皮喘着粗气，突然发疯般大叫一声，撒开四蹄狂冲起来。它一头撞过倒塌的院墙，顺着狭窄的街道冲了出去。两旁树木房屋如闪电划过，瞬间被甩到后面。阿黄的两眼瞪得溜圆，死死抓住骆驼的厚毛不撒手，尖耳朵被风吹得向后抿去，它开始后悔自己没有坚持原则，终究还是上了这头上来下不去的贼骆驼。

"哇。"鹿舞抱着驼峰惊喜地高喊，"我不知道你还可以跑这么快的，这才算是真正的骑骆驼啊，白果皮加油！"

她方才得意，突然骆驼猛地一颠簸，几乎将她闪下驼峰去。她回头看了一眼，道："糟糕，我们好像撞了人了。快停下。哎，快停下。阿黄，他们赶骆驼的人都是怎么叫停的？"

她俯身向前，去搂白果皮的脖子，口中好言相劝："老白，乖，听话回头我就给你兔子萝卜汤吃。"突然觉得不太对劲，提起手来一看，吓了一跳，只见两只手上全是鲜血。

"喂，你没事吧。"鹿舞问，一边探手向下查看，原来白果皮在刚才的混战里，脖子上中了三箭，支支深及箭羽。它越跑越慢，越跑越慢，眼睛也泛起一片白来，突然前腿一弯，轰然倒下。

那天驴车一拐到小巷子里，速度慢下来后，风行云就找了个僻静角落跳了下去。

已经两天一夜没吃东西，他饿得发慌，不由得猛烈地想起登天道上客栈老板的干腊肉来。可惜包裹被龙印妄给扔了。要不回去找那个看上去胖胖的和蔼的老板帮忙？他心存侥幸地想，或许到了那一看，羽裳已经在那等着他了呢。

他带着这样一点希望，不由得快步往西城边走去，就在看到阜羽门的影子时，从城楼上传来一阵阵高昂的号角声，突然冲撞起空气来。

风行云皱起眉头,他不明白这急促的号声代表着什么,但知道村子里的羽哨在发现危险的苗头时,也是以号角来传递讯号。

厚重的城门关闭了,穿着府兵号服的瘦弱兵丁扛着长枪呼哧呼哧地顺着长街跑来,朝城墙上涌去。四面的空气里都传来危险的味道,大街上的人们在狂奔,就像是洞里被灌了水的耗子,惊惶失措没头没脑地乱跑。一条街道接一条街道上的警鼓被敲响,隆隆的声音如低沉的热空气似的贴着地向四周滚去。一名胖子汗流浃背地跑过来,在十字路口愣了半晌,又转身朝来路跑去。整个世界都乱了套。

风行云茫然地站在街口,仿佛被所有人同时遗忘。

他的包裹没了,绿琉弓断了,羽裳不见了,一切都丢了,就连回去的路,此刻也被切断了。所幸那枚戒指因为含在嘴里没被龙印妄发现。他将它从嘴里掏出来,套在大拇指上。看着它在拇指上发着幽幽的光。

谁会管他呢,谁会在乎他呢?

他第一次开始怀疑,在这座陌生的城市里,自己还能不能找到羽裳,还能不能找到通往大海的路途。但是只过了一小会,风行云就明白了自己并未被完全遗忘:厌火城里,至少还有个人在惦记着他。满街道乱跑的人影子里,有一角青色衣袍闪了下。

"妈的,不会吧。"风行云悲叹一声,转身开始逃亡。

龙印妄在长街的尽头出现,迈开又长又直的长腿,笔直地、含义明确地朝他扑来。

风行云专拣那些幽暗曲折的胡同跑,见弯就拐,见洞就钻,但那个高个子的印池术士仿佛甩不掉的噩梦,总是阴魂不散地跟踪而来。

风行云跑过一段废弃的石头城墙的遗迹,猛地里一拐弯跑到一片空场地上。

初起的阳光下,耸立着一座荒废的破城楼,有四五层楼那么高,屋顶坍塌了,窗子被狼牙般的木板堵塞,破败的木匾上,书着三个大字:"朱雀门",望上去一副凄凉悲惨的模样。

阳光在城楼屋顶高高翘起的鸱尾边缘闪耀,然后俯冲到空地上,在那儿投下破碎黑暗的影子。城楼的底部,一左一右,各有一道陡峭的如意楼梯,仿佛两条巨蛇张着黑洞洞的口子,各吐一根长信下来。

背后的狭巷口处,已经显露出龙印妄那高如标枪的影子,一耸一耸地逼近。四面空荡荡的,一时无处可藏,风行云钻入楼梯上躲藏起来。那座楼梯上满是灰尘和蛛网,许多木板朽坏了,更被坍塌下来的天花板条子挡住。他伏在阴影中,突然听到空场上传来破锣一样的嗓音。

"快出来!哈哈,无处可逃了吧。"

从那些板条的阴影里看出去,只见龙印妄手捧着一件银闪闪的物事,左右转了一圈,突然转过脸来,望着黑洞洞的楼梯口,露出一丝阴险的笑来。

风行云大吃一惊,后退了两步。此刻别无退路,只得顺着楼梯一股劲地往上爬去。

他一直爬到顶楼,发现那箭楼已经倒了大半,屋顶的大木桁架尚未散架,斜着压在地板上,让人腰都直不起来,碎瓦椽条、断柱大梁、还有椽鲮、月梁、六抹头的木隔扇,躺的满地都是,实在是无处可藏。风行云待要后退,却听到后面楼梯一声响,有人踩着楼梯往上走来。

在这关头,风行云看到屋顶上露出一个大破洞,阳光从中漏了下来。他一咬牙,踩着碎瓦和断裂的椽桄,翻上了屋顶。走到边缘处,猛地,一只白色的信鸟从他脚下唰地展翅飞上天空。

他往下看了看,四面都是白闪闪的方块和深黑的盘线,那些白色的是屋顶,深色的则是落在阴影里的街道。看不清下面的阴影里有些什么。风飒飒地从他的腿弯间飞过。即便是有过飞翔经历的羽人,在这样的高度看下去,也会微微心悸。

他回过头再看,印池术士已经站在了屋顶的破洞口处,一声不吭,狞笑着看风行云,风行云望见他手里拿着一只银蟾蜍,瞪着双圆鼓鼓的眼睛。

风行云一望见蟾蜍的那双眼睛,就不觉身上发软,胳膊发酸。那蟾蜍浑身如金属般发亮,却是活的,也不知是什么法术,竟然带路将这仇人领了来。

龙印妄在屋顶上双手虚抱,乌青色的云不知从什么地方升了起来,挡住了阳光。

风行云又感到空气中的水压开始挤压他的耳膜。

"这就跑了,我还没玩够你呢,乖乖跟我回去吧。"那高个子说,他双手一张,唰的一声,变幻的云气卷成一股冰冷的翻动的云柱,激飞而来。

"呸!"风行云朝印池术士一口唾液吐了出去,喝道,"我不会再让你抓住的。"他鼓起勇气,就如在飞翔日里那样,张开双臂,纵身往空中跳去。

龙印妄释放出的云气在后紧追,它满蕴着微小的雪粒,在攥住风行云的小腿瞬间,那些雪粒突然聚集成团,开始凝结为冰,变成一个大冰柱子,一端连接在龙印妄身前屋脊上,而另一末端包裹着风行云的脚,让他下落的身体微微一滞,但还是没完全抓住他。

在最后时刻,风行云猛地一挣,甩开了脚上的一层厚厚的冰壳,他头下脚上地朝地面上落去。那些白亮亮的屋顶和黑线般的街道,在他视野里急速变大。

风把他轻飘飘的身体卷起,投入到朱雀门投下的庞大阴影里,在快要接近地面的一瞬间,风行云全身一震,好像是砸穿一层薄薄什么东西,随后又重重地落到一团软垫上,再腾云驾雾般飞起,重重地落在地上。

风行云四肢摊开躺在那里,半晌才抬起手来摸摸全身,竟然除了一些擦伤外,再无大碍。他不觉一阵晕眩,抬头上看,头上一个破洞里,露出半座朱雀门门楼的影子,竟然还在移动。原来他竟然是落在一辆马车里,车外一匹小青马还在嘚嘚地走着,驾车的人却不见踪影。

风行云正在奇怪,突然听到身子下面低低地呻吟了一声,低头一看,屁股果然压着个人,一半陷入马车底板砸出的洞里,另一半还在自己身子下挣扎。

风行云连忙滚在一边,伸手要将那人拉上来,他这一动,轰隆一声,车子底板突然断裂,居然将小四漏了下去,重重地摔在地上。

风行云眼疾手快,死死拉住马缰绳,那匹小青马倒是听话,立时站定脚步,马车的轮子只差一线就压到了小四身上。

他探头朝外喊:"喂,大叔,你没事吧,我可不是故意的。"

小四呻吟着醒过来,要不是羽人身子轻,风行云这一砸,就会将小四砸成扁鱼,此刻他哼哼唧唧地爬起身来,扭了两扭,发现骨头倒是没断,突然一个激灵,摸了摸身上,跳起来朝车上喊道:"你这个人有毛病啊,大白天的走路不看道,从天上掉下来算是怎么回事?——快把石头给我,本官恕你不死——"他嘴上虽然咆哮得厉害,心中却转念一想,这莫非是预谋行刺?于是噔噔噔地倒退了几步,作拔刀状。

风行云知道自己理亏,低声道:"大叔……"

小四发现掉到车里的只是名少年，虽然有几分眼熟，也顾不上想在哪见过了。一旦确定不是刺客，他不由得勇气倍增，唰的一声拔出腰上的明珠宝刀（铁爷虽然遇刺，可他派出的手下依旧是到客栈取了这柄刀，还给了小四），朝车子大步走来，浑身散发出王霸之气，威严地道："别叫我大叔，我乃堂堂轻车将……"

风行云永远也没搞清楚小四到底是什么职务——说时迟，那时快，后面的街道上烟尘滚滚，一道白影疯了一样冲了过来，将小四将军撞飞了出去。

风行云吃了一惊，定睛看时，原来是峰发疯的白骆驼，背上仿佛还骑了个人，只是跑得太快，一闪就不见了。

风行云从窗口探出半个身子，还在考虑要不要下车将那个看着很驼地趴在地上的大叔扶起来的时候，突然听到城楼上面那个印池术士在高喊："小四，帮我抓住他。"又朝他喊："小贼，你命倒好，有种别跑。"

风行云想，原来这两人认识，傻子才等在这里。抽马就跑，一边对地上滚着的小四道："大叔，对不住了。借你马车一用。"

"我不是大叔，"小四趴在地上，挣扎着说，"叫我将军……"

风行云也不识路，赶着马车随便跑了一程，那辆车形制精丽，却顶篷破烂，看了扎眼得很。路上的行人都回过头来看他。风行云不敢再坐，跳下车子就想跑开，却看见车座上摆了一个皮囊，里面装着的东西闪闪地发着幽光。

他拾起皮囊，小心地用指头摸了摸那块发亮的石头，皱着眉头想：这是什么？有什么用呢？

七之丙

铁昆奴的短铁棍如同死亡之吻，碰着的东西都成粉末，棍子头虽然是钝的，却与尖矛没有区别，随手突刺，就会深深穿透那些府兵的链子甲，直插入胸口，从背后突出。铁昆奴如同串烤鱼那样将他们高高挑起，然后再横抛出去。

龙不二也不可小觑，就如附骨之疽，紧贴在他的背后，专挑他别扭的时候出手，铁昆奴甩也甩不脱，又要对付府兵弓手的冷箭，时间一长，渐渐吃力。

蓦地廊上几支箭射下，铁昆奴嘿了一声，一箭正穿透小臂。

"还不投降？"龙柱尊喝道，一斧直上直下地力斫而下，风里飞沙走石，果真带有龙吟虎啸之声。

突然又是一声地动山摇的震响，超过了刚才所有的闹腾。

天香阁后院的整半扇围墙塌了下来，一座小山一样的躯体从尘土飞扬中站了起来，原来是虎头终于推倒花墙，挣脱了那扇该死的板扉，跳入院子里，见了身着铁甲的人，就随手抓起来乱扔。

那些人被扔起来，有的飞到高楼上，抱住柱子不敢撒手，更有的穿破屋顶掉进屋子里去，则听到屋子里传来一片女人的惊叫。

龙柱尊眨了眨眼，那名厌火城里难得一见的高大夸父已经站到了自己面前，抖落身上的尘土，对他道："你这把斧子，想和我的比比吗？"

虎头从背后腰带上，掣出一面磨盘大的巨斧。他挥动手臂，一斧砍在地上，混杂碎花和鲜血的泥地蓬起一大股黑土，大地如波涛一样涌动着，朝龙不二冲来，几乎将他甩倒在地。

龙柱尊心胆俱裂。我们早前说过，龙不二能在卧虎藏龙的厌火城里称得上一号人物，就是他见机快，机变聪慧不在勇悍之下。一见虎头这势头，龙不二立刻做出了决断。

"风紧，扯呼。"他高喊道，不等其他人做出反应，已经拖起长斧，朝天香阁正门外奔去，却突然发现身边一人跑得比他还快。

原来是茶钥公子,可怜他手下半百精兵,居然在老河络的木傀儡面前被杀得丢盔弃甲溃不成军,也只得夺路而逃。

厌火城连日里发生了如此多事,各方势力都在以自己的方式得到讯息,再将它们传递出去。无数根挂满了细铃铛的看不见的细线,在以常人想象不到的方式,连串到四面八方。在这其中,影者的控制范围在下城要比许多人想象的更要庞大,他们是厌火城经营最活跃的蜘蛛,那张盘根错节的巨网,分布在每一条街道每一个行当每一处角落,任何一点可疑的迹象冒出头来,就如同撞网的小飞虫,触动了这张网上的某个点,立即这根线上的所有铃铛都振响起来,警报大作,那个蜷缩在高空中的猎食者就会借着一根细细的丝线从天而降,在可怜的小虫前张开血盆大口。

可惜得很,许多人不了解这一点。

风行云找个僻静地方弃了车,走了两步,迎面看到好大一家当铺,蓝色的布幔上飘着一个大大的"当"字。大门一边摆了一个大铜缸,里头盛满了水,黑漆漆的。他不知道城里通常只有大户人家或者大型商号,门前才会摆放这样的大铜缸,是为防火之用。

他饿得有气无力,怀揣着那块不知什么用途的石头,心想,要在厌火城里活下去,找到羽裳,没点钱可不行。这块石头看上去古怪,也许可以换点银子。

他抛开布幔,看见一圈高过肩膀的柜台,柜台后头墙上还挂着面铁牌,黑沉沉的,刻着几个字。一个耸肩驼背,颧骨高高突起的老朝奉从柜台后面探出头来,咳嗽了一声,道:"君何妨以有换无?"

风行云犹豫了一下,踮起脚尖,怯生生地将还在放着光的皮囊递上了高高的柜台:"我想换点银子。"

小四被人抓住肩膀猛烈摇晃，不得不睁开眼睛，只见眼前晃动着龙印妄蜡黄色的瘦长马脸。他用力高喊道："你怎么有两个头，啊——妖怪。"

龙印妄一掌甩在他脸上，让他清醒了一点，愣了愣神，又喊："啊——那个小贼，他将两个宝贝石头都抢走了。"

龙印妄一愣："什么两个宝贝石头？哪有两块龙之息？"

小四眨了眨眼皮，甩了甩头，终于完全清醒过来："哦，我当时已经晕了，看什么都是两个。"

龙印妄冷笑一声："蛊已经成了，他逃到哪里，都会被我的银蟾找到。"他把手上那只银光闪闪的小蟾蜍给小四看。那只小蟾蟆身上疙疙瘩瘩，滑润润的，摊手摊脚地躺着，显得甚是舒服，时不时地抬头向前"呱"地叫上一声。

小四扶着腰哼哼唧唧地站了起来，骨碌碌地转着眼珠说，"有你的，老龙，跟着蛤蟆混日子了……这样你都能找到石头的话，那可真应了句古话，什么什么吃了天鹅肉来着……"

龙印妄懒得和他贫嘴，又问了一句："石头在他手上么？"将银蟾一收，迈开竹竿似的两条长腿，朝风行云跑走的方向大步走去，走了两步，又回头问："你怎么走得那么慢？还好吧？"

"还好还好。"小四没好气地咕哝道，"也就是断了四五根骨头而已。"

却说龙不二领着残兵逃出南山路，一路念叨："反了反了。"到底该怎么办，却不知晓。如果就此去找羽鹤亭复命，只怕会被大大责骂一番。

他逃到羊屎巷方才停下来整饬兵马，想要回头再战，却突然看到前面屋顶上站着了一个人。这些府兵早已成惊弓之鸟，纷纷高喊：

"屋顶上有人。"不等龙不二下令,放了七八箭上去。

屋顶上箭影纵横,那人影却如一片云一样轻飘飘地浑不着力,放上去的七八支箭就仿佛石沉大海,连片衣角也没沾着。

龙柱尊心中一凛,挥手喝止,只见屋顶上那人虽在烈日之下,形状相貌却如笼罩着一层雾气,隐隐约约地看不清楚。他横斧大喝一声:"嘟,来将何人?快快报上名来。"

"我是黑影刀。"那人淡淡地回答,头上颔下的杂乱毛发无风自动,吓得龙柱尊后退了两步。

黑影刀,千里之外取人项上人头之名蜚声海内,况且城内纷纷谣传此人前天夜里刚刚谋刺羽大人,此刻突然现身,不由得龙柱尊不怕。

他拄着大斧,又是大喝了一声:"你是来刺杀我的?妈的,别人怕你,我龙不二可不怕你。"话虽如此说,还是向后挤了挤,挤到了人堆当中,心想,都说影子会突然在你最想不到的地方冒出来,杀人于无形,如果挤在人多处,他未必就能靠到我身前,也就不能杀到我头上。

他与手下的兵丁心思相通,想的也都一样,不约而同地挤成一大团,且都拼命往中心挤去。

"龙将军说笑了。我问你,你是在找一块石头吗?"

"啊嗯——你怎么知道这个秘密?"龙不二吃了一惊,转了转眼珠,寻思着要不要杀人灭口。

"嘿嘿。"屋顶上的黑影刀冷笑一声,"厌火城里瞒得过我的事情还真不多,如今事情紧急,来不及通告羽大人了,我冒险来给你通个信。偷了石头的那小子一个人把东西送到我们手下一家当铺里了。这是羽大人要的东西,我们不敢收,将人安抚在闷棍街罗家铺子里了。你若是想要,自己去取吧。我们影子可不蹚这摊浑水。"他呼哨一声,倏忽不见。

龙不二嘿了一声,心道:"都说黑影刀的脚步轻快,比风还轻,无人能追得上,果然如此。"

他转过头来瞪眼看着一帮手下,怒道:"都挤在一起哆嗦什么?一大帮子草包。这次不要人多,对方既然只有一个人,王老六,挑十个人跟我一起去。"

风行云将石头交了上去,老朝奉看了也是惊讶万分,睁着昏花老眼颠过来倒过去看了半天,说:"哎呀,客官,你这玩意儿它透着古怪啊,我可定不出价来。"

"我只想随便换点银子,多少不论。"风行云说。

"那可不行。"老朝奉脸一沉,"这事传出去不是坏了我的名号吗!什么人能看走了眼,我们罗家也不能啊,百年清誉岂能毁在一块石头上。你等着,我去请几个鉴宝专家来——罗掌柜,罗掌柜——"

朝奉转入后室,只听到罗掌柜声如公鸭,和他在后面唧唧咕咕,不知道叨咕了些什么,也没个完的时候,突然那个高颧骨的老朝奉又探出头来,见风行云沮丧地收了石头要走,忙喊:"等等,你先别走。这样……这一千文钱,算是定金。你带着宝贝在这等等就成,我们即刻招集各家分号掌柜,来此联合定鉴,要不了多长时间……"

风行云瞪圆了眼睛,看着老朝奉提到面前的一千文铜钱,亮闪闪地堆在柜台上,他这辈子还没见过这么多钱呢。他目瞪口呆地想:光定金就有一千文,那这块石头还不定有多值钱呢。

老朝奉使了个眼色,立刻就有个布衣店伙从店堂后面走出来,将风行云半请半拉地带到边上。原来铺面侧旁还有个小角房,又黑又暗,堆了些破桌子破条凳。店伙帮风行云将钱在破桌子上堆好,让他条凳上坐等,对他说:"我去给你泡壶茶来。"闪身进了铺子里,却半日不见踪影。

风行云又困又饿,一坐下来,浑身骨头像是散了架。他刚想趴到桌子上睡会儿,胳膊在桌边上一蹭,半条胳膊酸麻得抬不起来。风行云一个激灵,只觉得这酸麻感与在朱雀门城楼顶上见到龙印妄时的感觉参差仿佛。

他伸手一摸,发现上臂内侧多了一个小小的突起,只有黄豆大小,细小的青黑色花纹在其上如水银一样滚动。他想起从楼梯缝里看到龙印妄捧着银蟾蜍到处找他的情形,不由得起了疑心,直觉得其中必有古怪。

他狠了狠心,一低头,张口向那粒突起咬去,刚将皮肤咬开,只听得"铛"的一声,里面有个东西如铜豆一样滚到椅子下面去不见了。风行云低头找了一下,没有看到什么,毕竟不知道是个什么,也就不找了。

他坐着又等了半天,不见有人出来招呼,桌子上堆满的钱看着又不能吃,肚子饿得几乎要晕过去,于是将皮囊放在桌上,拿了几十枚铜钱,推开房门走了出去。

柜台后面听到房门响,又探出一颗头来。

风行云用手朝外面胡乱一指:"我去买点吃的。"

老朝奉朝角房里看了看,见大串铜钱和皮囊都还摆在桌子上,于是点了点头,又将脑袋缩了回去。

风行云跳出铺子,看到远远巷子口上,仿佛有个卖茶叶蛋的老头,连忙快步跑了过去。

他前脚刚走出去没多远,龙不二已经带着一彪人马闯进当铺里。老朝奉从柜台后站起来朝对面的黑房间里看了看,摇头晃脑地道:

"正主儿好像出去买吃的了，还没回来。龙爷在这等等。"

"肯定要回来吗？"龙柱尊不耐烦地问。

"肯定呀，他东西还……"

不等他将话说完，龙柱尊已经用手一指："你，赶紧找个地方滚蛋。这间铺子，已被我家城主羽大人征用了。"

他的吼声如平地里打了一个雷，吓得老朝奉一个哆嗦，连忙溜下高凳，跑到后面找罗掌柜去了。

龙不二傲然一笑，回顾左右，道："这次可不能再失败了，老子这次要杀他个出其不意。都给我左右藏好，等那小子一回来，就连人带东西给我拿下。死活不论！"

他带来的十名手下，都是府兵中的精干人才，不需要他多说，一个个蹑手蹑脚地找地方躲藏起来。龙柱尊四处看看，拔出腰带上一柄样式狰狞的弯刀，带着满脸狞笑，跳过柜台，隐身在台面后。

他们只蹲守了不到半炷香工夫，就听到巷子里脚步声响，一个人朝当铺走来，到了跟前，突然立定了脚步。

龙印妄赶到当铺前，手中的银蟾呱呱地对着当铺叫了两声，抬了抬前爪。龙印妄知道寻觅了良久的星流石定然就在其中，却冷笑着收住脚步。

他多年来行走江湖，经验丰富，早看出这间当铺内有埋伏，透过斜撑的蓝色布幔看进去，那间角房里黑漆漆的，更是杀气弥漫。

难不成那小子找到帮手？还是和南药的云裴蝉接上关系了，这倒不可不防。

龙印妄冷笑着将银蟾收起，四处看了看，一眼看到街边摆放的大水缸。

他嘴角一弯，自语道："有这东西在此，谁是我的对手？"走了过去,撩起一捧水倒在脸上,随即将双手插入水中,微阖双目,一团接一团的云气在他湿漉漉的肩膀上升起,水缸猛烈地摇晃起来,突然从中冲出一只呼啸的水龙,那是比雨之戟威力还要大的秘技——水龙啸。那只银龙张牙舞爪地昂起头来,突然散为千道万道银箭,加速向当铺里冲去。

一声轰天巨响,无数的桌椅碎片,人的断肢残体从店内抛洒而出。龙印妄又是自负的一笑,抛开蓝布幔——那布幔上已经被水箭穿了上千个大小孔洞,如同一面筛子——漫步走入阴暗的店堂。

店堂内一片狼藉,几条身上带着兵刃的汉子抱头捂胸地呻吟着在地上滚来滚去。龙印妄看都不看,径直朝侧旁的角房里走去,猛然间那扇毁坏的门倒了下去,背后跃出一条汉子,跳在半空,一道刀光从上而下,朝他脸上劈来。

龙印妄挺立不动,待到那人影跳到最高点,那一刀也堪堪劈到他头顶三寸时,倏地口一张,嘴里飞出一道银链似的水箭,从那人前胸穿入,后背飞出,已经变成了一道暗红色的水柱。龙印妄嘴角又是一抹冷笑,一脚将那人尸身踢开,又要往角房里走。

突然之间,店堂里风声大作,那声音席卷四面,压迫得门前的蓝布幔直直地向外飞了出去,风中隐隐有虎啸之声,龙印妄脸色大变,只觉得那虎啸声锐利如刀,撕裂了空气,朝他后脑猛撞下来。

龙柱尊得意扬扬地收起长斧。三日内竟然逼得他用了三次青曜斧,这是过去从未有过的事情。

那青袍人两脚躺在店里,脑袋搭在角房门里,红白之物喷了一地都是,可惜无人欣赏。

门口虽然有路人经过,却是一道烟地逃跑,叫也叫不住。龙不二觉得应该有更多的人跳出来才对,他想着要不要把老朝奉和掌柜的叫出来。

他大跨步走上前来,雄赳赳地在尸体边站住,只觉得那尸体的身形有几分眼熟,只是脑袋已经成了一团烂泥,再也分辨不出是谁。

"好硬的点子——咦,这人手上没有石头。妈的,难道是骗我?"转头要找朝奉算账,却突然发现角房地上一摊水里堆着一吊铜钱,铜钱边上,躺着一个皮囊,内里一块石头状的东西正在散发幽幽的光。

"哈哈。就是这玩意儿了。"龙不二喜道,伸手要捡皮囊,却看到皮囊边躺了三两只大黑蜘蛛,在水坑里挣扎。他一阵头皮发麻,伸脚过去将它们踩死,然后提了东西大步而出。在门口巷子里却正好碰到小四东张西望,一瘸一拐地走过来。

"偷了石头的小子已经被我杀了,石头我拿到了。"他大声朝小四将军招呼道。

"哎呀,龙将军真是神勇过人。"小四又惊又喜,一个箭步冲过来,抢过皮囊去看,"没错,就是这东西,将军可是立下大功了。"

龙柱尊一张大嘴咧到耳朵边,哈哈大笑:"妈的,这不过是小意思。下次要抢什么东西,金子银子还是美女,尽管和我开口说,我老龙以前就是干这一……"

小四揣了皮囊,却不立刻回去交给公子,而是满脸透着好奇之色四处观望了一圈。

"找什么呢?"

"看到我一个伙伴了吗?刚才明明朝这个方向跑过来了。"

"没看到。"龙不二粗豪地道,"石头给你,大事已了,我找羽大人复命去了。"

七之丁

辛不弃豁出身家性命,终于偷得老河络的珍藏,他喜滋滋地前去领取荣誉,以为多年的夙愿终于实现,他辛不弃要出人头地,成为受人尊敬的小偷了,不料最后却从龙不二那铩羽而归。此刻行走在路上,龙柱尊的怒吼声似还在他耳朵边轰鸣:"今天拿不回石头,就要你的脑袋。"

他一路心想:这要是找不到青罗,今儿晚上脑袋就要搬家。都说爹妈是自己的亲,脑袋是自己的好,虽说脑袋挂着城门上也是露脸的一种方式,但模样未免吓人,不如收拾收拾东西,赶紧逃跑吧。此刻城是出不去了,也不知道那些邻居们都跑到哪里去了,也许可以一块挤挤。

他慌慌张张跑回家里,收拾了点东西,可惜家当太多,舍不得这个又放不下那个,摆弄那些偷窃用的各类家什时,又想起了自己曾有过的远大抱负,却被残酷的现实和一颗石头击得粉碎,不由得坐在床上怨天尤人,悲叹时运不济,造化弄人,想到伤心处,禁不住落下了一滴英雄泪。

他在那里发呆了不知多久,突然摸到后腰上青罗给他的金阳燧,摸到这东西他就来气,不由得恶狠狠地想:这买卖也做得太亏了。如果上天再给我一次机会,让我看到那颗石头,我一定要说两个字:"不换!"

他越想越气,要把手上东西扔掉,朝窗外比画了几次,却又都舍不得,转念又想:反正从今天开始,就要跑路,这东西正好可以到当铺里换点钱,急难中派上点用场。幸喜那辆租来的驴车还在,他跳上车去,一路紧赶慢赶,偷偷摸摸暨到闷棍街,为小心起见,将车子停在街口,顺着街沿溜到罗家当铺门口,凭着职业敏感,立刻觉得情形不对。

他探头探脑地一看，只见罗家当铺门窗破烂，满地狼藉，一声惨叫突然从内里传来。

"这是怎么回事？"辛不弃紧张地咬着指头想，莫非给人抢了？这帮抢匪当真是吃了熊心豹子胆，连铁爷罩着的当铺也敢抢。

破布帘子下，似乎有人影晃动，有人要走出来。辛不弃连忙一道烟顺着墙跑开，在街口几乎撞倒一个慌慌张张也在逃窜的小孩。

"妈的，乱跑什么，"辛不弃愤怒地喊道，"又不是小偷，需要大白天的抱头鼠窜吗？"

那小孩在拐入乱花迷眼的巷子前，回了一下头，辛不弃看到一张年少却白皙瘦削的脸，愣了一愣，嘀咕道："羽人小孩跑到这里干吗？"

他蹿上车子，拉上窗帘，想起了刚才当铺里的杀人情形，不觉一颗心扑扑乱跳，刚喘匀了气，突然听到外面一个兴高采烈的嗓子喊道："喂，车夫，拉我上城。"

他没好气地探头出窗，回嘴道："你才是车夫，你才是车夫，你们全家都是车夫……老子是堂堂的厌火神偷……"

他话未说完，却突然两眼睁得溜圆，伸出去骂人的手指哆嗦着缩不回来，原来只见对面站着的一位军爷，长得面黄肌瘦，两撇胡须如针般硬直，贯着黑甲银盔，倒也威风凛凛。他披着一件墨绿色的斗篷，怀里抱着一个皮囊，虽是在烈日下，兀自可以看到囊内透出的微微白光。那件皮囊，不是被青罗换走了的龙之息又是什么？

只听得那军爷脸色一沉，吹胡子瞪眼睛地嚷道："你说谁是车夫，你给我下来。你侮辱了我一次，两次，四次……我今儿不骂死你我就不姓小。"

此时辛不弃已经确认了那皮囊就是他从老河络莫铜家里偷出的

无疑,他也没注意到"一"和"两"之后接的不应该是"四",一瞬间头脑中闪过无数画面:龙不二的怒吼,街坊们的掌声,同行们仰慕的目光,多年来的伟大理想,以及南山路上那些俊俏娘儿们的如水双眸……

"我跟你拼了!"辛不弃震天动地地大吼了一声(以往整个厌火城只有龙不二能发出这么巨大分贝的叫喊),两手往腰带上一伸,再提起来时候已经多了一副锋利的钢爪,他一脚踏在车辕上,高高飞起在半空中,就如一只黑鹰凌空击下。

小四这一下是毫无思想准备,以往打架,按照羽人的习惯,总要先对骂上三四十句,才开始动手,没想到厌火城的民风如此凶悍,居然侮辱对方四次后就开练(其实是三次)。他吓得傻了,哪里知道躲避,只是辛不弃的钢爪到了头顶,才慌忙向后一缩脖子,脸上登时多了四道血痕。

辛不弃得理不饶人,空中团身半转,一只长腿倏地伸出,横扫过来,嘭的一声踢在小四的腰帮子上,将小四踢得飞了起来。

公平点说,小四也是南药城堂堂轻车将军,一身刀马功夫也不是假的,如果是在战场上与辛不弃相遇,待管家下了战书后单打独斗,未必如此不济。

只是他素不习街头打斗,猝不及防吃了大亏,虽然此后奋力挣扎,终究没能扳回比分,最后还是被先声夺人气势如虎的辛不弃按在地上一通毒打。

辛不弃一身是胆地抢回石头,又对躺在地上的小四踢了两脚,兴冲冲地跳上驴车,直奔割喉街府兵驻处,不料却扑了个空,原来袭报一出,大部府兵都被调到城墙上去了。

自三十年前的蛮羽之战后,若有战事,按照惯例,下城即由府兵与铁问舟的民军协守,上城由厌火镇军和庐人卫防守。沙陀围城的号角一响,海钩子、影者和好汉帮、铁君子等几大帮会均带了各自人马上城,但此时铁爷遇刺,厌火下城群龙无首,也不知该听谁的指挥,虽然连同拉上城去的老百姓,城墙上拥挤着三四万众——下城的防务总的来说,便如同一只漏洞百出的筛子。

且不说下城的无翼民们如何百般努力临阵磨枪修建各类工事,单说辛不弃怀揣宝石,马不停蹄又赶到城墙下,只见城门紧闭,上下都是兵丁,人多势众,刀枪明亮。

辛不弃在城门边上跳下车来,突然发觉挨近城墙根的空地上一片空寂,连只麻雀也看不见。他怯生生地抱着石头往前走了两步,突然簌地一箭飞来,射在他的脚前。

辛不弃吓了一跳,知道是警告,登时立定不动,不料又是嗖嗖几箭飞来,其中一箭穿过他高高树起的发髻,他这才明白这几箭可不是警告这么简单,有心抹头飞奔,终究舍不得已到手的功名富贵。

虽然两腿膝盖打架,发出咯咯声响,辛不弃还是坚持站在原地不动,高举双手喊:"别放箭,我是来找龙将军交差的——"

城墙上仿佛稍稍骚动了一下,随后几名兵丁冲了近来,将他拿住。为首一名军士喝道:"这人鬼鬼祟祟的,模样长得也鬼鬼祟祟,定然是奸细,想要刺探军情……不如拖去砍了。"

"不要啊,我是良民,大大的良民……"辛不弃急道。

又远远听到城门楼上一个粗豪的声音大吼道:"什么人在这里大声喧哗,吵得老子睡不着。"

辛不弃听出那正是龙不二的声音,松了口气,越发大声喊道:"龙大人,是我厌火三手神偷辛不弃啊——"

"不认识,给我拖出去砍了——"城墙上回道。

那几名军士吼了一声,上前拖住辛不弃就走。

辛不弃连忙放声大喊:"就是住在废柴街的辛老二啊……龙大

人,前天晚上确确实实是你去找我的……这还有你给我的令箭哪。"

只听得龙不二在城头上打了个喷嚏,道:"咦,是吗?也许我真的认识。好吧,让他近前说话。"

辛不弃连忙趋前几步,又喊:"龙大人,我搞到石头了,就在我怀里……"

"操,又想拿假货来糊弄我?"龙不二在城头上不耐烦地喊,"真石头老子自己已经找到了,早交给事主了。这边没你事了,快滚吧。"

辛不弃一愣,大声争辩说:"我这块石头可是真的啊——龙将军……"

却听得龙柱尊在城墙上破口大骂:"妈的,再来啰嗦,老子要你脑袋!给我打出去!"

七之戊

白昼横跨过洄鲸湾两岸。

风和稀疏的花叶从天空中落下。

"为什么要来这儿?"青罗问。

露陌没有回答,只是向池心小岛上看去,那儿有一座朱漆斑驳的亭子,一株红玉般的干树,只是没有人。

他们站在一片方形的池子边,水面在阳光之下波光荡漾,却不刺眼。眼影妖娆,长长的睫毛垂下来,更有摄人心魄的美。

"这水好奇怪,怎么是黑色的。"青罗说,伸手去捧水。

"小心。"露陌向后拉了一把他。水池里哗啦一声响,跳起了一条背上遍布鳍刺的鱼,两排利齿突出在外。它跃在空中猛咬,青罗能清晰地听到它牙齿相撞发出的声响,不由得吐了吐舌头。

露陌带着他绕到了一片小树林后,在那边一条林木遮蔽的水道里有一叶小舟,舟上覆盖着树枝和绿叶,若不仔细看,根本发现不了。

青罗带着点笨拙地跳上船,立刻伏下身子,紧张地扶住两边的船帮。他还从来没有乘坐过这样摇摇晃晃的东西,特别是想起来水里还有那样可怕的鱼,他就觉得船晃得更厉害了。

"你怎么知道这儿藏着条小船。"

"因为我常常来这儿啊。"露陌说,她伸手提起一条长长的竹篙,千百串泪珠落入到墨黑色的水里。"我种的柳树木头上的叶子黄了。这两天城里一定会有大事发生,我想去问问看,到底出了什么事。如果说,有什么事情找一个人打听就都知道的话,那就是岛上这个人了。"

他们坐着小船划到池心的小岛上,却看到其上一片杯盘狼藉、被匆忙抛弃的情形。

"有血啊。"露陌说,她的脸色越来越沉重,"一定是出大事了,铁昆奴这些人却什么也不跟我说。"

青罗还要再问,露陌却嘘了一声,说:"你听。"

他们一起听到号角声横跨过厌火城。其后隐约有骑兵奔跑的声音,人的呼号声,这些声音细微渺茫,距离这个下城中的避世桃源仿佛很遥远。

青罗甚至觉得这儿就和草原一样空旷无人。他望着水边的露陌,看着她的倒影在水里破碎又再复合,禁不住轻轻发起抖来。

昨天夜里发生的事,比梦幻还要不真实,而他要把这梦留住。他做出了决定,不论有什么结果,他都要上前去抓住她的手,和她说一些事,他想了很久的事。

露陌转过头来,用那双清澈如泉底的眼神看着他问:"嗯,你要说什么?"

他们往外划的时候,号角声再次横越城市上空,这次青罗听懂了它的含义。他愣了一下,猛抓住船帮,让船又是一阵大摇。他说:"沙陀大军围城了,而我还待在这里。"他看了看专注撑船的露陌,加了一句,"你怕吗?"

"怕呀,"露陌抹了抹额头,对他笑着道,"你一摇船,我就怕会不会摔下去。"

青罗苦笑了一下:"你是个奇怪的女孩啊,这当儿还开玩笑。糟了,他们要开始攻城了,可我还没办完要办的事。"

"你才是个奇怪的蛮人呢,"露陌突然用竹篙拨了拨青罗脖子上挂着的物件,"身上总有些奇怪东西,这又是什么?"

她拨动的是青罗的脖子上一颗暗红色的玉石,用黑色的绳子挂在那儿摇晃。青罗用手指包住那块玉,说:"这是魂玉。我们部落的人相信最勇敢的武士死的时候,要将一块玉含在嘴里,灵魂才会升上天空变成星辰……"

"哦。"露陌叹了口气,收起了船篙。青罗觉得她看着自己的神情里有一点寂寞,还有一点遥远。

"你们男人果真都是这样吗,对死生毫不在乎,死亡才是你们的永恒爱人?"她嘲弄地说,"真是这样倒好了。"

青罗看着她,却说不出话来。

"所以你不想知道自己的掌纹上写着什么。"露陌说。掌纹上写着人的命运轨迹,也有许多人说那是虚妄之谈,但那是一个关于青罗生命的预言。她几次三番地想要说出那个秘密,却又在最后缩回口去。那个秘密是这样的:这个年轻人在这一天里就要死去。

"哈,几拨人马已经把天香阁搅了个底朝天,你们却在这里卿卿我我，好不害臊。"突然有个快活的声音闯进了他们的二人世界。

青罗回头一看，发现不知不觉间小船已经划到了岸边。他看到穿着淡绿衫子的鹿舞坐在岸边的条石上，正晃着双脚冲他们做鬼脸呢。

"啊，什么？天香阁被砸了吗？"青罗仿佛当头吃了一棍，大张着嘴问。

"砸了就砸了嘛。"露陌却淡淡地说，"世界上没有长命百岁的东西。"她轻轻跳上岸，还坐在小船上的青罗，几乎连一点晃动都没感觉到。

露陌看了看鹿舞，鹿舞看了看露陌。她们两个看上去像是相互认识。

露陌轻轻地弯了一下嘴唇，就像是给自家淘气的小妹妹打招呼。

鹿舞却皱起了眉头。也不知道为什么，她一直是快快乐乐的，除了为阿黄的淘气外不为任何其他事情担心，但面对这位厌火城里最漂亮的黑发美人儿时，她却总觉得不自在，总觉得自己个子太矮，笑声太响，衣服蹭得太脏，或是别的什么地方出了问题。

"你们也认识吗？"露陌只一瞥间就看出了点什么，她说，"好吧，那我就走了。"

青罗闷闷地道："我可以陪你去的。"

鹿舞也问："干吗要走？"

露陌突然将青罗拉近，在他脸上轻轻一亲，如兰的口气直吐到他的耳朵上。

鹿舞红了脸别过头去。她的手里还捏着山王。那柄剑现在在她的掌心微微地抖动，如同琴弦在手心里跳动。她带着不知从什么地方冒出来的气恼想，这就是你说的这把剑的用处啊，它帮你找到心上人了。

露陌笑着对青罗说,"你陪陪这位小姑娘吧,我要自己去。"她背过身顺着条小巷走了,虽然身形纤细,却有个坚决的背影,让青罗犹豫着不敢追上去。

鹿舞气恼地朝他们两个喊:"喂,我才不用你陪呢。"

她这么一喊,青罗反而不好意思扔下她去追露陌了。他停下脚步,尴尬地看着鹿舞说:"你……有什么事吗?"

鹿舞哼了一声瞪着他,看得青罗莫名其妙。

"这把剑,还给你!"她干净利索地一把将剑柄上的帕子撕了下来,把剑抛还给青罗,一转身连蹿带跳地跑走了。

青罗又莫名其妙地发了一会儿愣,不知道该不该追上去。

"女人。"他摇了摇头对自己说。

"好呀,你敢背后嘀咕女人。"鹿舞的声音突然又在他耳边冒出来,"我回头就去告诉露陌姐姐。"

青罗惊讶地问:"你怎么又回来了?"

"我回来你不高兴是吗?"鹿舞抢白道,"你们在岛上发生了什么事——你怎么看上去好像要哭了?"

"没有吧。"青罗摸了摸头,转移话题问,"你怎么哭了?"

他这话一问,鹿舞登时大声抽噎出来,还猛抹了一把脸上的泪,抹完后才看到自己手上的泥。该死,一定变成大花猫了,难看死了。她想。

"我回来,是和你说另一件事……不好意思啊,我把你的白骆驼玩死了。"

"死了?白果皮不是好好地在天香阁待着吗?"

"哪还有天香阁?早拆完了——要不是我把它骑出来,它早死在那边了,根本就没办法'好好的'……不过反正都一样,它还是死了,"鹿舞眼泪汪汪地说,"阿黄在那边守着它呢。你去看看它吧。"

就在一条街道之旁,阿黄果然蹲在白果皮庞大的躯体旁,时不时地用爪子试着扒拉一下它的脑袋,揪下几撮毛,试图将这家伙唤醒。它充满遗憾地想:如果不是老像疯子一样跑那么快,这大家伙还是蛮让本猫怀念的。

青罗蹲下来摸了摸白果皮脖子上厚厚的毛,僵硬的嘴唇,又掰开它的眼皮看了看,安慰鹿舞说:"别哭了,让我看看还有没有办法。"

"你骗人,死都死了,还能有什么办法。"

青罗在骆驼鞍架上搜索了一番,从座位下抽出了一个小瓷瓶。

"这瓶子果然还在。"他说,把里面的草倒了出来。鹿舞看到那是一棵有着大海一样深蓝色叶片的纤草,草叶是羽毛状的,盘旋着上升,第五叶片下还有一粒红色的斑点,如鹤顶上的一抹红一样鲜艳。青罗摘下一片叶子,将草塞到了它嘴里。然后坐下来抱住自己的双膝等着。

"这是什么草?"鹿舞惊讶地瞪圆了眼睛,也在青罗身边坐了下来。

青罗捏着那草,慢条斯理地说:"我给你讲个故事吧。"

"从前,草原上住着兄弟俩。其中一个很穷,却勤劳善良;一个很富,却贪婪吝啬,从一只羊身上想剥两张皮,抓住个兔子也想挤奶。有一天,弟弟在放羊的时候,被毒蛇咬了,他挣扎着爬到哥哥的家里,哥哥不但没想办法帮他医治,还以为可以继承弟弟的马群和羊,于是狠毒地将弟弟赶了出来。

"弟弟口渴难熬,爬到水塘边想要喝水,却看到水塘边长着一株小草,在迎着风跳舞,这株草的叶子是蓝色的,就像羽人的翅膀一样轻轻地扇动着,风把一片叶子吹落了,刮到水里,被弟弟喝到了嘴里。

"他在昏迷中看到一位美丽的仙子,带他飞上了天空,比轻盈的羽人飞得还要高,比最轻最淡的云飞得还要高,原来天空上是一片无垠的牧场,他再没看到过如此美丽的草原:浩渺的蓝天铺满嫩草,朵朵白云就是羊群。

"那位仙子和他说,如果他愿意留下来,就可以在天空牧场上过着幸福生活。如果他愿意回去,也不会勉强他留下。弟弟说,天上再好,也不如自己的草原好,于是就回去了。临走前,那个美丽的仙子送给了他许多金子和珠宝。

"弟弟就这样复活了,并且还带回了那些财宝。

"哥哥听说了,赶走了弟弟,也趴到水塘边,学着弟弟的模样喝了一口含着蓝羽叶片草的水,叼过了一会儿,他捂着肚子,痛苦地喊着,过不一会儿就七窍流血地死了。"

"池塘边长的,就是这种鸢尾草啊,它风吹自舞,百米大小的水池子边,通常只能生长一株,分布不多,不好找,但也不能算稀少。据说它会自己分辨食用者的善恶。不同的人吃了它,有时毫无作用,有时又会中剧毒,如果吃了它的人是好人或者好牲畜,它就有起死回生的疗效——如果白果皮不愿意醒来,那是因为它更喜欢那块天上的牧场,要在那里放开四蹄奔跑啊……"

"呸。这只是骗小孩的传说,根本就没有天上牧场。"鹿舞跳起来说,她愤怒地瞪着青罗说,"我已经不是小孩子了。"

青罗又尴尬地挠了挠头:"可我们草原上的人都相信这个故事。"

"我们从来不相信别人。"鹿舞转着眼珠子说,"在厌火城里,你要是总相信别人的话,就会有一天发现自己死在阴沟里。"

青罗露出了他的白牙,笑了起来:"可你看,我还没死呢。"

"可是白果皮死了。"鹿舞固执地说。

青罗宣布说:"它决定留在天上了。"他拍了拍骆驼僵硬的脖子,收拾好瓶子，站起身来，"有时候，我们相信一些无法证实的东西，也没有坏处。"

鹿舞垂着头站在那里，还是有点难过的样子。他们脚下的影子越来越短。

鹿舞看着自己的脚尖说："你找到露陌了，是不是就要回去了。"

"沙陀要攻城了，我没想到他们来得这么快。可惜我还没见到白影刀呢。"

"他们要攻城，关你什么事，我还以为你是从瀚州来的呢。你是沙陀探子吗？"鹿舞嗤地笑了一声。

"也算是吧，"青罗低头说，看到鹿舞瞪圆的眼睛，连忙竖起双手，"可我不是他们派来的，我打算自己来看看城市是什么样的，厌火城是什么样的。我不喜欢等他们把它占领后再来看。那之后就不是城市，只是一片废墟了。"

"切。"鹿舞骄傲地挺了挺胸，"厌火城矗立了三百年，靠几个沙陀蛮子就想毁掉它吗？"

青罗眨了眨眼睛，温和地笑了。

他的笑像太阳一样温暖，让鹿舞觉得一点争吵的力量都没有了。

"我并不是单单来见白影刀的，我们以前在宁西打战的时候，遇到过羽鹤亭的军队，可从来没见过铁爷的部队，厌火的力量，少了他们两个中的哪一个都不完整。我来了这儿三天，看到了许多东西，只是没见到过白影刀的存在。"

"为什么一定要见他？"

"我听说过他的传说，如果说影子是铁爷手下最强大的势力，那么白影刀才代表着这个城市隐藏的最可怕力量。不见他一次，我怎么甘心呢？"

"你真笨。"鹿舞评价说。

青罗沉思了一小会："对了，离开之前，我还有件事要做。我还要找一个小姑娘……"

"怎么，又是一个小姑娘……"鹿舞的脸一下就拉长了。

"……我答应了帮她救她的伙伴，也不知道成了没有，不见到她，我就放心不下。"

"唉，"鹿舞像个大人那样叹了口气，"你这个人，就是爱到处惹麻烦。要我帮你找吗？"

"你？"青罗又笑了，"不麻烦你了。小孩子能有什么办法。露陌说了，有机会会帮我向羽大人求情的。"

"又是露陌，"鹿舞恨恨地跺了跺脚，"还有羽大人，羽大人羽大人，你最好别让羽大人知道你，他要杀你呢——"

"我不信。我又不认识他，他干吗要杀我。"

"那你刚刚还说要总相信别人的话，为什么不相信我的话？"

青罗转了转眼珠："我相信你是在开玩笑。"

鹿舞长叹一声："傻东西。干吗这么相信人？要是我告诉你，露陌就是白影刀呢，她早投了羽鹤亭，不然昨天她为什么半夜出现在码头呢？有没人告诉过你，杀铁爷的人是个女的？她为什么对雷池那么熟悉？她现在还得了羽鹤亭的命令，马上就要杀你了。"

青罗哈哈大笑了起来。

"我相信她不是那样的人。她不会杀我。"

鹿舞张着她那清澈仿佛见底的眼睛，愣愣地望着青罗，说："如果有人说是我要杀你呢？"

青罗毫不犹豫地回答说："我也会相信你的。"

"呸。"鹿舞突然生起气来，一蹴而起。

青罗不知道她为什么生气，他也想不到她那么小的身子能够用那么快的速度弹起来，就如同雨水中的燕子，飞快地掠过狭窄的街道,他毫无防备地被鹿舞团身冲近,在肚子上猛烈地一撞。青罗痛得猛吸了一口气,跟跄了几步,后背重重地撞在了墙上。

仿佛一阵风穿过青罗的胸襟,把他的衣服吹得鼓了起来。

"我要杀的就是你啊。"鹿舞贴在他脸前,眼对眼地对他说。山王不知道怎么回事,又跑到了她的手上,亮闪闪的好像一泓凝固的水,照亮了鹿舞的眉梢,也照亮了青罗愣愣的眼神。

她一只手按住了青罗的脖子,另一只手高举着那柄俊俏的短剑,那锐利的锋芒,离青罗的颈部动脉管,只在毫厘之间。

唰地一剑落下来的时候,鹿舞喊:"呸。你这个傻子啊,再也不要相信别人了。"随着那一剑,她的脚尖一点墙面,一个倒翻跟斗,轻飘飘地飞了出去,就好像一只蝴蝶翩然飞离眷念了许久的花枝。

她在空中飞翔的时候,剑在她手中又抖了起来。

鹿舞突然害怕起来,她第一次明白了山王抖动的含义。这把剑可不仅仅是对青罗有用,它对所有的持剑者都是一样的啊。是你爱上他啦,笨蛋。

我才不相信呢。鹿舞想,一边抹去脸上的水珠子。我是哭了吗?哈哈,这不可能。

青罗愣愣地靠墙站着发呆。鹿舞的那一剑,擦过他的脖颈,割断了他系在脖子上的黑绳子,她把他的魂玉给抢走了。鹿舞跳入暗巷,飞鸟一样跃上屋顶,踩着屋檐跑远了。

她一边跑,一边在屋顶上喊:"不许跟过来,你要是跟过来,我就杀了你。"

青罗犹豫着踏前了一步,想再看一眼这个他从来都没看清过的女孩子,可是他脚前面大青石铺就的地面突然破碎了,一条粗大的根须从地下腾空而起,像一条巨龙盘卷着升上天空,它不停地上升上升,仿佛没有止境。那就是青罗种下的青蛇草,它现在已经拥有难以置信的粗壮和可怕力量，它投下的阴影，仿佛把整个街道都给填满了。

七之己

羽裳从格天阁五层的平台上望下去，只见羽鹤亭的府邸内，高台楼阁亭台水榭连绵横亘，或回环窈窕，或轩敞宏丽，或爽垲高深，却都有一丝诡异的色彩。

那些石墙、树木、道路、铺着白砂的小道、流水、回廊，都回转扣结在一起，就如一簇簇的绳结。羽裳只看了一会，就觉得头晕目眩，几乎要摔倒在地。

她再看身遭的窗户，那些窄小的细缝说是窗户，更是细小的箭眼。她明白过来，一旦有战争动乱爆发，这座迷宫般的府邸宫殿，其实便是堡垒一座。

羽鹤亭羽大人看似是厌火城的主人，威风八面，翻云覆雨，其实他谁也不相信，只有躲藏在这座如铁桶般的壁垒中，他才是自己的主人。

她再往远处望去，望见远处的上城那细线一样的白色城墙上，重重叠叠地挂着战棚、弩台、敌楼，城墙上满堆着各类守城器械，狼牙拍、床弩、绞车、檑木一应俱备，女墙上密布的射孔后都是阴森森的箭镞。镇军躲藏在鲜亮的盔甲背后，如同一枚枚银针在城头上闪亮。他们衣甲鲜明，刀枪明亮，手中各挺着拐突枪，抓枪和锉子斧钩杆，就连一只鸟也别想翻越这城墙。厌火上城号称永不陷落，确非虚妄。

羽裳把手掌压在眉头上，挡住那些灿烂的光后，她还能看到更远的一道灰线，那是下城的城墙。它就要矮小、简陋得多。上面游动的士兵仿佛一个个小黑点，他们龟缩在竹子编成的竹皮笆后，装备简陋，服色各异，甚至连手中拿的武器也是千式百样。

再往远处，羽裳就无法看清黑点似的一个个人了，但在靠近城墙的边布满砂粒的红色开阔地上，她还能看到一整队耸动的人马排列而成的方阵。一色的黑马，装备着涂上黑漆的具装甲，黑盔黑甲，看上去整整齐齐，紧密得没有任何空隙。

在如此遥远的距离看去，方阵以一种可笑的速度，非常缓慢因而显得非常镇静的样子，朝正北面那片闪动着锐利金属光泽的海洋驰去。有一小簇骑兵举着白旄，作为方阵的先头部队。

羽裳知道，那是厌火城派出的谈判使团以及护送使团的卫队，但她并不清楚，那黑色方阵是由厌火城中最精锐的庐人卫组成的，他们护送着前往沙陀处谈判的代表不是别人，正是厌火城主羽鹤亭。

他们行进的方向，是高高耸起在北门外的鹿门塬和龙首塬。这两座土塬，如同两扇大门，把守着厌火城通往青都的驿道，如今上下都笼罩着尘土和云烟。

阳光太猛烈了，就连那些蛮子也受不了，不得不把军队稍稍后退，在有林木的地方避暑。

阳光太猛烈了，视力最好的羽人观察他们也仿佛隔着层雾气。那些大军组成的海洋仿佛飘浮在空中，靠近地面的地方留下晃动的倒影。海面上则是无数金属的闪光。

这片杂色的海洋包围着厌火，窒息着城里人呼吸的愿望。沙陀展露出的力量，让号称永不陷落的厌火惊惶失措。

有人在她的身后说："外面阳光毒，还是到屋内来休息吧。"

羽裳没有理会雨羡夫人的话，她的目光转到下城迷乱没有头绪的一片片屋顶中。风行云就在她的脚下，但她找不到他。

"我到这儿来，错了吗？"她想。那天早上，有位使女充满同情地悄悄告诉她,龙印妄早已失踪,其余的人根本不知道他抓来的那个小孩在哪里。她待在这儿就完全失去了意义。

"外面阳光毒,会晒坏的。"又说了一遍。

"夫人,求你让我离开这儿。"羽裳说。

她突然转过身跪下来,给雨羡夫人磕了几个头,在台面上撞得咚咚作响。

雨羡夫人手足无措,连忙将羽裳拉了起来,只见一道细细的血柱从她头上流了下来。她急忙转身要叫人来。

羽裳死死地抓住她的袖子道:"别叫人来。您要是不让我走,我就死在这里了。"

"唉,"雨羡夫人连声叹气道,"你这妮子,这是何苦呢。外面兵荒马乱危险重重,男人们征讨攻忤,不是我们能明白的。女人活在世上,不就图个安逸有靠和无忧自在吗?你还是留在这吧。"

雨羡夫人紧捏着她的手,"乱世之中,能遇到羽大人,也算是一种福气。要不是他,我和儿子岂能活到现在。"

羽裳愣了一愣:"你有儿子?"

雨羡夫人点了点头。

"鬼脸就是我的儿子,"她说,"但和羽鹤亭没有关系。"

羽裳迷糊了:"我不明白。"

雨羡夫人微微犹豫了一下,说起了自己的故事:

"我生在帝王之家,这辈子已注定要过着无忧无愁的日子,但少年人骄纵无度,我不喜欢整日围着我转的,却喜欢上一位弃民。他不是羽人,只是个远处游方来的戏团里的戏子。"

她长叹了一声:"现在想想,那时候当真是年少无知,也就是迷恋上了他的一张俊脸,难道我真的能随他去过颠沛流离的生活吗?"

"那时候喜欢绕着我转的人当中,也有羽鹤亭。他年岁尚轻,已

二六五

经承继爵位,当上了厌火之主,神采俊丽,非同一般。父亲最终允诺了羽鹤亭的求亲,将我许配给他的时候,却发现我已经怀孕了。"

"按照羽族的规矩,我本该就神木天坠之刑,但羽鹤亭得知真相,还是肯继续迎娶我,我成了他的妻子,青都就不能再杀我。"

雨羡夫人微抬起头,嘴角露出一丝笑容:"他虽然不肯再见我,但这里的生活毕竟安逸富足,格天阁四时晴雨,青天白云,朗朗可见,我别无所求了。"

"他知道吗?"

"谁?鬼脸吗?"雨羡夫人苦笑了一下,"他生下来和父亲长得一模一样,我看着难受,用沸油浇在了他的脸上,被奴仆救了下来,后来我也不讨厌他了,就叫他'鬼脸'。鬼脸算不上羽人,他永远也不能飞,不过他不在乎;他从来都不知道自己的父亲是谁,他也不在乎。"

"你会像我一样,会喜欢上这儿的。"她最后断言说。

羽裳还是紧紧拉住她的衣袖。她额头上流下的血,如同点点桃花,沾湿了肩膀。

"夫人,我还想问,你有没有一次后悔,就一次,想要跟着那个人去流浪?"

雨羡夫人肩膀起伏,似是极为恼怒,却默然不语。

羽裳坚持说:"他现在也许很危险。沙陀要攻城了,大军一旦进入下城,玉石俱焚。我一定要去找他。"

雨羡夫人叹着气说:"你不明白,这座城市就如迷宫一样,我即便放了你,你又怎么找到他呢?"

"无论如何,请夫人成全。"羽裳又跪了下去。

雨羡夫人又叹了一口气。她拂开羽裳抓住她袖子的手,羽裳觉得手上冰凉,一把铜钥匙落到掌心里。

"这是角门的钥匙。你只要能溜出王府,我知道有个秘道,可以逃出上城。"

下城的北门洞开,千名庐人卫排列整齐,正护送羽大人回城。
"他们回来了。"
下城那些协防的百姓都情不自禁地抱着长枪和叉子,拥到道旁观看。他们个个忧心忡忡,想从羽鹤亭的脸上看出点吉凶来。影刀也冷冷地按着刀,站在城门上观看。在簇拥在城墙上下的数千兵丁中,大约只有他能明白羽鹤亭,去谈判的内容会是什么。
"那是鬼脸呢,你看他的面具,从来都没人见过他的脸呢……他如果在这,羽大人一定也在其中。"百姓们小声地对队伍中指指点点。
众多的兵将之中,确实也只有鬼脸面上那张带着细密花纹的银面具最为耀眼,炽热的阳光落在上面,如同水银一样流动,吸引了所有人的目光。他有四张面具,总是轮番佩戴。
鬼脸确实不在乎所有人的目光。他没有父亲,他生来就不能飞,但他刀子在手,可以杀所有会飞的人。他只用杀来对抗蔑视和侮辱,这非常有效。在整个城市中,他只信赖一个人,崇敬一个人,那就是羽城主。
此刻,他正对身边这位父亲一样的男人低语:"要派人去求援军吗,金山和南药的军队两日内可到,还有茶钥……"
"你要记住,鬼脸,这世上,没有什么东西是值得真正信任的,不论是男人还是野兽,谁都无法相信。不要把希望寄托在别人身上。"羽鹤亭看着他说,那种目光是一种近似父亲的眼光,让他觉得冰冷的面具上也传来一丝温暖。
他从铁护指套里伸出了三根手指:"第一,离正午还有两个时辰,继续找;第二,告诉影刀,让他尽快把铁爷彻底解决掉;第三,把守住所有城门,不许任何人进出,如果正午还找不到石头,就全军撤回上城,把下城交给他们自生自灭吧。"

"没有人可信,"羽鹤亭摇了摇头,捋着胡须道,"别寄希望在这些虎狼身上了,我只指望沙陀在攻破上城前先找到石头——对了,别忘记把南山路那小妞给我带出来。"

按马从城门下走过的时候,羽鹤亭的脸色重如磐石,他低眉垂目,哪儿也没看。

鬼脸却抬眼上看,正和黑影刀的目光相对。他们各自的目光里都有许多东西。

黑影刀扭头对身边的贾三道:"带上人,跟我走。"

他刚走了一刻,铁昆奴走了过来,大声问道:"门口的挡马障还没布完,黑影刀上哪儿去了。"

"不知道,他可没说。"几名影子斜刁着他道。影者与他们铁君子一帮本来就不和。

铁昆奴的目光飞快地闪了闪,不再说什么。他就不爱说话。

王府卫士头盔上高高的青缨刚在转角处消失,羽裳就顺着绳子从窗口滑了下去。然后按照雨羨夫人告诉她的路线,轻悄悄地从角门溜了出去。溜出厌火勋爵府,还只是做到了第一步。要想逃出堡垒森严的上城,则需要更多的智慧和运气。

羽裳默数着绕墙巡逻的卫队脚步,在所有人背转过来的一瞬,溜入一道城墙根和城内建筑形成的狭窄的夹缝,后面似乎有喊叫声。有人发现她了。

她没有停下来,顺着夹缝飞快地跑到底,前面没有路了。两边的墙面都高耸而上,如同羽人追逐云天,石头墙面光滑如琢磨过的镜子。那条窄缝其实是个条袋形走道,羽裳此刻位于袋子的最底部。

很快两头都传来了巡逻卫队的脚步声。羽裳在城墙上摸索,那儿看上去并没有一点门的痕迹。

她几乎要绝望的时候,终于摸到了一块突起如狮子脸的石头。

她转动石头,低语了一声:"努饵塔林古。"那是羽人族早已不通行的古语"破壳而出"的意思。

一片明亮的光在墙上闪烁起来,铁板一样结实的墙面向后退去,正好让出够一个人弯腰钻过去的洞口。羽裳如同逃出金丝笼的小鸟,一路飞到了码头,但那儿如今空旷无人,只有翻倒在地的小船和破了底的大锅。她失望地转过街角,却看到有两个一高一矮的人正站在那儿谈着什么。

羽裳惊喜地看到了一个熟悉的背影。

"绿珠。"她喊。

那小女孩回过头来,看到羽裳的时候眉头一皱。

羽裳没注意到这些,她高兴地跑了上去,"绿珠,"她说,"我可找到你了。"

突然小女孩脸一沉,退了半步,右肘一翻,一把匕首凉飕飕地顶在她的咽喉下。

羽裳惊讶地后仰着脖子,问:"你怎么了,是我啊。我是羽裳。"

绿珠干巴巴地说:"我知道你是羽裳,可有命令,要我们见到你时格杀勿论。"

她身边的那个高个年青人也从衣襟底下抽出一把尖刀,看了羽裳半天,却下不了手。原来他就是那个看羊肉摊的青年人。

绿珠脸上也是一副犹犹豫豫的样子,末了她一收刀,说:"喂,你还是快跑吧。就当我们没看到你。"

羽裳却不肯走。她咬着嘴唇问："是影刀让你杀我的吗？他为什么要杀我。"

"那他可没说，"绿珠看了看四周，急道，"你还不走吗？这儿四面都是影刀的人，你不走，我可真要动手啦。"

羽裳一口气说道："……那天我看到了他与羽鹤亭在上城的城门洞那儿密谈。"

青年和绿珠都不吭声了，他们如被巨石撞击，转过头去互相看了好一会儿，都显露出惊愕之极的神色。

绿珠最后掉头看着羽裳，她竭力忍住心中的惊涛骇浪："如果你说的是真的，这事可不是我们能管得了的。影子各堂如今都已归属到黑影刀手下统一管制了。虽说大部影子都上了城墙，但城内依旧到处是他的眼线。你能活着从上城跑到这儿来，可你一定没办法再这么跑一次了。"

"我说的是真的，我用性命担保，"羽裳说，"我刚到厌火三天，只想找人帮忙找我的同伴，他为什么要杀我？"

绿珠飞快地拿定了主意，她将羽裳扯到路边，快速地说："只有带你去铁府了。现下铁府大管事的正在那边。只有他也许还有办法对付影刀，也许还可以帮你找到同伴。只是，铁府附近现在肯定全是影刀的人，你怎么才能过去呢？"

"我带她走。"那青年挺起了胸膛说。

绿珠摇了摇头，又想了想，还是沮丧地说："这不可能成功的啦。"

"那么让我带她去呢。"一个声音横空插了过来。他们都吓了一跳，只见身后不知什么时候多了一位铁塔般的大汉，秃了个脑袋，手中倒提着一根粗如童臂的铁棍，正是铁昆奴。

蛮人们看着羽鹤亭和他的卫队慢慢地离开,他们按捺住像狮子一样猛扑上去,将那些羽人全都撕成碎片的念头。

"药叉王,那些鸟人都说了些什么?"

四面的蛮人军队还在络绎不绝地到来,如今在不被林木遮蔽的平原和戈壁上,可见的战斗队伍和非战斗队伍的总人数已经超过了八万人。

在鹿门塬的平顶上,簇拥着二十四名各部落首领。他们背负着宁州蛮人之中最可怕的凶残之名。血独狼、雨夜屠夫、断翅魔王、燎羽者,或者其他更可怕的外号,而在所有这些可怕的人当中,沙陀药叉是最令人胆战心惊的杀戮者。

他骑在一匹庞大的灰骆驼背上,就像座大山屹立在另一座山顶。

此刻他正哈哈大笑着说:"羽鹤亭不明白,区区一块石头,怎么能成结盟的障碍。那些传话的人真是笨蛋,居然没有把这一点和他强调清楚。我刚才已经和他一字一字讲了个清楚:今日正午,我必须得到那块石头,否则,我就自己进城去找。不论是下城还是上城,都是我们翻找的地方。"

他身边一位下巴歪在一边的将领掂了掂手中粗大如一棵小松树的狼牙棒,吐着唾液星子喊道:"药叉王,鹤鸟儿难道不是准备把下城送给我们了吗?我们真的要为一块石头,放弃唾手可得的厌火吗?那边有许多财宝许多房屋和许多夷子,在等着我们去抢,去烧,去杀呢!"

"呸。"沙陀药叉吼道,"狼那罗,你真是个笨蛋。就知道杀人和烧房子。我真该把你吊在马鞍后面,拖上十里地让你清醒清醒。"

他用铁靴子踢着骆驼的腹部,让它狂暴起来,蹶着蹄子从所有这些将领的面前跑过,然后猛拉缰绳,灰骆驼愤怒地蹬踏着,踢起了大片的红土。

沙陀王看着他手下这些钢铁一样坚硬的战士，大声地吼道："你们还记得吗？我答应过你们，有一天要带领你们杀回瀚州，那里才是我们生存的地方。厌火于我何用？宁州于我何用？山那边那片广袤的草原才是我们的家乡。"

这些强壮的武士一起欢呼起来，用枪和剑撞击着自己的盾牌和胸膛。

"那为什么要找那块石头呢？"有人在下面喊。

"你们难道不清楚一块星流石拥有的力量——一块如此大的石头，可以作什么用？可以帮你们多生几个孩子？可以帮你们脱下婆娘的裤子？可以让她们永远忘不了你的强壮吗？——呸！"

下面那些脏兮兮的首领则大声哄笑起来。

沙陀王又抽了灰骆驼一鞭子，让它终于老实下来站定脚步。他冷静地说："十八年前，我亲身见识过它的力量，虽然它的拥有者未必了解，但我可以毫不夸张地说，它足可以毁灭一座城市，可以填平一座湖泊，也可以让一座高山倒塌。"

"那我们就用它去推平厌火，推平青都。"下面又有个年轻的首领举着刀喊，赢来一片赞许的欢呼。

他们的王摇着头。

"你们还是错了。这计划比起我将要做的事来，还是太小太小。"

"我们是怎么流落在宁州，成了无根之民的？"他大声咆哮着问手下。

那些人则都不敢作声，最后还是那个年轻首领咕哝了一句："灭云关。"

"没错，灭云关。"沙陀冷冷地说，"它将我们踏平宁州的光荣和梦想毁于一旦。"

"但它将永远成为历史。"他愤怒地吼叫起来，"我要用'龙之息'炸开整个勾弋山口,我要用它炸出一条宽上百里的坦途,让瀚州那冰冷如铁的大风呼啸而入,那时候,我们沙陀部的十万人马算什么,一百万,一千万的蛮族雄兵,都可以通过那个山口滚滚而下。"

"到时候,宁州,这片飞翔之土,就会捏在我们的手掌心里。"

第八章 天上草原

八之甲

厌火城的长生路是一道满铺着青石板的长路，道路两侧有凹陷的雨水沟，还有成排的石灯笼，店铺和楼阁连绵横亘，一色的悬山顶，飞子檐椽高高探出檐枋，在街道上交错投下深深的影子。

这些店铺以经营字画和古玩为多，遵循下城的性格，里头掺杂着大半的假古董，但这东西毕竟要骗有钱的羽人贵族，所以这条街道也自有着下城难得一见的干净和气派。

长路的端头上，隔着半环而过的灞柳河，有几大落连绵的横跨院落，名曰"不老里"。一座木制虹桥跨越南北，将不老里与长生路连接在一起。

不老里由南到北，排列着天、地、玄、黄四座大宅院，正对着虹桥的天字号，在明间的朱红色实踏门两侧各矗立着一头张牙舞爪的石辟邪，那就是铁爷的府第。

这几落院子四面房屋垣墙包绕，均有四五进的深度，森严大气，同样的重檐悬山顶,两边垂挂下朱红色的铜悬鱼。跨过影壁轿厅,正对面是两扇铁叶包边的铜钉大门。这道中门自建成日起,只为一个人开过(那人乃是当今青都银乌鬼王的兄弟翼在天,其人故事可见《厌火》)。

寻常来客都从两侧的边门进入,入了这道门,才可见到大院,正房为一座二层楼阁,抬梁结构,一层地面以方砖包砌青石镶边,两侧用砖石带望柱。

最令人注目的,却是房前一座五层八角砖塔。那座塔周身上下黑沉沉的,宛如铁铸,立在院子中,上如一棵擎天巨柱顶着天空,下如铁椎深扎入地下,紧紧抓住不老里群院。

阳光强烈之时,站在塔下,遥遥可见塔身高处镌着八个大字:"问你平生所做何事",另一面则是另八个字:"到我这里有仇必报"。这几个字也并没有特别突显,只是隐在黑沉沉的砖墙内。

这就是铁问舟家中的铁浮图。

铁昆奴拉着羽裳,站在长生路另一头,远远望着那尊铁色高塔。

太阳闪耀,一丝风也没有。热气和尘土散发出刺鼻的气息。长街上空荡荡的,却突然有一团黑影从街心擦过。

铁昆奴抬起头来,看到一只毛茸茸的夜枭张开翅膀,悄无声息地飞过头顶。这种鸟出现得毫无预兆,在夜里活动时,人们多半能听见它们的叫声,却看不见它们的身影——正是影者的写照。

铁昆奴冷笑了一声,将羽裳挟到左边胳膊下。

他跨出第一步时,街道上还是空的,跨出第二步时,突然之间四面都冒出人影来。屋脊、檐椽、墀头、匾额、石灯笼后都突然有人影晃动,仿佛是从空气中现出身来。

"站住。"一条黄衣汉子倏地在路当中冒了出来。

他一手扶在腰间刀柄上，另一手五指伸开挡在面前，做了一个含义鲜明的手势。

铁昆奴揽着羽裳的腰，不但没有减速的意思，反而一低头，更快地向前冲去。

"我身无……"那条汉子的一句话还没说完，铁昆奴的肩膀已经撞在了他的嘴上，那人身子向后飞去，快落地时，才听到喀嚓一声响向四周传出，原来他半边脸颊都被撞碎了。

铁昆奴大步疾进。

他跨出的脚步里充满高昂的战斗愿望，非如此不可能闯入不老里。

这是一人对所有影者的会战。

铁昆奴知道，面对厌火城里这一最令人可畏的团伙，他必须调动自己所有的力量和精神，竭尽全力地战斗，才有可能获胜。

火光在他的眼里、肩膀、手掌和光头上燃烧。

再也没有退路了。

那些影子抽出兵刃，从四面八方向街心扑来。

铁昆奴跑得已经迅疾逾马了，谁也想不到他的速度还能更快。他垂下肩去，飞身向前，快得如闪电一样看不清人影。那些朝他当头跳下的截击者，全都扑了空，滚落在他身后的尘土里；挡在前面的人则被他魁梧的身子一撞，则如水花四溅，纷纷向外飞去。

羽裳死死揪住他的衣服，吊在他的腋下。铁昆奴如同一匹冲入浅滩的野马，扬起冲天的水花，奔上了那座虹桥。过了桥就是天字号的大门了。

一声梆子响，桥的另一端涌出了二十多人，个个手持兵刃，在桥面上列成一堵厚实的人墙，而更多的影子拼命地自后面追上，将铁昆奴和羽裳围裹在重围中。

跑得快的一条壮汉,手中挥舞双刀,蓦地跃在高处,双刀自上而下,流水飞瀑一样扑击下来。

铁昆奴急奔之中,突然立脚,扑下来的汉子收势不及,重重撞入铁昆奴的怀中。跟着跑上来的人根本看不清发生了什么,只有啵的一声响,那汉子连刀带头,都成了带红的碎片,噗地喷入河中,登时半条河都染成了红色。

"我要见铁爷,谁敢阻拦?"铁昆奴冷冷地说,半边身子都被喷溅的血给染红了。他的短铁棍已经掣在手中。

羽裳缩在他身后,半边脸上,也是桃红点点,染上了许多血。羽人眼尖,已经看见河岸后面的横巷子里,竟然有青色的盔缨在闪动,隔河传来嘚嘚的马蹄声,显然是有大批正规军队调动。

一条又细又黑的鞭子突然从铁昆奴的鼻子前卷过,细长的鞭梢如蛇牙般撕碎空气,啪的一声响,将他逼得后退了一步。

"影刀有令,此刻谁都不许进去。"说话的人从众人身后蹿了出来,个子比铁昆奴还要高,却悄然无声地落在桥面上。

铁昆奴苦笑了一声:"贾三!你没看到河那边的厌火镇军吗?黑影刀要对铁爷下手了。"

贾三愣了一愣,脸上由惊愕转为疑虑,旋即又转为轻蔑。

"我可不知道什么镇军府军。你不得允例而入,就得拦住。铁君子的人,别管我影者的事。"

铁昆奴一贯笨拙寡言,只是怒斥了一声:"傻瓜!"

他左手一揽羽裳的细腰,将她提上肩膀,右手一抖短铁棍,在身前画出了一个大圆,呜的一声响直撞入每一个人的耳膜。在他画出的圆圈之内,折断的兵刃和着血肉,交错飞旋上天去。

贾三大惊,一脚跳上桥桩,如蜻蜓一样粘在那儿,右手一抖,那条细黑鞭在空中画了三四个圈，朝铁昆奴的胳膊上套去。他的鞭子又韧又细，抽紧后快如利刃，如果套上了，就能将铁昆奴的胳膊勒成四五段。

铁昆奴一缩手肘，手中的短铁棍立起，啪啪啪三响，鞭子就如同缠上猎物的毒蛇那样，瞬间在其上绕了三圈。

贾三胳膊上隆起块块铁铸就的肌肉，手上加劲回扯，铁昆奴却不和他争，倏地松开五指，只是在完全放开的瞬间用小指往上一钩。

短铁棍在空中翻了个筋斗，沾着的血成切线地飞了出去。

有那么一瞬间，铁棍仿佛悬在空中不动，实际上它借着贾三抽回鞭子的力量，迅如奔雷。贾三眼见着它呼的一声变大，正撞向自己的脸，拧腰急闪时，铁昆奴一脚蹬在桥栏上，将粗有双握的栏柱咔嚓一声踢成两截。半扇栏杆连同上面站着的贾三都飞下桥去，溅起大片水花，只有鞭子缠着短棍还飞在半空里。

铁昆奴一手将短铁棍接住，另一手抓住鞭子使劲一拉，将那根黑皮鞭扯成十七八段，如同死蛇一样从棍子上滑落。他回目横睨桥上众人，谁都为之色变。

铁昆奴肩负着羽裳，一声不吭地冲入人墙内，短铁棍在手中振动，竟然发出猛兽一般的咆哮。无人敢挫其缨，如同翻滚的巨浪向两侧分开，再有两步，他就要踏入不老里了。

羽裳坐在铁昆奴肩膀上，搂住他粗壮的脖子，已经可以看到不老里前端坐着的石辟邪——那两尊石像也正瞪着冷冷的嘴脸向桥上看来，就在这时，她在眼角里瞥见从人群中升起一团模糊的影子，虽然烈日当空，她却觉得那团影子冷飕飕的，看不清楚形状，只见到它快如魅影地朝铁昆奴身后扑上来。羽裳预见到可怕的事情就要发生，吓得高声喊了出来。

在她的叫声里，铁昆奴回手一棍横扫，却扫了个空。

锥子一样冷飕飕的杀气已经逼到了他的后脑上,就在这一瞬间里,铁昆奴猛吸了一口气。羽裳觉得他那魁梧的身子骤然间蜷缩起来,仿佛要缩小到成一个弹丸,直到缩得不能再缩的一个极致点上,一脚猛飞出来踢在石辟邪上。

借着这一脚之力,铁昆奴狂吼一声,平着飞了出去,黑黝黝的影子滑行在身下。这头大汉,就如疯狂的盲黑犀,如山崖上滚落的巨石,发出轰然巨响,朝那团黑影直直地撞去。

他的肩膀坚如铁石,就是石头墙壁吃这么一撞,也要塌下半边来。

一声震响,如同钟声轰鸣。那团黑影仿佛被他的肩膀擦着了,直飞上半空,高有一丈多,身子如陀螺在空中旋转,转了一圈又一圈,仿佛永不停息。

羽裳的心却直沉入湖底,她看出来那团盘旋在他们上空的黑影身形舒张,没有一点受伤的迹象。

"我身无形。"一个声音低声说。那团黑影如一片落叶落到地上,轻飘飘的毫不着力。

他落在地上,手上倒提着柄长刀,尖头斜指向地面,刀身如同弯月,又细又长,刀光却是暗黑色的,看不出上面有一点着过血的痕迹。

铁昆奴则肩膀斜对那黑影,棍尖压在肘后,微微垂头,一动也不动。

两人背对而立,空气凝结在他们之间,只有可怕的杀气席卷过桥面。

"果然是你。"铁昆奴慢腾腾地道,话语中依旧是听不出喜怒。

"是我又怎么样?"那团黑影咳嗽了一声,也是慢慢地说,"我没做对不起良心的事。铁爷已经不行了,厌火城此刻面临腥风血雨,谁都逃不掉。谁都别想回避。我是黑影刀。我得为手下的三千影子考虑退路。别说影子，就说海钩子、好汉帮，还有你们铁君子，又谁不是在各自打算?!"

铁昆奴松开怀抱着羽裳的手，将她轻轻推到桥面的另一侧。小姑娘虽然害怕得两腿微微发抖，却还是自己站得直直的。

"放心吧。大局已定，我现在没必要杀她了。"黑影刀说。

铁昆奴抬起一只手，摩挲着光光的脑袋。他道："废话少说。多少年前，你就盼着这一战了吧。"

"不错，"黑影刀在黑暗中吐了口唾液，桀桀地笑了起来，他的笑声里全是寒气，"和你这一战，我已经等了很久了。"

铁昆奴肋下的衣服在他的笑声里突然裂开了一条大口子，从中滚出大团的血来。

先偷袭再考虑正面对决，这才是影者的打法。如果这是一盘棋的话，黑影刀持红先走，已然占了上风。

铁昆奴对肋下的伤却恍若不觉。

"来吧。"他轻轻地说，将铁棍在地上杵了杵，转身面对黑影刀手中黑刀淡淡的微芒。

铁爷的府邸内，可以听到一个高亢略带沙哑的声音正在府外回荡："我要见铁爷！"

"不见！"随着一声虎吼，虎头推开正楼大门，大步追了出来。不老里中的防卫本属影者负责，但此刻院子中连一个影者也不见。铁爷的贴身护卫，也就剩下虎头一人。他站在院子当间，手持巨斧，威风凛凛，如巨大的山岳之神般不可侵犯，但见眼前一花，四面墙头屋脊上突然都冒出人影，玄甲青缨，箭矢闪闪，总有上百名羽人箭手，为首的正是厌火镇军参将时大珩。

虎头纵然有拔山断岳的本事，纵然有千手万臂，也挡不住这些羽人精锐的如雨密箭。

那个沙哑的声音，再次在外面一字一顿地开口道："我，黑影刀，求见铁爷！"

一只猫头鹰从天上飞落在屋檐上。

虎头没有回答，却见大院前面，那扇铁叶包边铜钉镶嵌的中门，那扇多少年都没有打开过的中门，吱呀一声，被人慢慢地被推开了。

黑影刀那高大的影子，慢慢地从推开的门里走了进来，他头上颌下都是乱蓬蓬的毛发，一只手中提着柄又细又长的黑色弯刀，另一只手里，还紧紧地抓住个不断挣扎的小女孩。

黑影刀抬起脸，站在那尊塔的阴影里，抬头看了看高耸的铁塔，道："这座塔，立了三十年，也该倒了。"

八之乙

风行云寂寞地走在厌火那些狭窄扭曲的小巷子里，却觉得四周空旷无比。羽裳羽裳，你会在哪里呢？他苦闷地想，如果你出事了，我怎么向瓦琊交代呢？

他这么边想边走，一头撞到一人怀里，猛听到一个声音惊讶地问："小贼，你还没死？"

他愕然抬首，见到一张面黄肌瘦，留着两撇长长八字胡的将军正怒视着他，背后还停着一辆垂着帘子的精致小车，车边护卫严密，也不知坐着什么人。

那将军一身的银盔银甲，披着墨绿斗篷，腰挂明珠宝刀，倒也威风十足，只是一只眼眶高高肿起，另一只成墨黑色，此外鼻梁上包了块白布，说起话来未免有点瓮声瓮气的。

风行云见不是头，转身想要顺墙溜走，却发现巷子两端已经被那将军手下的兵丁给包围了。

那将军满脸狞笑地看了他半天，突然扔过来一件东西："认识这东西吗？"

风行云一接到手里就知道那是他的绿琉弓，本来已经断了的弓弦被一束黑发接了起来。那一定是羽裳接的。他又惊又喜，竟然忘了自己的危险处境，追问小四道："谁把弓给你的？"

小四揪着胡子淫邪地一笑："那小姑娘是你的朋友？倒是个大美人儿，可惜老爷我无福消受。此刻她大概正在羽鹤亭的宫殿里快活呢。"

"是你们把她送过去的？"风行云哪顾得上敌众我寡，凭着一股气就想要扑了上去，却被小四将军边上跳出三四名兵丁按住。

"哎呀，他还先生气了，他还生气了！"小四带着委屈地喊，他抢回那张弓，然后右手将风行云衣领抓住提起，把一对怒火熊熊的熊猫眼凑上前来。

"龙印妄要早点把你杀掉，就没这么多麻烦事儿了。亏羽大人还问我们要人，呸——他怎么会知道你是个如此该死的、下流的、大白天的从天上飞下来抢东西的贼呢？"小四咬牙切齿怒火冲天地喊道。

车子里突然传出一个既慵懒又不耐烦的声音："问正事！"

"是是，问正事。"小四飞快地换上一副谦卑的面容对车子连连点头，随后又转头再次冲风行云换上凶恶嘴脸。他这次终于切入正题，充满期盼、浑身颤抖地问，"石头在哪？"

"我不知道，"风行云说，"我把它放在罗家当铺里了。我就当了两个茶叶蛋。"

"当铺？"一提起那个伤心地，小四就打了个寒噤，他嚎叫起来，"这不可能，那家当铺早被姓龙的给拆了。"

"我到的时候,那儿还没被拆。"风行云说。

小四使劲地搔起头来,不过就算借他两个脑袋,也想不明白这层子关系。

他搔着头,想了半天,又把风行云拖过来,继续充满期盼地问:"那么,你认识一个身短腿长,鼻子骨突,瘦如皮猴的车夫吗?"

"不认识。"

"行了,我早说过他不认识。"小四沮丧地把风行云往外一扔,七八名兵丁接住,依旧把他牢牢压住,动弹不得。

小四在马上往后一靠,带着哭腔说:"哎呀呀,你真的不认识吗?沙陀围城了,正午前找不到石头,我们都将没命。"

停着的车子里,突然冒出了另一个愤怒的声音:"如果找不回石头,小四,最先没命的一定是你。"随着一声呵斥,车夫扬起鞭子,车轮辚辚滚动,朝远处去了。

小四看着车子远去,又垂下头来,瞪着眼睛看了看风行云。他痛苦地道:"我小四的大好前途,就毁在你手里了——公子要让我没命,妈的,那我就让你先没命。"

他们挟带着风行云,跑过了几段街道,直冲入到一座大院子里,然后下马将风行云拖入到一栋大屋子里,两个人架着他的胳膊,把他往前一推。

风行云腾云驾雾地摔了下去,睁开眼睛,却发现这是处极熟悉的地方——那是府兵驻处的豹坑。

如今天色大亮,风行云看得更加清楚,方坑里四面都是打磨光滑的石壁,上次锁住他的铁环还镶嵌在老地方,石壁上四处可见残留着的血迹和深深的爪痕。

此刻坑里并没有噬人豹,他却能清楚地听到那些猛兽走动和咆哮的声音。

原来那座方坑并非全封闭的,在坑壁上不显眼处还安装着四道铁栏杆,每道栏杆后面都是缩进去的一条深深通道,曲里拐弯地通到兽栏里。

那些野兽顺着通道闻到生人的气息,都已经躁动起来。

风行云听到上面的人拉动铁链,接着很快就听到了厚厚的肉垫落在通道里的声音,又轻快又凶悍,顺着通道奔来,随后有很大的躯体凶猛地撞在铁栏上,力量之大,让胳膊粗的铁条也稍稍被砸弯。

他隔着那些铁栏看到后面绿光莹莹的眼,每道铁栏后面有一只。噬人豹抿着耳朵拼命地朝外挤,锋利的獠牙磨着铁栏发出可怕的咯咯声,而更多的猛兽在栏后咆哮。

这一次,那些噬人豹的脖子上可没有锁链!

"让我们把上次的游戏继续完成吧。"小四站在坑沿上,抱着胳膊狞笑着说,他踢了一脚,将脚边那张绿琉弓也踢进了坑里,"嘿嘿,神箭手,或许你可以用它救自己吧。"

他格外响亮地大笑起来——我们不知道这阵子笑是不是很真诚——毕竟小四已经觉得自己时日无多了。周围的人都附和着笑。

有人说:"这小子太瘦了,可能一眨眼就没命了。那就太无趣了。"

"那怎么办?"

"看,这里怎么有只猫?"

有人喊:"抓住它。"

上头一阵忙乱,风行云突然看到一只小白猫出现在方形的坑口上。它缩着四爪,被提溜着脖子后的皮,拎在一条胳膊上。

"好只小野猫,"他们赞叹说,"可以让他们先打一场……"

"好,我押小白猫两个毫子。"

"都扔进去。"

他们乱七八糟地喊着。

野兽的吼声里混杂着喵喵的猫叫声。

风行云向上看着,却发现天花顶的梁头上又探出另一只猫头来,那是只看上去有点眼熟的黄猫,鼻子有点塌,眼光炯炯地伸头看着那家将手里提着的白猫。

拎着白猫的手放开来了,它吧嗒一声掉下来,正落到风行云的肩膀上,四腿一弹,又蹦到地上。

他们一起放声大笑。

小白猫以动物的本能闻到了危险,疯狂地抓挠着石壁往上爬,但四壁陡直,就连猫也爬不上去。末了,它也只能蹲在坑角上呼噜呼噜地直喘气。

方形的坑口探进来几颗人头,似乎在看风行云和猫有没打起来。

他们不肯打。

小四惋惜地说:"可惜老龙不在,不然这个变态会有更多的招数,准能让他们玩命搏斗。"

又是先前那个提议放猫的尖细嗓子提议说:"还是放豹子,我们可以赌这小贼和猫哪个先被吃掉。"

"好主意。哈哈。哈哈。"小四夸道,心里却拿定主意要把这聪明人调到军前去搏命,留在身边只怕会威胁自己的位置。

他们的头在兽坑的边缘消失了。

上面又传来铁链绞动的声音。

"给我箭。"风行云又是害怕又是愤怒,他不明白这些人凭什么能够把一条人的生命看作玩笑,他也不明白这样的事情在铁崖村外有多少。他将弓抓在手里,然后在下面转着圈,朝上面咆哮起来,"如果你们公平的话,总得给我支箭吧。"

上面没有人回应。有一会儿，风行云以为上面的人都走光了，然后，突然飞下来一支箭，却落在铁栏面前。

风行云听到了上面传来的嬉笑声："给他，看他能玩什么？"一个头从上面探出来看了看，很快又缩了回去。

风行云咬了咬牙，朝掉落的箭走去。那些猛兽就在他的耳朵边咆哮。他忍住颤抖，弯下腰去捡那支羽箭，突然耳后面一阵风起。

那帮人还没等他捡到箭，已经打开了离他最近的铁栏，那头赤花大豹低着头一声不吭地猛窜出来。

风行云并没有看到这些，但他猜测到发生了什么，左脚猛蹬地，向外滚去，但左肩上还是像被四把利刃刮了一下，登时半边身子都麻木了。

这是千钧一发的时刻，他忍住痛，贴着墙跪坐而起。

那只噬人豹正在蹑手蹑脚地逼近，眯缝起来的眼睛里，闪射着残忍。

风行云肩膀上全是血，他的手从身子下抽出，拿着捡到的那支箭，在把它搭到弦上的时候，风行云才发现那支箭的箭头已经被拗去了。

顾不上诅咒那些同胞，风行云拉开了手里的弓。

他感觉这一刻如同在蓝媚林中曾经发生过。场面如此地相像。死亡逼近眼前，风行云的眼睛透过箭翎和箭杆与之对面而立。蓝媚林中无数变成石像的战士仿佛站立在他身后，让他燃烧起愤怒的火焰，这些火焰和脚下的大地融为一体。

他左腿前伸，右腿半跪在身下，犹如石像，稳如山岳。死生一如。风行云已经抛开生死，眼睛里只有豹子琥珀似的一双巨睛。

扑过来的噬人豹猛烈地在地上打起滚，它大声咆哮，却怎么也爬不起身，只是将插在眼中，深入脑髓的箭在地上折断，血洒得豹坑里到处都是。

风行云这才醒过来,听到上面的声音说:"妈的,我晕血,不想在这多看下去了。你们快升闸。"

剩下的三处铁栅栏摇晃着升了起来。栏后的那些豹子一起咆哮起来,啸声激荡豹坑四壁,震动不休。

风行云苦笑了一下,对缩在坑角簌簌发抖的小白猫说:"喂,至少,你不用死在这吧。"

他抓住小白猫的脖子,觉得它在手上又轻又软。他悠了一下,将它往坑口边沿扔去。

铁栏还只是半开的时候,那三头豹子一起猫下腰,蹿出囚笼,朝坑里那位略显瘦弱的羽人少年猛扑而去。

八之丙

青罗目瞪口呆地望着那株庞大的青蛇草,仿佛在永无止境地上升,遮盖住了街道上的天空。

他自己也在嘀咕:"这草怎么可能长得如此大呢。"

青蛇草盘卷的时候,撞毁了街道边的一座二层房屋,砖块、木瓦和尘土纷纷落下。青罗跳上一块石阶,拼命挥手,朝天上喊道:"停下。嘿,停下。我是你的主人。"

青蛇草听而不闻。

青罗从地上捡了一块砖头,猛扔出去,正砸在一根卷藤的身上。

青蛇草倏地立住了,顿在半空中不动。那些不断翻卷的须蔓如同昆虫的触须,在空中慢慢地舞动。

虽然青蛇草没有眼睛,青罗却能感觉到它在俯瞰自己。

"嗨,是我。"青罗用命令的口吻喊,但他也听出来自己明显底气不足,"不许再生长了,停下,明白吗?"

青蛇草的梢端是一朵盛开的花，花瓣边缘全是锋利的锯齿，就如同一颗遍布獠牙的蛇头，它在高高的空中摇晃了一下，突然俯冲下来。

等青罗明白过来想要躲避的时候，四周飞舞的青蛇草藤蔓已经缠绕住他。青罗使足全身力气的一跳，躲过了蛇头恶花的扑击，但青蛇草只是轻轻一甩身子，已将他拖过了三四条街道，粗壮的身子已经撞塌了十来栋屋子。幸喜这些房屋本身并不牢靠，多半由些细竹苇席构成，青罗才没有被这些塌落的房子砸死。

这也没什么好令人欣慰的，因为同时，青罗已经发觉身上的藤蔓越勒越紧，让他呼吸困难。

"我命休矣。"青罗在厌火城里第二次这么想。

不知道为什么，他并不难过，却有点将要解脱的感觉。

就在这时，突然斜刺里跳出一个比例古怪的人来，左右手上不是五指，而是一对锋利的铁钩。他站在路当中，张开双臂，将青蛇草的主藤抱了个正着。

只是一眨眼的工夫，青蛇草就对这个新来者发动了攻击，将他卷入一团卷须当中，然后将他挥起来，结结实实地拍在青石板地面上。

如果是普通人，这一下定会被拍成肉饼，但那位陌生人只是将地面砸出了一个大坑，断裂的石板飞上半空，自身却浑若无事。

青罗眨了眨眼，这才看出来那个古怪的人其实是个木头傀儡，似乎极其结实，虽然身子又被青蛇草提起，悬在半空，一双铁钩却不停挥舞，将身边能够得着的绿色藤蔓绞得粉碎。

青蛇草似乎也能感受到痛苦，疯了似的扭动，原本向四处蔓延的藤蔓全挤了过去，将那傀儡包在中间，然而街边又跳出来另一个木头傀儡，然后是又一个，又一个……直到跳出来六个傀儡，全是力大无穷的战士。

它们合力扭住青蛇草那合抱粗的腰身与之摔角,成串挂在藤干上,被带到高空里或者在地上打滚,它们挥舞锋利如刀的铁钩,将细一些的分支切割成一段一段的。抓住青罗的那一根卷须也被切断了,青罗挣脱出来,掉在地上,却见四下里噼里啪啦地落下不少人来。原来青蛇草一路上已经抓了不少人,此刻要与六名傀儡人缠斗,便将这些累赘都甩掉了。

两边翻翻滚滚战到酣处,青蛇草改变了策略,它由着那些傀儡挂在颈上,拼命地朝高处延展而去,直到高得不能再高了,再猛烈地朝地面扑击下来,如此高的重力加上巨大的冲力,终于将那些刀枪不入的木头人砸得四分五裂。

手和断脚飞入巷陌,头颅飞在半空中,躯体则像破碎的玩偶镶嵌在街道上的坑里。半空里传来一声哨响,剩下三名傀儡仿佛知道敌不过青蛇草这一招,同时转身逃跑。

青蛇草猛追上去,用花苞上的利齿咬住一名木头人的肩膀猛力摇晃,然后使劲一甩——那名傀儡远远地飞了出去,也不知落到哪一条街上去了——随后又垂下头,紧贴着地面游动,追着剩下的两名木头傀儡不放。

那两名木傀儡是木之乙和木之戊,它们面无表情,不知恐惧和害怕,只是低头狂奔,却仿佛有知觉般懂得闪避青蛇藤的每一次抽击。

青罗暗想,如果不是有人控制,怎么也不可能灵活至此。它们当先奔跑,却被雷池黑幽幽的一池子水挡住。这时候果然有个声音在远处高声喊了出来:"跳!"

两名傀儡丝毫也不犹豫,一先一后往池子中心跳去。青蛇草紧追不舍,跟着它们一头扎入到水中。

青罗想到了池子中豢养着的可怕鱼类，不由得心中一凛。

果然，随着青蛇草庞大的身躯没入水中，雷池里突然翻溅起可怕的水花，喷涌上半天高。

青蛇草如同一条愤怒的水龙卷，从万顷水花中直飞上天空，身上黏附着无数的小鱼，那些鱼每咬一口，就从它的主藤上撕下拳头大的一块皮或藤质。青蛇草就如同落入蚂蚁窝里的一条毒蛇，纵然有可怕的獠牙和力量，也无法施展。它越飞越高，仿佛连所有的根都离开大地，跃上了高空，水从它身上哗啦啦地落下，变成了弥漫的水雾，在阳光下映射出闪闪的彩虹。

但它终究只是株草，而不是龙。在触碰到它所能飞起来的最高点后，青蛇草又直挺挺地落入水里。

整个雷池沸腾起来，但那些泼溅起来的浪花越来越小，越来越碎。空气里的彩虹消失了。水面上最后一丝涟漪也不见了。

过了良久，池子里才爬上来两名傀儡。头上和胳膊上挂满暗绿色的水草和死鱼。

它们艰难地钩住岸边的石头，身负重伤般缓慢地爬上来，胳膊垂在两侧，眼睛的位置上，那两点闪闪的绿光也慢慢地黯淡了下来。

青罗还在看着它们呼呼喘气，却听到背后传来一个声音："我认识你吗？"

青罗一转头，看到的是一张老河络的脸，以及一张虽然年轻却怒气蓬勃的俏脸。

正是老河络莫铜和云裳蝉。

天香阁一战后，他们摆脱纠缠，紧随木傀儡，跟到了当铺，又跟到城墙下，但每次都迟了半步，没找到石头。他们还在城里东转西撞，却迎头撞上了青蛇草。

这一场遭遇战，当真是两败俱伤。

"我好像在哪见过你。"老河络狐疑地说。

"我也好像在哪见过你。"云裴蝉说,手放在了腰间的刀柄,丰盈的嘴唇好像山茶花般娇嫩,但却杀气凛然。

其实他们还不太能肯定,因为老河络那时候还宿醉未醒,而云裴蝉则是与他打了一个照面就匆匆逃走,但青罗没有做贼的经验,立刻就老老实实地承认:"没错,就是我。"

他偷偷抬眼看看那两人的脸色,立刻补充了一句:"我不是故意的。"

"哈,你不是故意的?"云裴蝉讽嘲地哈了一声,两手一错,双刀在手,就要扑上来,却被老河络拦住了。

老河络点着头说:"看来我确实是老了,连你这样的年轻人也能破解那些机关。"

青罗不敢搭话。因为他猜不透老河络脸上的皱纹挤出来的纹路是笑还是生气。

"别生他的气了,小蝉,"莫铜说,"他不会是故意的——如果他知道后果的话。"

"别和他废话了,一刀砍死算了——知道吗,为了你,我们所有的人都要死了。这个卑鄙的偷东西的小贼!"云裴蝉冲口喊了这话,突然脸一红,斜眼瞅瞅老河络,把刀又收了起来。

"所有人都会死?"青罗惊讶地摸了摸自己的脑袋,"你是说沙陀会来杀死我们吗?"

"沙陀、瘟疫或者毒虫、怪兽,都一样,反正它不会带来好运。这东西带来的只是毁灭——你以为刚才把你拖到天上去的是什么?"

青罗只觉得一股寒气从脚下升起,他手足无措地点了点头:"这草确实不该长这么快这么大的,是那块石头在作怪?一切都是那块石头吗?"

"是啊,就是那石头。"莫铜的眼睛只有豌豆大小,躲藏在厚厚的眼皮后面,却光彩湛然,"我们不知道它拥有多可怕的力量。而且,我们会失去控制。我们终将失去控制。"

"我不知道会这样,我真的不知道。"青罗低下头说,"我该怎么办呢?我见过的毁灭太多了,我到厌火城来,就是想看看一座活着的城市到底是什么样的,但开启毁灭之门的人正是我。这可不行,我一定要阻止它。只是现在,我该去哪儿找这块石头呢?"

他话音刚落,近旁的地上突然坐起来一个人,个子瘦长,头发蓬乱,鼻子突兀如鹦鹉,原来却是辛不弃。他双手撑地,坐在地上发了会愣,突然趴下去狂吐起酸水来。

青罗愕然问:"大叔,是你?你在这干什么?"

"妈的,我能干什么,一大早就被这疯草给抓住,被强迫着飞呗。"辛不弃一脸晦气地说,"从前天到今天,我已经在厌火的街道上飙了两次车了。"

"大叔,这位老河络刚才说的话你听到了吗?我们偷出来的东西危险得很,要害了一城的人呀。"青罗捏着拳头说,"既然是我们闯的祸,还是得我们把它找回来。"

他一把拖起辛不弃,目光坚定地看着他说:"这回你得听我的,一定得陪我找到石头。"

辛不弃尴尬地挠了挠头,嗯嗯哈哈地道:"找么?这个……那个……它就在我怀里呢。"

"什么?"青罗说。

"什么?"莫铜说。

"什么?"云裴蝉喊。

他们三人成三角形围着辛不弃站着,要数云裴蝉的声音最大。他们眼看着他一手扭扭捏捏地从怀里掏出,果然可见一只皮囊,内中的龙之息还在微微发着光。

青罗刚要伸手去接,猛然听到远处一声断喝:"那边的人站住,把那石头交出来,饶你不死。"

八之丁

青罗和辛不弃两人同时腿一软。那大声断喝的人正是厌火城中最教他们害怕的家伙——羽鹤亭帐下猛将龙不二。

只见龙不二带了一拨府兵,从一道斜巷里杀将出来,指着辛不弃喊道:"姓辛的,你脖子发痒吗?快将石头交过来——"

辛不弃两股战战,不由得向龙柱尊行了两步。

云裳蝉在空中虚劈一刀,怒喝道:"你敢把石头交过去,我就一刀将你杀了!"

辛不弃大惊,又往这边蹭了两步。

莫铜说:"石头不给我,这样的恐怖草还会有更多,你想再绕城跑三圈吗?"

辛不弃又往河络那边蹭了两步。

龙不二一见,心想不用绝技不行了,当下深吸一口气,小腹微微鼓起,猛然将这股气全冲到肺里,如雷一样吼道:"姓辛的,快快将石头交来,不然我砍死你!"他的怒吼声裂云穿石,震得辛不弃两耳嗡嗡作响。

辛不弃左右为难,只觉得石头捧在手里滚烫无比。

这时候,青罗说道:"大叔,我知道你一直想当个好小偷,被许多人尊敬。其实,从哪儿偷了什么东西不重要,可你要是为了所有人的利益去偷,那才是真正的大偷、神偷啊。"

辛不弃心里一动,转头望向青罗。

龙柱尊又连忙喊道:"磨蹭了半天,怎么还不把石头扔过来,要是在十年前,老子就把你连头带尾剁成十来段,扔到河里去喂鱼。"

此话一出,他一眼看出辛不弃抖得太厉害,怕他一不小心把石头掉到地上,这会儿自己离他最远,抢起石头来未免最吃亏,于是连忙又换了副温柔点的口气说道:"奶奶的,可我现在不是当年的龙不二了,如果你把石头交来,我就不把你砍成十七八段拿去喂鱼,还会保举你做城门校尉呢,怎么样?"

辛不弃抖着对青罗说:"这样当神偷太危险了啊,还有没有别的方式?"

青罗急忙道:"——这可是千载难逢的机会啊,可以让你被厌火城万人敬仰,你想放弃它吗?"

辛不弃眼珠子乱转,猛一跺脚,将石头抛向青罗。

龙不二气得呱呱呱大叫。

辛不弃不好意思地对他道:"龙爷,其实呢,我还是比较怕十年前的你。"

龙不二没时间搭理他,正朝青罗飞身扑去。

此刻皮囊飞在空中,青罗伸着胳膊等着,空中却有十七八条黑影,连刀带枪,一起朝他扑来。

青罗不敢接皮囊,伸手一拨,在空中将它甩向老河络,自己回身一脚踢翻一名府兵,然后一缩脖子,咕咚一声滚在地上,躲开了龙不二满蕴愤怒的一斧。

老河络吃亏在个子矮,连着跳了两下也没够着,却已经有三两名生性机灵、转身也快的府兵跃过他的头顶,朝空中伸出手去接皮囊。

莫铜伸手抱住一名兵丁的腿,将他从空中拖了下来,啪叽一声拍在地上。另一名个子瘦小的兵丁却一脚踏在他头上,高高地跳在空中,五指眼看已经碰到那皮囊……猛地里眼前一花,手腕上一痛,整个身子已经被压翻在地，胳膊被扭过来压在背后。

一张俏目如电的脸拦在眼前。云裴蝉一手抓着皮囊，另一手扭着他胳膊喝道："呸，你这贼杀坯的弃民，要跟我抢么？"

"不，不……"那兵丁还没说完，已被老河络爬起来一脚踢在头上，晕了过去。

老河络一边踢一边喊："我最恨有人欺负我矮了。你他妈的倒是踩啊，再踩啊……"

云裴蝉一转眼，看到龙不二提着斧子跃过人堆，已经朝她扑来，于是提了皮囊转身就跑。

蓦地从巷子边的阴影中横里伸过一刀，那一刀只是微微闪耀了一下，幅度不大，竟然逼得总是像烈焰一样席卷来去的云裴蝉连退了三四步，刚要站定，一个踉跄，又退了三四步，竟然前后退了七八步才站稳脚跟。

一个黑影从墙影里静悄悄地转了出来，脸上是一张银蓝色间靛黑色花纹的面具，面颊上有镂空的火焰形状，两颗獠牙翻在唇外，正是鬼脸——只是戴着的面具跟先前见过的又不相同，只让人觉得额外的寒气森森，满布严霜。

鬼脸走出阴影，冷冷地看着云裴蝉，道："把石头给我。"

云裴蝉觉得这对手从墙后转出时，朝自己瞥了一眼，只是这么一眼，已让自己像是被一桶冰水兜头浇下，冷得浑身发抖。她越是害怕，就越是让自己愤怒起来。"去死吧！"她咬着牙低声喊道，一手提着皮囊，另一手持刀斜披肩前，连人带刀冲向鬼脸。

其他人只看到两条人影倏地一合，一道明亮的刀光突然在他们之间开起。

云裴蝉的身形猛一转折，像只大鸟飞在空中，她背上的烈火斗篷倏地展开，如一团汹涌的大火向外卷去，火焰流转，热气炽人，青罗眼尖，看见原本抓在云裴蝉手里的皮囊如同一只小鸟，高高飞在了空中。

他"啊也"一声出口，却看见云裴蝉跌跌撞撞地落在地上，伸手撑住巷子墙才站住身体。要不是火猊斗篷护身，鬼脸这一刀就能要了她的性命。

鬼脸一伸手，已经将星流石接在手中。

青罗、莫铜、辛不弃三人都又惊讶又愤怒，他们怎么也想不到这条看不见脸的汉子会有如此硬手，刚发出一声喊，想要一起冲上去抢回石头，却见鬼脸向后退回到黑暗中去，身后两侧却涌出数十名府兵，如同两道急流，分左右兜了上来。

云裴蝉勉强爬起身来，两肘都在流着血。她还要追过去，却被莫铜叫住了。

"你先走，"他喊，"靠我们不行了。你要出城去，找到你的骑兵。必须不惜一切代价，阻挡鬼脸把石头交给沙陀。"

他们一起将愤怒的云裴蝉拖了回来。云裴蝉停下来想了想，跺了跺脚，向后退到另一条巷子里，飞似的向城外跑去。

青罗抢了把长枪，朝那些涌上来的府兵迎去。

却被辛不弃拦住问道："喂，我算是被万人敬仰了吗？怎么没什么感觉呢？"

青罗没好气地说："你没最后交到我们手里，不算。"

龙不二怒喝了一声："好小子，你有种。"一摆手，府兵们嗷嗷叫着冲了上来，都朝他们两人扑去。

"拦住他们一小会！"莫铜要求说，他撅着屁股，爬到一只挂满水草的木傀儡上，动作飞快地整理着什么。

喜幸巷子口狭窄，那些兵丁虽然人多，却不容易冲上来。龙不二待要亲自冲上，却被那些兵挤来挤去的挡住去路。

青罗知道到了生死关头,挥舞起长枪来,白展展的恰如一道风车,却挡不住人多,被一名个子小的兵丁从枪影里钻了进来,双手擎着把大砍刀,猛地朝青罗腰上砍来。

突然一道黑影斜刺里扑出,像只猫那样跳到那兵丁背上,猛撕他的嘴。原来是辛不弃,他手上戴着钢爪手套,这一抓就在那兵丁脖子上拉出了四道血口。辛不弃仗着身手灵活,在人缝里窜来窜去,偷冷子捅上一匕首,一边还问:"怎么能不算呢?我是朝你扔过来了呀。"

青罗咬了牙苦撑,被四五名兵丁一起压在长枪上,压得一步步地退到雷池边,眼见得就要被挤下去了。"反正不算。"他满脸勃起着青筋说。突然一声呼啸,只听得木头机关轧轧作响,一只大块头的木傀儡如同疯虎一样冲出来,两爪挥舞,将七八名府兵草把般扔了出去,有人落到雷池里的,瞬间就溅起一片血花,消失不见了。

莫铜如同骑马那样跨在木之戊的背上,冲了出来,当真是当者易辟。

"现在该怎么办?"青罗问老河络。

"骑上它去追。它会带你找到石头的。"莫铜说,他拉了青罗一把,将他也拉上了木之戊的背上。

辛不弃也想跳上去,却没看准木之戊的速度,扑了一个空,几乎落在一丛枪刺里。

"喂,老头,带我一带。"他气急败坏地喊。

"带不了这么多人了。"老河络喊,驾着木之戊左冲右撞,杀出一条血路来。连龙不二也一时抵挡不住木之戊疯狂的铁爪连击。

"老头,这不还有一个木头人吗?"辛不弃连蹿带跳地奔到木之乙面前,爬到它背上,连踢带打,却不能让它动弹。他急道,"你的木头人打起我来不是厉害得紧,这会怎么发起呆来了。"

"大概是被水草卡住了。"莫铜说,一边朝远方跑去,"喂,我可管不了了,我得跑了。"

"妈的,早不卡住晚不卡住。"辛不弃将它脖子上头上挂着的水草一股脑儿拔下来,"怎么启动啊,老头?"

"摸摸它的后脑,有一个木梢子,把它往左转,听到惨叫声就停下来。"莫铜边跑边说。

"什么惨叫声?"

"掰了就知道了。"莫铜遥遥地喊道。

说话间府兵们已经扑了过来,辛不弃伸出长腿,左边一脚右边一脚,将两名兵丁踢回去,和后面的人撞成一堆。他抓紧时间摸到了木梢子,于是使劲一拧。

辛不弃果然听到了一声惨叫,那惨叫是自己发出的。

原来梢子一转到底,嘣的一响,木之乙全身一震,如同落了水的狗那样抡起胳膊抖了两抖,这一抖就把正趴在肩上的辛不弃左右臀上各敲了一记,辛不弃登时高高飞了起来。

"啊啊啊啊啊。"他惨叫着飞在半空,却看到身子下面木之乙果然又活了过来,左手抡起个圆,将十来名府兵排头推倒。

他从天上掉下来,又落回到木之乙的肩膀上。

"快跑啊,死木头。"辛不弃高喊道。

木之乙睁着绿莹莹的双眼,胸腔里发出"呼呼呼"的怪声,却不跟着老河络他们的方向跑,反而展开双铁钩,在人堆里杀进杀出,将龙不二追得四处乱跑。它一路磕磕绊绊,撞了墙才晓得停下来,随后又直愣愣地换个方向冲去。

辛不弃从它的脖子后探头看去,觉得木之乙的目光有些呆滞。辛不弃吃惊地想,莫非被淹傻了?还是赶紧离开这疯木头比较保险。

他刚想松手跳下,木之乙却突然怪叫了两声,两腿蹲下,腾地一声,如同腾云驾雾般飞上半空,喀嚓一声落在一处高屋顶上。

这屋顶高有两丈多,压了这么重一木头人,登时瓦片乱飞,嘎吱乱响,辛不弃吓得紧紧抱住木之乙的脖子不敢放手。

木之乙却伸开长腿长手,如同一头巨猩猩般,一蹿一蹿地在屋顶上飞奔起来,它跨过起伏如波浪的屋脊,遇到隔得远的屋顶就一跃而过。下面围了满街满巷的府兵,只能全仰着脖子呆呆看着。它的跑和跳毫无规律路线可遵循,显然是在漫无目的地乱转,一会儿跳过旧城墙,一会儿又出现在南山路,某个时候又自投罗网地跳入割脸街府兵驻处,在被人围住前,突然又连续三个漂亮的大跨跳,飞过半坍塌的朱雀门顶,跳入码头区那一片乱麻一样的陋巷中去了。

"又跑?"辛不弃脸上五官全颠得变了形,风把他的帽子吹跑,头发又飕飕地向后飞去,"我不想跑了,这些地方我来过了,你放我下来,救命啊——"

他抓着木之乙的脊梁,不停地怒喝,要求,引诱,晓之以理,动之以情,胁之以威,却都无法说服这个铁石心肠、绕着厌火城开始转圈的木头人。

八之戊

青罗骑在木傀儡脖子上,只觉得耳边风响,街道两边的屋子呼呼地退走。

虽然沟沟坎坎密集,但颠簸得并不厉害。青罗发觉木之戊那古怪的背部,其实正是个舒服的鞍座,垂着腿坐下,与骑骆驼并没有什么区别。他抱紧了相貌凶恶的傀儡头部,手心摩挲着木之戊的肩膀,赫然发现它其实并不全是木头雕刻成的。木之戊的表面瘿瘤丛生,粗糙无比,宛如一层厚厚的甲,其下的肌肉筋骨却层次分明,随着它的奔跑还微微颤动。

他看得分明，木之戊其实是一只半生物半非生物的混杂体。

莫非这就是传说中的将风？他嘀咕道，可是将风离开了主人就无法行动，但这些木头傀儡在莫铜醉倒的时候不但举动自如而且机敏异常。青罗只得猜测莫铜在木头机关中融合了将风的技巧，所以既能操纵自若，又能自主行动。即便在精通木工的河络族中，这套技巧也算是神乎其神了。

青罗低头看着木之戊，六个木人看似一模一样，其实各自不同。木之戊是其中既非最聪明的，也非最强壮的。如果你仔细看，它刻画模糊的脸上，仿佛带着微微的笑意呢。

只见它机械地迈开大步，或跑或跳，动作僵硬可笑。可是谁知道它有没有情感呢？它们面对如林的刀戟时会不会恐惧生死呢？

他们穿街越巷，一路向北，青罗开始担心要如何越过城墙，待他奔到城门处，却发现城门是打开的。

有一些兵丁忙乱地抬着一些拒马，摆了三四道，挡在路当中，他们盔甲闪亮，兵器精良，确然是厌火的羽人镇军不假。

这些忙碌的家伙们听到木傀儡的脚步，纷纷回过头来。

木之戊驮着主人和青罗低头疾冲。

一名羽人校尉最先明白过来，干净利索地抽出刀，跳到路当中，凶狠地喝道："不许出城！"

眼看就要撞上拒马的一瞬间，莫铜像驱赶马匹一样大喝了一声"驾！"，木头人迈开长腿，从那名校尉的头顶一跳而过。它也不和这些守门的镇军们纠缠，三跳两跳，蹦过拒马桩，一道烟地穿过门洞，绝尘而去。

而那羽人校尉兀自伸着手挡在路中，张大了口发呆。他迷迷糊糊抹过头去问自己的手下："我觉得好像有个什么东西从我头上跳过去了，你们看到了吗？"

青罗明白鬼脸已经出城了,心中更是焦急。北门外是一片平展展的荒凉旷野,却布满被雨水冲刷成的沟壑。大路也被经年的车辙压成了深沟,两旁都是高高的土坎,稍远一点儿,有些不太高的小山坡,同样也是寸草不生的贫瘠之地。四处都是不太陡的斜坡,高低各不相等,一眼望去,宛如一大片一起一伏的胸膛。更遥远的地方,则是小片白桦林锯齿般的林梢。鹿门塬和龙首塬的淡影,如同一左一右,两员阴沉着脸的将军,扼守着北上的要害。沙陀蛮大军组成的那片燥热骚动的金属海洋,就列阵其下。

微风轻轻吹起,若有若无,突然一阵子又迎面扑在脸上,仿佛要猛烈起来的样子,突然又消失隐去了。地上的蹄印繁复庞杂,并不止鬼脸一骑,但青罗顾不得那许多了,只是一股劲地想要追上去。至于怎么抢回石头,他也没怎么考虑过。

他们跑了一程,干燥的尘土飞起来盖满面容。放眼远望,大约可看见五里方圆的红色沙砾地。虽然四周隐藏着千军万马,这五里地内却是阒然无人。

青罗跳下傀儡的背,看了看地上的蹄印,抬头焦急地说:"走远了,追不上怎么办?"

莫铜一声不吭,从容不迫地招手呼唤青罗上去。木傀儡不再顺大路奔跑,而是跳上了一条小路,那条狭窄的小路蜿蜒在原野之上,突而隐没在洼地里,突而出现在小山坡上。木之戉连蹦带跨,跳过沟壑,如同顽童投掷的小石块。

他们朝着两座土塬的影子笔直地奔过去,很快看到了远远的有一股尘烟贴在地面浮动。

"往那边跑,能拦在他们前面。"莫铜指点着一排连绵起伏的小斜坡。木之戉如同听话的猎狗,飞奔而去。他们转过了一个陡坡,果然又跳到了大路上,木之戉转过身来,立定脚步。他们一起望着眼前那团越来越厚的尘土。

青罗跳下木头傀儡的肩膀,莫铜伸手敲了敲木之戊的背,那上面突然弹起一把暗黑色的刀柄,莫铜将它从木之戊的脊梁上抽出,扔给青罗。那把长刀青光霍霍,一抽出来就晃得青罗闭了一下眼。

"这把刀,送给你。"老河络简短地说。他滑下木之戊的背,突然左右望了望,嗅了嗅空气,也不做任何说明,就说:"你在这等着,我有事先走一步。"

青罗所认识的河络中,再没见过这样既机灵又狡猾,让人捉摸不透的家伙,但青罗依然相信这老家伙,由着他耸动着瘦削的肩膀,飞快地消失在密布的沟壑里。

他转过身来,将长刀用力插在地上。和孤零零的木之戊肩并肩而站。

空旷的大路中央,只有他们两人站着,太阳已经移近天顶,他们的影子只剩下小小的一点。云朵像风帆那样平整而细长,零散地飘浮着,逐渐消融在远处。

"好啊,就剩下你和我了。"青罗拍着木之戊宽厚的肩膀说。它的肩膀又厚又宽,像所有身躯高大的人那样,微微有些佝偻。这个始终不动声色的木头人,突然垂下头来看了青罗一眼,雕刻模糊的面貌呆滞依旧,胸膛里却发出了轰隆隆的声音。

青罗没想到它还会出声,吓了一跳,过了好一会才明白过来,木之戊是在说话:"苍兕苍兕!"

"我听不懂你在说什么。"青罗抱歉地一笑,露出一口白牙。他将手按在老河络送的长刀柄上,忍不住又回头对木之戊说:"不过,你知道吗?我很高兴有你在身边。"

木之戊显然不喜欢废话,它盯着青罗看了两眼,又咕哝了一句,随后转过头盯着大路上那团逐渐逼近的尘烟,那时候,尘烟正被一阵突如其来的风吹开,隐藏其中的军队终于现出狰狞的面容。

青罗虽然早有心理准备,还是吃了一惊。他看到的不是一小队仪礼性的骑兵,而是一千名列阵整齐的庐人卫方阵。旌旗闪亮,盔甲招摇,他们缓缓前行,如同一只巨大的、覆盖鳞甲、拥有无数手足的爬虫。

在这支庞大的队伍中心,有一辆四顶都装束着高高的白旄的马车,深黑色的车身上描着金边,被四匹高大健硕的白马拉着,白马的头顶上,也插着高高的天鹅羽毛。

难怪城门是打开着的,青罗暗想,这是羽大人的行驾啊!他们必然要等他回城了才会关门。

骑在当头的白旄仪仗骑,看着路当中站着的这位年青人,愕然地勒住马,问:"你要干什么?"

他们口吻与其说是威吓,不如说更像是好奇。难道这小子一个人,就想拦截堂堂羽族八镇之一、厌火城城主羽鹤亭的脚步?白旄仪仗骑耐心地等待回答,同时抬眼望向四周,看是不是还有埋伏。

青罗的眼睛被对面那大片的金属铠甲上发射的耀眼光亮刺疼,不得不眯起来。他什么也看不清楚。

"石头。"青罗说,拼命地装出一副凶神恶煞的模样,同时指望身后的大块头傀儡能给他的话增加一些分量,"把石头交出来就放你们走。"

那名庐人卫的铁甲骑兵嘿嘿一笑,不想再搭理他,左手在马上横过挂着白旄的仪仗长矛,右手去腰里掏刀子。

青罗在刺目的阳光下突然看到一张艳丽的面具。那是张被蓝色和靛青色颜料涂抹过的、闪动着金属光泽的脸,上面雕刻着可怕的狰狞花纹。

鬼脸轻轻地按住了那名武士,用的力气并不大,但那名庐人卫立刻僵在马背上,仿佛冻住了般一动也不动。

鬼脸的铁脸上没有丝毫表情。这与对面站着的不动声色的木之戊倒是极其般配。

"好大的胆子!"鬼脸问,"知道车子里的是什么人吗?"

青罗咬着牙说:"正因为知道车子里的是什么人,所以不能让你交给沙陀。"

鬼脸在面具后面不出声地笑了起来,他轻轻地问:"你,凭,什,么,做到这一点呢?"

他这么说的时候,向后面挥了挥手,身后千名庐人卫组成的方阵就如一堵没有表情的黑墙,砂石打在他们的盔甲上和脸上,但他们一动不动,只是沉默地扶着兵器,望着青罗。

这一幕如此熟悉。青罗在心里苦笑着想,三天前,我只是来厌火城游玩的……那时候我要面对五十人,现在……我一定是疯了。

"你一定疯了。"鬼脸冷冷地说,他不再废话,朝后微一摆头,道:"杀了他。"

他身后的铁甲武士如同破堤的黑色洪水,汹涌上前。

青罗伸手朝怀里摸去。按照部落的习俗,在注定要死去的血战之前,他们都要把自己的魂玉含到嘴里,但这次青罗伸手却摸了个空,脖子上的绳子空荡荡地悬在那里,什么也没有。他有点无奈地放下手来,却发现鬼脸的身子也有些僵硬了。

青罗顺着他的眼光扭头向西面看去,只见尘土如同烟柱直升上半天,烟尘之下,杀出了一彪人马。

那一彪人马来势汹汹,为首一名武士披着金光灿灿的铠甲,拖着长长的赤色斗篷,就如同一面火红的旗帜,冲入阵中,长刀起处,两名当头的庐人卫倒撞下马。

老河络莫铜抱紧了一匹青鬃马的脖子,紧随在他身后,两手舞动,也不知使的什么花招,近身的庐人卫也纷纷倒地。

其后上百名卫士更是如一群猛虎直冲入阵中,正是云裴蝉带到厌火来的一彪云魂镇精锐。他们一边飞马一边放箭,以密集的弓箭为先导,射出一个缺口,随即冲入缺口,自左而右,横向里穿阵而过,一路将措手不及的庐人卫砍下马去。

云裴蝉越阵而过,再转身拨转马头,她骄傲地仰着头,冷笑着道:"庐人卫名声在外,却毕竟是些卑贱的弃民,怎能是我们的对手,给我掉头再冲。"

但庐人卫已经开始展现他们的经验和力量了。外面一排的侧卫不顾自己的惨重伤亡,纷纷转身,解下盾牌,竖起钢铁屏障,盾牌后则伸出长长的句兵,锐利的尖刺朝向敌人,犹如一团带甲胄的刺猬。他们这密集的盾牌阵一旦竖起,云裴蝉的羽族镇军就只能是绕着方阵飞快地打转,再也冲突不入了。

木之戊闷不吭声地扑了上去。他挥动长臂,团团而转,如同一架可怕的风车,横着冲入庐人卫阵中。庐人卫的那些长兵碰到他的铁胳膊就如草茅般折断,厚重的盾牌则如薄羊皮般被撞瘪,盾牌后的人则被这一撞撞得晕死过去,再从马背上飞出。

鬼脸跃下马背,青罗看到他高瘦的身影在人马硝烟中一纵一闪,贴着木之戊的路线扑过去,随即一道凌厉的白练划过天空。

火星四溅中,青罗看到刀枪不入的木之戊竟然也后退了一步,套在手腕上的厚重双铁钩,居然被这一刀砍断了钩尖。

出刀的人正是鬼脸。他手上的动作迅疾如电,快得看不清他的刀影,木之戊依旧是不紧不慢地舞动双钩,它那笨拙的动作抵挡不住鬼脸的快刀,身上瞬间就被砍了十七八刀。鬼脸的身躯又瘦又高,让人不明白他的力量从何而来。他仿佛漫不经心地随手一挥,每一刀都能深深斩入木之戊的身体里。木之戊的庞大身体上本来早已猬集了无数箭矢和断折的枪头，此时顷刻间就又留下了许多道极深的砍痕，从伤口里一点一点地飞溅出淡绿色的液汁来。

但这笨拙臃肿的木巨人一步也不后退，只是凭借庞大的身躯和蛮力，不挡不避，招招进攻，一步步向前逼去，将鬼脸和成排的庐人卫一步步逼开。

青罗咬着牙，独自一人朝马车奔去。

那辆车的驭者也是身手不凡，左手一抖，那几匹马长嘶一声，人立而起。驭者身在高处，右手持短戟呼地一声刺下。

青罗低头一滚，贴着戟锋钻入车底，反手一刀，如削豆腐，他也吃了一惊，没想到那把刀锋利如斯。

车轴啪地一声断了，车子侧倾过来，右轮几乎完全被压在车子下面，驭者飞出几丈开外，车毂则带着沉默的绝望，升向天空。

青罗一刻也不浪费，攀上车厢，撩起车帘——车子里是空的，羽鹤亭并不在这儿，只有那枚寄存无数人希望、微微发光的皮囊躺在空空的座垫上。

青罗伸手捞起那个皮囊。

突然听到一个清脆悦耳声音在他身后说："把它放下。"

青罗的身子僵住了。

那是鹿舞的声音。

那个小小的姑娘，他回忆起第一次碰到她时的情景。那时候她穿着一身淡绿衫子，坐在井栏上，睁着一双又干净又透彻的大眼睛，就好像阳光下的一朵小花一样纯洁、漂亮。

"把它放下。"鹿舞再说。声音如同锋利的刀刃一样冰凉锐利。她一身黑衣，骑在一匹黄马上，明明白白地站在鬼脸和那些庐人卫的身边。

风从他空荡荡的胸膛里穿过，掠过青罗和鹿舞之间的一丈红土，随后消失在丘陵后面。

"你为什么要帮他们?"青罗痛苦地问,"他们能给你什么?"

"你为什么要帮他们?"鹿舞痛苦地问,"你是沙陀的人,却阻止我们将石头交给他们吗?"

"没错,我是沙陀的使者。"青罗承认了。

他一手扶着长刀,另一手揣着石头,语气急促地说:"我是沙陀蛮的人,虽然一直说自己是从草原来的,其实出生在宁州的森林里。我在这里长大,在这里变成了强盗,我们有五万年轻人从没见过草原是什么样的。可是又有谁能忘得了草原呢。

"那是我们的根啊。每天每个人都在讨论草原,老人们谈论它,年轻人憧憬它,但草原远在灭云关那一边,被羽人阻断了归路,离我们比天空还要遥远。那是我们每一个人的梦想。

"可是到了今天,我才明白,宁州也是我们的故乡啊。"

他放慢了语速,缓缓地说:"我们在这片土地上长大的,不能让它毁灭在我们的手里。"

青罗怀揣着星流石,放眼四望,他看见云魂军已经陷入庐人卫的重围,正在被长兵器一个一个地钩下马去,砍为肉泥;他看见云裴蝉如同一只孤独的金鸟,左右冲突,却也杀不出一条路来;他看见老河络满面尘灰地趴在马背上;这些宁州人,还在自相残杀着。

青罗朝着他们愤怒地喊:"星流石落到了沙陀的手里,就会让宁州毁灭,你们难道不明白吗?"

"这我管不着。"鬼脸冷冷地回答,他一刀斜斩,悠长的哨声长长地划过天空,庞大笨拙的木头人一个趔趄,半跪在了地上。它的小腿关节受了重伤,已经转运不灵了,但木之戊不退不让,拖着伤腿跌跌撞撞地扑上,如同笨重的老牛在追赶黄鹂鸟儿。

"无所谓,一切都无所谓。他们反正要死的,就像我也终究要死去一样。"鬼脸嘿嘿笑着说,轻巧地往后一跳,闪过了木之戍左手铁钩凶悍的一击,长刀一展,托的一声又在木傀儡的脖颈上深深地砍了一刀。木之戍的头部已经歪歪扭扭,摇摇晃晃的,但就是不倒下。它的绿眼闪着光,一瘸一拐地拖着残腿上前又是一钩。它不懂得害怕,不懂得恐惧,只要还能动弹,就不会停止战斗。

鬼脸皱了皱眉,对鹿舞低声说:"我挡住这木头家伙,你快杀了他,把东西抢回来——"

鹿舞望了望青罗,绝望地央求说:"把石头留下,你快走吧。"

青罗叹了口气:"还是你快走吧。"

鬼脸听不出喜怒地低喝:"听着,时间已经不多了。快杀了他!"

鹿舞猛一咬牙,踢了一脚座下的黄马,朝青罗笔直地冲了过来。她在马上掣出山王,喊道:"举刀!如果这是你想要的,那就让我们打吧。"

鹿舞的马神骏非凡,他们两人瞬息间交错而过。身遭的风沙和千军万马的咆哮在那一刻同时都远去了,寥廓的天地间仿佛只有他们两个人的身影。

鹿舞拨转过马头,她的眼睛亮闪闪的,闪着让人看不透的光芒。

青罗慢慢地低头看着自己的胸口,敞开的衣襟处,古铜色的健硕胸肌上,一道伤口正往外喷涌玛瑙一样的鲜红泉水。

鹿舞刺透了他的胸膛。

鹿舞垂下了手里的山王,轻轻地说:"对不起。我必须拿到这块石头。"

青罗一阵晕眩,松手放开了长刀,一跤摔倒在地,蒙眬中看见了鹿舞跳下马,跪下来扶住他低垂下去的头颅。

青罗看着她的脸,想说话又不知该说什么,于是又笑了一笑。血沫从他的嘴里流了出来,味道又酸又甜,就像昨天夜里吃的那颗青梅。

　　鹿舞抱着他的头，豆大的泪珠从她的大眼眶里掉了下来，仿佛落了很久，才落到青罗的脸上。她突然大声说："我和你说过很多次了，不要相信别人，你就是不听。"

　　她抓住他的领子，使劲想把他拉起来："爬起来再和我打，和我打呀。你这个笨蛋。"

　　青罗觉得身上冰凉，拼命地想抓住什么，可是抓不住。他胸口的血喷出去的时候，发出了芦哨一样好听的声音。他想叫她不要哭，但眼皮却越来越沉重，慢慢地只想要合上。

　　"你就是不听，你就是不听。"鹿舞抹着眼泪问，"你为什么要相信我。"

　　"这就是我的掌纹阐述的命运吗？"他想起了露陌那古怪的神色，他想起来自己脖子上的空绳子。如果没有玉，他们的死是不完整的。

　　可也就是这时候，他才突然明白过来，鹿舞还是不想杀他的，她抢走了我的魂玉，就是不许我死。

　　这就够了。他轻轻地笑了。

　　云裴蝉像一道红色的闪电，驱赶着坐骑朝马车这边跑来，没有庐人卫可以阻止她愤怒的劈砍，但斜刺里一道白光飞来，云裴蝉大声呼喝，猛拉马缰，她座下的马四蹄伸得直直的，向上猛跳而起。白光贴着它的腿弯唰的一声掠过。

　　云裴蝉落在地上，心中怦怦而跳，那一刀几乎将她的坐骑两条前腿削断。她拉转马头，看见对面站着鬼脸，正好整以暇地拂拭了一下手中的刀。

　　在他身后，木之戊的头已经滴溜溜地滚在一边，眼中的绿光熄灭，但它的身躯还努力着要向鬼脸爬来，一伸手抓住了鬼脸的脚踝，这才寂然不动了。

鬼脸有点惊异地向下看了看，似乎一时不知道怎么摆脱木之戍的残骸。

"好吧，你去，你替我去，"鬼脸一边拦在云裴蝉前面，一边用低沉的嗓音催促鹿舞说，"正午已到了。"

鹿舞跪了下来，从青罗怀里掏出了星流石，她轻轻抚了抚他的脸，同时把一个什么东西塞进他的嘴里。那东西冰凉如水。

那是我的魂玉吗？我终于要死在这儿了，青罗想，无数的记忆旋风般飞速滑过他的脑海。那是他一生的经历。他不知道是该为它们骄傲还是悲伤。

青罗垂下头，死了。

云裴蝉再次愤怒地叫喊起来，但她连续的挥劈也穿不过站在原地不动的鬼脸刀幕，反而连人带马被他逼退了两步。

风终于刮了起来。沙尘卷上了半天高，遮蔽了所有的天空。

列兵在鹿门塬和龙首塬的沙陀蛮也似乎看出这边的蹊跷，调动两支大军正朝这边迎来。

而鹿舞身怀龙之息，跨上她那匹神骏的黄骠马，朝沙陀蛮们来的方向迎去，再也追赶不上了。

八之己

都说人将死的时候，记忆就如同瀑布一样倾泻而下。

青罗的两眼之中尽是白雾迷茫，飘来荡去。他胸口的血喷向天空，然后再纷纷扬扬地落下，无穷无尽，就如同那一夜的雨水。

他仿佛听到冥冥中一个声音对他说：这就是你的命运。

那是露陌的声音。

那个黎明,在上岛之前,雷池那深黑色的水中央,只有他们两人坐在小船上。露陌提起竹篙,乌黑的水就顺着发黄的竹竿落下。她低垂着头,头发如水一样垂下,更衬托得白玉一样的脸庞如精灵一样美丽。

青罗鼓足勇气,对露陌说:"陪我去草原吧。"

这六个字耗尽了他所有的勇气,让他如举巨大的磐石,连举了六下,才将它完整地吐露出来,不由得汗流满面。

露陌望着他的脸,显露出奇怪的表情。仿佛他刚才坦露出来的滚烫的话毫无价值,犹如一块瓦片。

"不。我不会和你走的。"她平静地说。

青罗惊异地咽了口口水,四下张望了一下,他也不知道自己想要看什么:"为什么?难道你不爱我,在这里发生过的事,都是假的么?"

"是因为还有他吧,是因为还有别人吧,所以你才不愿意跟我走?"他想起了天香阁里,那株柳树上模糊的脸,不由得脱口而出。

"不全是。"露陌咬着下唇说。

船轻轻地撞了一下,碰到了岸边。

"我不相信,我不知道……我不明白。"青罗忙乱起来,是他把这个精致的梦碰醒了吗,还是它原本就是如此。

露陌轻轻地笑了,她把手放到青罗的手背上,用安慰的口气说:"这两天我看到了你身上最美的东西,就像那天看到你时,背后燃烧的大火如你黑红色的斗篷。就把这最美的时刻留下,不是很好吗?"

"我找了你很久……"

"你来不是为了我。"她打断了他的话,"你从我身上看到的不过是自己想要的影子。可我不是你想象中的露陌,我就是我。"

"不。我不爱草原。你不爱城市。我继续唱我的歌,跳我的舞,你去做你的强盗。不要破坏它。好吗?"露陌要求说。

青罗低下了头,他觉得自己的五脏六腑都在这夜色里痛了起来。露陌的话让他彷徨无措。

来厌火前,他经历了无数的风云变幻,穿破无数的鞋,走了无数的路。最后,他找到的只不过是自己心里的梦吗?

是啊。青罗想,露陌没有明说他就要死了,是因为他们互相都在对方的心里留下了一点印迹,它会比肉体更永恒。

奇怪的是,露陌并不是唯一出现在他心里的影子。还有那个小姑娘,那个爱穿淡绿衫子,刺了他一剑的小姑娘。她总是坚硬地,倔强地出现在青罗临死的回忆中。

他就这样带着新的梦想,带着希望死去了。

太阳滑过了天顶正中。厌火城仿佛变成了一座死城。它的城墙和四周的荒野上此刻拥有着超过二十万的人马和平民,却是一片寂静无声。

上十万匹各种驮兽垂下头颅,林中的猛兽捱起耳朵低伏在树阴下,老鼠和蛇深藏入洞底,连鸟儿也不敢放声鸣叫。它们都竖起耳朵在等待着什么。

沙陀蛮没有攻城,他们也捕捉到了空气中蕴涵着的可怕讯息,勒着兵马向后退却了五十里。厌火人则在城墙上交头接耳,相互低语。谁都不知道发生了什么,但他们都在等待。等待谜语揭示的一刻。

"大人,沙陀要拿这块石头做什么?"就连鬼脸也抑制不住自己的好奇了。

"我猜得到一点。"羽鹤亭双手按在自己的膝盖上。自从与沙陀药叉见过面回来后,他就这样端坐在格天阁里,那个摆放十二尊武神雕像的平台上，俯瞰着厌火城的西面，一步也没挪开过。

"那你相信蛮子的信义？"

"当然不，"羽鹤亭抖动了一下白眉，"但除非他想消灭所有的羽人，否则，在宁州他总是需要朋友的。"

他反过来问鬼脸，"你猜沙陀派人赶到灭云关要多久？"

鬼脸愣了一愣，答道："顺着大道走的话，快马加鞭，到灭云关最快也要三天，可是如果沙陀的队伍里有羽人……有鹤雪术的羽人的话，只要一天就能到了。只是蛮子军中会有这样的羽人吗？"

羽鹤亭冷笑了起来："这世上什么样的人没有呢？"

他脚下的大地被西面闪闪的群山阴影迅速吞没，接踵而来的一个夜晚既漫长又寒冷。

他们等了又等，没有人提一个睡字。黑夜就如同一头毛发茂盛的猛兽蹲伏在每个人头上，沉甸甸地压着他们。

在黑暗即将过去的时刻，突然，在越出视野之外的地方，一道夺目的红光喷薄而上，瞬间席卷了半个天幕。宁西所有树木和丘陵的影子历历可见，长长地拖在大地上。

在那片红光之中，乌云腾起如同伞盖，被映照得通红如血，它在空中翻卷而上，被可怕的风暴撕扯成巨大离奇的云之城堡。

过了良久，可怕的一声巨响才汹涌而至。站在高楼上的羽鹤亭觉得两耳间被猛击一计。可怕的轰鸣如同一阵暴风呼啸擦过人的耳朵，让许多持枪的士兵摔倒在地。这巨响连在二千五百里之外的青都也能听到。紧接着地面传来一阵低沉的轰隆声，如同洪流滚过，盖过所有的声音，它越来越大、越来越近，震撼了整座大地。

几千里长的地面都在抖动，先是升起又落下，然后是左右摇摆，大地的波涛向各个方向翻卷而去，它向东越过维玉山脉、三寐平原和空旷的洄鲸湾，然后在浩渺的丘陵和森林地带渐次消沉；它向北翻过大风口,在堆积着亘古不化厚冰的冰原上凿出一连串深达上千丈的可怕裂缝;它向西猛烈地撞入高耸的彤云山和破裂的虎皮峪间,发出的咆哮让最勇烈的蛮族牧民们颤抖不已;它向南越过勾弋山的尾翼,冲入潍海,激荡起墙一样的巨浪……

羽鹤亭站在高高的格天阁上,能清晰地看到海面上不断形成一个又一个隆起,每一个有上百尺高,它们会向外奔腾,如同绵亘上千里宽度的一串同心圆的波纹,跨越海面和岛屿,低矮的陆地,直到几万里后才会停息下来。

地震和海啸之后,最终到达的是可怕的大风。

云和抛起的尘土就像一扇巨大的黑色屏风压了过来。在这片吞没厌火的旋风里,那块龙之息中躲藏的恶魔仿佛摆脱所有的束缚,展现出它所有的力量。乌云的旋风在头顶疾驶,蟒蛇一样的闪电在云层上编织着腾腾烈焰,炽热的水珠和冰雹大的石块组成的雨,噼里啪啦地砸在惊恐的人们周围。

虽然白昼已经到达,但是没有人看到太阳的升起,乌云和尘土遮蔽了天空,大地一片阴暗,如同黑夜。

终于世界陷入了一片沉寂。士兵和平民们惊慌失措地从泥泞中抬起头来,他们和房屋、树木、牲畜身上都蒙上了厚厚一层尘土。

此刻这些人还不清楚,这次爆炸将影响整个宁州以及海那面的澜州北部接下来半年的天气。这个并未完全度过的夏天将会极其寒冷,霜冻将会落在北方,南方的大海则会结冰,远在海另一侧的澜州也将出现大片作物被冻死的灾祸。

"他们做到了。"羽鹤亭喃喃地说,他的手指深深地扣进了木栏杆里。

沙陀人炸开了灭云关口。宁州从此不再是一座封闭的大陆,它向瀚州彻底展开了胸怀。这座宁静的大陆政治和经济形势都将发生翻天覆地的变化，而他将要紧紧地把握住每一个变化。

"派到铁问舟那儿去的镇军还没有消息吗？"他问随侍在后的鬼脸，"还有，把鹿舞召来见我。接下来有许多事要做，我们需要人手。"

余震还未完全消除的时候，可怕的警报声再一次响彻厌火城上空。

大地那黑沉沉的剪影上，亮起了一片浮动的亮光之海，如同天上的星辰落到了大地上。那是大股军队行进的火把。沙陀的军队卷土重来了。

"我知道我不会输，"羽鹤亭疲倦的面容上，两眼灼灼地放起光来，"沙陀得到了自己要的东西，现在该轮到我了。"

他充满喜悦地张开双臂，拥揽着灰蒙蒙的空气中，依旧如银子般干净的上城。在这场历经了三十年的充满阴谋的惊心动魄的博弈中，他确实不能输。如果他输了，上城就完了，而下城——他厌恶地看着下城暗淡的片片灯火，那些扭曲的街道和肮脏的面容，它是附着在美丽皮肤上的一片癣疥。三十年来，他总是无法将它清洗干净，它是一片吞噬一切的可怕迷宫。

黑影刀和时大珩还没有来复命。他确实心存忧虑。铁问舟，哪怕是一个垂死的铁问舟也是危险的，所以灭云关口的打开，让他心中一块石头终于落了地。只要与沙陀达成了协议，不论再出什么意外，他都已经牢牢扼住了命运的咽喉。

下城在沙陀蛮和厌火镇的联合大军面前，就如层层叠叠累起来的危卵。它将不堪一击。

"铁问舟就算有通天的伎俩，此刻也无能为力了吧，"他仰天长笑，朝着下城抖了抖袖子，轻蔑地说，"就让沙陀药叉替我把这乾坤世界打扫干净吧。"

第九章　我身无形

九之甲

　　黑沉沉的铁塔压在三重须弥座上，它的影子就如一支利锥，落在空荡荡的院子里。

　　院子里的只站着一个巨人，如一座耸立的小山。

　　炽烈的阳光像一团火般落在他的额上，把那儿晒得通红，汗水挂在宽阔的肩膀和肋下，但巨人低垂眉头，一动也不动，只是把愤怒和无尽的力量隐藏在紧绷的肌肉和凶狠的眼光里。

　　四面的屋脊上都可见羽人弓手，扣住钢弦，半张着弓，数百枚闪闪的箭头编织成一道细密的网，将虎头笼罩在其中。

　　虎头抓住手里磨盘大的斧头，眯缝起双眼，只瞪着推开中门走入的黑影刀。

　　黑影刀踏入院内的一举一动都显露出胸有成竹，但他在这样的目光面前也觉得有点不自在。

　　他一手牵着羽裳，轻轻地绕开地上那团沉重的山一样的阴影，踏上通往铁塔的台阶。

塔内既窄小又黑暗，当面是一条右旋向上的楼梯。黑影刀一向不怎么喜欢窄小的空间，但他喜欢黑暗，那让他有一种融入其内的安全感。

他拉着羽裳的手，向右转了一圈又一圈，步步登高。在这一圈圈的攀高中，小女孩什么也没看到，只觉得四面壁上都是一排排厚厚的书籍名册。

他们转到第五圈的时候，才出现在塔顶里。

空气里弥漫着一股药香。

四面的窗户都被厚厚的帷幕挡住了，只有暗淡的一点灯光照亮塔内人的容貌。

半倚在一张躺榻上的正是铁问舟，那个狮子一样的男人。他捂着胸口，慢慢地咳嗽着，脸上带着可怕的白色。

黑影刀认识那种苍白，那是垂死的白。

躺榻一侧立着扇屏风，屏风前除了一位瘦骨伶仃的山羊胡老者，再看不到其他侍卫。黑影刀认得那人是厌火城最好的大夫百里愈，虽然医术精湛，却是个手无缚鸡之力的长者。他不确定屏风背后是否还有人，但他满不在乎。铁昆奴已经死了，鬼脸是他的盟友，而虎头已被压制在下面院子里——厌火城内最出名的武士都已被控制住了，还有谁是他的对手呢？

但他还是习惯地在床上那位垂死的男人前垂下双手。

"我知道是你。"

床上的男人望着从楼梯口钻出来的黑影刀，微弱地点了点头。

"铁爷，"黑影刀依旧带着恭敬的口气道，"我为了一万影者的活路而来。"

"不，你是为了自己而来。"铁爷声音低微地道。他奄奄的声息与药香混淆在一起,若有若无地在塔室内飘曳,但他的话一字一句都让人听得清清楚楚,让黑影刀如身在公堂受审,不由得想为自己辩解:"下城已经保不住了。我只有与羽鹤亭合作才能救他们。"

"影者的所有意义都在下城,下城消失了,他们也就死了。"铁问舟抬起眼来,下了结论说,"所以你还是为了自己。"

羽裳惊讶地发现他的眼睛在黑暗中如同两点巨烛,可以洞照一切。

这是她第二次看到铁问舟了,这么近地看他还是头一次。这样的人,如果在往日,真的可以救出风行云呢。她想。

黑影刀依旧垂着双手,却慢慢捏紧了拳头。他抬起头,双目灼灼地望着铁问舟:"争吵还有什么意义吗?即便你是对的,那又怎么样呢?我可以看到即将到来的验证,而你却没有办法了。"

羽裳发现面前这个男人微笑起来:"你已经杀了我一次了,还不够吗?"

"铁爷,我不想反你。"黑影刀苦涩地道,"我本指望由你来带领我们得天下,可你不愿意,我不得不下这个手。"

他这么说着,慢慢地从袖子里抽出了那柄精光湛然的长刀。这么长的刀是如何藏在袖中的,确实让人看不出来。站在一旁的百里愈抱着医箱,浑身轻轻地哆嗦起来。

羽裳再也忍不住,跳上前走,张开双手挡在榻前,大声说:"你不能杀他。"

室内众人均是愕然。

铁问舟捂着胸口咳嗽着说:"小姑娘,你快躲到后面去,小心受伤。"

羽裳大声说:"你已经刺伤他了,他现在只是位病人,躺在这里无法反抗,你还不放过他吗?"

黑影刀的脸周毛发乱动,只是看不清他的脸色,他停了停步子,叹着气说:"你不死,影子不会听我的话。"

"如果你要救他们,为什么又怕他们不听你的话呢?"铁问舟反问,他仿佛根本不在意自己的生死,只是反驳黑影刀的理由,字字都如重锤敲打,只敲打得黑影刀身子颤抖,但还是举着刀步步逼近。

铁问舟点了点头,他这一动,血就从胸前裹着的白绸子上慢慢地洇出来:"鹿舞那一刺,对你来说还不够狠吧?"

这话声音极轻,却让黑影刀宛受雷击,蹬蹬蹬地后退了三四步。

他的目光在黑暗的室内一下子亮了起来,在乌黑的脸上看着明晃晃的如同镜子:"你怎么知道她的名字。"

"我有什么东西不知道呢?"令黑影刀胆战心惊的熟悉笑容浮现在铁问舟脸上,"我是无所不知的铁问舟。"

"你早知道有人要行刺你?那怎么还会被她刺伤?"黑影刀咬着牙问。

铁问舟的上半身突然高了一截,仿佛从水中升起,他在榻上盘腿坐起,脸上的苍白和病容都在一瞬间里消失了。他笑着说:"要不是这样,又怎么能骗过你黑影刀的眼睛呢?"

黑影刀只觉得窄小的铁塔内突然旋转了起来,灯光好像黑了下去,黑暗如同一张越来越紧的网,将他束缚在内。

"不管怎么说,我还是赢了,沙陀大军一到,下城就要毁灭,你已经改变不了这结局了。"黑影刀狞笑着说。

"是吗?"铁问舟却是出奇的平静,这让黑影刀心里直生起一股凉气,他立刻将其生生压下,不愿多想。

铁问舟朝百里愈点了点头,那大夫抱着医箱,吱溜一声钻入床底,行动倒是极快。

时大珩带着众镇军弓手，守在不老里的院落中，突然听到塔内传来一声尖利的呼哨。他望着脚下不动如山的虎头，脸上不由浮出一丝微笑。

只要乱箭齐下，虎头那庞大的身躯就会变成一只刺猬。再勇武的夸父，也不是上百名居高临下的羽人箭手的对手。

"放箭！"他的副将已经高声下令了。

一百名弓箭手同时向后猛拉弓弦，一百张弓扯得如同满月，就在弓弦拉到极致处，突然同时发出"嘭"的一声，竟然一起断了。

所有的羽人箭手都大吃一惊，知道弓弦上被人做了手脚。只是军械保养存贮都属军机大事，防卫严密，弓弦又怎么可能被人划伤呢？

羽人副将眼见不对，抽出长剑，刚要振臂喝令，让大家一拥而下。时大珩却一把拿住他的颈项，一把短匕首从他后颈插入，斜向上刺入咽喉内。

不老里各处楼宇房屋中，突然门窗大开，内中都有铁甲弩士，手持穿云弩，密密麻麻地对准院中上下的羽人。

时大珩依然扭住副将的身体，任凭鲜血顺着那人脖子喷涌而出，溅满自己的脸。并没有多少人知道，除了箭术之外，这位瘦高的羽人将领还精通各种短兵刃杀人的手段。

他可以让人在感觉到痛苦之前就死去，除非他故意让人感受到这种痛苦。

此刻副将就正在经历这种痛苦，他从喉咙里发出的漫长又压抑的呻吟，让两侧的羽人惊吓得脸色发白。

时大珩咧开血嘴，对那些不知所措的箭手们一个字一个字地道："我身无形——放下弓箭者不杀！"

很少有羽人愿意当影子，但时大珩不是羽人。他是一只魅，混入厌火镇军近十年,这才现身。这样的人,谁知道还有多少呢?

羽裳看到屏风后,转出一名矮胖的男子,他穿着一件无袖的衬衣,腰上的围裙怎么看都不可能曾经是白色的。他发亮剃过的脑壳上反射着灯光,粗壮胳膊上卷曲的黑色汗毛简直可以和他的胡子相媲美。这人她倒认识,正是冰牙客栈的老板苦龙。

苦龙在肩头上的抹布上擦了擦双手,望着黑影刀嘻嘻一笑:"这位客官,有好生意要照顾吗?"

黑影刀吹完口哨,招呼外面的羽人动手,却不闻一丝一毫动静。他知道铁爷既然布下这套子,自然早有准备,外面迅雷烈风,正在四面围裹而来,而暴风眼的中心,就是铁爷。黑影刀已经别无选择,朝铁问舟飞身扑上。

他脚步如风,就如一道轻烟,让人看不清影子,只贴着塔壁飞转而上,直飞到穹顶最高处,才头下脚上,如一道流星坠下,朝坐在榻上的铁爷射去。

苦龙却擦了擦鼻子,双手十指向上一弹,手中飞起了十数个小黑点,朝黑影刀脸上扑去。

黑影刀在暗中看不清楚那是什么东西,不敢大意,拿刀一格,不料那十几粒黑点却会拐弯,倏地一转,转过来登时撞中他的胳膊和大腿。黑影刀只觉得周身一硬,身上瞬时结了一层硬壳,几乎动弹不得。他强行跳到一边落在地上,身上竟然噼里啪啦地掉落一层厚冰。

他回头看时,却看见铁问舟一招手,羽裳跳上榻去,和他挤坐在一起。

黑影刀刚要举步再朝铁爷处杀去,却发觉地上滑溜溜的,站立不住,他稍一迟疑,双脚已经粘在地上。此时,塔里瞬时已如寒冬,蜡烛色作青蓝，仿佛即刻就要熄灭。

他大吃一惊，抬头看苦龙时，只见那胖子虚举着手掌，空中有数十只黑点，围着他的手盘旋回绕，发出嗡嗡的声音。

"冰蝇？宁州真的有这东西吗？"黑影刀一惊问道。

"呼呼。"苦龙眯眯地道，"幸亏铁爷家里有冰窖，不然这些虫子还真熬不到这一天呢。"他双指一弹，那十几粒黑点又朝黑影刀飞来。

黑影刀不敢硬接，使开风舞狂技，在身边旋起一道风来，挡开那些虫子，却觉脚上寒气顺着大腿直冲上来。他想要逼近苦龙身边去，却才挣起左脚右脚又被粘住，稍一疏忽，一只冰蝇迎面撞来，他只得张开左手一挡，半条胳膊顷刻冻成块冰坨子。

那些冰蝇无孔不入，四处拐着弯乱飞，确实难防。看坐在榻上的铁问舟和羽裳，虽然也冻得发抖，却没有事。原来百里大夫钻入床底，也没闲着，而是点着了一早已备好的火炉，冰蝇怕热，不往榻边飞，而苦龙素习印池法术，身上寒热自如，冰蝇也不会扑他，在塔内飞来撞去，就只朝黑影刀身上撞。

黑影刀只走了两步，已经被牢牢冻在当地，连挣了两下，裹在他腿上腰上的冰却越结越厚，眼见得就要蔓延到肩膀和胳膊上。

黑影刀空有一身惊天绝技，却施展不出，禁不住怒发如狂，发出长长的一声嘶吼。

铁问舟叹了口气道："放下刀吧，你还是我的兄弟。"

影子的双脚被冻在地上，却抬起脸来，哈哈大笑。"我怎么还有脸当你的兄弟。"他说，回手一刀，咕咚一声，头颅滚落在地，颈中鲜血喷涌未完，已经冻成一根通红的冰柱。

羽裳吓得回过头去，不敢再看。

苦龙收起冰蝇，时大珩走了进来，头发上瞬时结了一层冰霜，他抱着胳膊抖了两下,才向上报道:"铁爷,外面全都妥当了。"

铁爷点了点头。

苦龙却从怀里掏出一柄大大的黄铜钥匙来:"这是下城阜羽门的钥匙,要给他们吗?"

时大珩和刚从床底下爬出的百里大夫都微微抽了一下脸上的肌肉,他们都清楚苦龙的这句话意味着什么。

铁爷接过钥匙,慢慢地摩挲了两下:"此刻别无选择,只能给他们了。"

他回过头来看看羽裳:"这小姑娘倒是颇得我心,苦龙,就是你说过要找人的那姑娘吗?"

羽裳使劲地点了点头。

铁爷大声吩咐了一声,立刻有人从塔下走上来,手里捧了本厚本子——应该就是在塔下的架子上抽出来的——展开来给他看。

只见上面某页清清楚楚写着:

"某日越时,持风胡子戒者入西门;

某日雷时,现码头;

某日澜时,被执入割脸街府兵大营;

某日宁时,出大营;

某日云时,入罗家当铺;

某日澜时,又入割脸街府兵大营。"

最后又以括号小字标明"未见出"。

铁问舟看到最后,眉头一皱,对羽裳道:"你朋友有麻烦了……"

九之乙

龙不二每次喝酒的时候,手下的士兵都会躲得远远的。盖因此人酒德不好,一旦发作起来,情形会非常可怕。

此刻这位府兵将军就坐在下城某段城墙的敌楼上喝着闷酒,还不停骂骂咧咧,只是因为喝了两升酒,唠叨声和埋怨声也变得支离破碎起来。府兵们知道他一旦喝起来,不醉到第二天中午就不会起身,于是乐得清闲,躲到城门两边打叶子戏去了。

奇怪的是,今天龙柱尊倒不是独个人待在城楼上,酒桌对面居然还有一名客人。

龙柱尊喝得满脸通红,正拍着桌子叫嚷:"……妈的,老子提着脑袋把石头抢回来了,就算条狗,也该奖两块骨头吧——这倒好,他们亲亲热热地给我灌下几杯酒,说了几句好话,就把我打发啦……我醒过来一看,还是躺在这肮脏发臭的下城里,城外围着十万野蛮人,个个想冲进来朝你肚子捅上一刀,他们倒自个躲到安安稳稳的上城里去了……"

他对面坐着的那客人年纪尚轻,身上铠甲银光闪闪,裹着件大锦袍子,倒也像一员战将,手里却拿着柄折扇,抖开来时可见洒金纸上画着娇艳欲滴的一朵大牡丹,原来这客人是茶钥家的公子。灯火下看得分明,那件漂亮袍子上挂了个大口子,银甲上也被许多污泥弄脏了,倒像是刚从一场血战中逃出来似的。

茶钥公子劝道:"沙陀那边要真来了——有我呢,我跟他们手下是老相识啦,到时候门一开,双手一举,他们就知道是我了,什么事也没有。"

龙柱尊低垂了脑袋:"这个我得想想,怎么说,我龙不二也是有自尊的……"

"你想,你想……"茶钥公子连连点头,他又喝了两盅酒,压低嗓音对龙不二道:"都说飞鸟尽,良弓藏,你好好想想吧,沙陀大军进城,剿灭了铁问舟,你对羽大人还有用处吗?"

龙不二闻言一惊,皱起浓黑的眉头苦思起来。他想来想去,只得向眼前的人求教:"公子请以良策教我。"

茶钥公子见他上钩,却摆出一副欲擒故纵的模样摇起扇子来:"这几天我忙着呢,哪有时间想你的事,哎,你们这些武夫就知道头脑发热,打打杀杀,这种问题第一次想起来,总要多花上点时间。不像我们,我们要想的事情就高深复杂多了,你看,我就一直在想……"

他左右看了看,再次压低嗓音,推心置腹地对龙柱尊道:"其实,我也不喜欢羽鹤亭和沙陀走得太近。你看看羽大人的情形,等他真的和沙陀勾搭上,这块地方上还有我茶钥说话的分吗?"

龙柱尊唯唯诺诺地点头道:"公子果然想得高深。"

茶钥公子得意地一抖扇子,对龙不二道:"这不算什么,我老早就看穿了这点。对茶钥家来说,只有不赔不赚,保持原样,才是笔好买卖。说起来,你一定奇怪,那我为什么还到厌火来撮合他们两家的事吧?"

龙柱尊瞪着血红的眼睛,咕哝道:"我是很奇怪。"

茶钥公子一收扇子,重重砸在左手手心里,遗憾地叹着气:"其实很简单,我就是舍不得他们各自送过来的那二千两金子……"

"人总是有缺点的。"他不好意思地承认说。

龙不二无辜地转着眼珠,抬手摸头道:"头好疼,这些东西我真的不懂,可惜我表弟龙印妄不见了,那家伙办事颠三倒四,分析起这些纵横连合的事情来,倒是头头是道……"

"龙将军是个爽快人,我就直说了,"茶钥公子用扇子压下龙不二的手,乐呵呵地道:"等灭了铁问舟,羽大人不要你了,你就来跟我们混吧。小四太笨,我不想要他了。他个子小,总挡不住我。龙将军打的这几架勇猛异常,我可都一一看在眼里啦。"

他们想起在南山路妓院里并肩作战的经历,眼睛里不由得燃烧起战斗的情谊来,于是握住对方的手,哈哈大笑。

城楼外此时也并非完全没人。此时墙根处还蹲着十多名茶钥家的家将,围着一堆火也正喝得快活。

其中一人长得獐头鼠目,留着两撇针尖般的胡须,头上却裹着层白纱,双手支着腮帮唉声叹气:"我本来要升官的……你们说,还有比我更倒霉的人吗?"

他醉眼蒙眬,却突然抬起头道:"咦,我刚才好像看到一个什么东西从头顶上跳过去了。"

他们都抬起头来看,果然看到一个巨大的黑影正在下城的屋顶上蹦蹦跳跳,动作极快,一闪就不见了。

"田鸡不可能有那么大,这个我还是知道的。"小四呵呵地说,"咳,没想到这酒这么厉害,一会儿工夫眼睛就花了。"

"眼睛花了,眼睛花了。"他们都一迭声地同意,低头又吆五喝六地喝起酒来。

就在他们低头的时候,远处街道后面那团黑影又跳了起来,它缩成一团确实像只大蛤蟆,飞到天上时就完全伸展开来,遮蔽了好大一块天空,然后腾地一声落到远方屋顶上,搅起一片瓦片乱飞,鸡鸣狗咬之声。那黑影每次飞起,还有人在其上大喊大叫。"救命啊!"那个声音叫道。

"真的是喝多了,还出幻听了。"城楼里的龙不二也嘀咕道。那嗓音听来倒有几分熟悉,像是废柴街上的某个熟人。随着他的嘀咕,远处一栋楼房轰隆一声倒了下去。龙柱尊伸手堵住耳朵,又从桌子下摸出一坛酒,对公子道:"如此说来,我可得敬你一大杯。"

就在主宾两人情投意合,相互让酒时,突然有个披着蓑衣,戴着顶斗笠的汉子急急忙忙地跑了过来,手里还提了个石灰桶。他伸着斗鸡一样长的脖子左右看了看，就在城楼边的墙上刷了个大大的"拆"字，却正好被窗户后面的龙柱尊看到。

龙不二皱着眉头推了推茶钥公子："喂，我的眼睛好像也花了，那边是有个小子在墙上写字吗？"

茶钥公子努力张开眼睛看了看，沮丧起来："也许我们得挪个地方接着喝了。"

"这儿要拆了。"他解释说。

"什么，要拆？"龙不二犯起倔来，"妈的，老子在这待得舒服着呢，我哪儿也不去。"

茶钥公子劝他说："墙上被石灰写了字，早晚都是要拆的。别和官家过不去，犯不着啊。"

龙柱尊被他一语提醒："我才是官家。这块地盘没我的命令，谁敢乱搞拆呢？"他大喝一声，借着酒劲，提着斧子冲下城去，冲那个刷墙的汉子大喝一声："喂，你哪一部分的？"

那汉子吓了一跳，抬头一看，连忙解释道："是龙爷啊，你看，这城门太矮啦，不把城墙拆一部分，这么多大东西怎么过去呢？"

龙柱尊尽力探着头一看，果然看到城墙外面有数十个黝黑的影子，高高地升向天空，仿佛在排队等候。

外头一声锣响，上百名河络从巷子里冲出来，架起梯子蜂拥上城，一起动手拆墙，随手就把砖块朝城下扔去。

龙柱尊向前走了两步，大声威吓道："不能拆，我是奉命守城的，如果城没了，那我守什么去呢？"

那汉子翻了翻眼皮："别纠缠不清啦，我一晚上还要刷好多地方呢，要不，你去问问那边的带队人吧。"

龙柱尊瞪开牛铃大双眼，朝那汉子指点的方向望去，发现四下里静悄悄的，城门大开着，他手下的兵丁竟然一个不剩，全跑没了。

那汉子用刷子指着的正是城门外面。

龙柱尊借着酒胆,提着斧子,跌跌撞撞地走了出去。他一出城门,就闻到了一大片平稳而可怕的呼吸声,黑暗中竟然静悄悄地排列着上万名士兵,手中兵刃投射出的寒光几乎要将天地映照成一片冰霜。

龙柱尊见机得快,扔下斧头,唰地举起双手,问道:"请问带队的将军是哪一位啊?"

领头的一名沙陀兵冷冷地看了他几眼,伸手朝后面一指。

龙柱尊张眼望去,只见天空背景下,一面极大的青色旗帜猎猎作响,二十多名锦衣金甲的武士排列成半月形,手里捧着的一列长刀竟然就如被界尺画过的一样齐整,这队长刀手核心里簇拥出一匹极高大的灰骆驼来,马上骑者披着黑红色斗篷,气势雄壮,宛如一座大山。

龙不二也暗自赞叹:只有指挥上万人的大将军才能有这样的气派。他满怀敬畏之心,战战兢兢走上前去,请了个安,待要请降。那名骆驼背上的蛮将掉过头来,原来年纪尚轻,是个青年蛮子。

龙不二猛地里看清了他的脸,饶是胆大,不由得尽力向后一跳。"这不可能,"他惊恐地叫道,"你已经死了。"

九之丙

夏日的宁州是一片间杂着无数黛黑和深灰的青绿色大陆,而天空一片淡蓝,仿佛一顶巨大的圆形帷帐,它向四周伸展,低低地压在青白相间的千沟万壑上。

宁州也许是九州上最古老的一片大陆,它因为漫长的岁月侵蚀而碎裂不堪,到处可见高山深谷、沟峪纵横,深黑厚重的古老森林覆盖其上,只有一些最高的山峰从森林的枷锁中挣脱出来,连成一串闪闪发光的珍珠。

淡青和淡紫色的云烟从浩渺的大陆上升起时，如同无数飘渺的灵魂在天空中歌舞跳跃。每年的某些时候，总有点点的翩翩人影在云天之中闪现，舞动，然后又复归寂寞。这是一片渴求自由和飞翔的土地，但并不是每一个人都飞得起来。

厌火城外的戈壁里，有一个人孤零零地躺在沙丘的向阳面上一动不动。在他的四周，伸展出去的是死寂的荒野，空旷荒芜，没有一丝生命的气息。他是个死人。

沙漠里没有什么东西会动，没有鸟也没有野兽，除了那些浮光掠影般来去的热气，只有星辰在天空滑过。白天，天空中那个发光的圆球掠过他的上空，眉骨和鼻子弯曲的阴影就从他平坦的脸上滑过；而夜晚，星光流淌，沙漠呈现出一片深蓝色的波澜起伏的场景，他就在海面上低空滑翔。

无论是面对这时光的潮汐，还是变幻莫测的气象。这个死人都不为所动，他衣着普通，脖子上可见一条断了的黑色细索，上面曾经挂着的坠子已经不见了，他雍容大度地躺着，微微而笑，显露出一副无拘无束、对死亡也毫不在乎的模样，他的嘴角朝上翘着，那是一种对未来尚有希望的笑。

在他身旁，除了两丛干枯的骆驼草之外，就什么也没有了。微微发红的沙砾，自西向东，铺向远方。这些密密麻麻，无穷无尽，令人发疯的沙砾之后，尸体之东五百尺外的沙丘阴影里，横卧着一条尸体铺就的峡谷。那里面尸横遍野，躺卧着两百具人和马的尸体。在腐烂的肉体之间，拥塞着断裂的刀以及碎裂的金属甲片。那些僵硬的马腿挣扎着伸向天空。

当远在西方的大爆炸的风云席卷而来的时候，整片天地都笼罩在一片彤云下，变得通红。

大地的震动让那些死人死马的骨骼和盔甲相互碰撞，它们咯咯作响，颤抖不已，好像正从永恒的死亡中复活，加入到可怕的热风和暴雨组成的大合唱中去。

直到天地的轰鸣沉寂了很久后，终于有十多骑形成的一簇骑兵奔近这片戈壁。黎明正如一匹赤色的豹子，悄无声息地从草尖上溜过。他们发现了这个躺在荒漠上的年轻人。为首的骑兵俯身向下，仿佛在辨认什么，随后那人用蛮语呼喝起来，当即跳下几名骑兵，在两匹马间拉了张网，将那尸体放在网上，向鹿门塬上奔了回去。

这一小队骑兵穿过黑压压的蛮族人马，一直跑到塬顶上，将年轻人的尸体摆放在沙陀药叉的面前，然后垂下手，恭恭敬敬地退了下去。

沙陀王脸色严峻，低头看着死人，从人皆不见他现出喜怒之色。

他看到那人颈上空空的黑绳子，心中一动，低下头去，用一柄银小刀撬开他嘴看了看，立刻跳起来叫道："把大合萨请来。"

那天早上，所有的人都没有看到太阳的升起。在昏黄的尘砂笼罩的鹿门塬顶上，大合萨从帐篷里出来，对沙陀王道："没错，他嘴里放了鸠尾草，还有希望。我已做了禳祈。"

沙陀王回头看了一眼，立刻有四五名戴着高冠的合萨翻着古书对他解释道："鸠尾草味苦，性寒，药性在不同个体上表现不同，有时具有起死回生的疗效，有时毫无作用，有时又会有剧毒。据说这种草有自己的情感意识，它们会挑选自己的使用者，决定表现毒性或药性……"

沙陀药叉怒道："全是废话，现在如何……"

"现在还看不出来，身体已经全凉了，难说……"

"或许已经决定留在天上草原了也不一定……"

沙陀王自然也知道这个传说，而且他也同样明白，传说归传说，并没有多少人真正可以起死回生。他独自走入帐篷,只见那年青人孤零零地躺在帐篷火塘后的交脚胡床上,全身已被大合萨以香料涂抹过,胸口上的伤已被包扎完好,头顶脚心处摆放有金熏炉和七宝。只是全身冰凉苍白,没有血色,看不出一点生机。

他看了半天,脸上眼中突然现出一抹柔情来。他走上前去,俯身搂住年轻人的肩膀,轻轻地摇了摇,凑在那年轻人的耳朵边说道:"天上太寂寞了。青罗,你还是回来吧。"

他这话一出口,青罗突然剧烈地咳嗽起来,他长长地叹了一口气,随后才呻吟着张开眼来,对沙陀药叉低声道:"父亲。"

沙陀药叉又惊又喜,只是铁铸般的面孔上并未表露出几分来:"你先休息……别的事回头再说。"

青罗却挣扎着伸出手来,将沙陀药叉的手抓住。

沙陀药叉问:"你还有什么事?"他觉得青罗握他的手逐渐有力,青罗的眼睛也一点点明亮起来。鸠尾草那神奇的药效,正在让他每一刻都变得更强壮更有力量。

青罗严肃地道:"父亲……大君,龙之息是不是已经毁灭了。"

"你也知道吗?"

"那会儿我虽然已经死了,却依然能感觉到周围发生的一切,我飘荡在天空中朝下俯瞰,一切都宛如在梦中。"青罗一手扶着头喃喃地说。

"不错,我们被人卖了。龙之息已经毁了,但灭云关并未打开。"沙陀皱紧了眉头,他低声对自己的儿子说,"此刻我十万大军进退无据,我还能收拢他们五天、十天,最多十五天,之后便要如盆沙入海,散作飞灰,再也无法收拾拢聚在一起了。向前冲,拿下厌火,是我们唯一的退路。"

青罗果然听到了帐篷外传来阵阵激昂的号角声、沉重的投石车移动的辚辚声、无数身着沉重衣甲的人跑动的脚步声,这数万虎狼将要发起的困兽之击已经迫在眉睫。

他扶住父亲的手,慢慢直起身子,姿势如同婴儿学步,却终究站定了。

他说:"我没见到白影刀,也许我已经见过了,只是不知道——我已经真正了解到厌火的力量了……"

"我们回不了瀚州了,如果还想在宁州生存,那就需要盟友,"青罗对父亲说,"如果让我选择的话,我要选铁爷——我们没有可能夺取这座城市,它是属于铁问舟的,除非你把所有的人杀光,否则,永远都是他的。"

沙陀药叉背起手,沉吟着踱了几步,飞快地拿定了主意:"好吧,石头反正已经没了。我的威望受到了重大损伤,这一时刻,让他们去屠戮富裕的上城,自然比抢劫下城更有吸引力——"

"我们还是要抢劫屠杀吗?"青罗惊问。

沙陀药叉狞笑着回答:"我们是强盗,不是吗?如果要我听你的——"

他转头望着帐外,那里是呼啸的风和被风吹得猛烈地偏向一侧的火把。所有的领袖都面色严峻地站在门口,分成两排。他们在等待他的命令。

"如果要我听你的——你,就要带着他们去进攻。我知道你不喜欢干这个。"沙陀药叉带着不容置辩的口气,像一座庞大不可动摇的山那样下了他的命令,"可想要证明自己是对的,这就是你必须付出的代价。"

蛮人们的抢劫会议以极高的效率召开了。他们在帐篷里蹲成一圈,用刀子在沙地上画出了一个扭曲的地图。打叉、圆圈和歪斜的箭头,则代表他们各自军队的位置所在和分工。

狼那罗在冒着黑烟的松明下摇了摇满是疤痕的脑袋,歪着头狞笑:"要我说,这主意不错。"

"抢那些细长个儿的鸟人,会更有钱,我也喜欢。"一个留着灰白长发的蛮子也说。他其实不老,只是头发早白,是名以智计著称的头人。此刻他咧着嘴,露出了半拉虎牙,狡猾地一步逼近青罗,问道:"只是从来没有人攻破过上城的城墙,我们可以吗?"

青罗愣了一愣,他确实不清楚该如何回答这个问题。

远处又响起了三声低沉的牛角号,一声比一声长,一声比一声近。一名卫兵在门口禀告道:"我们有了一名使者。"

在墨黑的天空下,那名使者被传到帐篷前,沙陀药叉见那人身形矮胖,形容猥琐,围着条脏围裙,笑眯眯地走了过来,说是使者,倒更像一名厨子。

那人慢条斯理地四面看了看,然后对沙陀药叉道:"你可以叫我苦龙。铁爷已经下令,放开大路,任你们进逼上城。"

"这是下城城门的钥匙。"苦龙说着,从怀里掏出一柄金灿灿的铜钥匙来。

他扫视四周,看到了那些首领紧蹙的眉头和紧绷绷的腮帮子。

"在为那道白城墙担心吗?"他咧嘴而笑,"别为这个烦恼。八百条好汉,在上城的城墙下挖了已经足足一个月了。"

九之丁

时近正午,天空却如鸦羽一样墨黑。

在这样的光线下,即便如羽人般敏锐的目光也看不出百步开外,否则,龟缩在上城城墙上的那些羽人弓箭手们就该注意到,脚下那些低矮的破房屋间隙中的阴影似乎有点异样。

它们如同很长的青虫,在慢慢地蠕动,从远处看去,那幅景象又有几分像厚实的黑色泥浆,在狭窄的空隙里静悄悄的流动。每遇到一处空场地,就回旋成一个漩涡。

它们先是出现在靠近西门的陋巷里,然后北面和东面的破碎城区里也出现了,一路若隐若现、时断时续地接近翠堵塬。

它们从四面八方地向中心汇集,缓慢地流入厌火的心脏腹地,慢吞吞地朝上城的各个城门聚集而来。

莫说上城的那些哨兵看不见这些动静,即便他们看见了,也会把它们当成暗夜里最黑暗深处冒出的鬼魅,它们无声无息,没有亮光,没有身形,融化在阵阵尘烟和灰雾里。

在格天阁边的一座偏殿里,羽鹤亭在自斟自饮,等待派出去与沙陀联络的使者消息。

鬼脸已经被羽大人派到南山路找露陌了,他身边少了那位寸步不离的铁面人,但身遭的防卫依旧严密。

宫殿四处都侍立着黑色衣甲的庐人卫,如同撒满沙盘的黑豆。他们腰悬长刀,手持长兵,个个抬头倾听城墙上传来的断续的芦哨声,脸上露出不安之色。

这些身经百战的武士们都已经嗅到了空气里飘来的战争气息。

突然一匹快马冲入殿中,惊惶得撞翻了庭院里的木灯笼。骑者滚鞍下马,在阶前喊:"大人,沙陀蛮的大军已到城下了!"

"乱叫什么!"羽鹤亭放下手中的酒盏,镇定自若地说,"把我的斗篷和马鞭拿来。"

随身侍卫定了定神,给他披上斗篷的时候,却无意中看见桌上放着的锡酒杯已经被捏得变了形,美酒正慢慢地漏出来,流到桌子上。

羽鹤亭装束好盔甲,什么侍卫也不带,独自攀爬了一百五十级台阶,登上了格天阁的望台。宽敞的平台伸向空中,十二青铜武神咬牙凸睛，张着狰狞的面孔，手舞各色兵刃，和他一起向下俯瞰。

上城的白色城墙边，如今挤压着黑色的漩涡，仿佛黑色的海洋突然越过堤坝，在上城周围围成一圈耸动的浪潮。

突然亮光起处，上万支火把同时点燃，如同群星在一片黑色的海洋上漂浮。借着这些点点飘动的火光，羽鹤亭清楚地看到沙陀大军如军蚁般排开，簇拥成一个个密集的方阵，竖起的长矛密如森林，它们挤满道路、空场和所有间隙，像把城外原有的那些板房和棚屋全都吞下去了似的。他们在火把下招展开无数杂色的旗帜，在风中猎猎作响。这些旗帜原先一定都是卷着的，否则，光是风卷动旗子的声音就会让羽人在十里外听到他们的行进。

在这些黑压压的潮水平面上，有十多个突兀出来的庞然怪物，那是带着厚厚装甲的攻城车，它们的形状和高度让人想到从黑色深渊上升起的恶魔；更靠后一点的地方，则是成排的抛石车，它们扣紧缆绳，绷紧长长的颈子，指向斜前方的天空。

"这是怎么回事？沙陀背信了吗？"羽鹤亭怒声朝着空荡荡的平台喝问，"难道他炸开了灭云关还不满足？要想和整个宁州的羽人为敌吗？我不信，沙陀不是这样的傻瓜。"

"这个问题我能回答。"突然有一个清脆的声音在空荡荡的平台上突兀地冒了出来。

格天阁四层以上日常严禁他人踏入。这个突然出现的人声，就如一粒石子掉入羽鹤亭的心里，发出轰然巨响。

羽鹤亭冷静地一手扶上腰间，掉转头去，在灰蒙蒙的尘雾里努力分辨。

从显得黑幢幢的花棂门中走出来的，是一个又小又苗条的身影，穿着一件淡绿色的衫子，宽缎子腰带在身后随风飞舞。

羽鹤亭深深地吸了一口气，看见那人不过是名十来岁的小姑娘，模样乖巧，满脸稚气，怎么也不像个让人害怕的人物，一步步地走了近来，羽鹤亭却感到一股寒意静悄悄地脚面上升起，不由得喝了几声："站住！"这小女孩就像是个鲜花与荆棘编织成的花冠，是个仙灵和魔妖的混合体，让人越是喜爱就越是恐惧。

他惊疑未定地喝问道："你是鹿舞？不是让你在阁下候着吗？谁让你擅自上来的？"羽鹤亭确让卫士去召她过来，但遵惯例，她该在楼下的月台前等候召见，没有哪个人有如此大胆，敢放鹿舞到阁上来。

羽鹤亭不由得又惊又怒。

鹿舞是他手下的第一号杀手，却只有寥寥三两人知道。这两年来，鹿舞已替他处理了不少棘手问题，但多疑的羽鹤亭从来也没见过她的面。如今用人之际，这样的高手本该担当更高职务，鬼脸将刺杀铁问舟这样的大事也交到她手上，足见信任。小姑娘不负重望，得手之后全身而退，羽鹤亭对她兀自有些疑忌，但她当着鬼脸的面杀了青罗，将龙之息夺回，送到沙陀处，终于让羽鹤亭下了召见令，但此刻他脑中警惕之弦绷得紧紧的，知道这捉摸不透的小女孩绝不该在这种时候出现在这样的地方。

"找到你可不容易。"鹿舞一笑，露出了一排洁白的贝齿，就如水边盛开的一朵清纯莲花，但她的话里躲藏着显而易见的威胁，"要不是他们带路，这座迷宫一样的大花园还真不容易走进来呢。"

羽鹤亭冷笑一声，依然不失镇定地喝问道："你到底是谁？你想干什么？"

鹿舞无辜地吐了吐舌头："干吗这么凶巴巴的，我只是想上来告诉你一声啊，沙陀王可没有背信。"

羽鹤亭冷哼一声，冷冷地看着鹿舞，神情丝毫也不敢懈怠。他自然知道这小姑娘纯洁天真的面容之后的真实本领。

"此话怎讲？"

鹿舞继续笑嘻嘻地说："你还猜不出来吗？因为勾弋山还是勾弋山，灭云关还是灭云关——沙陀现在正心急着找你算账呢……"

怒火从羽鹤亭的五脏六腑里如一道烟云直冲上来，几乎冲破天灵，但他毕竟老辣，硬生生将它们压了下去，声音沉甸甸地问："你没有把石头交给他？沙陀药叉没有炸掉灭云关？那这滚滚烟尘从何而来？"

"灭云关多远啊，那还不把人跑死！"鹿舞嘻嘻地笑着说，"我懒呗，就随便找了个地方把它给用了，是叫黄土崖还是什么崖，腾起的灰土好大，声音也很大，差点把我耳朵都震聋了，呸呸呸，当真是讨厌得很。"

羽鹤亭自然知道情形没有如此简单，龙之息的运用精妙和复杂，不是几十上百名的顶尖术士一起施法，绝不可能让它爆发自己所有的力量。而能调动手下做到这一点的人，宁州之上，除了八镇之主，或是沙陀，再没有几个人了。

他自诩智计百出，此刻却不知所措，瞬间觉得周身空落落的，不由得苦笑起来："我左躲右躲，没想到还是落入了铁问舟的圈套。你是铁爷的人吗？"

鹿舞不答，自顾自地走近平台边缘，拍着手跳着说："哇，这里好高啊，比我住的朱雀门还高，可以看到很远很远呢。"

羽鹤亭猛地后退了三步，拉开与鹿舞的距离，哼了一声，青森森的长剑出鞘，横在胸前。

他自然知道鬼脸不在，自己绝不是这小妖女的对手，就算能从她手中逃生，城外的十万沙陀还在虎视眈眈，他距离全盘俱负只有一线之隔了，但羽鹤亭可不是轻易放弃的人，否则他又怎么会追了南山路那个冷漠如冰的女人整整一年呢。

鹿舞还在好奇地东张西望："哎，这些神像是用金子铸的吗？那该有多重啊。"

羽鹤亭的脸轻轻地颤了颤，突然发觉耳朵旁传来沉重的呼啸声，那是钢刀划开丝绸的声音，只是要比它响亮上千倍！

他微微侧头，就在眼角里见到上百道萤火在空中划出了漂亮的轨迹。

不仅是他。城墙上所有的羽人都被这些空中的光点所吸引，他们都被这如同上天所展示的预兆所震慑，不自觉地屏住呼吸。

起初只是上百点微弱的光芒，它们在空中交错着缓缓上升，仿佛只是在这上升阶段就要耗去无穷无尽的时间。突然之间，弧线向下滑落，它们的速度也瞬间变快。

点点的萤火在羽人们眼里急速变大，现在可以看出那是巨型投石车抛出的大火球了，它们越来越大，越来越凶恶猛烈，在空中急速滚动，直到变成不可思议的巨大火球，才发出"吼"的一声，仿佛突然下坠似的撞在坚固的石墙或者脆弱的房屋上。

落地的每一颗火球都在空气里激起了圈圈的波纹，四处荡漾，相互撞击，让大地摇晃，让古老的城市如战钟轰鸣。这些火球或者直接撞击在厚实的城墙上，把自己撞得粉碎，喷溅开大团的火，并在上城的石头胸膛上留下可怕的淤伤；或者擦过女墙，把城头上搭着的木战棚和人的碎片高高抛入空中，再洒落在城下的士兵头上；或者高高越过城墙，落在后面的建筑物顶上，炸起无数碎裂的火焰，瓦片泥尘四下飞散；或者落在街道，随后沿着陡坡不可阻挡地冲击、滚动，一路播撒下火的灾祸。它们流动到哪里，哪里就会熊熊燃烧起来。上城四下里瞬间都可看到起火，厌火城那些骄傲的羽人士兵就在这些火里乱窜。

羯鼓声如闷雷滚过水面，上百名赤膊上身的蛮子抢着大锤，随着鼓声嘿哟一声砸开扳机。

那些巨大的抛石机身是用柞木扎成的，炮梢则用整根柘木制成，材质坚韧，长有二十八尺。每五十人才能操作一辆这样的抛射车，除了点燃的火球外，还可以发射碎石弹。定放手们用大锤子砸开木扳机时，悬挂的重铁就突然落下，炮梢末尾的甩兜在地上拖出了深深一道沟渠，随后甩上天空，长长的炮梢弯曲成令人担心的弧线，末端划成一道圆，两个铁环在铁蝎尾上脱开时，火球就呼地一声滚上墨黑的高空，在那里划出一道又一道明丽的亮线。

蛮人的抛石一波接着一波，火球在墨黑的天空中拖出的明亮轨迹很快拉成一张交织的大网，笼罩在厌火上城上。

上城那些漂亮挺拔的高楼在这样的火雨中发出了可怕的悲鸣，它们经历了上百年风雨，如今却纷纷破相、毁坏、崩塌。高大的格天阁银顶太过招摇，被蛮人集中火力轰击了一阵，中了两发抛石，飞扬如大鸟的檐顶登时塌下了一大块，如同巨大的折断的翅膀，带着火光坠落下去。它那银光闪闪的屋顶上开始冒出不祥的火苗。雪一样的火尘和灰烬四散飘飞。

羽鹤亭知道雨羡夫人还待在顶楼里，但此刻哪里还顾及得上。羽鹤亭脚下的平台猛烈地摇动，十二尊雕像也随之抖动，在如雪般飘落的火灰烬里发出不甘寂寞的嗡嗡声，仿佛突然间有了生命。

羽鹤亭惊疑未定，城外突然传来一个高亢的呼喊声，如同抑扬顿挫的吟唱，回荡在厌火上空，随后另一个类似的高音加了进来，只是距离更远一些，一个接一个如是的高音次第拨起，如同波浪传播到远处。

羽鹤亭汗如雨下，将要命的鹿舞都抛到脑后，跟跄着奔到栏杆边，向下望去，只见沙陀的十万大军突然矮了一截。所有的蛮子齐刷刷地跪了下去，他们在接受合萨的祝福。与蛮子们交过多年战的羽鹤亭自然知道，那是这些野蛮人即将发起最后总攻击的预兆。

合萨的祈福声如烟雾飞散而去，突然从蛮人们的阵地上爆发出一阵可怕的声浪，那些攻城车开始越过阵列向前移动。木头车轮承受着重压，隆隆向前推进，就如同大象或者巨犀穿越矮草丛。每一辆车的两侧各有一排六根横向木杆，五十名轻装的大力士推着它前进，他们依靠头上斜钉着一排盾牌做保护，羽人的箭虽然凌厉，也难以穿透这些保护。

车后面的入口处站着一名百夫长，大声呼喝指挥，同时将车下一队队身着链子甲，手持长弯刀的沙陀虎贲精兵拼命地往车上拖去。这些蜂拥而上的虎贲甲士在上车时都会被兜头泼上一盆水，再被推上陡峭的楼梯，挤站在与城墙同高或更高的平台上。这些平台前都树有一道木屏，外面同样蒙以厚厚的生牛皮。这些勇猛的武士就持着利刃，紧张地瞪着前方，只等待木屏放倒，变成登城通途的一瞬间。

它们的模样笨拙，既不能转弯，也不能后退，但这些蒙着厚厚的牛皮的危楼一旦逼近城墙，就能展现出惊人的威力。蛮人士兵可以在高过城墙的平台上向下居高临下地射箭，而下一层的士兵如果能源源不断地冲过吊桥，在城墙上与羽人展开血战，就能在不擅长近战的羽人镇军中占据上风。

两侧的散兵或抬着钩援，或抬着飞云梯，也随之如潮水般冲上。他们都遮蔽着厚厚的盔甲，将盾牌顶在头上，从城头上往下看，只能看到一粒粒头盔和圆形的盾牌组成的海洋，汹涌地逼近而来。

守卫上城的厌火镇军也是久经战阵的羽族精兵，在突如其来的抛石雨中虽然惊惧万分，还是极快地布好防务。在从沙陀围城的震惊中惊醒过来后，他们依靠着坚实的白色城墙，心中逐渐镇定下来。沙陀兵逼近城墙的时候，那些如雨般抛洒到头上的火球和碎石弹停止了，羽人却依然龟缩在石墙和战棚，静静地听着城墙外的鼓声和隆隆的脚步声一点点地逼近。

直到这些声音靠到足够近，要把所有紧绷的神经一起绷断的时候，这些九州大地上最好的弓箭手们才随着一声梆子响，同时从女墙和雉堞后面探出头来，朝下面如潮水般涌来的蛮子兵射出一排排利箭。秘术师在箭上附了法术，它们飞到半空中，就会变成一道道锐利的火焰，对蛮人惯用的厚牛皮蒙皮和皮甲都会带来致命的损伤。

沙陀人一起立定脚步，缩起身子，尽量挤靠在一起承受这阵火雨的侵袭，但从盾牌的缝隙中穿入的火箭还是射倒了一拨人。这批冒着火的尸体还未及倒地，密集的盾牌中已经游鱼般冒出一排沙陀弓箭手，拉开大弓向上回击一排羽箭，他们甚至不抬头看一眼自己的箭落到何方，随即又钻入盾牌下躲藏起来。两边的箭如飞蝗，交织往来，密密麻麻地布满天空，带去了死亡的呼啸和阴影。

攻城车冒着密集的火箭贴近城墙时，迎接他们的是弩台上呼啸而至的铁翎箭，这些铁翎箭有成年人的胳膊粗细，能摧枯拉朽般穿透厚木板和生牛皮，将躲藏在移动堡垒里的蛮人成串地钉在一起，飞出车外。

空气中弥漫着腥冷的鲜血气味，蛮人忍受着惊人的损失，步步挨近。他们发现临近城墙处有一道斜陡坡让笨重的车子难以靠近城根。车上的士兵只能跳下去，冒着如冰山迸裂而下的矢石，在车前挖掘一条可以让攻城车靠近的通路。

沙陀步兵则冲到了城墙下，他们架设起飞云梯和钩援，先头部队蜂拥而上。这些先头部队，都是沙陀中最野蛮最能豁得出性命的精壮汉子，脸上画涂着狰狞的花纹，甩掉笨重的盔甲，挥舞着大刀或铁骨朵攀爬而上，指望能跳上垛口，和不擅近战的羽人展开肉搏。

依托高墙的羽人们则不慌不忙地抽开杠杆，让带着尖刺的檑木和狼牙拍从墙头跳跳蹦蹦地滚下。榑木上密植的逆须钉只要擦过就能把人扣挂在上面，一路翻滚成涂抹在白色城墙上的红色肉酱；狼牙拍像张遍布利齿的铁床，凌空下击，一下就能拍死四五人；铁鸱脚飞入密集的人群，再重新飞上城头，如同苍隼在鸟群中扑击盘旋，每一来回都钩断周围人的胳膊和大腿，让它们四散飞入空中。

在正门处，一条千足怪兽，正笔挺挺地越过沙陀兵组成的黑潮，撞向厚重的上城城门。那是沙陀蛮子用鹿门塬上一棵生长了一百年的银杉做成的攻城槌，重有两千斤，两百只强壮的胳膊把它扛起，在顶上覆盖起重重叠叠交错的盾牌，如同一只长满青铜鳞片的大鲤鱼，低着头向着有着月形拱的城门撞去。

那儿很快成了攻守之战中最惨烈的血肉绞机所在，这座娇美的城门就如同一具巨大的漩涡，吸引着双方最勇敢最强健的武士去触拥死亡。

上城城门的两扇大门厚有尺半，横向每隔三尺就箍有一根厚铁条，门枢粗如儿臂，门后更被二十根铁门闩顶得死死的，本来就是羽人的防御重点，门上有敌楼弩台，进攻者不时被扔下的巨石所砸中，城门边缘处处都是堆积的尸体和流血的伤者，后者还能号叫和爬行，但随即就被后面涌上的人群践踏成泥。

但这架攻城槌仿佛不可毁灭，野蛮的武士们光着膀子，流着血，带着洗劫上城的强烈愿望，在人字形木支架和盾牌的掩护下，有节奏地撞击被铁叶重重包裹的大门。二百条大汉一起使劲，一旦有人倒下，立刻就有人补充上去。大门怒吼着，可怕地颤抖着，就如同巨鼓的鼓面被擂响，而整个上城就是巨鼓共鸣的空腔。

在这样的轰鸣声里，大门开裂了，铁条变形了，门枢弯曲了，它随时都可能倒下。

沙陀人也看出了这点，他们调动铁骑，整齐地排列在城门外一箭之地等待着最后一击。羽人们几乎是绝望地做好了破城的准备，守城的将军将最精锐的庐户卫拉到了城门后面，这些决定殊死一战的奴隶们玄甲铿然，挑着一色的长铁戟，如同一座密林，静静地等待破门的一瞬，用人肉城墙去抵挡蛮族人的铁骑冲击。

敌楼上的防守者还在顽抗，他们将稻草把捆扎成人字形，灌满油脂，点着以后垂吊下去，想烧毁那架巨大的攻城槌，但沙陀蛮们早有准备，他们用整只牛皮袋子装着水，扔到着火的地方，水袋会在火焰上空炸开，形成一片白展展的水雾将火扑灭。

眼看城楼上的防守者已经束手无策了，野蛮的进攻者胸膛中充满着胜利的狂怒，已经开始准备欢呼。他们在大门前挤成一堆，谁都想拥有第一个冲进上城的蛮族英雄的荣誉。

突然两条白亮亮的带子从城门上方的滴水口中交叉喷涌而出，原来是羽人调来了行炉，将熔化的铁水倾泻而下。

火红色的雨水像瀑布从天而降，喷洒的泉水在空中狂舞，火神吞噬一切，盾牌被砸穿，厚厚的生牛皮化成轻烟，血肉之躯被火雨接触到，立刻就露出白骨，并且猛烈地燃烧起来。

那是什么样的可怕情形啊，沸腾的金属把那些勇敢的战士大半个身躯凝固在当地，他们还在发出那样可怕的惨叫，就连最不要命的蛮子也扔下攻城槌，抛下刀枪，开始掉头逃跑。城门周围瞬间只剩一片死尸。

羽人们随后向下倾倒沸油，将城门附近燃烧成一片死亡的火海。那条巨大无比的攻城槌也被点燃了。城墙沿线上，到处都矗立着熊熊燃烧的攻城车。

黑色的潮水开始向后退却。

那些血迹未干的羽人们在城墙上发出了傲慢的欢呼。上城挡住了十万蛮人的第一拨攻击。

九之戊

　　羽鹤亭从蛮人可怕的进攻所带来的血腥结局中喘出一口气来,转过身来找那个女孩。平台上空荡荡的,似乎失去了她的身影,但他随即看见那个小女孩坐在一尊武神的臂弯上,晃着两条腿,一双黑白分明的眼睛带着笑意地望着他。虽然摆出一副轻松悠闲的形态,却分明封堵住他下阁的道路。

　　"你到底是谁?你想干什么?是时候该说出来了。"羽鹤亭不想轻易认输,这一战更给了他些许信心。他提着长剑,对鹿舞问道。

　　她骑着的是那尊舞动三尖两刃刀的影武神雕像,它的一半被城外的火焰映照得通红,另一半带着黑黝黝的巨大影子刺向天空,在白色的格天阁上狂乱地飞舞。

　　小姑娘吐字清晰:"你,可以叫我'白影刀'。我是奉铁爷命来阻止你指挥镇军的,他说,如果不行,我就得杀了你。"

　　"哈哈哈。"羽鹤亭仰天狂笑起来。

　　鹿舞也不生气,只是张着一双又圆又大的眼睛望着羽人城主。

　　羽鹤亭笑够了才停下来,他歪着头打量鹿舞:"原来你就是传说中的白影刀,我居然找了你这样的人为心腹,当真是一大笑话。我低估铁爷了。不过,"他微微笑了起来,"他也没有把握是不是,他知道沙陀和他加起来也未必攻取得下上城,所以只能让你来刺杀我了。"

　　"那倒不是,铁爷只是说来而不往非礼也。你要是肯投降,铁爷说,放你一马也未尝不可。"鹿舞反驳说,她望了望上城外燃烧的战场,遗憾地补充道,"你知道那只是暂时的。没有希望了,上城注定要死。你还是投降吧,不然我就得杀了你。"

　　"我不怕死,但我现在还不能死,我要去拯救它。我要从这里杀出去，我还要和他们决一死战。"羽鹤亭将长剑横在胸前，目光炯炯地寻找退路，在那一刻，他倒确实像是位将整座厌火上城的安危置于自身之上的城主。

鹿舞晃着腿说："真遗憾，我也蛮喜欢上城的，可惜保不住它了……"

羽鹤亭说话间悄悄地后退了两步，猛地一掌拍在栏杆柱上，一只蹲坐在柱端的狮子转动起来，原本半垂在平台两侧的吊桥锁链咯咯响着绷紧了，将木板桥面拉了起来。

格天阁坐落在羽鹤亭的府邸中心，日常即便是羽鹤亭的贴身护卫也严禁进入，但这两座吊桥一旦打开，两侧高台上的庐人卫立刻就会顺着这道空中走廊朝中央平台上跑来。

"卫兵，卫兵！"羽鹤亭大声叫唤。他们转眼间已看得见晃动的黑色盔甲和闪动的刀光，从两边的高台上涌出。

"还是不要叫他们过来的好。"鹿舞严厉地说。

羽鹤亭冷笑起来。东西双台上驻守着他手下最精悍的庐人卫士，只要等这四百人冲上平台，别说是一名刺客，就算是影者全体出动，这些精锐卫士也尽抵敌得住几个时辰。

眨眼间庐人卫的前锋已经靠近桥端，后卫还在源源不断地从东西双台中拥出。他们的重量将吊桥坠成了一道下弯的弧线。羽鹤亭却突然醒悟，光凭卫士的重量不可能将铁吊桥压成如此大的弧度，刚刚就在他被城墙上的殊死搏斗所吸引时，这难以捉摸的小妖女已在桥索上做了手脚。

他还未来得及发出警告，只听得铁甲和兵器相互碰撞的声音铿然，跑在最前面的卫士之手已经近得摸到了平台的栏杆。就在这一时刻，吊桥摇晃起来，承受不住甲士的重量突然垮塌，黑色的铁索如蛇一样在空中嗖嗖飞舞，无数甲士向黑暗的花园里掉落下去，在半空中被火光照亮，如同一个个张开手脚的纸人。

"看，我叫你不要让他们过来的吧。"鹿舞跳下影武神的肩膀，呵呵地笑了起来。

她这一跳，落地时无声无息，羽鹤亭却禁不住后退了一步，只觉得空气中一股杀气席卷而来，遮蔽了四周的一切。火光、喊杀声、流矢都似乎突然消失了。这小姑娘毕竟是厌火城的杀手之王白影刀啊。

鹿舞正拍手嬉笑，却突然顿在台上，两脚就像生了根似的，不移动半步。她皱起眉头，双手依旧合在胸前，背对着平台入口，就仿佛凝固了般。

"咦，你这儿还埋伏着高手？"她好奇地问，突然旋了个身，像蝴蝶鼓动翅膀那样鼓动着凌厉的杀气卷向四方，它们落到黑洞洞的平台入口时，却仿佛被一面镜子反射了回来。

阁内通往平台的花格棂门一点一点地被推开，从黑暗中探出一张脸来。那是一张冰冷的铁脸，上面镌刻着蓝黑色的老虎花纹，既狰狞又满溢残忍。

鬼脸回来了。

羽鹤亭心中一宽，觉得许多话要同时冲口而出，他深深吸了口气，第一句话却是："露陌带来了吗？"

鬼脸摇了摇头。

羽鹤亭默然。

鬼脸却又说道："我从她那带了句话给你。大人，她说，你该放下一切，跟她一起走了。"

羽鹤亭一愣，脸露喜色地道："这么说，她还是答应我了？"

他们一问一答，鬼脸的一双眼睛却牢牢地锁在鹿舞的身上。

鹿舞的眼珠骨碌碌地乱转，却是谁也不敢动上分毫。

一股逼人的寒气凝聚在他们之间的空气里，如同平台上的这些人都要化为雕像。

"这里交给我。大人你走吧。"鬼脸说，一寸一寸地从身上拔出他的长刀。凉风吹拂在刀刃上，发出细微的飒飒声。

"我怎么舍得走。"羽鹤亭道，他茫然而顾脚下那片四处起火正在燃烧的上城，"我为了维持这座城市的面貌，耗尽了心力，我怎么能就这样走了？"

"别想走。"鹿舞喝道。

就在那一瞬间里，几乎分不清顺序前后，三个人一起都动了。

鹿舞纵身而起，像只鹰隼从空中扑击而下，已然山王在手，一道白芒朝羽鹤亭眉心刺去。

鬼脸也突然动了，他的胳膊仿佛瞬间长了数尺，直逼鹿舞眼前，没看见他迈腿，已经进了一步，长手一伸，提住羽鹤亭的腰带将他向外一扯。

金铁交鸣比让人期待的更要喑哑无声，转瞬之间鬼脸与鹿舞已经交了一招，且与羽鹤亭交换了位置。现在羽鹤亭被拖到了阁门前，而另两人变成了背对着背站着，手中的白刃都藏在自己的暗影里，丝毫也不动摇。

他们的身形皆尽不动如山，内心却如火山喷发，在炽热地燃烧着。

鬼脸伸出去的手袖子上破了个长口子，而鹿舞的裙带则断了一截，在风和火里向外飘去。

鹿舞皱了皱鼻子。

"好厉害。"她又轻又慢地说，好让气息不被话语所扰动，"其实铁爷要我杀这么一个老头子，我可下不了手哇。不过你就不一样了。"

她带着点好奇，带着点骄傲地道："我也想要看看，到底谁是厌火城真正的第一高手。"

风中再次传来熟悉又可怕的呼啸声，点点的火光在空中爬升。在经历短暂的沉寂后，沙陀人那三百架抛石机的第二轮轰击再次开始了。

三百粒火球腾入天空，再带着愤怒和撕毁吞没一切的渴望落入大地的怀抱。一枚巨大的火球直挺挺地朝格天阁撞来，在距离平台咫尺之下的墙面上猛烈地炸了开来，鲜红的火焰有生命一般四处流淌。十二尊雕像在这样可怕的撞击下发出巨钟一样的轰鸣，在冲天的火光里猛烈地摇晃着。

一尊臂膀上缠绕着飘带的高高飞翔的神像终于倒下了，它砸开厚实的乌木地板，撞断地板下粗大的椽子，把斗拱击打得粉碎，穿破地板上的大洞，挟带着咆哮的风，朝下方落去。直到过了良久，才有一声要把人耳震聋的轰鸣从脚下传递而上。在这一声里，整座平台如同风里的秋千，剧烈地晃起来，仿佛随时都会崩塌。

这样的剧震让人心神摇曳，而鹿舞和鬼脸的四只眼睛在黑暗中发着光，就如同月光下的水面，对接连落在他们四周的火球都视若无睹。

他们虽然相互背对，却知道只要有一丝一毫的懈怠，对方的白刃就会朝那儿猛攻过来。那一下交手对疏忽者来说也许就是致命的最后一击。

火和烟在他们的身边升起，随后漫天的火星被风卷着旋转而上，仿佛无数金粉飘扬洒落在他们身遭。

羽鹤亭在漆黑的楼梯跌跌撞撞地向下行走，被火球撞正高阁的这一下震动摔倒在楼梯上，倒下的梁和梯板几乎将他掩埋。

他从碎木片下挣扎着起身，觉得耳朵里嗡嗡作响，一道温暖的血柱从额头上流下，在他的上面和下面，有一些细细的身影在惊慌失措地奔逃，那是从楼顶逃下去的侍女，他想到了雨羡夫人，但只是稍一犹豫，就转头坚定地向下行去。

沙陀蛮人的第二拨抛石攻击的密度远胜过前次，城墙上的一栋敌楼被三四枚火球正面命中，当即崩塌，万顷泥沙和尘土倾泻而下，将城楼附近的羽人全埋在了下面。

如同天上的群星正在陨落，那是成千上万的麻雀，脚爪上带着火杏铺天盖地地飞上城墙，点燃了成百上千的火头，所有可燃烧的东西仿佛都在烧。

羽鹤亭踏上地面的一刻，就听到了来自上空的吼叫，他拼命地向后一跳，大团燃烧着的木架和梁柱唰地一下擦身而过，将格天阁的月台变成一座燃烧的火海。一尊尊神圣飞舞着的青铜武神雕像如同从天而降的陨石，带着仿佛拨动天弦的呼啸，相继落到他眼前，深深陷入土中。坍塌迸裂的石头和土埋到他们的肩窝上，这些武神依旧带着神秘的微笑，摆出一副飞跃超拔的姿势。

羽鹤亭心中一震，抬头上看，那架如同大鸟一样从阁身上突兀而出的平台整个消失了。他还无暇思考鬼脸和鹿舞的生死，已经听到花园都是金铁交鸣之声，如炒铁豆般密集，在呼呼的大火声中传来濒死的呼喊，四面都是人马跑动的声息。

只有大部队正在交战，才会发出这样的声响，可是哪来的大部敌军呢？

羽鹤亭的眼前突然猛地一亮，格天阁的银顶终于彻底地烧了起来，火焰和黑烟被风卷着直上云霄，如同一张卷动上百尺的旗帜，它将方圆二十里地的黑暗照得如同白昼。羽鹤亭眼睁睁地看着一股潮水般的杂色蛮族骑兵正在冲入他的府邸，在他的花园和他的堡垒中四下砍杀。

一匹黑马如同狂暴的狮子出现在花园的尽头，马上的骑将就如一匹狼那样凶狠，他挥舞着粗大的狼牙棒，在身遭卷起一道飞舞的血肉漩涡。另一个方向上，则有一名年轻人骑在一匹格外雄壮高大的灰骆驼上，挥舞长刀，左右冲突，在他凶悍的刀下，喷溅的血柱交叉而起。他们身后如同大河决口，源源不断地涌入凶狠的蛮族武士，朝府邸中心杀来。黑衣黑甲的庐人卫正在步步为营，竭力抵御。倚仗地利，还尽抵敌得住，可这些蛮兵是从什么地方杀进来的呢？

在刚才的攻城血战中，就在所有的羽人精兵都在城门前纠缠的时候，三千名最勇武的沙陀步骑兵正静悄悄地被铁爷的使者带到挨着上城城墙边的一处广大宅子里。屋子的地板是空的，暴露着一个巨大的洞口。青罗亲自跟着铁爷在此处负责挖洞的首领钻入洞中，去检查地道的挖掘情形。

那名为首的个子矮小，在又黑又矮小的地洞里穿来穿去，就如鼹鼠般灵活异常，自然是名河络族人。他在见青罗的时候，脸上还涂抹着黑泥，抹着胡子得意地道："已经全妥啦，就等将军你一声令下。"

青罗虽然早有准备，到了地下见了情形也不得不惊叹。长长的甬道一板一眼，挖得极其平整，宽可供人一进一出。每隔十步就有一个木支架。显见是挖得不慌不忙，胸有成竹。

"为了掩人耳目，挖出的泥土都被顺着一条长地道拖到海边去了。"河络指着一条长长的岔道介绍道，他口中抱怨，脸上却满是骄傲之色:"你知道大热天的,待在地下面挖这地道,是件多么可怕的事吗?"

又说:"到了。"

青罗果然觉得眼前豁然开阔,甬道到了这儿,突然变大,向左右延伸了各一百步。

"这上面就是城墙了。"河络说,"三十年前那一战,我们已经把上城城墙的前后都摸透了,这是它的地基最脆弱的地方……"

此刻这处最脆弱的地基其下顶着成百上千的小木柱,木柱上顶着阔厚的木托板,支撑着上面白色城墙的重压,发出细微的咯吱声。木柱子间已经填满了柴火、稻草、硫黄和其他引火之物。

"只要烧掉这些支撑柱,失去地基,整段城墙就会倒塌。厌火的白色城墙。"那个脏脸蛋的河络拍了拍手,得意扬扬地道。

狼那罗骑在一匹黑马上等青罗出来,他的鞍子是一整张狼皮缝制成的,狼头垂挂在马屁股处,让这员将领的前胸后背都显得狰狞异常。

他和黑马都同样地急不可耐,身后是三千经验丰富的老兵,他们挺着长枪,虽然个个心急火燎,却都知道要如何静悄悄地埋伏在黑暗里,只等进攻。他们等了又等,狼那罗忍不住发问:"是不是那帮小矮子让火灭了。"

青罗嘘了一声。

他并不快乐,带着点忧虑的神情,最后看了一眼眼前光滑洁白的城墙。在他们的掩藏的地方仰头上望,高高的格天阁仿佛近在头顶。这段城墙紧挨着格天阁的背面,一旦突破,就可直接杀入羽鹤亭的府邸。铁问舟选择的破城之处是经过深思熟虑的。

随即他就感受到了脚底下的震动,这震动尚从他脚踝传到腰间,眼前一长段的白色城墙已经崩落。

起先只是十多道宽可容纳一人的裂缝从墙根处出现，如同毒蛇的头飞快地向上蹿动，将高大的城墙分裂成数段各自独立的短墙。随后中心的几道短墙突然下陷，留下两侧突兀单薄的石柱子，它们思考了片刻，分别向中心挤压倒下，大如房屋的石块从天上砸下，尘土组成的烟柱从四处冒出，飞卷而上。巨大的石块如翻身的鱼般翻滚、蹦跳、猛烈地砍砸着大地，发出怪兽般的呻吟。

厌火城永不陷落的城墙倒塌了。

这座三百年来从未被蹂躏过的美丽城市，就如同一位风姿卓绝的处女，不甘心地哀叹辗转着，向宁州有史以来最野蛮的掠夺者和强盗敞开了自己的胸膛。四散飞落的瓦砾和小石子还未落稳，三千名等候已久的蛮子精兵发出了一声狂喜的呐喊。踩着还在翻滚的石头，一起冲上缺口。

从最高的银顶俯瞰，可以看到脚下一层那熊熊燃烧着的望台。望台上那些依然屹立着的雕像被火烧得通红，正在缓慢地摆脱束缚它们的根基。上亿顷红色火星从它们脚下的火焰熔炉中腾起，伴随着熊熊烈焰飞上天空，如同千万亿只火焰组成的蝴蝶。终于，它们发出可怕的巨响，合着脚下的平台垮塌下去，向下飞舞，飘落，掉入扭曲着无数道金红色的深渊。

雨羡夫人端坐在窗前，看着远远近近屋顶上的大火，想起了许多年前，有个人却能在这样的火中钻入钻出。她仿佛看到他高高地踏在绳索上，在前来带她离开，正在这时，她果然听到了楼梯上脚步声响。她带着惊愕地转头望去，却看见是鬼脸挣扎着走了上来，背后还拖着一条又阔又宽的血迹。

"夫人。"鬼脸站在门口说。

"你来干什么？"

"我来带你走。这儿马上就要完全烧毁啦。"

雨羡夫人不由得微笑起来,她说:"我不想走,我还能去哪里?"

鬼脸把身后的门掩上。他叹了口气。火扑上了雨羡夫人的裙裾,她和他都无动于衷。

她望着自己儿子的脸,那张铁脸凶狠、残酷、毫无表情,只是在贴近下巴的地方多了一道缺口,鲜血正从中不停地涌出来,就如大雨天从檐口洒落的水柱,将鬼脸胸前全泼湿了。

"你恨我吗?"这个羽族中拥有最华贵血统的女人用突如其来的温柔语气问道。

"恨。"鬼脸干净利落地回答。

"不过,马上都化为一样的尘土,也就没什么好恨的了。"

他平静地说,对面坐下,慢慢地在母亲面前解下了面具。

阁顶就在那时候整个倒塌了下来。

蛮族人已经杀入了厌火城城主的府邸,却在弯来绕去的园子里迷了路。

羽鹤亭跌跌撞撞地走到围墙边,这里靠近入口的玄关,满植着松树,地上铺的沙子都是筛过的,银子一样闪闪发亮。他穿过松树林,从一道偏门走出了大火包围中的勋爵府。偏门正对上城城墙上的那个秘密通道。他走入那条窄缝,摸到那块突起如狮子脸的石头,独自一人逃出了上城。

羽鹤亭面前是两条道路。一条通往尚在厮杀的城门口,另一条通往南山路。

一边的通路尽头火光熊熊,靠近城门处一辆高大如山岳的攻城车被羽人的火箭和秘术点燃了,烧成一支巨大的火炬,火焰冲了上百丈高。火光中可见蚂蚁一样的小黑点正从中掉落。羽鹤亭心中盘算，此刻从缺口处杀入城中的人并不多，他还可以去城门口处带来一支部队，封堵住缺口，拯救上城。

另一边的通路却无声无息，犹如一道长线，有人在线的另一头等他。

羽鹤亭只犹豫了片刻，就下定决心，朝一个方向跨出。他只迈出了几步，突然听到头顶上空传来一个惊惶的声音。

"不要跳。"那个声音喊道。

他抬起头来，黑影将他头顶上灰色的天空遮住了。

一个庞大的木傀儡唰地一声，从天而落，尘土飞散中，它转头四处张望，背上还驮了个穿黑衣服的活物，原来却是厌火神偷辛不弃。

"叫你不要跳不要跳，"辛不弃颤抖着声音，哆嗦着嘴唇，对座下的木之乙说，"看，我们压着人了。"

九之己

风行云将手上的小白猫往外面高高一扔，没来得及看它落向何方，那三头脱出牢笼的噬人豹已经各选方位，朝他扑了上来。

风行云闻到一股强烈的野兽臊味，从空中直窜了下来，巨大的风仿佛要把他压在地板上动弹不得。豹坑里瞬间被野兽的咆哮、翻滚和撕咬的声音所填满，热乎乎的血喷溅了出去，在空中嗤嗤地散开成弥漫的血雾，遮蔽了他的视野。他咬牙闭目，等待最后的痛楚来临的那一刻。有一会儿工夫，他认为自己已经死了，但耳边传来豹子的啸声激荡豹坑四壁，始终不休。

那咆哮声里是愤怒、更多的则是恐惧和痛苦。

在这些咆哮里，还掺杂着一种吁吁的呼气声。风行云不由得睁开双眼，只见坑内不知什么时候多了一只毛色如黄金缎子般闪闪发光的猛虎，体形比三只豹子加起来还要大，腰背上都是斑斓的花纹，只有肚腹上的毛如雪片般洁白。只是这么一会儿工夫，两只豹子已经肚破肠裂，被撕扯成一堆零散的毛皮和血肉的混合物。

猛虎瞪着剩下的那只噬人豹，从嗓子眼里发出轻蔑的呼噜声，也就是风行云听到的吁吁声。

这只从天而降的救星，它的毛色和斑纹都是如此地夺目，只有那只有点塌的鼻子，可以让风行云认出就是屋梁上出现的那只大黄猫。没错，阿黄不是猫，而是只罕见的魔虎，这种猛兽一生的大部分时候都在昏睡，把它们的凶猛习性和可怕力量收藏起来，它们的精神力量和形体都只有部分能表现出来，让它们看上去只是只可爱温存的小动物。比如猫。鹿舞养了阿黄好多年了，也很少看到它真正苏醒的时刻。

总是要到最迫不得已的时刻，魔兽才会苏醒，展露它可怕的獠牙和凶猛的力量。

阿黄轻轻地打了个哈欠，那是真正的血盆大口，长长的獠牙如钢刀。它猛烈地甩了甩头，一阵突然爆发的尖啸如飓风般扎进人的耳膜，它卷成一团旋风，然后带着可怕的压力冲上天空，滚雷一样闷闷地飘荡向四面八方。最后剩下的那只豹子掉头逃回铁栅栏后的通道，连头也不敢回一下。

"搞什么啊？"坑上面有个不知死活的家伙轻轻地问了一声。

魔虎阿黄再次咆哮了一声，一纵身就轻巧地跃上了一丈多高的坑壁。

上面一片宁静，随后突然传来可怕的疯狂逃窜声。风行云听到三四个人从门口那挤了出去，然后在院子里摔成一团，还有人从窗户跳了出去，头却响亮地撞在街道上。有人扯着嗓子喊管家，有人喊卫兵。

黄色大虎那轻捷的脚步一会儿出现在这边，一会儿出现在另一边，如同风一样轻巧，它玩游戏一般呼哧呼哧地追了他们一会，只听得人的脚步声四散逃开，渺不可闻。

风行云独自坐在豹坑的地上，望着光滑的坑壁，想着要怎么爬上去，突然腾地一声，那头大如牛犊的猛兽又回来了。它悄无声息地出现在他身后，风行云看着它狰狞的花脸，露出唇边的獠牙，还有下巴上黏糊糊的血迹，未免有点害怕，但是它像头大猫般呼噜呼噜地叫着，伸出一条长长的红舌头，舔了舔风行云的脸，弄得他痒痒的，忍不住笑了出声。

大猫回过身去，点头示意他跳上它的背。风行云翻身而上，随即腾云驾雾般飞上了地面。

只见府兵营地已经柱墙倾颓，面目全非，四面的地上还滚了一些人，正是那些将他抓到这儿来的茶钥家兵丁。阿黄骄傲地抬着头，对这些在地上呻吟着滚来滚去的家伙一眼也不看。其实这些家伙都是自己在慌乱中乱跑，摔断了胳膊和腿，阿黄才没有胃口真的去咬这些人呢。

从墙角边跑过来那只小白猫，亲热地拱了拱它的下巴。阿黄和它亲昵了一阵，转头再看了风行云一眼，风行云觉得它仿佛做了个鬼脸，这才带着小白猫窜出大门，顺着街道跑走了。

风行云逃出生天，又困又累，在僻静处找了个门洞，缩起来就睡了。这一觉睡得天昏地暗，也不知过了多久，他才一骨碌从梦里跳起来，喊了一声："羽裳。"

墙角上红光灿烂，他掉转过头看，发现背后是冲天的火光。上城着火了。

他愣愣地发了一会儿呆，想道：哎呀，羽裳好像是在那边呢。

就在这时，突然背后有个什么东西猛烈地撞了上来，几乎将他撞倒在地。撞上来的东西随即伸出双手将他环抱住。

"我终于找到你了。"羽裳说，冲到他怀里哭了起来。

"干吗要哭？"风行云扶着她的肩膀问。

羽裳抬起头，又扑哧地笑出声来。"这是我最后一次哭。"她捏紧拳头发誓说。

风行云惊讶地朝她眼睛望去，发现这个小姑娘的眼睛里，多出了许多东西。那是种不论碰到什么样的情形，也压不倒的坚韧。

她笑嘻嘻地说："她们告诉我，在这座城市里，你能找到任何要找的人。果然是这样啊。"

他对她的眼睛看了又看，然后也咧开嘴笑了。

"走，我们去海边。"风行云说。他闻着海水的味道，拉着羽裳的手朝下城码头边走去。

整个上城，正燃烧成一个巨大的打铁炉。

府邸四周的围墙上，还有绝望的羽人箭手和庐人卫在做殊死的抵抗，那已经是他们最后的防线了。

那些铠甲闪亮的羽人镇军们拼命地放箭，哪怕是死亡就要来临，剩下的弓箭是他们手上永不放弃的骄傲。他们拉弓瞄准，近到可以看清扑上来的野蛮人脸上的胡须，才一箭将其射倒，随即被扑上来的其他蛮子砍倒。

庐人卫本来还能撑得住很长一段时间，但他们开始发现冲近身边的蛮人，身上的纹饰、兵器、图腾甚至叫嚷的语言都不再相同。

他们绝望地叹着气，知道城门已经打开了，更多的蛮人正在冲入城内，最后的希望也已灭绝，于是他们散落开来，离开最后坚守的岗位，不再为保护异族主人，而是为了自己的荣誉而战，长长的马戟打弯了，就抽出身上的短铁戟继续厮杀，直到流尽最后一滴血，这些精悍的庐人卫,也没有一个人投降。

青罗驾着他的骆驼踏过火红色的街道。

他觉得自己肌肉紧绷,血液如同在燃烧,在皮肤下的脉络中滚来滚去,连全身毛发都在腾腾地冒着热气。

仅仅在三天之前,他出现在厌火的时候,还是个被人轻视的无害的外乡人。此刻他却如同可怕的神灵,挟带着死亡和毁灭的气息席卷而过。那些华丽起伏的楼房,那些光洁整齐的街道,那些精致风雅的门楼,都在灰骆驼的巨蹄下震颤和呻吟。

火光把他的影子投射向前,如同一只巨大的蝙蝠在街道上飞舞,满城百姓都在这影子前慌乱地逃跑。

狼那罗的黑马追了上来,他的马胸前挂着十来颗血肉模糊的首级,在火光下不停跳跃,露着白森森的牙齿,仿佛还想要张嘴撕咬。

他飞骑追赶一名羽人女孩,如同苍鹰追赶乳兔。青罗紧跟其后。

那女孩衣着华贵,在黑漆漆的街道上奔跑时,能看到一双白色的赤裸光脚在宽大的裙裾下闪亮。她显然是权贵人家的女子,娇嫩的脚大概从没碰触过石头,即便上城的石板路雕琢得光滑,依然留下了她脚上的点点血迹。

凶猛的蛮人狼那罗在马鞍上侧过身子,如同拿住一支轻盈的羽毛一样毫不费力地将她抓起,横按在马背的狼皮鞍子上。她在被抓住的一瞬间,还晃动手臂想要抵抗,但被按在如针毡般的狼皮上,闻到狼那罗身上可怕的血腥味,突然失去了反抗的勇气和力量,于是放声大哭,眼泪随风飞洒。青罗觉得自己滚烫的胳膊上也迸到了几星水花。

狼那罗咧开被蓬乱的黑胡须遮盖住的大嘴哈哈大笑,冲青罗喊道:"少主,不好意思,这姑娘是我的了。"

青罗长长地呼了一口气,拨转骆驼,看到手下兵丁已经把奔逃的几十名羽人追赶到一处街道尽头。那群羽人里有老有少。站在最前面的是位头发胡子都白了的老羽人,穿着的白袍边上绣着金线,虽然在亡命之中,也看得出往日里那副骄傲的模样。此刻他横伸着双手,护着身后两名孙儿辈分的少年,昂着瘦骨支棱的头颅,愤怒地瞪着眼前十来名满身杀气的蛮人。

青罗心中不忍,驱赶骆驼横过自己手下面前,想让他们住手。

他命令还没来得及发出,那老人却怒骂道:"强盗蛮子。"从腰带上抽出柄匕首刺了过来。

青罗猝不及防,膝盖上被刺中一刀。灰骆驼往上一跳,转了半个圈子,已经将老人撞倒。它那巨大的蹄子踩在老人的胸口上,发出了可怕的咔嚓声。狼那罗大怒,纵马冲入人堆,狼牙棍左右横摆,早将那两名幼小的羽人头盖骨砸得粉碎,鲜血喷涌而起,溅了青罗一脸都是。

青罗手下的蛮人发出狂热的嘶吼,提刀随后涌上。

青罗眼睁睁看着那几十名羽人被杀死在地,几次想要大声喝止,心里头却知道救不了这些羽人,救不了全城的人,也救不了这座城市。他看了看自己手里提着的刀,那把老河络莫铜送他的刀刀头上还在往下滴血呢。

"杀吧,杀吧。"青罗狂吼起来,他抹了把脸,那些血热烘烘地顺脸颊流下,让他的面目变得狰狞难辨。他知道城市所代表的窈窕、温宛、精致如好女子的气质将就此全都烟消云散,即便能重生,也全都与他无关了。

青罗纵着灰骆驼,在火焰升腾如血的长街上踏过。羽人的城市和街道在他的践踏下咯咯颤抖,如直面着死亡与毁灭。

不知道跑了多少路,杀了多少人,青罗发现自己剩下一个人站在空荡荡的上城街道上，那把锋利无比的长刀如今布满缺口，如同一把锉刀。

他所在的地势很高，可以看到整个烟火笼罩的上城。

有个人取笑他说："这就是你想看到的厌火吗？"

青罗愣愣地转过头来，不知道谁的血正从他下巴上滑落。

他看到鹿舞正骑在一堵烧剩的矮墙上笑嘻嘻地望着自己。

青罗抬起手肘抹了把脸，他觉得自己身上燃烧的大火正在熄灭，他清醒了过来，望了望四面的大火，放松了手里的刀子，愣愣地说："对不起。"

"该说对不起的是我吧，"鹿舞从墙头上窜下来，"对啦，你胸口还痛吗？活过来的感觉是什么样的？你不喜欢天上的草原吗？你看到仙女了吗？哇，这匹灰骆驼好大啊，它是白果皮的爸爸吧？我开始相信那个傻故事了——喂，你知道吗？我喜欢你。"

她就那么直愣愣地站在断垣残壁，满目疮痍的上城街头上，对着青罗喊出了自己的心里话。

青罗红了脸，幸亏被血糊住了，鹿舞没有发现。

他说："你还小呢。"

"嗯，我确实还小。不过我会长大的。到时候我一定会去找你，"鹿舞嬉皮笑脸地点着头说，"你的剑我不会还给你的，也许再过许多年，它会帮我找到你哦。"

沙陀青罗忍不住咧嘴一笑。"好啊，我等着。"

"对了，我也送你一样礼物。"鹿舞笑嘻嘻地说，"刺你一剑总是我不对，请你吃东西好不好？"

她从背后腰上扯下一只油纸包裹，扔了过来，青罗打开来，看见纸里裹了只肥烤鸭，金灿灿的皮看上去烤得很香，他被那香味刺激得打了个喷嚏。

"这可是厌火下城的特产,不吃上一次,不算来过厌火,"鹿舞眉飞色舞地说。她打了个榧子,突然拉长了声音喊道,"我身无形,我身无形。"她响亮地喊着,一纵身跃过烧断的矮墙不见了。

尾声

这一章不看也行,因为本书事实上已经结束。

那天下午落起了雨,雨水直落了三天,厌火上城的火才逐渐熄灭。

铁问舟站在塔顶上,眼望雨中到处冒起的白烟,扭头对苦龙说:"沙陀终将是我们的敌人啊。"

"说来倒霉,堂堂羽城主,却死在了一小偷手里,他要是知道,只怕在地下要气歪了嘴呢。"虎头这样评价道。

"哦,这小偷也来了么,带上来我看看。"铁问舟轻轻地笑了起来,虽然这笑容不足以冲淡他眉宇间的忧愁。

那是辛不弃一生中最荣耀的日子,一路上碰到的人都带着恭敬和羡慕的目光看着他。那些人可都不是普通人,是影子啊。能被厌火城的铁爷所召见,能被铁爷手下的影子们所钦佩,这一辈子也值得了。他感叹地想。

为了这一时刻,他不但换了件干净衣裳,还在头发上抹了许多油,虽然在梦里已经无数次演练过这局面,真到了铁爷面前时,却连腿肚子都在抽筋。

幸亏那个铁爷倒也和蔼,比他想象的要矮一些,胖一些,看上去似乎还不如龙不二凶狠。如果不是他身后站着那巨人面目凶狠,斧头巨大,见铁爷也不是什么太困难的事嘛。辛不弃一面抽着筋一面想。不行,这么多人看着我呢,我得表现得见过大世面的样子。他成功地控制住了腿肚子,两只手却开始不听使唤地抖了起来。

"你就是杀了羽鹤亭的英雄吗?"铁爷用那双仿佛会微笑的眸子看着他问。

英雄?从来没人用这样美好的字眼呼唤过他呢。辛不弃只觉得从心底下乐出声来,连连地使劲点着头道:"是,是,我就是……那个……嗯,英雄。不过这都是我应该做的……"

"如果被他跑了,不免要生出许多事端来,我要好好赏一赏你——咦,你害怕什么?你的手为什么要抖?"

"我,我什么都不怕……我没有抖。"辛不弃否认说,连忙将手藏进口袋,于是整个身子都抖了起来。

他虽然又是骄傲又是害怕,只是职业习惯作怪,一双眼珠子按捺不住地骨碌碌转动,将塔里门径窗道看了个清楚,末了一双眼睛落到铁爷手中的烟杆上,登时再也离不开了。他眼光倒是好,那烟杆嘴光华流溢,材质绝不一般。

鹿舞不想再住在朱雀楼了,那儿又闷又没人玩,她已经搬到了城外的冰牙客栈住着。

"我真的算杀人第一的白影刀吗?"她总是纳闷地和苦龙重新回忆那一战的详细经历,"细算起来,其实我一个人也没杀死。"

"杀和不杀都不是重要的,控制整个事件的结局才是白影刀最关键的作用所在，"苦龙教导她说，"你还是最厉害的杀手。喂，别再往酒里掺辣椒汁了，真的很呛啊。"

鹿舞、苦龙、虎头，还有那只老不愿意醒的大黄猫，他们就住在那条寂寥时多，热闹时候少的路边上，一起过着慵懒而快乐的日子。一切仿佛都与十几天前毫无变化，只是在冰牙客栈前竖着的那几枚投枪前，又新竖了一棵柳木，上面刻着模糊的人脸。

鹿舞的刀法拙劣，看不清刻的是谁，只依稀可以看出那人像的脸上挂着永恒的微笑。

后来，夏天过去的时候，厌火城又恢复到往日的平静。

只是在月亮很大很亮的夜晚，半夜不睡的混混们偶尔能看见一条黑影，连蹦带跳地玩命逃窜。那人的奔逃不循常规，一会儿上墙一会儿又跳入河里，不过不论他逃得如何快，后面总紧紧追着十来条大汉，一边追一边喊："连铁爷的烟杆也敢偷，还真是不要命了。"

那道黑影仗着腿长，一蹦一跳地在屋顶上蹦着，仿佛路途极熟，逐渐逃向远方。

独角兽书系

九州系列

唐缺
《九州·茧语》
《九州·天空城》

潘海天
《九州·铁浮图》
《九州·白雀神龟》
《九州·死者夜谈》
《九州·地火环城》

遥控
《九州·无星之夜》

水泡
《九州·龙之寂》系列

小青
《九州·大端梦华录》系列

塔巴塔巴
《九州·澜州战争》

苏离弦
《九州·浩荡雪》

新九州系列

水泡
《九州·舞叶组》

裴多
《九州·炽血王座》

麟寒
《九州·荆棘之海》系列

荆泽晓
《九州·狂舞》

秋风清
《九州·乱离之域》

因可觅
《九州·月见之章》系列

沉水
《九州·荣耀之旅》系列

◎选题策划／邹 禾　◎装帧设计／谢颖设计工作室

独角兽书系公众号
weibo.com/tianjiankt

独角兽编辑部微信
Little Unicorn

九州·浮铁图
——珍藏版——

IRON
PAGODA
HORSEMEN